Tammara Webber

Einfach. Wir zwei.

Buch

Wenn Boyce Wynn sich an seine Kindheit erinnert, schwelgt er nicht in schönen Erinnerungen. Doch nach dem Tod seines verhassten Vaters, unter dem er seit er denken kann gelitten hat, scheint endlich wieder Licht in sein Leben zu kommen.

Pearl Frank, bildhübsch, intelligent und aus besten Verhältnissen, steht erstmals vor einer Entscheidung, die ihr Leben völlig verändern wird. Soll sie sich für das Medizinstudium entscheiden, wie alle es von ihr erwarten, oder auf die Stimme in ihrem Inneren hören und ein Studium wählen, für das ihr Herz wirklich schlägt – Meeresbiologie? Schon immer verbindet Pearl eine ganz besondere Beziehung zum Meer, jenem Ort, der für Pearl als Kind beinahe das Ende bedeutet hätte. Als sie fünf Jahre alt war, wäre sie beinahe ertrunken, wäre nicht Boyce zur rechten Zeit am rechten Ort gewesen. Seit jenem Moment verbindet Pearl und Boyce ein Band, das stärker ist als jedes Tau, auch Jahre nach ihrer letzten Begegnung. Doch wird es auch einer gemeinsamen Zukunft bestehen können?

Autorin

Tammara Webber liebt Happy Ends, von denen es im wahren Leben einfach nie genug gibt. Die Publikationsgeschichte ihres Romans *Einfach. Liebe.* hat allerdings ein Happy End: Tammara Webber veröffentlichte ihn zunächst selbst im Internet – und prompt wurde es ein *New-York-Times*-Bestseller. Zehntausende begeisterter Leser machten Verlage in den USA und anderen Ländern darauf aufmerksam, die sich die Rechte sicherten. Seitdem ist Tammara Webber auch international erfolgreich. *Einfach. Wir zwei.* ist nach dem *Spiegel*-Bestseller *Einfach. Für Dich.* ihr dritter Roman bei Blanvalet.
Besuchen Sie Tammara Webber auch auf www.facebook.com und www.tammarawebber.com

Von Tammara Webber bereits erschienen:
Einfach. Liebe.
Einfach. Für Dich.

Tammara Webber

EINFACH. WIR ZWEI.

Roman

Deutsch von Veronika Dünninger

blanvalet

Die Originalausgabe erschien 2015 unter dem Titel »Sweet«.

Der Verlag weist ausdrücklich darauf hin, dass im Text enthaltene externe Links vom Verlag nur bis zum Zeitpunkt der Buchveröffentlichung eingesehen werden konnten. Auf spätere Veränderungen hat der Verlag keinerlei Einfluss. Eine Haftung des Verlags ist daher ausgeschlossen.

FSC www.fsc.org
MIX
Papier aus verantwortungsvollen Quellen
FSC® C014496

Verlagsgruppe Random House FSC® N001967

1. Auflage

Neumarkter Str. 28, 81673 München
Redaktion: Sabine Thiele
Umschlaggestaltung und -illustration: www.buerosued.de
JvN · Herstellung: sam
Satz: Uhl + Massopust, Aalen
Druck und Bindung: GGP Media GmbH, Pößneck
Printed in Germany
ISBN 978-3-7341-0358-2

www.blanvalet.de

1

BOYCE

Bud Wynn ist heute Morgen gestorben. Dem behandelnden Arzt zufolge war die Todeszeit 5.23 Uhr. Er starb an einer Lebererkrankung, an Zirrhose, an Komplikationen eines Aszites, die zu einem Herzversagen führten – alles davon wahrscheinlich sicher zutreffend.

Ich sage, er starb am Suff, denn das ist zutreffender als alles andere.

Unter dem Neonlicht des Flurs sahen alle in diesem Krankenhaus so aus, als wären sie dem Tod einen Schritt näher, als sie es vermutlich waren. Ich selbst war da sicher keine Ausnahme – nicht dass ich in absehbarer Zeit vorhatte zu sterben. Vielleicht machte es mich ja zu einem kaltblütigen Dreckskerl, aber jetzt war ich endlich frei – da wollte ich ganz bestimmt nicht abtreten. Frei von diesem feigen, gemeinen alten Mann. Frei von dem Arschloch, das erst meine Mutter und dann meinen Bruder vertrieben hatte – die eine verschwand im Dunkeln wie ein schwereloser Schatten, und der andere lag in einem Grab auf dem Nationalfriedhof Arlington. Frei von der Verantwortung, die ich für seine letzten Tage übernommen hatte, da niemand sonst sie übernehmen wollte.

Zwei Minuten nachdem der Arzt mir etwas Zeit allein

mit dem Leichnam gelassen hatte, um Abschied zu nehmen, kam ich ohne Tränen in den Augen wieder heraus und unterzeichnete die Unterlagen, die das Krematorium bevollmächtigten, ihn zu übernehmen. Sie würden ihn in ein Kühlfach in der Wand schieben, wo er die vorgeschriebenen achtundvierzig Stunden abwarten würde, bevor er wieder in Staub verwandelt werden konnte. Es war das, was er wollte.

»Keine verdammte Beerdigung«, hatte er von seinem schäbigen alten Sessel aus gekeucht, als ich eines Abends vor etwa einem halben Jahr zur Tür hereinkam, als wären wir mitten im Gespräch gewesen. Ich blieb im Türrahmen stehen, gab aber keine Antwort. »Keinen gottverdammten Sarg. Und zum Teufel, keine beschissene Trauerfeier. Wirf meine Asche einfach ins Meer.« Irgendetwas an meiner Miene musste ihm verraten haben, dass ich seine sterblichen Überreste nicht in irgendeiner geheuchelten Zeremonie bei Sonnenuntergang ans Wasser schleppen würde. »Oder ins Klo. Ist mir scheißegal.«

Das war unser einziges Gespräch über seinen bevorstehenden Tod.

Als die Sonne über dem Golf aufging, kam ich nach Hause zu einem Ort, der irgendwie anders war als der beschissene kleine Wohnwagen, den ich Stunden zuvor verlassen hatte, denn diesmal würde Bud nie mehr wiederkommen. Ich hatte diesen Ort seit Jahren nach und nach immer mehr für mich in Besitz genommen – hart erkämpftes Gebiet, jeder Zoll davon –, der Wohnwagen und der kleine Backsteinbau, gegen den er sich lehnte: Wynns Autowerkstatt. Aber keines von beidem hatte mir gehört. Nicht bis heute.

Ich ließ die Eingangstür offen und ging schnurstracks

zu dem fleckigen Sessel, tiefseeblau in einem früheren Leben, jetzt verblichen und von Klebeband und losen Schrauben notdürftig zusammengehalten. Ich zerrte ihn aus der Ecke und über den schmuddeligen Teppich, wuchtete ihn durch die Eingangstür und die rissigen Betonstufen hinunter in den Hof. Ich starrte auf die Stelle, wo er harmlos und hässlich auf dem abgestorbenen Gras stand.

Dann hob ich ihn hoch und trug ihn in die Mitte der Asphaltauffahrt, die sich der Wohnwagen mit der Werkstatt teilte. Ich nahm mein Feuerzeug und meine Kippen aus der vorderen Hosentasche, während ich auf den Sessel starrte. Erinnerungen an meinen Vater stiegen in mir auf, eine nach der anderen, bis sie alle zu der einen verschmolzen, wie ich ins Zimmer trat und er von diesem Sessel aus sagte: »Hol mir ein Bier, bevor du zu dieser Tür hinaus verschwindest, du nichtsnutziger Schwachkopf.« Dann holte ich ihm jedes Mal eine Dose aus der 24er-Packung im Kühlschrank und reichte sie ihm mit ausgestrecktem Arm, damit er nicht so leicht mein Handgelenk packen und verdrehen oder mich näher zu sich heranzerren und mir eine Faust in die Schulter, die Seite, den Bauch rammen konnte.

Meistens nahm er einfach das Bier entgegen, den Blick auf den flackernden Fernseher geheftet. Ungefähr jedes fünfte Mal versuchte er mich zu fassen zu kriegen. Mein Herzschlag beschleunigte sich bei der Erinnerung. Ich wusste nie, wann er sich auf mich stürzen und wann er mir einfach die Dose aus der Hand reißen und mich ignorieren würde.

Ich steckte mir eine Camel Crush an und genoss den Rauch und die beruhigende Wirkung des Nikotins.

Einmal, als ich siebzehn war, schlug er mich so hart mit der Faust, dass ich fast eine Minute lang keine Luft mehr bekam. Ich dachte, ich würde sterben. Als ich stolperte und stürzte und dabei den Couchtisch umstieß, rastete er erst recht aus. Er holte aus und schwang wieder die Faust, aber ich duckte mich, und er verfehlte mich. Das hatte es noch nie gegeben. Es machte ihn rasend, und er ging auf mich los, als ich auf dem Boden aufschlug und meine Lunge beschloss, wieder ihren Dienst zu tun und mich am Leben zu lassen. Er trat mich einmal, bevor ich mich auf die Füße hochrollte und erkannte, dass ich in den letzten paar Monaten genauso groß geworden war wie er. Er war noch immer schwerer als ich, aber der Gedanke kam mir gar nicht in den Sinn. Ich war verzweifelt und wütend und höllisch verängstigt.

Ich rammte ihm die Faust genau ins Gesicht, und seine Nase knirschte, wie es jede andere auch getan hätte. Warum mich diese Tatsache verblüffte, weiß ich nicht. Aber in diesem Augenblick war das Ende seiner gottgleichen Herrschaft über mich gekommen. Ich sah diese Erkenntnis in seinen Augen dämmern, als er schwankend die Faust schwang und mich wieder verfehlte. Zum ersten Mal trat ich vor, anstatt nach hinten zu taumeln. Ich teilte aus, anstatt einzustecken. Ich schlug, anstatt geschlagen zu werden.

Blutverschmiert schnappte er nach Luft, während ich rückwärts zur Tür ging – er atmete schwer keuchend ein und aus, aber er war *am Leben* und unverletzt, abgesehen von den Folgen meiner blutigen Fäuste. Ich zeigte auf ihn wie der Sensenmann. »Wag. Es. Nie. Wieder. Mich. Zu. Schlagen.«

»Verpiss dich aus meinem Haus!«, brüllte er mit dem schwachen Krächzen eines alten Mannes.

»Du wirst nicht ewig leben«, sagte ich, aber er hörte mich gar nicht.

Ich warf die noch brennende Kippe auf die Sitzfläche des Sessels, wo sie schwelte und einsank wie eine Krabbe, die sich in den Sand gräbt, und nur ein schwarz umrandetes Loch hinterließ. Ich wollte gerade erneut mein Feuerzeug zücken, als der Sessel auf einmal mit einem befriedigenden Zischen in Flammen aufging.

Ich trat einen Schritt zurück und nahm noch eine Zigarette aus der Packung, steckte sie mir an und sah dann zu, wie sich der Sessel in eine fast quadratische Feuersäule verwandelte, die bald zu Asche zerfallen sein würde.

»Tschüs, Dad«, sagte ich.

PEARL

Meine Hände umklammerten das Lenkrad, und ich holte einmal langsam Luft, als würde ich mich seelisch darauf vorbereiten, ein schweres Gewicht zu heben oder von einer Klippe zu springen. Der Highway 181 nach Süden blieb ein vertrautes, verschwommenes Etwas aus struppigem Gras, knorrigen Mesquitebäumen und Meilen über Meilen mit verwittertem Drahtzaun. Der monotone Anblick war im Allgemeinen tröstlich für mich, denn jeder Meilenanzeiger brachte mich meinem Zuhause näher. Aber heute hatte ich, je näher ich kam, nur umso deutlicher die Konfrontation vor Augen, der ich monatelang aus dem Weg gegangen war, und die Tatsache, dass ich mich nicht länger davor drücken konnte.

Ein ganzes Leben in Tarnung brach weg, und mir blieb nichts anderes als die Wahrheit darüber, wer ich war, und die Tatsache, dass alle anderen es bald wissen würden. Ich schluckte schwer, während die Wirklichkeit ihren Würgegriff um meine Luftröhre verstärkte.

»Mama. Ich werde nicht Medizin studieren.« Ich presste die Worte heraus, testete ihre Wirkung auf meine eigenen Ohren.

Ich kannte meine Mutter gut, und auch wenn ich sie mit Sicherheit schon früher enttäuscht hatte – zum Beispiel durch meine Schüchternheit, die sich in einem zwangsläufigen Mangel an Führungsqualitäten äußerte –, war das hier eine Enttäuschung noch nie dagewesenen Ausmaßes. Das Medizinstudium war mein Leben lang ihr Ziel für mich gewesen. *Unser* Ziel für mich. Bis ich mit erschreckender Klarheit mitten in einem Harvard-Vorstellungsgespräch im letzten Herbst erkannte, dass die medizinische Laufbahn nicht das war, was ich mit dem Rest meines Lebens anfangen wollte.

In Harvard landete ich letztendlich auf der Warteliste. Mein hervorragender Notendurchschnitt auf dem College und mein überdurchschnittliches Abschneiden bei der medizinischen Aufnahmeprüfung waren nicht der Grund, weshalb ich keine bedingungslose Zulassung bekommen hatte. Die vorklinischen Vereinigungen, denen ich beigetreten war, die Praktika, die ich absolviert hatte, meine Mitgliedschaft in einer Studentinnenverbindung und meine mustergültigen Referenzen – an alledem gab es nichts auszusetzen.

Der ausschlaggebende Faktor war mein Mund, der

wie bei einem Fisch immer wieder auf- und zuklappte, anstatt eine zusammenhängende Antwort auf eine absolute Standardfrage der Fakultätsangehörigen zu geben, die das Vorstellungsgespräch leitete.

»Miss Frank«, begann sie, während sie den Blick von den Unterlagen auf dem Tisch vor ihr hob und mich mit einem konzentrierten Lächeln festnagelte, »sagen Sie uns doch bitte – welche Vorbehalte könnten Sie dagegen haben, die medizinische Laufbahn einzuschlagen?«

In ihrem Tonfall lag nichts Vorwurfsvolles. Sie hatte diese Frage zweifellos schon früher gestellt und erwartete im Gegenzug eine kompetente, wohlüberlegte Antwort. Hier war die Gelegenheit, meinem Wunsch Nachdruck zu verleihen, Medizin an einer Universität zu studieren, die hochqualifizierte Ärzte hervorbrachte (*wie zum Beispiel Harvard*). Ein nervöser Bewerber würde vielleicht kichernd einen Kommentar bezüglich der Rückzahlung beträchtlicher Studiendarlehen abgeben. Ein selbstbewusster Kandidat wie mein Freund Mitchell würde vielleicht erklären: *Ich habe keine Vorbehalte; ich wollte schon immer Arzt werden.*

Stattdessen war das Einzige, was ich denken konnte: *Ich will nicht.* Mein Mund arbeitete verzweifelt, versuchte andere, passendere Worte zu finden, aber sie wollten einfach nicht kommen.

Schließlich platzte ich mit irgendetwas Idiotischem heraus, und nach einer verlegenen Pause verlagerte sich das Frage-und-Antwort-Spiel auf andere Themen. Mir unterliefen keine weiteren Schnitzer, während wir über meine vorklinischen Vorbereitungskurse, Methoden der Bewältigung persönlicher und studienbedingter Herausforderungen und meine Vorstellungen, wie sich die medizinischen Berufe in der nahen Zukunft verändern könnten, diskutierten.

Aber im Taxi zurück zu meinem Hotel konnte ich nur noch an diese eine Frage und die unzähligen passenden Antworten, die ich *nicht* gegeben hatte, denken. Sobald ich wieder in meinem Zimmer war, rief ich Mitchell an und beantwortete seine Frage nach dem Interview mit einem vagen: »Es war okay. Ich bin nur irgendwie geschafft.« Ich konnte meine neu gewonnene Selbsterkenntnis am Telefon nicht in Worte fassen. Als er nicht genauer nachhakte, wie ich mich geschlagen hätte, war ich mir nicht sicher, ob er mir glaubte, dass ich zu erschöpft für weitere Erzählungen war, oder ob er in Gedanken lediglich bei seinen eigenen Interviewterminen war. Er war eben erst aus Durham zurückgekehrt und würde in zwei Wochen in Cambridge sein. Er würde jeden Aspekt des Interviewverfahrens bei Harvard genau analysieren wollen, bevor er dorthin fuhr.

Ich legte mich schlafen, in der Hoffnung, dass diese ganze Geschichte nur eine vorübergehende geistige Umnachtung war, aber als Mitchell mich am nächsten Nachmittag am Flughafen abholte, war ich mir nur noch sicherer geworden – ich wollte nicht Medizin studieren. Wir hatten unsere jeweilige Zukunft so geplant wie alles andere in unserem Leben auch: jedes Detail strategisch durchdacht, jede Möglichkeit in Betracht gezogen. Bis auf die, dass er sein Medizinstudium aufnimmt und ich … nicht.

An jenem Abend, bei Short Ribs im Péché, gestand ich ihm die Wahrheit.

Mit gefurchten Augenbrauen hörte er auf zu kauen, wischte sich die Finger ab und nippte an seinem Pisco

Sour, bevor er antwortete. »Was soll das heißen, du siehst dich nicht Medizin studieren? Das klingt ja ganz so, als ob du das Interview vermasselt hast – und das auch noch bei *Harvard*, mein Gott –, aber du hast schließlich noch mehrere andere an Land gezogen. Irgendwo wirst du schon unterkommen. Duke. Vanderbilt. UT Southwestern, wenn's sein muss. Wirf doch nicht gleich die Flinte ins Korn.«

Ich war seit über einem Jahr mit Mitchell zusammen, aber ich konnte mich nie an sein stures Ausweichmanöver gewöhnen, ich solle eine »positive Haltung« bewahren, sobald ich irgendwelche Bedenken äußerte oder über irgendeine Besorgnis reden wollte. Optimismus ist ja gut und schön, aber er löst keine Probleme. Man sollte meinen, dass Mitchell das als künftiger Arzt wüsste. Aber andererseits hatte ich manchmal auch den Eindruck, dass diese Notwendigkeit zwanghafter Begeisterung nur für *mich* galt.

»Ich werfe nicht die Flinte ins Korn, Mitchell. Ich versuche dir zu sagen, dass ich keine Ärztin werden will. Das heißt, es spielt keine Rolle, ob und wenn ja, wo ich unterkommen kann.« Ich wusste, dass er enttäuscht und vermutlich schockiert war, daher ließ ich ihm etwas Zeit, den Dämpfer zu verdauen, den ich unserer gemeinsamen Zukunft soeben verpasst hatte.

Er schwieg geschlagene zwei Minuten, und dann sagte er: »Willst du mich verarschen?«

Sein angespannter Kiefer und sein starrer Blick waren mir nur allzu vertraut. Monate zuvor hatten wir allein in seinem Wohnheimzimmer gesessen und für eine Prüfung in organischer Chemie gelernt, als ich eine SMS von einem Typen in meinem Technisches-Schreiben-Kurs bekam. »Warum schreibt dir der Kerl?«, wollte er wissen.

»Wir sind Freunde. Und er hat mir wegen einer Hausaufgabe geschrieben, Mitchell.«

»Hältst du mich für bescheuert?« Sein Gesicht lief dunkelrot an, Speichel sammelte sich in seinem Mundwinkel, und seine Finger bohrten sich tief in meine Oberarme, sodass ich mich nicht mehr bewegen konnte. Er starrte wütend auf das Telefon in meiner Hand. »Warum zum Teufel willst du mir nicht sagen, was wirklich los ist?«

Mir blieb der Mund offen stehen, und ich stöhnte auf. »*Gar nichts* ist los.« Ich riss mich aus seiner Umklammerung, stand auf und wich ein paar Schritte zurück. Dabei stolperte ich über die Schuhe seines Mitbewohners, sodass ich nach hinten taumelte, mit einem Schreibtischstuhl zusammenstieß und zu Boden ging.

Minuten später, während er einen Eisbeutel auf die riesige Beule an meinem Hinterkopf drückte, entschuldigte sich Mitchell immer und immer wieder. »Es tut mir leid – Gott, es tut mir so leid – natürlich vertraue ich dir. Das sind nur meine Unsicherheiten, Reste von dem, was Darla mir angetan hat, weißt du?« Darla – seine Freundin im ersten Studienjahr, die ihn mit seinem besten Freund betrogen und ihm das Herz gebrochen hatte. »Bitte, Pearl. Du weißt, dass ich dich nicht verletzen wollte. Ich werde nie wieder so mit dir reden. Ich schwöre es.« Seine blauen Augen waren glasig von Tränen.

Letztendlich verzieh ich ihm und nahm ihm seine hoch und heilig gegebenen Versprechen ab.

»Willst. Du. Mich. Verarschen?«, wiederholte er jetzt

von der anderen Seite des Tischs, womit er seine monatealten Schwüre brach, als hätte es sie nie gegeben.

Trotz der Musik, die durch das voll besetzte Restaurant dröhnte, und der lauten Stimmen um uns herum hörten ihn zwei Frauen an einem Nebentisch. Beide verstummten, tauschten Blicke und beobachteten die sich entwickelnde Szene an unserem Tisch. Beschämt spürte ich, wie sie überlegten, ob sie sich einschalten sollten oder nicht. Ich hasste die Tatsache, dass wir Aufsehen erregten, fast ebenso sehr wie das, was er gesagt hatte, und er wusste es.

Mein Gesicht glühte, als ich mich vorbeugte und mit leiser Stimme sagte: »Mitchell, nicht hier.«

»*Nicht hier?*« Er legte den Kopf auf die Seite, als wäre er beleidigt. »Du hast dich entschieden, diese Bombe hier platzen zu lassen. Vielleicht hättest du dir vorher überlegen sollen, wo du diese absurde Diskussion führen willst, anstatt mir jetzt sagen zu wollen, wie ich darauf reagieren soll, dass meine Freundin ihre Zukunft – und *meine*, nebenbei bemerkt – wegwirft, als wäre gar nichts dabei.«

Seine Worte schlichen sich unter meinen Argumenten hindurch, weckten in mir Schuldgefühle, dass mein Entschluss unser beider Zukunft, nicht nur meine eigene, verändern könnte.

»Ich will dir nicht sagen, was du tun sollst. Ich dachte, wir könnten darüber diskutieren …«

»Na klar, na klar. Diskutieren wir darüber. Also, was willst du mit deinem Abschluss in vorklinischer Biologie stattdessen anfangen? An einer Highschool unterrichten? Für den Rest deines Lebens in irgendeinem geisttötenden Labor arbeiten? Nein, warte – ich weiß es schon.« Er lehnte sich zurück, und sein Mund verzog sich zu einem feindseligen Lächeln. »Zurück in dein behütetes Kleinstadtleben schleichen, weit weg von der großen bösen Welt, und Muscheln sammeln oder Fischallergien diagnostizieren oder was zum Teufel du im letzten Sommer gemacht hast. Ist das dein brillanter Plan?«

Empört lehnte ich mich zurück und verschränkte die Arme vor der Brust. Ich weigerte mich, ihm zu antworten. Ich hasste es, wenn er meine Heimatstadt lächerlich machte – eine Angewohnheit, die sich noch verschlimmert hatte, seit er im vergangenen Sommer eine Woche zu Besuch gewesen war. Er schien durchaus beeindruckt von dem Strandgrundstück meiner Eltern und verbrachte ebenso viel Zeit damit, mit meinem Stiefdad über seine chirurgischen Ambitionen und den Arztberuf zu diskutieren, wie mit mir, aber er erklärte dennoch beharrlich, mein Heimweh sei kindisch. Etwas, dem ich entwachsen sollte.

Er schob sein Gesicht in mein Blickfeld und beäugte mich. »Oh, Gott – im *Ernst*? Hast du den Verstand verloren, Pearl? Du musst wirklich übergeschnappt sein, denn kein vernünftiger Mensch würde die Chance, an einer der weltweit besten medizinischen Hochschulen zu studieren, aufgeben, um mit *Fischen* zu arbeiten.«

An dem Abend hätten wir uns um ein Haar getrennt, aber sobald wir wieder in meinem Zimmer waren, überzeugte er mich, er sei nur besorgt, ich würde vorschnell handeln.

Er flehte mich an, meine Entscheidung zu überdenken. »Du hast nur kalte Füße bekommen«, sagte er. »Du wirst schon sehen.«

Und so erklärte ich mich bereit, auch meine anderen Vorstellungstermine an medizinischen Hochschulen wahrzunehmen, die Studienplatzangebote in Betracht zu ziehen und eines davon sogar anzunehmen: Vanderbilt, Tennessee – eine der beiden Hochschulen, die ihn auch angenommen hatten.

In der Zwischenzeit machte ich die Aufnahmeprüfung und bewarb mich – am letzten Tag der Bewerbungsfrist – für ein Aufbaustudium in Meeresbiologie, das, wie Mitchell vorhergesagt hatte, in meiner Heimatstadt angeboten wurde. Ich sagte mir, wenn ich nicht angenommen wurde, würde ich Medizin studieren, wie alle von mir erwarteten, und niemand würde je erfahren, dass ich mich beworben hatte.

Im Dezember bekam ich die E-Mail mit der Zusage. Die Stipendien waren bereits vor Monaten vergeben worden, aber ich bekam eine kleine Studienbeihilfe angeboten – knapp genug, um die Studiengebühren und die Ausrüstung abzudecken –, wenn ich dafür im Labor arbeitete oder im Golf Meeresproben entnahm. Ich könne gern im Sommer anfangen, die Studentenapartments – verwittert, aber am Strand gelegen – seien allerdings voll. Im Gegensatz zu anderen Studenten hatte ich jedoch Eltern, die ein knapp vierhundert Quadratmeter großes Haus nur wenige Minuten vom Campus entfernt besaßen. Ich würde keine Unterkunft benötigen.

Es würde keine hoch bezahlte Stelle auf mich warten, wenn ich meinen Abschluss in der Tasche hatte, und die meisten Leute würden nie wirklich verstehen, womit ich meinen Lebensunterhalt verdiente, oder warum. Ein Leben lang das Meer und das Leben darin zu erforschen war nichts, was Leute für Geld oder gesellschaftliches

Ansehen taten. Es war etwas, wozu sie sich hingezogen fühlten, so wie sich Leute zum Meer selbst hingezogen fühlen. Ich würde meine Forschungsnische während meines Aufbaustudiums entdecken – mir schwebte irgendetwas Umweltbezogenes vor – und meine berufliche Laufbahn damit verbringen, mir darin etwas aufzubauen.

Anstatt Medizin zu studieren und Chirurgin zu werden, wie ich es immer vorgehabt hatte.

Ich starrte auf den Bildschirm, während mir vernünftige Argumente für Rückzieher abwechselnd mit der Stimme meines Freundes und der meiner Mutter in einer Schleife durch den Kopf gingen. Aber die wachsende Begeisterung tief in meiner Seele brachte sie zum Schweigen. Da ich an der Küste aufgewachsen war, hatte ich die Zerstörung – sowohl des Meeres als auch der Menschheit – mit eigenen Augen gesehen, die Öllecks und Ölkatastrophen anrichteten. Aber es ging um mehr als ölverklebte Möwen und Teerklumpen, die den Strand verunreinigten, und es waren die Meereswissenschaftler, die diese weitreichenden Folgen erforschten. Ich wollte zu ihnen gehören.

Ich hatte einen Monat gebraucht, um es Mitchell zu sagen. Am ersten Wochenende nach den Winterferien sahen wir uns in meinem Wohnheimzimmer einen Film an – genauer gesagt, er sah sich den Film an, während ich von Schuldgefühlen verzehrt wurde, weil ich ihn in dem Glauben ließ, wir würden in sechs Monaten zusammen nach Tennessee gehen.

Schließlich beugte ich mich vor und verknotete die Finger im Schoß. *Sag es, sag es, sag es.* »Also, das mit Vanderbilt …«, begann ich.

»Ich hatte da eine Idee«, unterbrach er mich und drückte auf die Stummtaste. »Lass uns in den Frühjahrsferien nach Nashville fahren und uns nach einer Wohnung umsehen. Wenn wir etwas finden, können wir eine Anzahlung leisten, und dann wissen wir, dass wir schon etwas haben, wenn wir im Juli kommen.«

»Mitchell, ich gehe nicht zur Vanderbilt.« Die Worte hallten in der darauf folgenden Stille nach.

Ein dunkles Gewitter braute sich in seinen Augen zusammen, aber er erwiderte nichts – er starrte mich nur an. Ich konnte es ihm nicht verdenken, dass er verblüfft war, aber sein unerbittliches Schweigen entnervte mich.

»Ich trenne mich nicht von dir«, fuhr ich fort. »Ich schlage nur bei meinem Aufbaustudium eine andere Richtung ein. Wir können das mit uns trotzdem schaffen – viele Paare führen erfolgreiche Fernbeziehungen. Wir sollten uns beide frei entscheiden können, was für ein Leben und was für eine Laufbahn wir uns aufbauen wollen, du in Vanderbilt und ich …«

»Es ist alles oder nichts.« Die Worte schienen aus dem Nichts zu kommen. Die Muskeln in seinem Gesicht hatten sich zu einer Maske der Wut verhärtet, seine Lippen hatten sich nicht bewegt. »Alles oder nichts, Pearl.«

Ich hatte Frustration erwartet – Verbitterung sogar, weil ich unsere Pläne verriet, aber kein Ultimatum. Seine Drohung ergab keinen Sinn. Ein erfolgreiches Medizinstudium erforderte echtes Engagement. Das wussten wir beide. Und ich wusste, dass ich es nicht empfand. »Dann nehme ich an, es ist nichts«, sagte ich, während sich meine Kehle mit unvergossenen Tränen zuschnürte.

»Du *Miststück*!«

Ich zuckte zusammen, und der Mund blieb mir offen

stehen. Ich war mir sicher, dass jeder im Haus meiner Studentinnenverbindung Mitchell gehört hatte und dass – da es ein Uhr morgens war – auch die meisten zu Hause waren.

Er sprang auf. »Du egoistisches *Miststück*!«, brüllte er.

Ich wollte zurückschreien, wollte ihm sagen, er solle *auf der Stelle* verschwinden, aber ich war wie gelähmt – bis auf das Zucken, das durch meine Arme und Beine schoss. Bis jetzt hatte ich mich nie wirklich vor Mitchell gefürchtet. Doch in diesem Augenblick hatte ich schreckliche Angst.

Er schnellte herum und machte einen Satz nach hinten.

Dummerweise dachte ich, er hätte vor zu gehen, und erkannte seine Absicht zu spät. »Mitchell, nein!«, schrie ich in dem Augenblick, in dem er sich mein rund dreißig Zentimeter langes Gehäuse einer Blitzschnecke schnappte und es gegen meine Zimmerwand schleuderte, sodass es an der Basis des Gewindes zerbrach.

Er bückte sich eben nach den Teilen, als die Präsidentin meiner Studentinnenverbindung und ihr Freund ins Zimmer platzten. D. J., nur mit Boxershorts bekleidet, riss Mitchell die Arme auf den Rücken und führte ihn mit Gewalt aus dem Verbindungshaus, während er immer wieder sagte: »Beruhige dich, verdammt noch mal, Upstone, sonst sorge ich dafür, dass du es tust.«

Während meine Verbindungsschwestern im Flur zusammenkamen und mit weit aufgerissenen Augen miteinander flüsterten, reichte Katie mir die beiden Hälften des Schneckengehäuses. »Alles okay mit dir?«

Ich nickte, während ich die beiden Hälften wie Puzzleteile zusammensetzte. Ich hatte diese Blitzschnecke in der zehnten Klasse mit in die Schule gebracht, als wir im Biologieunterricht Meereskunde durchnahmen. Meine Klassenkameraden bewunderten den Schatz in meinen Händen und streckten die Finger aus, um die blassen Streifen auf der Oberfläche des Gehäuses zu berühren, während ich damit durch den Raum ging. Mr. Quinn erklärte uns, die Meeresschnecke, die es einst bewohnt hatte, müsse mindestens zwanzig Jahre alt geworden sein, um ein Gehäuse dieser Größe zu entwickeln. Länger, als ich am Leben war.

»Pearl, er hat dich doch nicht etwa – geschlagen oder so?«

Ich schüttelte den Kopf, während mir eine Träne über die Wange rollte. Dass Mitchell ausgerechnet den einen Gegenstand in meinem Zimmer ausgewählt hatte, der für mich am meisten für meine Heimat stand, war kein Zufall. Meinem sinnlosen Ausruf zum Trotz wusste ich in dem Augenblick, in dem er sich nach dem obersten Regal meines Bücherschranks ausstreckte, dass es zu spät war, seine Rache zu verhindern, zu spät, mir zu wünschen, ich hätte dieses Gespräch irgendwo anders angestoßen. Sein Wutanfall verscheuchte jegliche Gewissensbisse, weil ich unsere Pläne aufgegeben hatte.

Als er eine SMS mit einer Entschuldigung schickte, schrieb ich nicht zurück. Seine Anrufe wurden auf meine Mailbox umgeleitet, und ich löschte sie, ohne sie abzuhören. Meine Verbindungsschwestern ließen ihn nicht mehr hinein, und Gerüchten zufolge drohte ihm der Präsident seiner Verbindung mit dem Entzug seiner Mitgliedschaft, sollte er mich nicht in Ruhe lassen. Im Herbst zuvor hatte es einen Vorfall mit einem ihrer Verbindungsstudenten gegeben. Er hatte ein Mädchen gestalkt und ein anderes vergewaltigt – eine Studentin im ersten Studienjahr aus meiner Verbindung, die nach dem Ende des Semesters das College wechselte. Nach einem Treffen zur Schadensbegrenzung mit dem Berater ihres Ortsverbandes und einem Alumni-Mentor gingen die führenden Köpfe der Verbindung kein Risiko mehr ein.

»D.J. sagt, er und Dean werden *null Toleranz* üben, zumindest bis sie im Mai ihren Abschluss machen.« Katie drückte meine Schulter. »Vier Monate, und wir sind weg von hier. Ich kann weiß Gott kein weiteres Drama mehr gebrauchen, aber ich schwöre auf einen ganzen Stapel Bibeln, die von Jesus selbst signiert wurden – ich werde Mitchells Arsch die ganze Straße hinuntertreten, wenn er auch nur einen Fuß auf unseren gottverdammten Rasen setzt.«

Mitchell und ich gingen uns für den Rest unseres letzten Semesters aus dem Weg – darunter neunzigminütige Vorlesungen in Tiervirologie jeden Dienstag und Donnerstag und acht unangenehme Stunden im Labor für experimentelle Physiologie jeden Mittwoch. Der College-Abschluss vor drei Tagen war eine Erleichterung – auch wenn ich zwei Tage lang von Schuldgefühlen geplagt wurde, weil ich Mamas Glückseligkeit über meinen bevorstehenden Aufstieg zum Medizinstudium erfolglos zu ignorieren versuchte. Ich konnte mein Abschlusswochenende keiner von uns beiden verderben, indem ich ihr die Wahrheit hinknallte, aber meine Zeit war abgelaufen.

Das College war erledigt. Mitchell und ich gingen getrennte Wege. Ich hatte Vanderbilt davon in Kenntnis gesetzt, dass ich mein Studium nicht aufnehmen würde, womit ich hoffentlich den Traum irgendeines Wartelisten-Bewerbers wahr machte. Jetzt musste ich nur noch eines tun.

Es meiner Mutter sagen.

2

BOYCE

Ich bin kein Held.

Diese Beschreibung passte auf meinen Bruder Brent, sein Leben lang, aber nicht auf mich. Als Kind wollte ich so sein wie er – ich dachte sogar, das könnte ich, wenn ich ihn in allem nachäffte. Mit vierzehn war er kurz davor, sich sein Eagle-Scout-Pfadfinderabzeichen zu verdienen, daher trat ich den Wölflingen bei. Dad war nicht gewillt, die Gebühren und die Pfadfinderkluft zu bezahlen, daher ließ mich Brent in den Gärten, in denen er den Rasen mähte, das Gras einsammeln, damit ich mir das Geld dafür selbst verdienen konnte. Jahre später fand ich heraus, dass er den Grasfangkorb von seinem Rasenmäher abgenommen hatte, damit er mich von seinem eigenen Lohn dafür bezahlen konnte, dass ich das Gras zusammenrechte und in Säcke füllte.

In der zweiten Klasse war ich mit Feuereifer dabei, mir Verdienstabzeichen zu erwerben, aber Mom war es leid, sie aufzunähen. Als ich mein erstes nach Hause brachte, nahm sie ihre vom Seifenwasser runzeligen Hände aus dem Spülbecken mit schmutzigem Geschirr und erklärte mir: »Ich habe euch Jungs jede Menge Dehnungsstreifen und einen dicken Arsch zu verdanken. Ich werde mir nicht auch noch die Finger mit Narben verunstalten, nur um diese ganzen verdammten Dinger aufzunähen. Mach es selbst, so wie dein Bruder.«

»Sieh mal.« Brent führte eine große Nadel durch den Rand eines Abzeichens, über die Kante und durch den Stoff wieder nach unten. Er befestigte den zweieinhalb Zentimeter breiten Kreis mit einem durchsichtigen Faden, der wie eine Angelschnur aussah, auf meinem blauen Hemd und ließ mich dann die anderen aufnähen.

Mit der Nadel stach ich mir ein paar Dutzend Löcher in die Finger, und ich bin sicher, auf dem Hemd war eine ganze Menge Blut, bis ich fertig war. Die ersten paar Abzeichen saßen ein bisschen schief und locker, aber sie hielten.

In jenem Frühjahr nahm meine Meute an der alljährlichen Strandsäuberung der Stadt teil. Ich war der Erste, der sich anmeldete, da ich dieses Naturschutz-Abzeichen *unbedingt* haben wollte – selbst wenn ich es selbst aufnähen musste. Mein Interesse schwand nach ein paar Stunden in der für die Jahreszeit ungewöhnlichen Hitze und der für die Golfregion typischen Luftfeuchtigkeit. Die Plastikhandschuhe, die man uns gab, schützten uns vor allem außer Spritzen – auch wenn man mir nicht zweimal sagen musste, dass ich sie besser nicht anfasste. Nadeln und mich verband gegenseitiger Hass. Aber die Handschuhe klebten an meinen verschwitzten Händen, und Sandkörner fanden an meinen Handgelenken vorbei hinein und setzten sich körnig und kratzend zwischen meinen Fingern fest.

Voller Ungeduld, aufzuhören und die Capri-Sonne und die Hotdogs einzufordern, die man uns versprochen hatte, überreichte ich meinem Gruppenleiter einen Müllsack mit Flaschendeckeln, Essensverpackungen und einem verwesenden Fisch.

»Gute Arbeit«, sagte er, und ich konnte den Hotdog, triefend von gelbem Senf und Würzsauce, fast schon schmecken. »Jede Menge Zeit, um vor dem Mittagessen noch ein, zwei Säcke zu füllen. Wirf den hier in die große Mülltonne und schnapp dir den nächsten. Keine Sorge, Mrs. Thompson wird euch alle zu sich pfeifen, wenn die Wiener Würstchen fertig sind.«

Ich wandte mich ab, um meine mürrische Miene zu verbergen, und murmelte einen Fluch, entschlossen, den Sack in Rekordzeit zu füllen und mich dann hinter irgendeinen Sonnenschirm zu verziehen, bis ich das Signal meiner Gruppenleiterin hörte – denselben durchdringenden Pfiff, mit dem sie ihre Söhne zur Abendessenszeit immer nach Hause rief. Auf einmal tauchte ein Schwarm kleiner Mädchen in identischen rosa T-Shirts und blauen Westen, die mit mädchenhaften Abzeichen übersät waren, zwischen mir und dem Wasser auf. Es musste mein Glückstag sein – *Kleinmädchen-Pfadfinderinnen.* Sie rannten kreischend herum und taten, als wären ihre Müllsäcke Fallschirme.

»Scheiße«, sagte ich, während ich noch ärgerlicher wurde. Jetzt würde ich mich rasch auf die Jagd machen müssen, um meinen Sack zu füllen, denn die Mädchen würden den ganzen Müll an diesem Strandabschnitt einsammeln, und ich wollte mich nicht allzu weit von den Hotdogs oder Mrs. Thompsons Pfeife entfernen müssen.

Als ihre Gruppenleiterin sie zu einem Kreis zusammenrief, um Handschuhe zu verteilen, und sie anwies beisammenzubleiben, stapfte ich genau zwischen ihnen hindurch, auf einen Plastik-Sixpackträger zu, der aus dem Sand hervorschaute.

»Hey!«, rief eines der Mädchen. »Er schnappt sich unseren Müll!«

Ich tat, als hätte ich sie nicht gehört, und stopfte den Träger in meinen Sack.

Die Gruppenleiterin lachte und sagte, es gebe genügend Abfall für jeden, und sie fingen alle an, sich wahllos irgendwelches Zeug in Sichtweite zu schnappen. »Mädchen«, ergänzte sie, »denkt dran, die Natur so zurückzulassen, wie ihr sie vorfindet! Wir sind hier, um *Abfälle* zu sammeln, nicht Seetang, Stöcke oder Muscheln.«

»Auch nicht die zerbrochenen?«, fragte ein anderes Mädchen, während es auf eine Handvoll Muschelscherben starrte. »Darin können doch keine Schnecken oder Krabben mehr leben. Sie sind für nichts gut, das heißt, sie sind auch Abfall, oder?«

Ich verdrehte die Augen, während ich zwischen ihnen hindurchging. Sie sah mich und runzelte die Stirn.

»Nein, Pearl – die zerbrochenen sind immer noch *Natur*. Lass sie auch liegen, Liebes.«

»Dummes Mädchen«, sagte ich, und sie biss sich auf die Lippe und sah aus, als würde sie vielleicht gleich in Tränen ausbrechen, was irgendetwas in mir rührte und mir das Gefühl gab, gemein zu sein. Sie war schließlich nur ein kleines Mädchen. Aber ich stapfte an ihr vorbei, schnappte mir ein Stück Zeitung und stopfte es in meinen Sack. Ich hatte schließlich zu tun.

Eine Stunde später war mein Sack gefüllt, und ich war weiter weggelaufen, als ich eigentlich vorgehabt hatte. Ich sah niemanden von meiner Meute. Vielleicht war ich zu weit weg gewesen, um den Pfiff zu hören.

Vielleicht waren die Hotdogs schon aus. Mein Magen knurrte, wütend bei diesem Gedanken, und ich lief über den Strand zurück. In diesem Augenblick bemerkte ich irgendetwas im Wasser – *ein Klumpen Abfälle*? Nein. Es waren dunkle Haare. Kleine Arme schlugen auf beiden Seiten davon wild um sich, bevor der Kopf und die Arme unter einer Welle verschwanden. Ich verlangsamte mein Tempo und starrte auf die Stelle. Ich sagte mir, dass es nur irgendein Kind war, das im Wasser spielte, anstatt bei der Strandsäuberung zu helfen.

Die Haare und Arme tauchten für ein oder zwei Sekunden an die Oberfläche und gingen dann wieder unter. Wenn jemand um Hilfe rufen sollte, war er zu weit draußen, um gehört zu werden. Niemand außer mir schien die Szene zu beobachten. An unseren Stränden gab es keine Rettungsschwimmer, und kein Elternteil war in der Nähe, der den Blick über die Brandung schweifen ließ. Wenn man nicht wollte, dass das eigene Kind ertrank, dann behielt man es im Auge. Jeder, der ein bisschen Verstand hatte, wusste das.

Mein Herzschlag beschleunigte sich, als die Sekunden verstrichen und nichts geschah. Ich ließ meinen Müllsack fallen, rannte zum Rand des Wassers und suchte die Oberfläche ab. Nichts. *Nichts*. Hatte ich eben dort gestanden und zugesehen, wie jemand ertrank? Ohne zu überlegen, stürzte ich mich ins Meer, mit Schuhen und allem.

»Hey, du!«, brüllte ich, während mein Blick über die kabbelige Wasseroberfläche glitt. Sobald ich brusttief im Wasser stand, schlugen mir kleine, sich kräuselnde Wellen ins Gesicht, die verhinderten, dass ich weiter als ein paar Meter vor mir sehen konnte. Ich war ein solcher *Idiot*. Ich hatte keinen Erwachsenen gerufen. Ich war einfach allein ins Wasser gerannt, wie der bescheuerte Schwachkopf, der ich nach den Worten meines Dads war.

Irgendetwas stieß gegen mich, und als ich den Mund öffnete, um zu schreien, schluckte ich Golfwasser. Ich hustete und spuckte und streckte die Hände aus, um abzuwehren, was immer dort war, als ich auf einmal irgendetwas blau und rosa aufblitzen sah. *Das ertrinkende Kind*. Ich packte es mit beiden Händen, zog den schlaffen Körper an meine Brust und bewegte mich, so schnell ich konnte, zurück zum Strand. Eine gewaltige Welle warf mich um, und wir gingen beide unter, aber ich hielt durch und stemmte die Füße gegen den Golfboden, bis wir beide wieder auftauchten. Der Kopf sackte mit geschlossenen Augen auf mich zu.

Es war das Mädchen, das ich dumm genannt hatte.

»Nein!«, schrie ich hustend, während ich meine Arme unter ihren Hals und ihre Knie schob. Taumelnd schrie ich ihr ins Gesicht: »Wach auf! Wach auf!« Ich ließ mich auf die Knie fallen und legte sie auf den Sand, aber sie rührte sich nicht. Ich wusste nicht, was ich tun sollte – im Fernsehen atmeten sie den Leuten in den Mund und drückten auf ihre Brust, aber im Fernsehen taten sie vieles, was nicht echt war, wie zum Beispiel an Gebäuden hochzuklettern oder sich in Vampire zu verwandeln.

Die Gruppenleiterin der Pfadfinderinnen tauchte auf. »Pearl! Oh Gott!« Ihre Hände zitterten, als sie die Finger an den Hals des Mädchens presste. Sie legte den Kopf auf ihre Brust. »Kein Puls, kein Puls, o Gott«, rief sie. Sie hielt ihrem Schützling die Nase zu und beatmete ihn, aber das Mädchen schlug die Augen nicht auf.

Mir war glühend heiß, aber ich zitterte, als säße ich in einem Kübel mit Eis. Leute umringten uns, sahen uns murmelnd zu, aber ich konnte sie nicht klar sehen oder hören, und ich konnte mich nicht bewegen. Ich sah nur die Frau, die immer wieder auf die reglose Brust des Mädchens drückte und in seinen Mund atmete; ich hörte nur meinen eigenen Puls, der wie eine Trommel in meinen Ohren hämmerte. Ich war am Leben, und sie war tot, und es war meine Schuld, weil ich keinen Erwachsenen gerufen hatte, anstatt allein ins Wasser zu laufen. Und vor einer Stunde hatte ich sie zum Weinen gebracht – ihre Augen waren zwei dunkle, traurige Tümpel gewesen, so wie Mamas immer aussahen, nachdem Daddy sie geschlagen hatte.

Dann, wie ein Springbrunnen, spuckte das Mädchen Wasser – *viel* Wasser. Es strömte ihr übers Gesicht, während sie sich mit einem Ruck aufsetzte. Sie schnappte nach Luft, und ihre Augen öffneten sich schlagartig. Sie sah mich genau an, und erst als ich spürte, wie ihre Hand den Griff um meine verstärkte, wusste ich, dass ich sie gehalten hatte.

Die Menge um uns herum jubelte. Ich spürte, wie mir Hände auf die Schultern und den Hinterkopf klopften, während die Frau in Tränen ausbrach und immer wieder den Namen des Mädchens sagte – *Pearl, Pearl, Pearl* – und Jesus und Gott und schließlich auch mir dankte. »Du hast ihr das Leben gerettet. Danke. Danke.«

Die vergangenen Augenblicke stürzten auf mich ein wie Tage anstatt Minuten. Meine Augen brannten. Meine Zähne klapperten, und meine Gliedmaßen zitterten. Ich hielt Pearls Hand, die klein und bronzefarben in meiner eigenen lag, fest umklammert, während ich auf die dunklen Haare hinunterstarrte, die ihr wirr ums Gesicht lagen, an ihrer Wange klebten und sich um eine der Pfadfinderinnen-Nadeln an ihrer Brust schlängelten – die sich jetzt hob und senkte, wie sie es sollte. Ich starrte in dunkle Augen, die weit aufgerissen und *lebendig* waren. Ich hatte das Gefühl, soeben etwas gelernt zu haben, aber ich wusste noch nicht, was es war.

Als die Rettungssanitäter eintrafen, wickelte mein Gruppenleiter mich in ein Strandtuch und zog mich fort, riss meine Hand aus Pearls Umklammerung und ihre aus meiner. »Gut gemacht, Boyce. Du bist ein Held, weißt du?«

Es gab einen Bericht in der Zeitung und zwei Bilder: eines von meinem lächelnden Meutenführer, wie er mir eine glänzende Ehrenmedaille über der linken Brusttasche ansteckte, genau über meinem Herzen, und ein anderes von Pearls Mutter, meinen Eltern und Brent, die hinter uns beiden standen – beide in unseren Pfadfinderkluften. Ihr Kopf, ein wilder, dunkler Lockenschopf, der von einer rosa Schleife zusammengehalten wurde, reichte mir nicht einmal bis zur Schulter.

Das war mein einziger Moment von Heldenmut – mehr, als manche Leute von sich behaupten können, nehme ich an. Zu dumm, dass ich erst sieben war. Es ist irgendwie beschissen, zur Höchstform aufzulaufen, bevor man die Pubertät erreicht.

Ich mache nicht immer Feierabend, wenn ich die Werkstatt zusperre. An den meisten Nachmittagen bin ich mitten in meiner Arbeit und will nicht aufhören, bis ich sie erledigt habe, aber manchmal gibt es einfach noch zu viel zu tun, egal, ob ich fertig werden will oder nicht. Ich spielte seit einer Weile mit dem Gedanken, eine Aushilfe einzustellen, wenigstens in Teilzeit.

Normalerweise denke ich daran, um sechs Uhr den Riegel vorzuschieben und das GESCHLOSSEN-Schild an der Tür umzudrehen, selbst wenn ich noch arbeite, aber ich steckte mitten im Einbau eines Zylinderblocks, als es Zeit dafür war. Als eine halbe Stunde später die Glocke über der Tür läutete, fluchte ich leise und rief »Geschlossen«, mit einem kurzen Blick zu dem Türrahmen zwischen dem beengten Büro und der Werkstatt.

Dort stand Dads alter Anwalt (und gescheiterter AA-Sponsor), Barney Amos, dessen Gesicht seit einem Unfall zu einer permanenten schiefen Grimasse verzerrt war. Der Unfall hatte sein Gesicht und seinen linken Arm verstümmelt, ihn um ein Haar seine Anwaltszulassung gekostet, seinen sechsjährigen Sohn getötet und dafür gesorgt, dass er mit dem Trinken aufhörte – einen Tag zu spät. Austin Amos hatte mit mir zusammen bei den Wölflingen angefangen. Er wäre jetzt zweiundzwanzig oder so.

»Hey, Boyce«, rief Mr. Amos, eine Hand erhoben, als würde er schwören, die Wahrheit, die ganze Wahrheit und nichts als die Wahrheit zu sagen.

»Hey, Mr. Amos.« Ich wischte mir die Hände an einem Lappen ab und richtete mich auf. Als ich die Schultern rollte, spürte ich das Brennen unter meinen Schulterblättern. »Was kann ich für Sie tun?«

Barney Amos war seit Jahren nicht mehr in der Werkstatt gewesen, aber ich sah ihn oft genug in der Stadt. Dads Versuch, mit dem Trinken aufzuhören, bestand aus zwei oder drei Treffen, gefolgt von einem Saufgelage, das für den Rest seines Lebens anhielt. Ich wusste, wem ich die Schuld daran geben musste, auch wenn Mr. Amos versuchte, einen Teil davon auf sich zu nehmen. Es war allein die Entscheidung meines Dads. Jede einzelne Flasche. Jeder einzelne Schluck.

»Boyce, war dein Dad je bei einem anderen Anwalt? Nachdem er und ich getrennte Wege gingen?«

Ich zuckte mit den Schultern, die schmerzhaft protestierten. Ich hatte ein schlechtes Gewissen wegen der Verlockung des eiskalten Biers, das auf mich wartete, sobald ich geduscht hatte und mich in der Stadt mit ein paar Kumpeln traf. Im Gegensatz zu meinem Vater würde ich meinen Alkoholkonsum beschränken. Im Gegensatz zu Mr. Amos würde ich mich nicht hinter ein Lenkrad setzen, bevor ich wieder nüchtern war.

»Nicht dass ich wüsste, aber er war nicht unbedingt redselig in solchen Dingen.« *Oder irgendwelchen anderen Dingen, abgesehen von seiner Meinung, was für ein Versager ich war*. »Warum?«

Mr. Amos verlagerte seine Haltung, blieb aber im Türrahmen stehen. Er sah zu Boden, blickte noch unbehaglicher drein, als es sein natürlicher Zustand war. »Hast du seine Unterlagen durchgesehen? Gründlich?«

Wenn Leute eine Frage mit einer Gegenfrage beantworten, ist das nie ein gutes Zeichen. »Juristische Unterlagen, meinen Sie? Eigentlich nicht. Warum?«, fragte ich noch einmal.

Sein schiefer Mund hob sich an einer Seite, sichtlich erleichtert über meine Antwort. »Ah, na dann, ich würde vorschlagen, du siehst dich mal danach um – je früher, desto besser. Du wirst entsprechende Unterlagen benötigen, um seine Vermögenswerte – das Eigentum an dem Wohnwagen, der Werkstatt und am Inhalt derselben –

gesetzlich auf dich überschreiben zu lassen. Wie auch das Geschäft selbst.«

Ich runzelte die Stirn. Das klang einleuchtend, aber irgendetwas nagte an mir und schob seinen vernünftigen Rat beiseite. »Ich bin sein einziger verbliebener Erbe, daher ist das doch nur eine Formsache, oder?«

»Na ja, sicher, sicher. Aber das Gesetz ist etwas eigen bezüglich der Formalitäten, nach denen Besitz vererbt wird, wenn jemand verstorben ist.«

»Okay. Na schön. Was genau suche ich also? Ein Testament, nehme ich an?«

Er nickte. »Ein Testament und jegliche Unterlagen im Zusammenhang mit der Werkstatt – Geschäftsgründung, Steuerformulare, et cetera. Wenn wir davon ausgehen, dass sie noch immer ein Einzelunternehmen war, könntest du ein paar Probleme bekommen. Wenn Bud sie nicht im letzten Jahrzehnt oder so formal in eine Gesellschaft umgewandelt hat, müsste ein neuer Eigentümer sie unter seinem eigenen Namen neu eintragen lassen.«

Formal in eine Gesellschaft umgewandelt? Ja, na klar. Das klang nicht nach etwas, womit Dad sich herumgeschlagen hätte. Seit ich achtzehn geworden war, hatte er mich jede Woche bezahlt, als wäre ich ein Angestellter, mit Steuerformularen und allem – nachdem er ein Schreiben vom Staat oder dem Finanzamt bekommen hatte, das ihn drei Tage lang in Rage versetzte.

»Und äh, könntest du vielleicht auch nach einer Scheidungsurkunde suchen? Vielleicht aus einem anderen Bundesstaat?«

»Scheidungsurkunde … noch eine Formsache?«

Er nickte, während er den Blick über die Hebebühne,

die Diagnosegeräte und die Werkzeuge, die die Wände säumten, schweifen ließ. »Sobald du alles beisammenhast, komm damit in meinem Büro vorbei, dann bringen wir das alles auf den Weg. Unentgeltlich natürlich – das ist das Mindeste, was ich tun kann.«

»Ja, Sir.« Ich machte ihn vielleicht nicht dafür verantwortlich, dass der Alkoholentzug meines Dads kläglich gescheitert war, aber zu einem *kostenlosen* Angebot würde ich nicht Nein sagen. »Ich komme in ein paar Tagen vorbei.« Irgendetwas verschwieg er mir, das würde ich wahrscheinlich noch früh genug herausfinden.

PEARL

Mein Handy piepste, und auf dem Display erschien ein vor ein paar Tagen entstandenes Foto von Mom bei meiner Abschlussfeier. Mein Herz setzte einen Takt aus, bevor ich abnahm. Sie rief nie an, wenn sie wusste, dass ich Auto fuhr.

»Fährst du im Moment nicht Auto?«, fragte sie, sobald ich mich meldete. »Ich wollte dir auf die Mailbox sprechen. Du solltest nicht an dein Handy gehen, wenn du Auto fährst.«

Ich seufzte auf, erleichtert über ihren Ton, der mir verriet, dass nichts Schlimmes passiert war, aber auch gleichzeitig verärgert, da sie mich immer noch wie eine Sechsjährige behandelte. »Mama, du kannst mich nicht anrufen, wenn ich mit neunundneunzigprozentiger Wahrscheinlichkeit Auto fahre, und mir dann sagen, dass ich nicht an mein Handy gehen soll, wenn ich Auto fahre.«

»Du hättest die Mailbox übernehmen lassen können.«

»Ich hasse die Mailbox. Und du rufst ja offenbar an, um mir irgendetwas zu sagen, was nicht warten kann, bis ich in…« – ich warf einen Blick auf die Uhr – »…etwas über einer Stunde nach Hause komme. Du hast mich dazu erzogen, mich zuerst aufzuregen und später Fragen zu stellen. Komm damit klar.«

Sie seufzte resigniert in den Hörer. »Na schön. Dein Vater hat eine Veranstaltung des Amerikanischen Ärzteverbandes in Houston vergessen – *heute Abend*. Und er *spricht* dort.« Dr. Thomas Frank, Doktor der Medizin, Facharzt für Neurochirurgie, Facharzt für Chirurgie, war nicht mein richtiger Vater, der vor meiner Geburt starb. Thomas heiratete Mom, als ich dreizehn war, und adoptierte mich wenig später. Dadurch wurde ich zu Pearl Frank, was, wie Melody Dover, meine beste Highschoolfreundin, später sagen würde, wie ein typischer Name für ein weißes Mädchen klang – etwas, worüber Mama überglücklich zu sein schien. Ich fragte sie nicht nach ihrer Meinung, bevor ich beantragte, dass auf mein offizielles Diplom *Pearl Torres Frank* gedruckt wurde. Ich liebte meinen Stiefvater, aber ich wollte eine urkundliche Anerkennung meiner Herkunft haben – woher ich kam und wer ich hätte sein können.

Ich hörte Thomas' gutmütiges Gemurmel im Hintergrund, gefolgt von Mamas fassungslosem Ausbruch. »Einführungen erfordern auch Vorbereitung, Thomas! Und nein, du kannst es nicht einfach *aus dem Ärmel schütteln. Madre de Dios!*« Ihr Akzent war stärker, wenn sie sich aufregte – etwas, was mein Stiefvater gern provozierte, nur um es zu hören. Aber reines Spanisch? *Jackpot*.

»Das heißt, ihr werdet heute Abend nicht zu Hause sein«, unterbrach ich sie. Meine Erleichterung über die eine Nacht Aufschub von meinem bevorstehenden Geständnis war zu groß, um deswegen ein schlechtes Gewissen zu haben. »Kein Problem. Ich habe meinen Schlüssel. Wir sehen uns morgen.«

Ich steckte im Türrahmen der Hintertür fest, während Tux in einer Reihe von Achterschleifen um meine Beine strich und sich miauend darüber beklagte, dass meine Eltern ihn allein gelassen hatten. Sie waren erst seit ein paar Stunden fort, und davor war er zweifellos gestreichelt und gehätschelt und mit frischem, von Hand gehacktem Schwarzem Trommler – oder was immer Thomas gefangen hatte, als er das letzte Mal mit dem Boot draußen war – gefüttert worden.

Ich tätschelte Tux' pummelige Flanke und zerrte meine Reisetasche durch die Tür. »Du machst niemandem etwas vor mit dieser typischen Ich-bin-völlig-vernachlässigt-Nummer, Kater. Du bist das verwöhnteste Katzengeschöpf auf der ganzen Insel.«

Und er war auch das süßeste, was der Grund war, weshalb er so verhätschelt wurde. Er und Thomas führten ein absolutes Junggesellenleben, bevor Mama und ich vor sieben Jahren in ihr Leben traten, aber Tux hieß uns ebenso herzlich willkommen wie Thomas – als hätte er nur darauf gewartet, dass irgendeine Frau und ihr dreizehnjähriges Kind bei ihnen einzogen und ein Revier für sich beanspruchten, das jahrelang seines gewesen war. Er schlug mit einer Pfote nach dem Reißverschlussgriff an meiner Tasche, während ich Melody anrief. Sie hatte eben ihren Abschluss an der Southern Methodist University gemacht und war für zwei Wochen zu Hause, bevor sie zurück nach Dallas ziehen würde, um ihren neuen Public-Relations-Job anzufangen.

»Hey!«, rief sie, als sie abnahm. »Schon zu Hause?«

»Bin eben zur Tür herein. Meine Eltern sind heute Abend nicht da. Bist du beschäftigt?«

»Nein. Bin seit zwei Tagen zu Hause, und ich habe schon jetzt die Schnauze gestrichen voll von Moms ständigem Gemecker über die eine Million Dinge, die ich in meinem Leben falsch mache – von meinen Kleidern über meine Karriere bis hin zu der Tatsache, dass ich niemals einen Ehemann an Land ziehen werde, weil es mir in vier Jahren College auch nicht gelungen ist, einen zu finden. Es würde ihrem knochigen Arsch recht geschehen, wenn ich einfach lesbisch werden würde.«

Ja, na klar. Denn Frauen werden ständig Lesben, nur um ihre Mütter zu ärgern.

»Ich glaube nicht, dass das für dich eine machbare Alternative ist, Mel.«

»Ja.« Sie seufzte. »Ich mag Männer zu sehr.« Vier Jahre College hatten Melodys Sinn für Sarkasmus nicht verbessert. »Apropos Männer – lass uns ausgehen!«

Sie und ihr letzter Freund hatten sich vor einem Monat getrennt, und sie kannte meine ganze hässliche Geschichte mit Mitchell, aber Ausgehen klang für mich eher anstrengend als verlockend. Ich hatte gehofft, sie würde mir alle Neuigkeiten über ihr Privatleben und den Klatsch und Tratsch in der Stadt berichten, während wir es uns bei einer Flasche Wein und in Yogahosen zu Hause gemütlich machten, wie die erwachsenen Frauen, die wir waren. Aber ich wollte gern etwas Zeit mit ihr verbringen, bevor sie die Stadt verließ.

Auf der Highschool waren wir so unterschiedlich wie Tag und Nacht und doch so eng verbunden, dass irgendjemand uns zum Spaß die Yin-Yang-Zwillinge nannte. Dieser Spitzname beruhte vermutlich auf unserem gegensätzlichen Äußeren – selbst mit ihrer Sommerbräune sah sie neben meiner olivfarbenen Haut und meinen dunklen Haaren und Augen blasser und blonder aus. Aber für mich war unsere Verbundenheit, unser Yin-Yang, innerlich. In den vier Collegejahren, die wir getrennt waren, hatten wir uns voneinander entfernt. Ich vermisste sie.

»Melody. Ich bin eigentlich nicht in der Stimmung, um…«

»Keine Sorge – ich werde fahren!«

»*Mel.*«

»Ich springe nur schnell unter die Dusche. Komm in einer Stunde vorbei. Wir sehen uns gegen neun. Bis dann!« Sie schnaubte und legte auf, bevor ich ein zweites Mal »Mel« sagen konnte.

Ich musste lachen. Es geht doch nichts über eine alte Highschoolfreundin, die dich wieder ins Highschoolverhalten zurückzerrt. Melody, beliebter, kontaktfreudiger, von allem ein bisschen mehr, hatte bei unserem Sozialleben immer die Führung übernommen, und ich war ihr immer gefolgt. Nur in einem Punkt, der niemanden überraschte, entfalteten wir unterschiedliche Aktivitäten. Während sie im vorletzten Schuljahr der Cheerleader-Truppe beitrat und im letzten Schuljahr Cheerleader-Captain wurde, schloss ich mich Studiengruppen an, arbeitete ehrenamtlich im Meeresforschungszentrum und hielt die Abschiedsrede unserer Klasse.

Wenn schon nichts sonst, könnte ich wenigstens mein Geständnis vor Melody üben, bevor ich Mama damit konfrontierte. Melody würde verstehen, warum ich solche Angst davor hatte, meine Mutter zu enttäuschen.

»Mi-AU«, beklagte sich Tux schnurrend, ganz der verwöhnte Balg, der er war.

Um ihn zum Schweigen zu bringen, schaufelte ich ihm einen Löffel voll kalte Käsemakkaroni in seinen Fressnapf – sein Lieblingsfutter gleich nach Fisch. »Du bist verrückt«, sagte ich zu ihm. »Und wenn du mich jetzt bitte entschuldigst, ich muss mich für einen Ausgehabend in der Stadt fertig machen. Wenigstens ist es unter der Woche. Hoffentlich ist in den Bars nichts los.«

3

BOYCE

Der Tourismus war schon immer die Haupteinnahmequelle der Stadt gewesen – selbst die Fischerei kam erst an zweiter Stelle. Aber der Geldzufluss hielt die Einheimischen nicht davon ab zu schimpfen, sobald Scharen von auswärtigen Besuchern kamen und in die Restaurants einfielen, die Straßen und den einzigen Lebensmittelladen verstopften und die Strände mit ihren verschwitzten Körpern, Styropor-Kühlboxen und nutzlosen Sonnenschirmen belagerten, die bei der ersten steifen Brise vom Golf in Fetzen gerissen wurden.

Wenn man um diese Jahreszeit ausgehen und die Touristen meiden wollte – viel Glück dabei. Die beste Chance hatte man noch, wenn man in irgendeine schmuddelige, heruntergekommene Kneipe abseits der Hauptstraße ging. Keine helle, tropische Fassade, keine Palmenlandschaft, keine Aussicht. Die Art Bar, die Ortsfremde entweder völlig übersahen oder auf die sie nur einen kurzen Blick warfen, bevor sie dachten: *nein, danke.* Wie zum Beispiel der Saloon.

Nach einem Körbchen Zwiebelchips, einem Halbpfund-Burger und ein, zwei Gläsern Bier forderte ich Mateo Vega zu einer Runde Darts an der pockennarbigen Scheibe heraus, die so dicht neben der Tür hing, dass Dartpfeile sogar *in* der Tür hier und da ein paar Löcher hinterlassen hatten. Als ich gerade zu meinem Wurf ansetzte, schwang die Tür auf, und herein kamen Melody Dover – ein Mädchen, das ich seit meiner höllischen Wiederholung der dritten Klasse kannte – und Pearl Frank, die mich besser kannte als irgendjemand sonst in dieser Stadt. Ich hatte keine der beiden gesehen, seit sie vor über vier Monaten die Winterferien vom College zu Hause verbrachten.

»Na toll«, murmelte Melody mit einem kurzen Blick auf mich, bevor sie die fast menschenleere Bar abcheckte. »Kannst du mich bitte erinnern, warum wir *hier* sind?«

Die anderen beiden Typen in meiner Gruppe – Randy Thompson und Vegas Cousin, Bart – lümmelten an einem Tisch ein paar Meter weiter, und ein paar alte Männer hockten nebeneinander an der Bar. Vor einer Weile waren noch ein paar andere Stammgäste da gewesen, aber sie hatten sich inzwischen verzogen.

Melody beachtete ich gar nicht – eine Fähigkeit, die ich im Laufe der Jahre perfektioniert hatte, bis sie ein reiner Reflex war –, aber Pearl konnte ich nicht ignorieren. Sie sah einfach verdammt gut aus, selbst in dieser braven kleinen Dreiviertelhose und den flachen Schuhen. Ihre Haare waren nicht mehr ganz so wild wie früher, aber sie fielen ihr noch immer wie ein dunkler Wasserfall über Schultern und Rücken. Ich hob das Kinn, sobald ihr Blick meinem begegnete, und das Lächeln, mit dem sie mir antwortete, war gedämpft, aber aufrichtig.

Sie wandte ihre Aufmerksamkeit wieder ihrer Freundin zu, und ihr Lächeln wurde breiter. »Wir wollen doch einen ruhigen Ort zum Reden, Mel. Das hier ist perfekt.«

Melody, so heiß wie immer und sich dessen so bewusst wie immer, sah kurz über die Schulter auf mich. »Das bleibt abzuwarten – ein Großmaul reicht, um die friedliche Atmosphäre zu ruinieren.«

»Du musst es ja wissen, Dover.« Ich versenkte einen Dartpfeil genau links neben dem Bullauge.

Sie stöhnte auf, aber es klang eher nach einem Rassehund in Rage als nach einer erwachsenen Frau. Ich musste mich schwer zusammenreißen, um nicht laut loszulachen. Bevor sie die oberschlaue Retourkutsche geben konnte, die ihr zweifellos schon auf der Zunge lag, stellte Pearl ihr eine Frage, und Melody wandte sich ab und marschierte zu einem langen Tisch an der hinteren Wand, während sie von irgendeinem neuen Job schwafelte und vergaß, gegen mich zurückzufeuern.

Mateos Cousin Bart, neunzehn und auf bestem Weg, ein Idiot zu werden, schielte lüstern die blanken Holzdielen hinunter, die mit weggeworfenen Erdnussschalen übersät waren – die Vorstellung des Saloons von einer bodenständigen Einrichtung. »Ich dachte, du hättest gesagt, in dieser Stadt gibt's keine heißen Ärsche, Téo«, bemerkte er. Er sabberte fast beim Anblick von Melodys Gesäß in Shorts und hohen Absätzen.

Der Junge hatte keine Ahnung, wie kurz davor er gewesen war, einen Dartpfeil in die Stirn zu bekommen. Dovers Beine konnte er anstarren, soviel er wollte, aber ein Wort über Pearl, und er hätte einen schönen Schädelschmuck davongetragen.

»Halt die Klappe, Schwachkopf.« Mateo gab seinem Cousin einen Klaps auf den Hinterkopf. »Die zwei sind so weit außerhalb deiner Liga, dass sie genauso gut auf dem Mond sein könnten.«

Bart rieb sich den Hinterkopf, während sein Blick Pearls bester Freundin auf dem Weg zur Bar folgte. »Kann schon sein. Aber es sieht doch ganz so aus, als ob die beiden heute Abend einen draufmachen wollen, *primo.*« Er war aufgestanden und schwankte in ihre Richtung, bevor einer von uns es sich versah.

»Das dürfte interessant werden.« Randy lehnte sich auf seinem Platz zurück, um die Szene zu beobachten. Er verschränkte kichernd die dünnen Arme vor seiner skelettartigen Brust, und ich freute mich, ihn lächeln zu sehen. Er war vor ein paar Monaten aus dem Gefängnis freigekommen, nachdem er ein Meth-Labor in einem Wohnwagen betrieben hatte, der vor ein paar Jahren krachend in die Luft flog. Er wäre weitaus länger eingesessen, wenn zu dem Zeitpunkt irgendjemand dort gewesen wäre. Entweder das – oder tot. Er hatte die Bewährungskommission überzeugt, er wolle wirklich sauber bleiben, und bis jetzt hielt er sich daran. Dasselbe ließ sich von seinem kleinen Bruder Rick leider nicht behaupten.

»Oh, *verdammt.*« Mateo hielt sich eine Hand vors Gesicht und wandte sich ab, als könne er den Anblick nicht ertragen. Zwei seiner ersten drei Würfe hatten kaum die Dartscheibe getroffen.

»Es ist nur Melody Dover, Vega – nicht die Queen Mum«, bemerkte Randy. »Außerdem, deinem Cousin könnte eine Ohrfeige nicht schaden. Zwanzig Dollar, dass er kurz davor ist, sich eine zu fangen.« Während wir zusahen, stützte Bart neben Melody einen Ellenbogen auf den Tresen. Sie lehnte sich von ihm weg, während er sich zu ihr beugte.

Ich schüttelte den Kopf und warf noch einen Dartpfeil.

»Ja. Nur dass ihr Vater der *Boss* von dem Boss von meinem Boss ist.« Mateo war Assistant Manager in einem der halben Dutzend Minimärkte in der Stadt, von denen fünf demselben Unternehmen gehörten. Melody Dovers Daddy war Regionalmanager für den halben Bundesstaat.

»Reg dich ab, Mann«, sagte ich. »Rover Dover hat nichts über dich zu melden. Wir können weiß Gott nichts für die Vollidioten, mit denen wir verwandt sind.« Ich zog meine Dartpfeile aus der Scheibe, während ich an meinen Dad und meinen Bruder dachte und wie verschieden sie gewesen waren. Ich fragte mich, wo ich zwischen ihnen hineinpasste.

»›Rover Dover‹«, kicherte Mateo leise. »Das habe ich seit Jahren nicht mehr gehört. Gott, Wynn, lass sie das bloß nicht hören. Bei dem Spruch, und dann noch meinem bescheuerten Cousin, wird sie in null Komma nichts dafür sorgen, dass ich gefeuert werde, und mich dann an der Stoßstange dieses Infiniti, den ihr Daddy ihr eben erst gekauft hat, durch die Stadt schleifen.«

PEARL

Natürlich musste ich an meinem ersten Abend zu Hause Boyce Wynn über den Weg laufen – meinem Schutzengel, meinem, wie ich mir einbildete, besten Kindheitsfreund, meinem heimlichen Jugendschwarm, meinem dreckigen kleinen Geheimnis. Oder war das Letzte davon ich selbst?

Als ich fünf war, rettete Boyce mir das Leben.

Es war mein erster Strandsäuberungstag. Ich war Pfadfinderin in der Grundstufe, entschlossen, den Preis meiner Gruppe für die meisten gefüllten Müllsäcke nach Hause zu tragen. Komisch, ich kann mich gar nicht mehr an die Belohnung erinnern, die ich so unbedingt haben wollte – eines dieser Plüschtiere, die mit kleinen Plastikkugeln gefüllt sind. Ein Delfin? Ein Wal? Ich weiß es nicht mehr. Das Einzige, was ich noch wusste, war meine zielstrebige Entschlossenheit, es zu gewinnen, was immer es war.

Ich hatte mich der Anweisung, in der Nähe zu bleiben, widersetzt und mich etwas weiter entfernt als erlaubt. Während ich am Rand des Wassers Müll einsammelte, entdeckte ich etwas, das zunächst wie Abfall aussah, sich dann aber als ein frei schwebender Klumpen Golftange herausstellte – die Algenplage des Golfs. Ich war ihm so weit ins Wasser gefolgt, dass meine Shorts bis zum Hosenbund durchnässt waren. Daher war es mir, als ich auf einmal eine winzige Qualle entdeckte – die erste lebende, die ich je gesehen hatte –, egal, ob meine Kleider nass wurden. Ich wollte dieses durchsichtige Geschöpf von Nahem sehen. Es sah kaum echt aus – es glitt mit der Strömung dahin, als wäre es aus flüssigem Glas gemacht.

Ich spürte das leichte Gefälle nicht, bis ich bei einem Schritt absank, und auf einmal reichte mir das Wasser bis zu den Schultern. Ich sah auch die Welle nicht kommen, die mich gleich darauf umriss, daher hatte ich keine Chance, Luft zu holen, bevor ich unter Wasser getaucht und völlig orientierungslos herumgeworfen wurde. Ich konnte schwimmen, aber das hier war nicht das tiefe Ende des Pools, wo das Wasser reglos war und ich den blau gefliesten Boden unter mir und den klaren Himmel darüber sehen konnte, genau hinter der glatten, ebenen Wasseroberfläche. Hier wirbelte in jeder Richtung trübes Wasser. Es gab kein Oben, kein Unten, keine Luft.

Und dann sah ich für einen kurzen Moment Licht. Ich versuchte mich dorthin vorzukämpfen, trat mit den Beinen und ruderte mit den Armen und brach durch die Wasseroberfläche. *Luft*. Ich holte einmal rasch Atem, bevor ich wieder unterging – ich hatte keinen Boden unter den Füßen. Mein Gehirn wusste, dass ich mit dem Rücken zum Strand aufgetaucht sein musste, da ich ihn nicht gesehen hatte, aber es fühlte sich an, als hätte der Strand aufgehört zu existieren.

Ich trat hart mit den Beinen und tauchte wieder auf, beide Arme hochgerissen. Noch immer kein Ufer in Sicht. Ich schnappte nach Luft, schluckte dabei auch ein bisschen Wasser, und ein Hustenreflex stieß die kostbare Luft aus, während ich wieder unterging. Ich schwamm erneut hoch, meine Arme und Beine ermatteten rasch, und ich wusste nur, dass ich atmen musste – alles andere war unwichtig. Die Qualle, die ich verfolgt hatte – oder vielleicht war es auch eine völlig andere –, tauchte vor meinen Augen auf wie ein Traum, und dann wurden es auf einmal immer mehr. Sie bauschten sich alle rings um mich wie winzige schwimmende Sonnenschirme oder schöne, lautlose Geister.

Meine Lunge verlangte nach Luft, aber sie nahm nur Wasser auf. Mein Blickfeld wurde düster und eingeengt – die Quallen schwammen davon, und der Himmel verblasste.

Mein Leben zog nicht vor meinen Augen vorbei – nur eine einzige Szene, eine einzige Erinnerung. In der

Küche unseres kleinen Doppelhauses atmete ich den Duft von Mamas Churros ein, frisch aus der Pfanne. Sie steckte sie, noch warm, in eine mit Zucker und Zimt gefüllte Papiertüte. Mir fiel die Aufgabe zu, die Tüte zu schütteln und so jeden Churro in dem Zimtzucker zu wälzen, bevor ich sie zum Abkühlen auf ein Drahtgitter legte, aber ich wollte nicht warten. Ich brach einen auf, sobald er aus der Tüte rutschte, und Dampf quoll hervor und versengte meine Fingerspitzen.

»Autsch, autsch, autsch«, rief ich, biss ein Stück ab und verbrannte mir leichtsinnig auch noch die Zunge.

»Du dummes, ungeduldiges kleines Ding!« Mama schüttelte den Kopf. »Wenn du dir die Zunge verbrennst, bis alles gleich schmeckt, was kümmert es dich dann noch, ob ich dir Churros oder Hackbraten zu essen gebe?«

Ich rümpfte angewidert die Nase. Mama war eine gute Köchin, aber was mich betraf, konnte selbst sie den Hackbraten nicht retten, den wir mindestens einmal die Woche aßen.

Dann sah sie mich an und brüllte: »Wach auf! Wach auf!« Aber es war nicht ihre Stimme, sondern die eines Jungen – dem großen, der mich an diesem Morgen dummes Mädchen genannt hatte. Mama sagte immer, ich solle Jungen ignorieren, vor allem die gemeinen. Sie bedeuteten Ärger, sagte sie. Außerdem wollte ich nicht aufwachen. Ich würde ihm zeigen, dass kein Junge mir sagen konnte, was ich zu tun hatte.

Meine Brust fühlte sich an, als würde sie zerquetscht werden. Als würde irgendjemand Schweres auf mir sitzen und mich so flach wie eine Waffel drücken. Saß dieser Junge etwa auf mir? Es schmerzte zu sehr. Jetzt würde ich doch aufwachen und ihn wegschubsen müssen.

Ich setzte mich auf und öffnete die Augen und übergab mich auf meinen ganzen Körper, aber ich erbrach nur Wasser. Ich hustete und hustete, und immer mehr Wasser kam heraus. Der Junge war über mir und sah auf mich hinunter. Seine Haare waren kurz geschnitten, aber so rot in der Sonne, dass sie zu brennen schienen. Sein Gesicht war nicht gemein. Seine Augen waren voller Tränen, und ich spürte seine Hand, die meine hielt. Ich wusste, dass es ihm leidtat und dass er keinen Ärger bedeutete. Ich versuchte ihm zu sagen, dass ich ihm verzieh, aber ich konnte nicht sprechen, denn meine Brust schmerzte zu sehr, und meine Kehle war wund, daher drückte ich nur seine Hand, und er hielt meine noch fester. Das war der Augenblick, als ich bemerkte, dass rings um uns herum Leute standen, die alle applaudierten und lachten.

Ich fand nicht, dass irgendetwas witzig war, und er auch nicht. Miss Eilish, meine Gruppenleiterin, weinte und wiederholte ungefähr zwanzigmal immer wieder meinen Namen, bevor sie sich bei dem Jungen bedankte und ihm sagte, dass er ein Held war.

Wir kamen in die Zeitung. Ich schnitt den Bericht und das Foto mit unseren Namen darunter – *Boyce Wynn und Pearl Torres* – aus der Zeitung aus. Er steckt noch immer ganz hinten in meinem Jahrbuch aus der ersten Klasse, das Zeitungspapier vergilbt, die Druckerschwärze verblasst.

Danach sah ich ihn manchmal in der Schule, aber ich war zwei Jahre unter ihm, daher war sein Klassenzimmer in einem anderen Flur und der Mittagstisch seiner Klasse vier Tische entfernt von meinem. All seine Freunde waren andere Jungen. Sie spielten Basketball oder Football auf dem Spielplatz, während ich auf den Schaukeln schaukelte oder auf dem Rasen Fangen spielte oder in der Nähe der Abflussrohre nach Fröschen suchte, wenn es geregnet hatte.

Ein ganzes Jahr verging, in dem wir nicht miteinander redeten oder auch nur Hallo sagten. Ich nahm an, er hatte vergessen, wer ich war, bis sich eines Tages einer seiner Freunde den Spielplatzball schnappte, mit dem meine Freundinnen und ich Fußball trainierten.

»Gib ihn wieder her!«, brüllte ich, die Hände an den Seiten zu Fäusten geballt.

»Den brauchen wir Jungen zum Kickballspielen«, erwiderte der Junge lachend. »Geht und spielt mit euren Puppen oder irgendwas.«

Boyce trat auf ihn zu. »Hör auf, dich wie ein Idiot zu benehmen, Rick«, sagte er. Er schlug seinem Freund den Ball aus der Hand, prellte ihn einmal auf den harten Boden und warf ihn dann zu uns zurück.

»Was sollte das denn eben, Arschgesicht?«, gab sein Freund zurück, denn die Jungen fluchten gern auf dem Spielplatz, wo die Lehrer sie nicht hören konnten. »Das sind doch nur dumme Mädchen.«

Dann sah Boyce mich genau an. »Nein, das sind sie nicht.« Sein Mund blieb ernst, aber seine Augen lächelten. Er ließ den Blick über den Spielplatz schweifen, richtete ihn auf eine Gruppe Jungen, die einen Ball hin und her kickten, während sie ein paar Mädchen ärgerten, die unter dem Klettergerüst im Kies saßen. »Lasst uns Clark Richards den Ball wegnehmen. Vielleicht weint er ja wieder.«

»Ja!«, riefen die anderen Jungen und stürmten auf die Gruppe zu.

»Danke, Boyce«, sagte ich, während er sich abwandte.

»Gern geschehen, Pearl«, antwortete er leise, ohne noch einmal zurückzusehen.

Nachdem sie Boyce' einfallslosem Freund eine Abfuhr erteilt hatte, besserte sich Melodys Stimmung. Aus ihrer Sicht war Aufmerksamkeit, selbst unwillkommene, immer besser gewesen als gar keine. Nachdem sie mir den Aufgabenbereich einer Junior-Kundenbetreuerin in einer Public-Relations-Firma erläutert hatte, drückte sie ein Stück Limone in den Hals ihrer Dos-Equis-Flasche und zuckte mit den Schultern. »Das heißt, im Grunde werde ich die Social-Media-Werbung für unsere Kunden im Bereich Haushaltswaren und Tierbedarf koordinieren.«

Haushaltswaren und Tierbedarf? Ich konnte mir nichts vorstellen, was weniger *Melody* war.

»Ich werde nicht nur irgendwelches Zeug auf Twitter posten oder so. Ich werde die Erstellung marktgerechter Grafiken leiten, die für *alle* wichtigen Social-Media-Kanäle verwendet werden.«

Für Haushaltswaren und Tierbedarf. Ihre Worte klangen eher nach Rechtfertigung als nach Begeisterung über eine neue Karriere. Public Relations war weit entfernt von Melodys Traumjob, als wir sechzehn waren. Sie wollte in einem Museum oder einer Galerie arbeiten, helfen, Sammlungen zu kuratieren, neue Talente entdecken, Meisterwerke von der Geschichte übersehener Künstler zutage fördern.

»Das ist ja toll, Mel. Ich bin sicher, sie sind begeistert, dich zu haben.«

»Und ob sie das sind.« Ihr Lächeln schien gekünstelt, und ich fragte mich, ob ich selbst auf dem Weg zum Medizinstudium genauso ausgesehen hätte. »Und du? Meine beste Freundin wird Ärztin! Besser du als ich, Mädchen. Ich bin so froh, dass ich mit dem College fertig bin. Du musst mich unbedingt mal übers Wochenende in Dallas besuchen kommen, und dann können wir *richtig* ausgehen.« Sie sah sich im Saloon um, als wäre er ein Dreckloch, und mir wurde bewusst, dass sie unsere ganze Heimatstadt so sah, und das schon seit einer ganzen Weile.

Ich verlagerte mein Gewicht und holte einmal tief Luft. »Na ja, die Sache ist die. Ich bin zu dem Schluss gekommen, dass ich doch nicht Ärztin werden will.«

Melody zog eine Augenbraue hoch. »Aber du wurdest in Vanderbilt angenommen! Und was würdest du denn stattdessen tun?«

»Du weißt, dass ich mich schon immer für Meeresforschung interessiert habe ...«

Sie starrte mich an. »Pearl – das kann nicht dein Ernst sein! Du wurdest an einer der besten medizinischen Hochschulen angenommen! Weißt du, wie viele Leute schlau genug sind, um überhaupt einen Medizinstudienplatz zu bekommen?«

Ungefähr zwanzigtausend im Jahr, dachte ich.

»Und – oh, Gott. Deine Mama wird in Ohnmacht fallen, wenn du abbrichst.«

»Es ist mein Leben, Mel, nicht das meiner Mutter.« Wir wussten beide, was ich nicht sagte. Abgesehen von kleinen, ziellosen Rebellionen folgte Melody dem Weg, den ihre Eltern für sie vorgezeichnet hatten. Ihre letzte Beziehung endete, als ihr Freund zugab, er hätte nicht die Absicht, ihr nach dem Abschluss einen Ring an den Finger zu stecken, eine Diskussion, die nur aufgekommen war, weil ihre Mutter in den Winterferien anfing, Andeutungen in Sachen Heirat zu machen, als wäre das der nächste Punkt auf der Landkarte des Lebens ihrer Tochter – einer, den sie unter Kontrolle hatte.

Trotzdem, ich wünschte, ich könnte die Worte zurücknehmen. Wir waren schon lange befreundet, und es stand mir nicht zu, über sie zu urteilen. »Ich habe die Zusage schon abgelehnt. Aber hey, ich breche nicht ab, wenn ich gar nicht erst angefangen habe, oder?« Ich lächelte, hoffte wenigstens auf Mitleid, nicht Missbilligung. Davon würde ich von meinen Eltern noch jede Menge zu hören bekommen.

»Oh. Mein. Gott. Du wirst allen Ernstes *hier*bleiben, anstatt Medizin zu studieren und zuzusehen, dass du aus diesem Drecknest verschwindest?« Sie beugte sich vor und nahm mein Handgelenk. »Bist du übergeschnappt? Augenblick – geht es hier etwa um Mitchell?«

»Nein. Diese Entscheidung hat nichts mit ihm zu tun.« Nicht dass er das genauso gesehen hatte – aber darauf würde ich jetzt nicht eingehen. »Melody, ich bin nicht du.« Sie riss ihre Hand zurück, folgerte aus meinen Worten genau das, was ich nicht gemeint hatte. »Ich wollte nie wegziehen«, stellte ich klar. »In diesen letzten vier Jahren habe ich das offene Wasser so vermisst, als hätte ich einen Teil von mir selbst verloren. Ich will kein Großstadtleben. Ich will einen Strand. Ich will das Meer. Ich will *das hier*. Ich habe das hier immer geliebt.«

Sie schüttelte den Kopf. »Ich verstehe das nicht.«

»Ich weiß.« Ich seufzte, und dann riskierte ich einen Blick auf die andere Seite der Bar, wo sich Boyce, fertig mit seinem Dartspiel, auf seinem Platz zurücklehnte und lachte, in ein angeregtes Gespräch mit Mateo und dem Typen, der Melody vorhin angebaggert hatte, vertieft.

Bis er einen langen Schluck Bier nahm und mich über die Flasche hinweg anstarrte, als hätte er mich die ganze Zeit beobachtet, mich genau im Blick behalten.

4

BOYCE

Mit meinem Vater zusammenzuleben war ein Albtraum, in dem ich täglich aufwachte. Deshalb nahm ich es meiner Mutter auch nie übel, dass sie verschwand, sobald sie die Gelegenheit dazu hatte. Falls es je eine Zeit gab, zu der er kein gewalttätiger Scheißkerl war, dann musste das vor meiner Geburt gewesen sein. Wenn sein Fluchen und Schreien und Werfen mit irgendwelchen Dingen nicht genügend Wirkung auf sie hatte, dann schubste und schlug er sie und zog sie an den Haaren. Wenn er total blau war, ging er mit den Fäusten auf sie los.

Brent, fast acht Jahre älter als ich, begann sich den Faustschlägen in den Weg zu stellen, als er elf oder zwölf war. Während ich mich unter meinem Bett oder in unserem Kleiderschrank versteckte – »Bleib *hier*«, befahl er mir dann immer, als müsste ich überzeugt werden –, versuchte er, Dad den Tobsuchtsanfall auszureden, in den dieser sich hineingesteigert hatte. Im Allgemeinen handelte Brent sich für seine Bemühungen selbst ein paar blaue Flecken ein.

Ein paar Tage vor meinem achten Geburtstag hörte ich nach einer der Streitereien zwischen meinen Eltern einen Wagen vor dem Haus vorfahren. Eine Minute später quietschten die rostigen Angeln der Haustür, und dann hörte ich die Stimme eines Mannes, tief und unbekannt. Ich kroch unter dem Bett hervor, in der Annahme, dass vielleicht endlich die Cops gekommen waren. Vielleicht würden sie Dad ins Gefängnis werfen, und er würde für immer dort bleiben müssen. Ich schlich um die Ecke, um zu sehen, was los war. Ein Fremder stand im Türrahmen, aber er trug keine Uniform. Dad hing ausgestreckt in seinem Sessel, völlig weggetreten, eine halb geleerte Flasche auf dem Boden, genau unter seinen Fingerspitzen.

Dann eilte Mom aus dem Elternschlafzimmer und schleifte einen großen schwarzen Müllsack voller Zeug hinter sich her, ihre Lieblingshandtasche – die mit den Fransen am unteren Ende und einem Friedensemblem aus violetten Kristallsteinen auf der Vorderseite – über eine Schulter geschlungen. Ich wusste, dass die gerötete Stelle auf ihrer Wange am nächsten Morgen dunkel sein würde, und sie würde sie mit Make-up aus einem Fläschchen immer wieder betupfen und glätten, bis sie wie ein harmloser Schatten aussah.

Der Mann nahm ihr den Müllsack ab.

»Mom«, sagte Brent. Seine Stimme war ein schroffes Flüstern, und er hatte die Hände an den Seiten zu Fäusten geballt. »Mom, nimm Boyce mit.«

Sie sah zu dem Mann im Türrahmen.

»Ich nehm kein Kind mit«, sagte er. Er wandte den Kopf ab und spuckte einen Klumpen Kautabak in den Garten.

Sie wandte sich wieder an meinen Bruder. »Boyce hat dich«, sagte sie zu ihm. »Euch beiden wird nichts passieren. Euer Daddy hasst nur *mich.*« Ihre Stimme schwankte, während sie durchs Zimmer starrte. »Du weißt, wie du ihn beruhigen kannst. Ich bringe ihn nur noch mehr in Rage.«

»Mom, bitte. Er ist noch ein kleines Kind ...«

Der Mann hob den Sack hoch und marschierte zur Tür hinaus. »Ruthanne«, sagte er. Ein Befehl.

Mom wollte ihm schon folgen, aber dann schnellte sie noch einmal herum und hob eine Hand zu Brents Gesicht. Mit fünfzehn war er bereits einen Kopf größer als sie. »Euch wird nichts passieren, mein Kleiner.« Ihre Stimme war so leise, dass ich sie kaum hören konnte. Die Kristallsteine fingen den Strahl des Flutlichts draußen ein und glitzerten wie kleine violette Glasscherben. »Carl wird seine Meinung vermutlich noch ändern, okay? Gib mir einfach ein bisschen Zeit, um ihn weichzuklopfen. Ich werde dich wissen lassen, wo ich bin.«

Wir hörten nie wieder von ihr.

Pearls Elternhaus lag auf der Buchtseite der Stadt – in einer Wohngegend mit Häusern, die eher wie eine Reihe Ferienanlagen aussahen als wie Eigenheime, in denen jeweils nur eine Familie wohnte. Zu jedem Haus gehörte eine Anlegestelle, wo Jachten und Fischerboote und Jet-Skis gut erreichbar verankert lagen. Die monströseren Häuser, mit Eckgrundstücken und großen Gärten – so wie das der Franks – hatten Swimmingpools, jeweils nur ein paar Schritte von der Bucht entfernt. In der Nähe gab es sogar eine Landepiste für die reichen Schnösel, die ihren privaten Zugang zum Meer *und* zum Himmel haben wollten.

Bis zur Highschool hatten Pearl und ihre Mom jedoch in meinem Teil der Stadt gelebt, genau gegenüber dem lang gezogenen Block, an dem alle drei Schulen –

Grundschule, Mittelschule und Highschool – dicht beieinanderstanden. Pearls Mom arbeitete in einer Arztpraxis und hielt sich mühsam über Wasser, wie die meisten Leute aus der Arbeiterschicht. Ich sah die beiden manchmal im IGA-Supermarkt, wo sie in der Müsliabteilung Rabattmarken durchblätterten, während Brent einfach die billige Eigenmarke des Supermarkts kaufte, oder am öffentlichen Strand, wo sie in der Brandung planschten.

Einmal fischten Brent und ich vor dem Hauptpier, als ich die beiden sah. Mrs. Torres saß auf einem Klappstuhl und las, während ihre Tochter einen erbärmlichen Klotz von einer Sandburg baute. Eine feuchte Brise trug das Geräusch ihres Lachens herüber, als Pearl aufstand und das Gebilde in Grund und Boden stampfte, als wäre sie Godzilla, der ein potthässliches Gebäude von seinem Elend erlöste. Sie ließ sich auf ein Strandtuch fallen, das mit Disney-Prinzessinnen bedruckt war, und breitete die Arme und Beine aus wie ein Seestern, und ihre Mom reichte ihr ein Erfrischungstuch und eine Tüte mit Orangenscheiben. Ihnen zuzusehen erfüllte mich mit einem Gefühl von Glück und Eifersucht, das so schmerzhaft war, dass ich den Blick abwenden musste.

Brent hatte Dad davon überzeugt, wir hätten beide geschlafen, als Mom ging. Dass wir keine Ahnung hätten, wie oder mit wem sie durchgebrannt war. Sie hatte auch ihm keine Hinweise hinterlassen, denen er hätte nachgehen können. Er polterte durch den Wohnwagen und schlug ihr Zimmer und all ihre Sachen, die sie zurückgelassen hatte, kurz und klein – als wäre dieser schwarze Sack nicht mit allem gefüllt gewesen, was ihr etwas bedeutete. Als hätte sie nicht alles zurückgelassen, was ihr so scheißegal war, dass sie es nicht mitnehmen wollte.

Ein paar Wochen nach ihrer Flucht kam ich zum ersten Mal in die dritte Klasse. Und da ich dieses Schuljahr im nächsten Jahr wiederholen musste, lief es beim ersten Mal natürlich nicht gut. Man sagt, dass das Gehirn schmerzliche Erinnerungen ausblenden kann, dass es an ihrer Stelle Lücken und Leerstellen hinterlässt, aber so funktionierte das bei mir nicht. Ich erinnerte mich an alles.

Mein Bruder versuchte immer, mich zu beschützen, aber ich war eine Last, die er nie abschütteln konnte. Ich konnte ihm nie sagen, dass ich jenes letzte kurze, geflüsterte Gespräch zwischen ihm und unserer Mom gehört hatte. Sein Flehen. Ihr Lügen. *Ich werde dich wissen lassen, wo ich bin.*

Seine Miene verriet mir, dass er ihr nicht glaubte.

Aber ich hatte es getan.

In jeder Gruppe von Leuten gibt es auch eine Hackordnung, selbst in der Grundschule. Sobald man in die vierte Klasse vorrückt, gehört man nicht mehr zu den Kleinen, und dann können dich nur noch die Fünftklässler herumkommandieren.

Es sei denn, vierzig deiner Klassenkameraden rücken vor, und du bist der einzige Schwachkopf, der zurückbleibt.

Genau wie mein Bruder war ich schon immer groß für mein Alter gewesen. Aber ein Jahr zurückgestuft zu werden ließ die Welt wissen, dass ich auch noch minderbemittelt war, daher stach ich zwischen meinen neuen, jüngeren Mitschülern hervor wie ein idiotischer Mutant. Ich machte mich klein, wenn wir im Gänsemarsch den Flur hinunter zum Mittagessen oder in die Bibliothek gingen. Ich faltete meinen Körper zusammen wie zerknittertes Papier, in der Hoffnung, übersehen zu werden, wenn wir im Kreis saßen, um laut vorzulesen – das Idiotischste, was sich irgendein Lehrer je ausgedacht hat. Unsichtbarkeit war die Superkraft, die ich mir am meisten wünschte, aber ich war nie sichtbarer gewesen.

Wir Jungen lernen, uns gegenseitig dumm anzuquatschen, sobald wir sprechen können. Das tun wir eben. Selbst mit unseren Freunden – manchmal erst recht mit ihnen. Aber bei Freunden gibt es Themen, die tabu sind. Zum Beispiel, dass deine Mom mit irgendeinem dahergelaufenen Typen durchgebrannt ist und dich wie Müll zurückgelassen hat. Zum Beispiel, dass dein Dad regelmäßig eine Nacht im Gefängnis verbringt, weil er sich betrunken in der Öffentlichkeit aufgeführt hat. Zum Beispiel, wie dumm man eigentlich sein muss, um in der dritten Klasse durchzufallen.

Das sind die Themen, die Freunde nicht anschneiden, die andere Jungen aber aufgreifen und wie Steine nach dir schleudern, denn dieser idiotische Kinderreim – *Worte werden mich nie verletzen* – ist einfach eine gottverdammte Lüge. Wenn sie schlimm und wahr sind, dann dringen diese Worte unter deine Rüstung und schneiden dich tief. Und wenn du dich mit der einzigen Waffe, die du hast – in meinem Fall Fäusten –, zur Wehr setzt, dann bist du der Buhmann. Denn ihre Waffen waren ja »nur Worte«.

Ich hatte das Wort *Alkoholiker* schon früher gehört. Meine Mom hatte es oft zu meinem Dad gesagt, wenn sie ihm nicht irgendwelche anderen Beleidigungen an den Kopf warf. Brent erklärte mir, *Alkoholiker* sei ein anderes Wort für Trinker – eine freundlichere Bezeichnung, denn es klang so, als wären sie krank, nicht so, als würden sie schlechte Entscheidungen treffen.

»Ist Daddy krank, oder trifft er schlechte Entscheidungen?«, fragte ich. Wenn ich krank war, übergab ich mich und hatte Fieber. Ich blieb im Bett und trank 7UP.

»Beides, nehme ich an«, antwortete Brent. »Aber wenn du krank bist und nie versuchst, wieder gesund zu werden, dann sieht es irgendwann einfach wie eine schlechte Entscheidung nach der anderen aus, und dann kümmert es niemanden mehr, ob du eigentlich krank bist.«

Das Wort, das ich noch nie gehört hatte, war *Hure*. Ich wusste vielleicht nicht, was es bedeutete, aber ich wusste, dass es nichts Gutes war, denn es wurde geflüstert und darüber gekichert und wie ein Speer geschleudert, wenn es im Zusammenhang mit *Boyce' Mama* fiel.

»Was hast du da gesagt?«, fragte ich den, der es ausgesprochen hatte. Einen Jungen aus meiner neuen Klasse. Das Grinsen verging ihm, als wäre es ihm vom Mund gewischt worden. Seine Augen traten hervor, und er schluckte schwer, gab aber keine Antwort.

»Er hat gesagt, dass deine Mama eine Hure ist.« Sie waren zu viert, alle kleiner als ich. Sie standen steif wie Statuen da, die Hände zu Fäusten geballt, und sahen aus, als wären sie bereit zum Angriff oder zur Flucht. Sie waren wie ein Rudel Wölfe, das dachte, es könnte vielleicht einen Grizzly reißen.

»Halt den Mund, Eddie!«, sagte der erste Junge.

Eddie Standish stand am weitesten von mir entfernt, daher spie er Gift und Galle.

Ich packte den Jungen neben mir an der Hemdbrust, warf ihn herum und benutzte seinen Körper, um gegen

Standish loszuschlagen. Wir gingen in einem Haufen zu Boden, und das Letzte, was ich sah, bevor meine Welt rot wurde, war die Angst in ihren Gesichtern. Ich hatte sie ihnen eingeflößt. Und es tat mir kein bisschen leid.

Ich war kurz davor, von der Schule verwiesen zu werden. *Von der Grundschule*. Schweigend starrte ich auf die aufgeschürften Fäuste in meinem Schoß, als würden sie irgendjemand anderem gehören, während Schulleiter Jaynes mich fragte: *Was zum Teufel hast du dir eigentlich dabei gedacht, junger Mann?* Ich wollte nicht sagen, wie sie meine Mom genannt hatten, daher sagte ich gar nichts. Ich wollte nicht, dass irgendjemand davon erfuhr. Zwei der Jungen waren noch immer bei der Schulkrankenschwester, und zwei hatten vor mir mit dem Schulleiter gesprochen. Jetzt rief er Eltern an, während ich allein im Vorzimmer saß. Die Ellenbogen auf den Knien und den Kopf in die Hände gestützt, verbarg ich mein Gesicht und stellte mir vor, wie mein Dad hier auftauchte, seine Hände und Kleidung mit Achsöl verschmiert, sein Atem säuerlich von Whiskey und Wut.

»Ich muss mit Schulleiter Jaynes sprechen.« Die Stimme war leise, aber ich wusste, wer es war, bevor ich hinsah.

Zwischen meinen Fingern hindurch beobachtete ich die lächelnde Frau auf der anderen Seite des Tresens und das kleine Mädchen, das mit dem Rücken zu mir stand. Ihre langen, dunklen Haare waren irgendwie zu einem dicken Zopf gebändigt, der an ihrem Rückgrat senkrecht nach unten verlief.

»Er ist im Moment ein bisschen beschäftigt, Pearl. Kann ich dir vielleicht helfen, Liebes?«

Pearl legte die Hände auf den hohen Tresen, der ihr

genau bis unters Kinn reichte. »Ich muss mit ihm über die Schlägerei reden. Über das, was diese Jungen gesagt haben. Ich war Zeugin.«

Mein Mund war auf einmal wie ausgedörrt, und mein *NEIN* blieb mir in der Kehle stecken.

Die Frau warf einen Blick auf mich, und dann sagte sie: »Oh, na dann…« Sie wandte sich zum Telefon um und wählte eine Nummer. Mr. Jaynes' tiefe Stimme hallte murmelnd durch den Hörer, als er abnahm. Eine Minute später wurde Pearl in sein Büro geführt, und die Tür schloss sich hinter ihr. Als sie herauskam, warf sie im Vorbeigehen einen flüchtigen Blick auf mich. Sie war so klein, dass wir fast auf Augenhöhe waren, obwohl ich saß.

»Du bist besser als sie, Boyce Wynn«, flüsterte sie im Vorbeigehen.

PEARL

Mama sah mich blinzelnd an, als hätte sie vergessen, wie man Englisch spricht. *Jetzt kommt's*, dachte ich.

Als sie und Thomas von Houston zurückkehrten, war ich draußen an der Anlegestelle, starrte über das kabbelige Wasser auf die nächste Sandbank hinter der Fahrrinne und studierte meine »Ich-werde-nicht-Medizin-studieren«-Rede ein. Nicht dass diese Übung den Schockfaktor jetzt auch nur im Geringsten dämpfte, nach Mamas untypischem Schweigen und der Tatsache zu urteilen, dass ihre Augenbrauen irgendwo zwischen den dunklen Haarsträhnen auf ihrer Stirn verschwunden waren.

Als sie ihre Stimme schließlich wiederfand, sagte sie: »Du hast deine Zusage von Vanderbilt *ausgeschlagen*? Das heißt …«

»Das heißt, ich habe abgelehnt, ja.«

Ihr Mund stand einen Moment lang offen, bevor sie ihn wieder zuklappte. Ihr Kiefer verhärtete sich. »Und was ist mit Harvard? Michigan?«

Jetzt war es an mir, verblüfft zu zögern. Ich hatte ihr eben gesagt, dass ich mich entschieden hatte, nicht Medizin zu studieren, was nichts mit Vanderbilt oder Harvard zu tun hatte. Um den Schlag abzumildern, hatte ich hinzugefügt, dass ich eine Zusage für das Doktorandenprogramm in Meeresbiologie bekommen hatte. Aber sie tat, als hätte sie mich gar nicht gehört. »Ähm. In Harvard stand ich auf der Warteliste, Mama, das habe ich dir gesagt. In Michigan auch. Aber …«

»Columbia?«

Ich verlagerte meine Haltung auf dem Sofa. »Dort habe ich abgelehnt.«

»Stanford?«

»Mitchell ist in Stanford nicht genommen worden, erinnerst du dich? Dort habe ich im letzten Herbst zugunsten von Vanderbilt abgelehnt.«

»Was du eben abgesagt hast.«

Ich nickte seufzend. »Ja, aber die Absage, die Wartelisten – das hat alles nichts mit dem zu tun, was ich dir zu sagen versuche. Ich will einfach keine Ärztin werden …«

»Du wirst deine Zukunft *nicht* wegwerfen, Pearl. Dafür habe ich zu hart gearbeitet. Dafür hast *du* zu hart gearbeitet. Du hast dich doch noch nie vor einer Herausforderung gefürchtet – noch nie in deinem Leben. Warum jetzt?«

Sie kannte mich nicht so gut, wie sie glaubte, oder vielleicht übersah sie einfach selektiv alles, was das Bild der perfekten Tochter in ihren Augen trübte. Ich hatte mich schon oft meiner Angst gestellt – auch wenn das nichts mit dieser Entscheidung zu tun hatte. Ich hatte höchstens Angst davor, von dem Plan abzuweichen, der von mir erwartet wurde, um etwas zu tun, was sich richtig, aber zugleich waghalsig und impulsiv anfühlte. Ich fürchtete mich davor, sie zu enttäuschen – was ich eindeutig tat.

»Mama, meine Entscheidung hat nichts mit Angst zu tun. Es geht darum, was ich studieren und wie ich mein Leben leben will. Es geht darum, was mir wichtig ist …«

»Nein.«

Nein? Oh, Mann. Das hier würde ja noch schlimmer werden, als ich mir vorgestellt hatte. Ich starrte in meinen Schoß, suchte nach den Worten, die ihr helfen würden, es zu verstehen, bevor sich diese ganze Geschichte zu einem absoluten Patt verschlimmerte.

»Hallo, Pearl – willkommen zu Hause«, sagte Thomas. Er war auf halbem Weg durchs Wohnzimmer, bevor er die Anspannung bemerkte, die in der Luft lag. Sein Lächeln schwand. »Was ist los?«

»Deine Tochter will nicht Medizin studieren.« Mamas Ton war abgehackt. Außerdem stellte sie es so hin, als hätte ich überhaupt keinen Plan für meine Zukunft.

»Ach nein?« Thomas schien eher interessiert als besorgt.

»Ich habe eine Zusage für das Doktorandenprogramm in Meeresbiologie bekommen. Hier.«

Er blieb in der Mitte des Zimmers stehen, als sei er sich nicht sicher, ob er bleiben oder sich zurückziehen sollte, und sah zwischen meiner Mutter und mir hin und her. »Das ist ja … interessant. Was hat dich dazu gebracht, deine Meinung zu ändern?«

»Sie ändert ihre Meinung nicht!«, warf Mama ein, als könne nichts, was ich gesagt hatte, an ihrem Zustand des Leugnens etwas ändern. »Sie steht noch immer auf der Warteliste für Harvard. Sie könnte jeden Tag von ihnen hören.«

»Mama, es spielt keine Rolle …«

»Wofür wir dein Leben lang gearbeitet haben, spielt keine Rolle? Wofür dein Vater sein Leben geopfert hat, spielt keine Rolle?«

Die Erwähnung meines Vaters war für mich wie ein Schlag ins Gesicht. Sie hatte mir die Geschichte meiner Eltern – meine Geschichte – einmal erzählt, mit stockenden, geflüsterten Worten, aber sie hatte seinen Namen nie als Anreiz oder Vorwurf ins Feld geführt. Natürlich, sie hatte auch nie die Notwendigkeit verspürt. Bis jetzt.

»Essie …«, begann Thomas.

Sie sagte nichts weiter, die Lippen zu einer straffen Linie zusammengepresst.

Meine Eltern – jung, verliebt und schwanger – waren auf der Flucht vor einem mexikanischen Drogenkartell, das von einer Bande verteidigt wurde, mit der mein Vater sich eingelassen hatte. Sie ließen alles, was sie je gekannt hatten, zurück, damit ich in den Vereinigten Staaten geboren werden konnte. Um ein neues Leben für uns drei aufzubauen. Um mir Chancen zu bieten, die sie selbst nie gehabt hatten, und eine Zukunft, in der ich sicher vor der Gewalt war, mit der sie selbst aufgewachsen waren. Mein Vater, noch keine zwanzig, war während der Grenzüberquerung in einem überhitzten, stickigen Lastwagen krank geworden und gestorben;

meine noch jüngere Mutter hatte den Verlust des Jungen, den sie über alles liebte, und die Trennung von Familienangehörigen und Freunden tapfer ertragen, und ich war auf US-amerikanischem Boden geboren worden – ihr erster Traum für mich.

Mama putzte Motelzimmer und Privathäuser, während sie sich beibrachte, fehlerfrei Englisch zu sprechen und zu schreiben, und die Staatsbürgerschaft erwarb. Meine frühesten Erinnerungen hatte ich nicht an Spielverabredungen oder Vorschulen, sondern an Bibliotheken mit hilfsbereiten Bibliothekarinnen, die mich mit Stapeln von Büchern und Lernvideos bei Laune hielten, während meine Mutter sich Computerkenntnisse aneignete. Ihr Ehrgeiz zahlte sich aus, und schließlich wurde sie Büromanagerin einer erfolgreichen Kinderarztpraxis. Ein paar Jahre später lernte sie Dr. Thomas Frank kennen, den sie auf Armeslänge Abstand hielt, bis sie sich sicher war, dass er verstand und akzeptierte, was bei ihr an erster Stelle kam: ich.

Mein Handy meldete sich mit einer SMS – eine willkommene Unterbrechung, egal, wer sie geschickt hatte. Ich warf einen Blick auf das Display. »Ich habe Wäsche zu erledigen«, sagte ich und schoss aus dem Zimmer und die geschwungene Treppe hinauf.

Boyce: Hängst immer noch mit Dover ab, was?
Ich: Du weißt, dass sie es hasst, wenn du sie so nennst.
Boyce: Falls du es mir auszureden versuchst, ist das ein erbärmliches Argument. Ich meine ja nur.
Ich: Du meinst, ich habe dir damit nur den Anstoß gegeben, sie noch öfter so zu nennen? *seufz*
Boyce: Falls Anstoß ALLE GRÜNDE heißt, dann ja.))

Das erste Mal, dass ich hörte, wie Boyce Melody *Dover* nannte, war ungefähr ein Jahr nach seiner Spielplatzrauferei mit ein paar Jungen aus seiner Klasse. Ich hatte ihn gegenüber Schulleiter Jaynes in Schutz genommen. Unser Grundschulleiter, hochgewachsen, mit silbergrauem, eckig geschorenem Haar, einer Hakennase und einem kantigen Kiefer, sorgte ohne Worte dafür, dass die Schüler sich duckten. Ich hatte noch nie jemanden verpetzt, aber niemand sonst war auf Boyce' Seite. Ich musste es tun. Meine Hände zitterten, und mein Mageninhalt drohte hochzukommen, während ich die hässlichen Dinge berichtete, die diese Jungen über seine Mutter gesagt hatten. Ich war mir nie sicher, ob es meine Zeugenaussage war, die ihn letztendlich vor einer Strafe bewahrte, aber ich dachte gern, dass ich ihm ein klein wenig von dem zurückgegeben hatte, was ich ihm schuldig war, nachdem er mir das Leben gerettet hatte.

Mama kaufte mir normalerweise zu Beginn jedes Schuljahres ein neues Paar Schuhe, und dann noch eines im Frühling. Aber mitten in der dritten Klasse schnellte meine Schuhgröße auf einmal um zwei Nummern nach oben, nach einem Wachstumsschub, der sich auf meine Füße beschränkte, daher gingen wir zu einem Secondhandshop, um mir mit einem gebrauchten Paar über die Runden zu helfen. Ich flippte aus bei glitzernden Sneakers, die fünf Dollar kosten sollten, und Mama erklärte sich bereit, sie mir zu kaufen, nachdem sie mich immer wieder gefragt hatte: »Bist du *sicher*, dass du die bis zum Frühjahr jeden Tag tragen willst?« Ich hatte genickt und gebettelt, bis sie seufzend einwilligte.

Melody Dover war in der Schule ein Jahr über mir und eines der reichen Mädchen, daher war ich überhaupt nicht auf ihrem Radar. Bis ich in einem Paar ihrer abgelegten Schuhe in der Schule auftauchte.

»Seht euch das an! Diese kleine Kröte trägt meine Schuhe!«, rief sie in der Pause vor drei Freundinnen. »Sie haben sogar noch diese bescheuerten rosa Schnürsenkel, die ich dafür gekauft habe.«

Sie lachten alle oder sagten: *O mein Gott!* Ich ging weiter auf die Schaukeln zu, als hätte ich sie gar nicht gehört, aber mein Blick verschwamm, und mein Gesicht wurde glühend heiß.

»Hey, du da – diese Schuhe waren meine, bis ich sie *leid* war und weggegeben habe.«

Ich taumelte und wollte am liebsten im Boden versinken.

»Möchte wetten, du musstest sie weggeben, weil sie deinen riesigen, breiten Quadratlatschen nicht mehr gepasst haben, Dover.«

Ich erkannte die Stimme, aber ich wandte mich nicht um.

»Halt den Mund, *Boyce,* du Schwachkopf. Und nenn mich nicht bei meinem Nachnamen! Ich bin kein Junge!«

»Ooooh, neeeiiin, Dover hat mich Schwachkopf genannt.« Er lachte. »Hunde, die bellen, beißen nicht. Dover, Dover, *Rover* Dover – *wau*!«

Seine Freunde johlten vor Lachen und fingen an, zu bellen und immer wieder *Rover Dover* zu rufen, während Melody sie anschrie aufzuhören, und ich einfach weiterging, nicht länger das Opfer ihres Spotts.

Sie hatte offensichtlich keine Erinnerung an mich oder die Schuhe, als wir uns zum ersten Mal offiziell begegneten – fünf Jahre später, an unserem ersten Tag in der zehnten Klasse. Ich hatte die neunte Klasse übersprungen, dank des Geldes meines Stiefvaters, mit dem die Prüfungen bezahlt wurden, die mein schulisches Leistungsniveau bestätigten. Obwohl ich froh war, intellektuell stärker herausgefordert zu werden, bedeutete das Vorrücken den Verlust der wenigen Freundinnen, die ich hatte. In meinen ersten drei Kursen erkannte ich kaum jemanden wieder, und in meiner neuen Garderobe aus Markenkleidern schien *mich* auch kaum jemand wiederzuerkennen. Deprimiert verzog ich mich kurz vor dem Mittagessen auf die Mädchentoilette und spielte mit dem Gedanken, mich für den Rest der Stunde in einer Kabine zu verstecken.

Melody Dover beugte sich über das ramponierte Waschbecken, starrte schluchzend in den Spiegel und versuchte vergeblich, ihre verschwimmende Mascara zu retten.

Mein erster Impuls war es, kehrtzumachen und zu gehen, bevor sie mich sah. Sie war ein verwöhntes Biest – das hatte ich am eigenen Leib erfahren. »Äh, geht es dir gut?«, fragte ich. Ich hätte mich ohrfeigen können. Es hätte mir egal sein sollen, selbst wenn es ihr hundeelend ging. Vermutlich hatte sie es verdient.

Sie wandte sich schniefend um. Die blasse Haut unter ihren Augen war dunkel verschmiert. »Es ist alles so beschissen. Einfach *alles*. Mein Freund ist ein Idiot, meine Eltern sind Arschlöcher, und ich hatte eben einen fürchterlichen Krach mit meiner besten Freundin, die ein totales Biest ist!«

Ich trat näher und reichte ihr ein frisches Papierhandtuch, und sie versuchte wieder, die Mascara unter jedem Auge abzuwischen. Ich hatte noch nie einen Freund gehabt. Meine Mutter und mein neuer Stiefvater verwöhnten und unterstützten mich uneingeschränkt. Ich hatte Freundinnen, aber keine beste Freundin, für die ich es auch war. Und ich hatte mich nie mit irgendeiner von ihnen gestritten.

Nachdem sie die Wimperntusche abgetupft hatte, seufzte Melody und sah wie ein schönes, trauriges Mädchen aus. Keine rote, laufende Nase. Keine fleckige Haut. Wie unfair.

»Hey, diese Schuhe sind ja echt schick«, sagte sie, während sie noch einmal schniefte. »Wo hast du die denn her?«

Im ersten Moment dachte ich, dass sie auf die verdammten silbernen Sneakers anspielte. Mir hatte zwei Monate lang jeden Tag davor gegraut, sie zuzuschnüren, obwohl Melody nie wieder ein Wort mit mir wechselte. Aber ihre hellgrünen Augen waren weit aufgerissen und aufrichtig. Sie hatte ganz offensichtlich keine Erinnerung an das, was sie mir fünf Jahre zuvor angetan hatte, oder an den Zusammenhang zwischen mir und dem Spitznamen, den Boyce sich für sie ausgedacht hatte und der sie noch immer in Rage versetzte.

»Barney's. In New York«, antwortete ich.

Da ich erst dreizehn war, hatten Mama und Thomas mich auf ihre Hochzeitsreise mitgenommen. Wir wohnten in einer Suite im Plaza, wo ich mein eigenes Zimmer hatte und in meinem Kingsize-Bett den ganzen Abend fernsah, während ich auszublenden versuchte, was in dem angrenzenden Schlafzimmer vor sich ging. Tagsüber gingen wir shoppen und besichtigten Orte wie das Empire State Building, das MoMA und den Ground Zero. Abends schlenderten wir über den Times Square und sahen eine Broadway-Show und aßen in Restaurants, in denen Mama sich nervös fragte, wie man das Besteck benutzte und ob sie richtig angezogen war. Thomas grinste auf eine charmant-verliebte Art und sagte ihr, von ihm aus könne sie ihr Pilzrisotto auch mit dem Suppenlöffel oder ihre gegrillte Entenbrust mit der Dessertgabel essen.

»Du warst zum Shoppen in New York? Du Glückspilz!«, sagte Melody. »Mama und ich fahren jedes Jahr in den Frühjahrsferien zum Shoppen nach Houston, aber das ist nicht *annähernd* dasselbe.«

Ich zuckte mit den Schultern, nicht sicher, was ich zu einem Mädchen sagen sollte, dem ich jahrelang die Nase einschlagen wollte und das mich jetzt mit neidischer Bewunderung ansah. Ein paar Minuten später verließen wir gemeinsam die Toilette und waren seitdem Freundinnen.

Ich:	Melody hat mir das mit deinem Dad erzählt. Ich würde ja sagen, mein Beileid …
Boyce:	Schon gut, verschwende nicht dein Mitgefühl.
Boyce:	Sehen wir uns mal, solange du zu Hause bist?))

Ich starrte auf seine Frage, harmlos gestellt – bei der eine andere mitschwang. Mamas Worte klangen mir in den Ohren: *Du hast dich doch noch nie vor einer Herausforderung gefürchtet – noch nie in deinem Leben.* Stimmt nicht. Stimmt absolut nicht.

Ich hatte mich einer einzigen Person anvertraut, als ich in den Winterferien die E-Mail mit der Zusage erhielt. Nicht meinem Freund. Nicht Melody oder meinen Verbindungsschwestern. Nicht meinen Kommilitonen, die sich um führende Aufbaustudiengänge bewarben und in vielen Fällen nicht angenommen wurden. Nicht meinen Eltern.

Aber ich hatte es Boyce erzählt, ohne eine Sekunde zu zögern. Ich hatte es ihm mit der Stimme eines Mädchens erzählt, das nicht vorhatte, diesen Traum wirklich zu verfolgen und dabei jeden, den sie kannte, zu enttäuschen.

Er hatte nur einen Blick auf mich geworfen und war dann prompt zum Kern der ganzen Angelegenheit gekommen. »Wann wirst du endlich aufhören, Angst davor zu haben, dein Leben zu leben, Pearl?«

Niemand hatte mich das je gefragt. Niemand *wusste* es. Ich war die Abschiedsrednerin unserer Highschoolklasse gewesen. Ich war weg aufs College gegangen, hatte mir den Arsch aufgerissen und mein Studium mit Auszeichnung abgeschlossen. Ich war an mehr als einer der angesehensten medizinischen Hochschulen des Landes angenommen worden. Ich sah aus, als hätte ich das Leben im Griff, aber das war eine Illusion. Denn ich hatte höllische Angst davor, wer ich wirklich war und was ich wirklich wollte. Und irgendwie wusste er es. Er hatte es immer gewusst.

Ich: Ja. Ich werde den ganzen Sommer hier sein.

5

BOYCE

Ich war mir nicht sicher, wann oder auch nur wohin Pearl gehen würde, um Medizin zu studieren, aber sie sagte, sie würde den ganzen Sommer hier sein. Was hieß, dass ihr Freund vielleicht auch wieder vorbeischauen würde. Letztes Jahr war er für eine Woche hier gewesen, hatte ihre Eltern vollgequatscht und dumme Witze über den Ort gerissen, an dem wir aufgewachsen waren. Ich hatte ihn nur zweimal getroffen, aber ich musste mich verdammt schwer zusammenreißen, um ihm diese ganzen dummen Sprüche über unsere Heimatstadt nicht mit den Fäusten zurück in den Mund zu rammen. Er trug seine Intelligenz vor sich her, als gäbe sie ihm das Recht, ihr gegenüber auch im Bett seine Überlegenheit unter Beweis zu stellen.

Als er endlich abgeschwirrt war, trafen Pearl und ich uns an unserer Stelle am Strand – einer Nische, in den Dünen versteckt, wo eines der Hotel-Ungetüme der Insel einen privaten Holzsteg zum öffentlichen Strand gebaut hatte. Nicht viele Leute kamen und gingen nach Einbruch der Dunkelheit durch die verschlossene Pforte, und die Dünen – mit reichlich Kakteen und wilder Vegetation und gelegentlich auch einer Schlange – schirmten die Strandseite des Stegs von den erhellten Terrassen und Balkonen der Hotelbewohner ab.

Als ich dorthin kam, sah sie von einer der breiten, sandigen Stufen auf und fragte mich, was ich von ihm hielt.

»Er ist ein Idiot«, sagte ich, während ich mich neben sie setzte.

»Wow. Sag mir, was du *wirklich* denkst.«

Ich zuckte mit den Schultern. »Du hast mich gefragt, daher bin ich davon ausgegangen, du wolltest die Wahrheit hören.« Sie nickte, daher ging ich noch einen Schritt weiter. »Mir gefällt nicht, wie er mit dir redet. Ich glaube, er könnte dir wehtun, und es sollte besser nichts Schlimmeres als ein emotionaler Schaden sein, denn sonst werde ich ihn erledigen müssen.«

Sie lehnte sich zurück und legte den Kopf auf die Seite, wie sie es jedes Mal tat, wenn sie versuchte, sich über irgendetwas Kompliziertes klar zu werden. Komisch, wenn man bedenkt, dass ich selbst schon immer alles andere als das war. *Boyce Wynn: Was du siehst, ist, was du kriegst.*

»Mein Gott, Boyce. Was hat er denn gesagt, dass du so über ihn denkst?«

»Es ist nicht so sehr, was er sagt, sondern eher, *wie* er es sagt.«

Sie legte die Stirn in Falten. Meine Antwort war nicht gut genug für ein Mädchen, für das nur harte Fakten zählten.

»Bist du etwa … neidisch? Ich weiß, Mitchell hatte Gelegenheiten, die du nicht hattest, und seine Familie unterstützt ihn bei seinen ehrgeizigen akademischen Ambitionen. Aber sie sind nicht reich oder so.«

Sie dachte, ich wäre neidisch auf die wundervolle

Kindheit ihres Freundes oder seine ach so tolle Bildung? Dass ich nicht lache. »Es hat nichts mit Geld oder *Gelegenheiten* zu tun, die ich sowieso nicht wollte, selbst wenn man sie mir anbieten würde. Er ist schlau. Das ist mir schon klar. Und er sorgt dafür, dass auch ja jeder es weiß.«

Ich wusste nicht, wie ich ihr sagen sollte, dass seine polternde Art mich an meinen Vater erinnerte, der jeden terrorisiert hatte, dem er etwas hätte bedeuten können, da er wusste, dass er ein erbärmlicher Feigling war, der zu viel Angst davor hatte, mit dem Saufen aufzuhören. Seine Schikane verbarg seine Schwäche. Ihr Freund war nach außen hin das Gegenteil meines Dads, aber auch er verbarg irgendetwas. Was immer es war, dieser Scheißkerl hatte es gut genug versteckt, um ihr etwas vorzumachen.

»Das heißt, du magst ihn nicht, weil er schlau ist?«

Verdammt, manchmal war sie wirklich absolut ahnungslos. »Ja, na klar. Ein Glück, dass Maxfield kein verdammtes Superhirn ist, sonst müsste ich den Arsch auch hassen. Oh, wart's nur ab.«

Sie verdrehte ihre großen braunen Augen. »Er ist anders.«

Wenn ich Leute dafür hassen würde, dass sie schlau waren, dann wäre ich vom ersten Tag an aufgeschmissen gewesen. Pearl war der schlaueste Mensch, den ich je kennengelernt hatte, und mein bester Kumpel von der Highschool kam gleich nach ihr – mit einem Abschluss von derselben riesigen Universität wie sie war er im Begriff, in den Norden zu ziehen, zu irgendeinem Biotechnologie-Job in Ohio.

»Ja. Maxfield ist anders. Er ist kein Arschloch.«

»Na ja, ihr seid seit einer Ewigkeit befreundet…«

Ich lachte. »Nicht seit einer Ewigkeit. In der neunten Klasse haben wir uns gegenseitig grün und blau geprügelt.« Gleich nach dem schlimmsten Sommer meines Lebens, als wir erfuhren, dass Brent im Irak gefallen war – zwei Monate, bevor er hätte aussteigen können. Ich hatte gehofft, meinem Vater zu entkommen, aber stattdessen war ich auf einmal die einzige Zielscheibe seiner ungezügelten Wutausbrüche. Aus irgendeinem Grund war Maxfield der Typ, an dem ich das alles ausließ. Vielleicht weil er der Einzige war, der mutig (oder idiotisch) genug war, mir mein Verhalten nicht durchgehen zu lassen.

Ich war auf dem besten Weg, so zu werden wie mein Vater, und ich hatte es nicht einmal kommen sehen.

»Melody hat mir von dieser Schlägerei erzählt, aber ich dachte, sie hätte übertrieben.«

»Hat sie nicht. Die hier stammt von damals.« Ich zeigte auf die kleine Narbe in der Nähe meines rechten Auges und grinste. »Keine Sorge. Er hat auch eine. Eine Zeit lang war einer von uns schlimmer als der andere.«

Der Anflug eines Lächelns umspielte ihren Mund, und sie schüttelte den Kopf und starrte dann wieder in die Dunkelheit hinaus. Sie legte sich ihre Gedanken zurecht, bevor sie das Wort ergriff, wie sie es schon immer getan hatte. Ich sah sie an und wartete. Der Mond war nur eine schmale Sichel über dem Wasser, die die Konturen ihres Gesichts weichzeichnete, und Sternenlicht flackerte in ihren Augen. Das Klatschen der Wellen, die immer wieder gegen den Strand schlugen, war der vertraute Soundtrack unseres Lebens.

»Ich erwarte ja nicht, dass du mit Mitchell Freundschaft schließt«, sagte sie schließlich. »Das wäre irgendwie seltsam.«

Ja. Das wäre allerdings seltsam. Ich begehrte sie seit zu vielen Jahren. Sie war die schlechte Angewohnheit, die ich nie abgelegt hatte, weil ich es verdammt noch mal nicht wollte.

»Vielleicht bin ich ja neidisch, aber Neid ist nicht der Grund, weshalb ich ihm nicht traue«, erwiderte ich, und sie wandte mir das Gesicht zu. Ich wollte mich am liebsten in die tiefen Brunnen ihrer Augen stürzen. »Ich beschütze dich, Pearl. Das ist einfach das, was ich tue.«

Brent beschützte mich bis zu dem Tag, an dem er die Stadt verließ. Unser Leben lang erklärte er entschieden, Dad sei ein Stück Scheiße und ich solle nichts auf seine Meinung von mir oder irgendetwas anderem geben. Er verhinderte meine – verdienten oder unverdienten – Strafen manchmal physisch, meistens aber durch Verhandlungen. Mein Bruder war ein geborener Friedensstifter, die Art Kind, das dazwischenging, um Streitereien in der Nachbarschaft zu schlichten, bevor Fäuste flogen, weshalb ich seinen Entschluss, mit achtzehn den Marines beizutreten, erst recht nicht glauben konnte. Mit zehn dachte ich, alle Marines wären Typen, die gern kämpften und Leute erschossen.

Er hatte vor, vier Jahre zu dienen und dann Reservist zu werden und zurückzukommen, um mich zu holen. »Wenn ich eine Chance sähe, dass man mir gestattet, dich schon jetzt von ihm wegzuholen, würde ich es tun – aber niemand lässt kleine Kinder ihren Vormund wählen. Und ich bin selbst kaum erwachsen.« Er ging in dem stickigen Raum auf und ab, den wir uns am hinteren Ende des Wohnwagens teilten. Er hatte gerade die Highschool abgeschlossen und würde im August nach Kalifornien ins Ausbildungslager fahren – wenn ich in die fünfte Klasse kam. »Wenn ich zurückkomme, werde ich älter sein. Du wirst älter sein – auf der Highschool. Ich werde mir einen anständigen Job suchen. Wir werden nach Corpus ziehen, und er wird keinem von uns je wieder etwas antun.«

Mein Bruder war auch ein Träumer, aber ich nahm an, so waren Helden eben – so veränderten sie die Welt: indem sie davon träumten, wie sie sein sollte, anders und besser, als sie bislang war. Ich wollte glauben, was er mir sagte. Ich wollte glauben, dass Dad, wenn Brent zurückkam, so froh wäre, meinen erbärmlichen Arsch loszuwerden, dass er mich gehen lassen würde.

Brent ging erst nach San Diego, dann nach Quantico, und ein Jahr später, nach dem elften September, nach Afghanistan. Nachdem er sich im Ausbildungslager eine Auszeichnung für Treffsicherheit verdient hatte, schaffte er es bis zum Lance Corporal und wurde anschließend Scout Sniper. Als ich vierzehn war, wurde er in den Irak geschickt. Dad hängte eine amerikanische Flagge ins Fenster der Werkstatt und nahm lobende Worte von jedem entgegen, der stehen blieb, um davon zu schwafeln, wie stolz er sein müsse, einen Sohn zu haben, der unserem Land diente – als hätte er einen Scheißdreck damit zu tun. Als wäre er nicht genau das Gegenteil von allem, wofür Brent stand.

Ich war nicht mit der Fähigkeit meines Bruders geboren worden, Wut zu entschärfen; ich hatte eher das Talent meiner Mutter geerbt, Öl ins Feuer zu gießen, ohne es überhaupt zu versuchen. Es spielte keine Rolle, was ich tat oder nicht tat, sagte oder nicht sagte – ich war der Einzige, der noch da war, um die Wutanfälle meines Dads, wenn er betrunken war, auszulösen. Ich war das erbärmliche Stück Scheiße, der nichtsnutzige Schwachkopf, der jämmerliche Dreckskerl, der bescheuerte Idiot, der zu nichts zu gebrauchen war. Ich schluckte jedes Wort, es sei denn, es ging um Pearl. Ich hatte meine eine gute Tat vollbracht, als ich ihr das Leben rettete, und ich wusste es.

Als sie in die Mittelschule kam, war sie noch immer winzig klein und unglaublich still. Sie schien wehrloser als je zuvor. Ich bemerkte es nicht einmal, als sie sich an das Ende des Tischs setzte, den Rick und ich im Jahr zuvor für unser Mittagessen beschlagnahmt hatten. Der Außenseitertisch, so nannten wir ihn – aber das hieß nicht, dass jeder komische Kauz sich einfach dort niederlassen durfte.

»Hey, Dumpfbacke – Sechstklässler sitzen nicht bei uns«, sagte Rick. Er und ich wurden von irgendwelchen Sportskanonen aus der achten Klasse schon genug herumgeschubst, auch ohne Typen an unseren Tisch zu lassen, die nur ein Magnet für noch mehr Schikane von ihnen sein würden. Ich sah auf, erwartete, irgendeinen hageren Typen zu sehen, der seinen Arsch weiterbewegte. Aber es war Pearl Torres, die ihr Tablett vom Tisch schob.

»Halt die Schnauze, Thompson«, fuhr ich ihn an, während ich in Pearls dunkle Augen sah. Sie verschwanden fast hinter einer Brille, die so groß war, dass sie ihr ganzes Gesicht in Beschlag nahm. Ihre Haare waren wild – befreit von den Zöpfen oder Haarbändern, die sie sonst immer getragen hatte. »Bleib«, sagte ich zu ihr. »Das ist schon okay.«

Sie nickte und setzte sich. Zwei Schuljahre lang saß sie von da an jeden Tag am Ende unseres Tischs, mit eingezogenen Schultern, das Gesicht teilweise von ihren Haaren verdeckt, und aß schweigend ihr Mittagessen, während sie ein Buch las oder ihre Hausaufgaben machte. Niemand belästigte sie, es sei denn, sie wollten zuerst an mir vorbei. Auf der Mittelschule geriet ich nicht mehr sehr oft in Schlägereien. Brent hatte mir das Versprechen abgenommen, keinen Ärger zu machen, bevor er ins Ausbildungslager fuhr, und meine Angst davor, dass Dad in die Schule zitiert wurde, saß tief. Aber ich war sogar noch größer als Ricks großer Bruder Randy, der schon Auto fahren durfte, daher legte sich kaum einer gern mit mir an.

PEARL

»Evan ist gestern Abend mit seinem Möchtegern-Mannequin im Schlepptau angekommen.«

Die Art, wie Melody leidenschaftliche Gespräche eröffnete, sobald sie in meinen Wagen stieg, noch bevor sie sich angeschnallt oder gefragt hatte, wohin wir fuhren, fühlte sich fast wieder vertraut an.

Sie zog die Beifahrertür meines GTI zu, und ich zuckte zusammen bei der Wucht, mit der sie sie zuknallte. »Sie ist ein echter Barb-Dover-Replikant! Immer nur *Ja, Schatz* und *Was immer dich glücklich macht, Evan*, als hätte sie keine eigene verdammte Meinung und auch nicht die Absicht, sich eine zu bilden.«

Jetzt war vermutlich nicht der richtige Augenblick,

um sie auf die Scheinheiligkeit bei ihrer Beurteilung ihrer künftigen Schwägerin hinzuweisen.

»Aber hey – meine Eltern sind restlos begeistert. Endlich haben sie die Tochter, die sie sich immer gewünscht haben. Evan hat ihr seinen Antrag sogar mit Grandma Beas dreikarätigem Smaragdring gemacht.«

Ich starrte sie mit offenem Mund an. »Was? Aber sie hat dir diesen Ring in ihrem Testament vermacht!« Melodys resolute Großmutter, die nie ein Blatt vor den Mund nahm, war das einzige Mitglied ihrer Familie, das Mel je ermutigt hatte, für sich selbst einzutreten. Und sie hatte auch keine Skrupel gehabt, ihre Lieblingsenkelin zu ermuntern, öfter zu rebellieren, und behauptete immer, ihre Eltern hätten es verdient.

»Stimmt. Und was soll ich jetzt tun? Meine Eltern, meinen Bruder und seinen Mom-Klon verklagen, um den Ring zu bekommen?« Ihre Stimme brach, und ich wusste nicht, was ich sagen sollte.

Mama gehörte seit ihrer Hochzeit mit Thomas demselben gesellschaftlichen Kreis wie Barbara Dover an. Sie gab sich alle Mühe, nicht zu tratschen, aber manchmal, wenn sie von einem Lunch oder einer Wohltätigkeitsveranstaltung nach Hause kam, murmelte sie auf Spanisch vor sich hin, und selbst wenn sie zu schnell und leise für mich sprach, um es zu verstehen, schnappte ich ein paarmal das Wort *Barb* auf.

»Sie wissen, dass ich nichts dagegen tun kann. Das ist ihre Strafe dafür, dass ich mich von Matt getrennt habe, anstatt ihm einen Heiratsantrag aus der Nase zu ziehen.« Ihre Mutter erwartete von Mel *allen Ernstes*, spätestens mit zweiundzwanzig verlobt zu sein. Wer *tat* so etwas denn?

»Ich dachte, Matt hätte sich von dir getrennt?« *Nachdem deine Mutter dir zu Weihnachten ein Brautzeitschrift-Abo geschenkt hat.* Ich sagte es nicht laut.

Sie seufzte auf. »Nein. Er wollte nur in absehbarer Zeit nicht heiraten – oder vielleicht auch überhaupt nie, daher habe ich mich von ihm getrennt. Mama hatte mich überzeugt, wenn ich es richtig anstellen würde, dann würde er mir schon einen Antrag machen. Aber stattdessen verbrachte ich zwei Wochen mit Ben & Jerry und Jose Cuervo, was mir nichts eingebracht hat bis auf zwei Zentimeter mehr an meinem Arsch.«

»Das heißt, er wollte sich gar nicht trennen – er wollte nur nicht heiraten? Oh, Mel.«

»Ja, können wir vielleicht *nicht* darüber reden, wie bescheuert ich bin? Ich hatte eine gute Beziehung mit einem anständigen Typen, und ich hab's vermasselt. *Wieder einmal.*«

Als wir auf der Highschool waren, ertappte Melody – und mit ihr die halbe Stadt – ihren damaligen Freund dabei, wie er sie betrog. Clark Richards und drei Kumpel von seinem Schul-Baseballteam feierten eine Orgie mit ein paar Collegemädchen, die in dem Strandferienhaus, das sein Vater vermietete, Urlaub machten. Einer der Typen nahm Videoclips davon auf, die sich unter der Schülerschaft wie ein Lauffeuer verbreiteten. Es war nicht das erste Mal, dass Clark sie betrog, aber es war das einzige Mal, dass es auf Film festgehalten und von so ziemlich *jedem* gesehen wurde. Ich war nie stolzer auf sie als an dem Tag, an dem sie sich von ihm trennte.

Dann begann sie mit Boyce' bestem Freund, Landon Maxfield, zu gehen, wovor ich sie warnte, denn ich hatte Angst, sie wollte einfach nur einen Bad Boy haben und würde vielleicht wieder verletzt werden. Aber dann erzählte sie mir von ihren Gesprächen. Wie er ihre Meinungen wissen wollte und sich für ihre Gefühle interessierte. Wie er sie zum Lachen brachte. Wie seine Küsse Dinge bei ihr auslösten, die Clarks nie ausgelöst hatten.

Clark kam natürlich prompt dahinter. Egal, wie stark die Bevölkerung dieser Insel während der Touristensaison anwächst, für uns Bewohner bleibt sie eine Kleinstadt, und nichts bleibt lange geheim. Er ließ ihr körbeweise Rosen ins Haus liefern. Er schenkte ihr ein diamantbesetztes Glücksbringer-Armband in einer rosa Satinschatulle, flehte sie an, ihn zurückzunehmen, und schwor ihr, sie nie wieder zu hintergehen. Ihre Eltern mochten ihn; sein Daddy war ein großer Bauunternehmer, noch reicher als sie selbst. Er war ein Jahr älter, beliebt und heiß im konventionellen Sinn des alten Geldadels.

Und er war ein widerlicher, gemeiner Betrüger, aber ich konnte sie nicht überzeugen, dass die Redensart *Wer einmal lügt, dem glaubt man nicht* vielleicht kein todsicheres Urteil war, aber doch eine verdammt gute Annahme.

Sie sagte es Landon nicht einmal selbst. Am nächsten Tag, im Westflur unserer Schule, erklärte ihr Freund ihm, er sei nicht mehr als ein Lückenbüßer gewesen. Damals kannte ich Landon noch nicht sehr gut, aber ich wusste, dass er es nicht verdient hatte, dass meine beste Freundin zu Boden starrte, während ihr Freund ihm sagte, dass er nur ein Stück Dreck war.

Dann schloss Clark die Schule ab und gab Melody den Laufpass, als hätten ihre zwei Jahre währende Beziehung und all seine Versprechen nichts zu bedeuten. Ich wollte nicht recht haben. Ich wollte keinen Beweis dafür, dass sich alles früher oder später rächte.

»Und jetzt zu dir«, wechselte sie das Thema, während ich anfuhr. »Du hast gesagt, du hast deiner Mama klargemacht, dass das Medizinstudium für dich keine Option mehr ist, und du bist noch immer am Leben. Wie lief das Gespräch denn?«

»Sie leugnet alles. Ich bin mir ziemlich sicher, sie klammert sich an die Hoffnung, dass ich von einer der Wartelisten eine Zusage bekommen werde. Als würde ein Studienplatz in Harvard oder Michigan irgendetwas für mich ändern, als ich ihr sagte, was ich sein wollte und was nicht.«

Sie stieß ein leises Lachen aus und hielt sich die Hände wie Scheuklappen ums Gesicht. »Mütter verstehen es gut zu ignorieren, was sie nicht hören wollen.«

Es gab keinen Grund, Melody darauf hinzuweisen, dass Scheuklappen das periphere Sehen behindern, nicht das Gehör. Es lief auf dasselbe hinaus. Ich hatte Mama meine Vorstellung von dem Leben, das ich führen wollte, und dem Menschen, der ich sein wollte, geschildert, und sie wollte nichts davon wissen.

Ich dachte immer, meine Mutter sei allen anderen Müttern überlegen, da sie alles für mich geopfert hatte – die Liebe ihres Lebens, ihre Familie und ihre Freunde, den Ort, an dem sie geboren und aufgewachsen war. Ich nahm an, sie hatte all das aufgegeben, weil sie an mich glaubte, weil sie mir jede Chance bieten wollte, etwas zu träumen und zu erreichen und zu werden. Ich nahm an, was ich träumen, erreichen und werden würde, würde meine Entscheidung sein.

Bis heute. Ich hatte nicht verstanden, dass ich es war, die Scheuklappen trug, und sie es war, die sie mir aufgesetzt hatte.

Boyce: Sehen wir uns heute Abend?

Ich: Gutes Timing. Ich setze Melody in ein paar Minuten ab.

Boyce: Mit Timing kenne ich mich aus, Baby.

Ich: *Augenrollen einfügen*

Boyce: ;)))

6

BOYCE

Brent starb, als er feindliches Heckenschützenfeuer auf sich zog. Absichtlich, wie es in dem Abschlussbericht hieß, den wir später erhielten. Um die Aufmerksamkeit von einem halben Dutzend Marines-Kameraden abzulenken, die im Begriff waren, ein Gebäude zu stürmen, in dem der Geheimdienst ein Nest Aufständischer vermutete. Ein Jahr später wurde ihm posthum die Silberstern-Medaille für »herausragende Tapferkeit und Unerschrockenheit« verliehen. An dem Tag, an dem er starb, erfuhren wir jedoch nicht mehr, als dass er getötet worden war.

Es war Juni. Wortlos ging ich an meinem Vater vorbei, der stumm vor Schock dasaß, und durch die offene Tür hinaus. Ich stieg auf mein Fahrrad und fuhr zum Merry Mermaid, dem Tattoostudio, in dem Brents Freundin arbeitete. Ich schoss die Straße hinunter – vorbei an farbenfrohen Geschäften und Restaurants, importierten Palmen und lachenden Urlaubern in gemieteten Golfwagen, die in der Stadt für den Straßenverkehr zugelassen waren. Ich war wie betäubt. Der Himmel war wolkenlos, die Sonne genau über mir. Mein Schatten war ein unförmiger, flüssiger Klecks, Block für Block unter den dicken Reifen eingefangen. Ohne Brent war ich nur noch ein formloser, konturenloser Umriss.

»Ich muss Arianna sprechen«, sagte ich zu Buddy, dem Typen, der das Studio führte. Meine Stimme brach, als ich ihren Namen sagte, als wäre ich ein verknallter Teenager mit einer Piepsstimme, nicht der Stellvertreter des Todesengels.

Buddy, grauhaarig, aber schlank und muskulös, hatte die Farbe von nassem Sand, wo er nicht mit Tattoos bedeckt war. Er zog eine Taschenuhr aus der Vordertasche seiner schwarzen Arbeitshose, klappte sie auf und sah auf das Zifferblatt. »Sie ist im Moment bei einer Kundin – noch etwa fünf oder zehn Minuten.« Dann sah er mich blinzelnd an, die Stirn eine Leinwand voller tief eingegrabener Falten. »Bist du nicht Brents kleiner Bruder?«

Ich nickte und versuchte zu schlucken, wobei ich fast an meinem eigenen Speichel würgte. Ich war ein paarmal mit Brent in dem Studio gewesen. Brent, der tot war. Der seinen letzten Atemzug in einem fremden Land getan hatte. Wo er sein Blut vergossen hatte. Wo sein Herz aufgehört hatte zu schlagen. Wo seine Augen sich zum letzten Mal geschlossen hatten. Meine Fingerspitzen waren so kalt, dass ich sie nicht mehr spüren konnte. Ich bekam kaum noch Luft. Meine Augen brannten. Ich war wie Wasser, das versuchte, eine passende Form zu finden – Eis oder Dampf.

»Geht's dir gut, mein Junge?«, fragte Buddy.

Ich schüttelte den Kopf, oder ich glaubte es zu tun. Ich war mir nicht sicher. Vielleicht bewegte ich mich überhaupt nicht.

Dann veränderte sich Buddys Miene, seine blassen

Augen weiteten sich und musterten mich durchdringend von der anderen Seite des Tresens. Er erschrak nicht oft, und sein Gesicht war nicht vertraut mit dem Ausdruck, den es annahm. »Ist Brent okay?«, flüsterte er, nur drei Worte, kaum hörbar über dem Classic Rock, der aus den beiden Lautsprechern dröhnte, die in den hinteren Ecken in der Nähe der Decke hingen. Der Sänger wiederholte immer wieder, immer lauter dieselbe Zeile – *Do you wanna die? Do you wanna die?* –, während der Bass in einem Rhythmus mit dem Puls in meinen Ohren hämmerte.

Buddy wandte sich um, als Arianna zwischen einem Vorhang aus langen Schnüren, an denen Muscheln aufgereiht waren, zum Vorschein kam. Sie baumelten von der abgehängten Decke und trennten den Eingangsraum von dem Flur, in dem die Tätowierer ihrer Arbeit nachgingen. Im Gegensatz zu Buddy beschränkten sich ihre sichtbaren Tattoos auf einen Arm, der wie ein unvollständiges Puzzle aussah. Auf der Rundung ihrer Schulter saß eine Meerjungfrau mit blauen Haaren auf einem Albatros, den ich fälschlicherweise einmal als Pelikan bezeichnet hatte. Brent lachte, bis ihm die Tränen kamen. Ein Wirrwarr von Mustern verlief kreuz und quer von ihrem Ellenbogen bis zum Handgelenk – Umrisse, ohne Farbe. Unvollendet.

Ihr Tanktop und ihre Jeans verbargen die Tattoos auf Bauch, unterem Rücken, Wade und Hüfte – von Letzterem wusste ich nur, weil es Brent einmal herausgerutscht war und er mir das Versprechen abgenommen hatte, nie ein Wort zu ihr oder irgendjemand anderem zu verlieren.

»Sie ist die stärkste Frau, der ich je begegnet bin«,

sagte er dann, mit einer Art Ehrfurcht in der Stimme. Er lag auf seinem Bett, einen Arm hinter dem Kopf, und starrte an die Decke. Ein schmaler, schmuddeliger Streifen Teppich verlief zwischen seinem und meinem Bett.

»Weil du nicht willst, dass sie sauer ist?«, hatte ich gefragt, während ich mich zu ihm umwandte. Es war der Sommer, in dem ich elf wurde. Der letzte Sommer, in dem wir uns das beengte Schlafzimmer auf der Seite des Wohnwagens teilten, die sich gegen die Backsteinwand der Werkstatt lehnte – eine Konstruktion, die zwei der drei Fenster vollständig verdeckte. Das einzige freie Fenster stand offen, und ein Ventilator, der darunter auf einer kleinen Kommode stand, drehte sich hin und her, zog feuchte Luft von draußen herein und wirbelte sie in einem sinnlosen Versuch, das Zimmer zu kühlen, herum. Wir zogen uns jeden Abend bis auf die Unterwäsche aus und schliefen auf unserem Bettzeug. Nichts davon machte einen großen Unterschied.

»Nein. Weil ich sie nicht verletzen will«, antwortete er, und ich fragte mich laut, warum er besorgt war, dass jemand, den er für so stark hielt, so leicht verletzt werden könnte. »Sie vertraut mir jetzt. Ich habe ihr geschworen, sie nie zu verletzen, und ich habe vor, dieses Versprechen zu halten.«

Vier Jahre später war er tot, und ich musste ihr jetzt wehtun.

Was immer Buddy in meinem Gesicht gesehen hatte, Arianna sah es jetzt auch. »Nein«, sagte sie nur. Sie ballte die Hände an den Seiten zu Fäusten, als könnte sie sich so vor dem schützen, was ich im Begriff zu sagen war.

Ihre Kundin war irgendeine Lady, die ich nicht kannte – vielleicht eine Touristin oder eine Frau aus einem Nachbarort, die von ihren künstlerischen Fähigkeiten gehört hatte. Ihr Lächeln schwand prompt, als sie zwischen Arianna und mir hin- und hersah.

»Nein«, sagte Arianna noch einmal. Ein Schluchzer entfuhr ihr mit dem Wort und schlich sich hinaus, zerrte an dem Faden, der uns verband – der Liebe zu meinem Bruder –, und weckte mich mit einem Ruck, als ich nur noch bewusstlos sein wollte. Der Schmerz, den ich gar nicht richtig gespürt hatte, betäubt von Schock bis zu diesem Augenblick, traf mich jetzt wie ein Blitzschlag und warf mich zu Boden, bevor er mich zu einer Million versengter Teile zerriss. Die Tränen stiegen nicht hoch. Sie strömten. Meinen Körper kümmerte es nicht, ob ich versuchte, ein Mann zu sein, ob ich versuchte, für meinen Bruder, für das Mädchen, das er über alles geliebt hatte, hart und stark zu sein. Ein Wimmern entfuhr meinem Innersten und entwich wund und hässlich aus meiner Kehle. Ich ließ mich auf die Knie fallen, während Arianna auf mich zustürzte und mit mir zusammen zu Boden ging.

»Bist du sicher? *Sind sie sicher?* Es gibt keine Hoffnung? Es gibt keine …«

Ich schüttelte den Kopf, erstickte ihren Versuch, aus diesem Albtraum aufzuwachen und ihn ungeschehen zu machen. »Er ist tot. Er ist tot.«

Ihre schlanken Arme schlangen sich um mich, und ihre Tränen vermischten sich mit meinen.

An dem Tag, an dem er achtzehn wurde, war Brent zum Merry Mermaid gegangen, um sich die Worte *Semper Fi* auf den linken Deltamuskel tätowieren zu lassen, ein Symbol seiner Absicht, den Marines beizutreten, sobald er die Highschool abgeschlossen hatte. Arianna hatte das Tattoo gemacht, aber es war für beide alles andere als Liebe auf den ersten Blick gewesen. Sie war einundzwanzig und voller Feuer, und sie war zu dem Schluss gekommen, dass mein Bruder ein idealistischer Gutmensch war, mit vielen Worten, aber ohne Taten. »Spätestens im Sommer wirst du vermutlich einfach *Scheiß drauf* sagen, Pfadfinderjunge. Du wirst dir sagen, dass es keinen Grund gibt, dich erschießen zu lassen. Und im nächsten Herbst wirst du mit den ganzen anderen Sesselfurzern aufs College verschwinden.«

Ihre Mutmaßungen hatten ihn in ein wütendes Schweigen versetzt, aber das hielt nur an, bis er nach Hause kam. Dann war er nur noch wütend und alles andere als schweigsam.

»Was glaubt sie eigentlich, wer sie ist?«, rief er. Er riss sich das T-Shirt über den Kopf und warf es auf den Boden, während er im Zimmer auf und ab ging. »Nur weil sie voller Tattoos und Piercings und *heiß* ist, glaubt sie, sie ist so cool? Nur weil sie älter als ich ist, glaubt sie, sie weiß alles? Sie glaubt, sie kann mich mit einem einzigen Blick abschätzen? Dieses voreingenommene *Miststück*.«

Brent fluchte nur selten, und ich hatte noch nie erlebt, dass er wegen eines Mädchens die Beherrschung verlor. Was der Grund war, weshalb ich mich wunderte, als er eine Woche später wieder hinging, um sich noch ein Tattoo machen zu lassen – und nach ihr verlangte.

Als er diesmal nach Hause kam, war er still. Der Verband war um seinen Bizeps gewickelt, genau unter dem eingravierten Marine-Corps-Motto, das sie ihm in der Woche zuvor auf die Schulter tätowiert hatte. Als er ihn eine Stunde später abnahm, sah ich, dass sie das

Marines-Emblem hinzugefügt hatte – einen feindselig blickenden Adler, der auf einer Erdkugel saß, die von einem Anker aufgespießt war.

»Hast du nicht gesagt, sie ist ein Miststück?« Das Tattoo sah ziemlich cool aus, aber trotzdem. Ich würde mir nicht von irgendeinem unausstehlichen Mädchen eine Nadel in den Arm stechen lassen. Nicht dass ich mir von einem netten Mädchen eine Nadel in den Arm stechen lassen würde. Ich schauderte allein schon bei der Vorstellung.

»Ich habe mich getäuscht«, sagte er, während er ihr Werk im Badspiegel begutachtete. »Urteile nicht zu schnell über andere Leute, kleiner Bruder. Ich weiß, ich habe dir gesagt, du sollst deinem Bauchgefühl vertrauen …« Er fing meinen Blick im Spiegel auf. »Aber manchmal ist das, was ein Bauchgefühl zu sein scheint, einfach nur Stolz, der so tut, als wäre er Instinkt.«

Ich wollte gerade zur Tür hinausgehen, als ich noch eine SMS von Pearl bekam, die mich fragte, ob sie vielleicht einfach zum Wohnwagen kommen sollte. Ich blieb stehen und sah mich um. Sie war nie hierhergekommen, als mein Vater noch am Leben war. Nicht ein einziges Mal in den fünfzehn Jahren, die ich sie kannte. Ich hätte es ihr nicht erlaubt, wenn sie es gewollt hätte – aber sie war nicht dumm, und sie hatte nie gefragt.

Der Wohnwagen gehörte jetzt mir, so erbärmlich er auch war. Ich schrieb zurück: Na klar, komm vorbei. Und dann rannte ich herum wie ein Vollidiot, räumte Müll und Geschirr und Kleider und peinliche Werbesendungen weg, an die ich nie einen Gedanken, geschweige denn eine Sekunde verschwendet hatte. Minuten später klapperte die Eingangstür, als sie klopfte, und ich stand in der Küche, den Pappkarton in der Hand, den ich eben vom Krematorium bekommen hatte. Darin befand sich ein durchsichtiger Plastikbeutel mit Dads sterblichen Überresten, die ungefähr so aussahen wie das graue Zeug in einem Staubsauger. Mein Vater, auf einen Beutel Staub reduziert. Als ich den Papierkram unterzeichnete, konnte sich der Typ vom Krematorium ziemlich schnell denken, dass ich nicht daran interessiert war, Geld für irgendeine schicke dekorative Urne für Dads Asche hinzublättern. Aber was zum Teufel sollte ich mit diesem Scheiß anfangen?

Pearl klopfte noch einmal, und ich ließ den Karton auf den Tisch fallen (*hallo – toter Typ auf dem Küchentisch*), dann hob ich ihn noch einmal hoch und stellte ihn auf einen Stuhl. Vielleicht würde ich später einen Platz unter der Spüle, neben dem Wanzengift, für ihn freiräumen.

»Schwachkopf«, murmelte ich mir selbst zu. *Verdammt*. Dieses Arschloch war tot, und hier war ich und nannte mich noch immer bei seinem Lieblingsspitznamen für mich. Es hatte Zeiten gegeben, da war ich mir nicht sicher, ob er meinen richtigen Namen überhaupt noch wusste.

»Boyce.« Pearl lächelte zu mir hoch, als ich die Tür öffnete. »Gut, dass dein Haus neben der Werkstatt steht, es ist nämlich zu dunkel, um die Hausnummern lesen zu können, und sie sehen alle irgendwie gleich aus.«

Ich grinste. »Ich bitte dich – die Wohnwagen in meiner Gegend sehen vielleicht alle gleich aus, aber man kann sie anhand ihrer typischen Gartengestaltungen unterscheiden. Bei den Echols' steht dieser riesige Kaktus im Vorgarten. Die Olneys haben diesen abgestorbenen Baum mit ein paar Dutzend Vogelhäuschen, die von den Zweigen hängen. Und die Thompsons haben natürlich den Pool mit der Snackbar.«

Sie blieb im Türrahmen stehen, warf einen Blick auf meine im Dunkeln liegende Nachbarschaft und wandte sich dann wieder zu mir um. Sie legte den Kopf auf die Seite und sah mich mit zusammengekniffenen Augen an, als würde ich sie auf die Schippe nehmen und sie wüsste es.

Ich nahm ihren Arm, drehte sie herum und zeigte in die Richtung. »Siehst du diese ausrangierte Badewanne und die Kloschüssel neben ihrer Auffahrt? Als wir Kinder waren, hat Mrs. Thompson die Kloschüssel mit Erde aufgefüllt und Erdbeeren darin angebaut. Im Sommer haben wir den Gartenschlauch zu der Badewanne gezerrt und sie mit Wasser gefüllt – sie hatte ein schleichendes Leck, wo das Porzellan gesprungen war, daher ließen wir den Schlauch schwach weitertröpfeln –, und wir gingen abwechselnd schwimmen.«

Sie lachte, und ich auch. Vieles in meinem Leben war beschissen gewesen. Es wäre leicht, zurückzublicken und nur die schlechten Seiten zu sehen, aber ich konnte Pearl nicht ins Gesicht blicken oder ihr heiseres leises Lachen hören und das tun. Ich hatte einen Superhelden zum Bruder gehabt. Ich hatte Freunde in der Nachbarschaft gehabt, einen Strand in fußläufiger Entfernung, einen besten Freund, den ich nicht verdient, aber trotzdem bekommen hatte, und Erinnerungen an dieses Mädchen, die ich mit ins Grab nehmen würde. Ich hatte meinen Dad überlebt, und ob er es beabsichtigt hatte oder nicht, er hatte mir eine Fähigkeit beigebracht und mir die Möglichkeit gelassen, damit meinen Lebensunterhalt zu verdienen. Alles in allem war ich ein verdammter Glückspilz.

PEARL

Die Vorstellung, dass Boyce und Rick in dieser ausrangierten Badewanne »schwammen« – und Erdbeeren aus einer Toilette aßen! –, hätte das Traurigste sein sollen, was ich je gehört hatte, aber stattdessen kam ich aus dem Lachen gar nicht mehr heraus, und es schien ihn nicht zu stören. Anders als so ziemlich jeder andere in meinem Freundeskreis hatte Boyce Wynn kein Problem damit, offen über irgendwelche Peinlichkeiten zu reden und sich damit selbst lächerlich zu machen.

Er schloss hinter mir die Tür und ging voran in die Küche des Wohnwagens. Mit einer Handbewegung forderte er mich auf, ihm zu folgen. Die Kühlschranktür klapperte, als er sie öffnete. »Bier?«, fragte er, und ich nickte. Ich versuchte mir vorzustellen, wie er in diesem heruntergekommenen Wohnwagen mit seinem gewalttätigen Vater aufgewachsen war. Was er durchgemacht haben musste. Während er zwei Flaschen Shiner aufmachte, sagte er: »Und, jetzt bist du für den Sommer zu Hause. Kommt dein Freund dieses Jahr auch wieder zu Besuch?«

Seine Miene war fast neutral, aber ich kannte ihn zu gut, und er hatte mit seiner Meinung über Mitchell nicht unbedingt hinterm Berg gehalten, als ich ihn im letzten Sommer danach fragte. Und er hatte ziemlich recht gehabt.

Boyce und ich hatten uns in den vier Jahren, die ich auf dem College war, weder gesprochen noch SMS-Nachrichten geschrieben, es sei denn, ich war für ein Wochenende oder in den Semesterferien zu Hause. Seine Reaktionen – oder vielmehr das Ausbleiben derselben, nehme ich an – hatten mich anfangs verwirrt und verletzt, wenn ich ihm eine SMS schickte und nur ein oder zwei Worte zur Antwort erhielt. Oder gar nichts. Ich war einsam und hatte Heimweh, und aus irgendeinem Grund war er für mich Heimat auf eine Art, auf die es niemand sonst war. Vielleicht weil er hiergeblieben war, während Melody und die meisten meiner anderen Freunde sich auf Colleges im ganzen Land zerstreuten.

Wir hatten uns seit den Winterferien nicht mehr gesprochen, als ich ihm erzählte, dass ich eine Zusage für das Doktorandenprogramm in Meeresbiologie bekommen hatte. Als er meine Feigheit mit einem einzigen Blick abschätzte und vermutete, dass ich es nicht tun würde. Als er sagte, ich hätte Angst davor, mein Leben zu leben, auf diese unverblümte Art, die ich, wie ich wusste, von Boyce erwarten durfte – ohne Schönfärberei, ohne ausweichende Höflichkeit. Ich hatte nicht gewollt, dass das die Wahrheit war, daher ärgerte ich mich irgendwie darüber, dass Boyce sie aussprach.

Die Wahrheit, auf diese Weise laut ausgesprochen, hat eine Art, von innen an dir zu nagen, an dein Herz zu rühren, an deiner Seele zu zerren, Möglichkeiten aufzuzeigen, die deinen Verstand aufleuchten lassen, und die Risiken dahinter, die deinen Mut sinken lassen. Die Wahrheit weiß, wie sie *Ich fordere dich heraus* sagen und dich zwingen kann, sie zur Kenntnis zu nehmen, selbst wenn du sie lieber leugnen und isoliert und sicher bleiben würdest.

Dieses Gespräch hatte vor der hässlichen Trennung von Mitchell stattgefunden.

»Nein. Wir, äh, haben uns getrennt. Vor ein paar Monaten.«

Er blinzelte, versuchte noch immer, seine Maske der Gleichgültigkeit zurechtzurücken. Boyce war durchaus imstande, sich emotional zu distanzieren. Jahrelang hatte ich zugesehen, wie er Autoritätspersonen und Mitschülern und anderen Mädchen die kalte Schulter zeigte, als wäre er unempfänglich für die Wutausbrüche oder Enttäuschungen anderer Leute. Egal, wie verängstigt oder wütend oder entmutigt sich ein normaler Mensch fühlen würde – wenn Boyce nicht in der Stimmung war, jemandem eine reinzuhauen, tat er es einfach mit einem Schulterzucken ab. Ich wusste, dass er diese Fähigkeit auf Arten entwickelt haben musste, mit deren Details ich vermutlich nicht klarkommen würde. Aber mir gegenüber verhielt er sich nie völlig distanziert. Nicht als wir uns so nahestanden. Was mich betraf, so war er ein verwirrendes Mosaik aus Stimmungen, aber nie distanziert.

»Ach ja?« In seinen Augen funkelte ein bisschen mehr als bloße Neugier.

Seufzend zuckte ich mit den Schultern und nahm das Bier in die Hand. »Ja. Er war nicht allzu begeistert von meiner Entscheidung, nicht mit ihm nach Vanderbilt zu gehen.«

Die Flasche in seiner Hand hielt auf halbem Weg zu seinem Mund inne. »Dann gehst du irgendwo anders hin?«

Ich nickte. »Ich werde hier an dem Doktorandenprogramm teilnehmen. Du weißt schon, von dem ich dir erzählt habe?«

»Meeresbiologie statt Medizin.«

Fünf Monate waren verstrichen, seit ich ihm das erzählt hatte, aber er erinnerte sich. Sofort. »Ja.«

»Das heißt, du bleibst hier. Nicht nur für den Sommer.«

»Die ersten beiden langen Semester sind auf dem Hauptcampus, und im Laufe der nächsten paar Jahre werde ich zu verschiedenen Tauchplätzen fahren, um mein Allgemeinwissen aufzubauen, und dann allmählich auf das Thema meiner Doktorarbeit hinarbeiten. Aber das eigentliche Programm findet hier statt, das heißt, noch ungefähr ein Jahr, und dann werde ich Vollzeit hier sein.«

»Cool.« Er nahm einen Schluck Bier und räusperte sich, starrte auf seine lässig geschnürten Arbeitsstiefel. »Das ist echt cool.«

Ich musterte seine Hände – große, kräftige Hände mit hellen Härchen, ein paar Narben und frisch aussehenden Schürfwunden, vermutlich von seiner Arbeit. Aus den Schlägereien war er herausgewachsen. Ich hatte keine Ahnung, wie es bei ihm in Sachen Dates oder Beziehungen aussah – ob es eine feste Freundin oder eine ständige Affäre oder eine Reihe davon gab. Er war auch aus seiner Gesprächigkeit, was diese Dinge betraf, herausgewachsen. Ich fragte mich, ob er auch aus seinem Verlangen nach mir herausgewachsen war. Es hatte sich erst gezeigt, nachdem ich die Sache aufgegeben hatte, und wurde zu einer Art Spiel – er flirtete und raspelte Süßholz und starrte mich schamlos, mit einer hochgezogenen Augenbraue, an. Ich sträubte mich dagegen, schweigsam, als wüssten wir beide, dass es nie passieren würde, während ich die ganze Zeit mehr wollte. Lächerlich viel mehr.

In meiner zweiten Woche auf der Highschool war ich in einen neuen gesellschaftlichen Kreis aufgenommen worden – vermutlich ausschließlich wegen meines neuen Lebensstils und Erscheinungsbildes. Nicht dass es mir besonders viel bedeutete. Die Sorgen wegen meiner wenigen früheren Freunde – von denen mich die meisten nicht einmal erkannten, wenn wir uns im Flur über den Weg liefen oder ich mich im Unterricht eine Reihe weiter setzte – verblassten. Ich war nicht länger Pearl Torres, Tochter einer aus Mexiko eingewanderten alleinerziehenden Mutter. Ich war Pearl Frank, Tochter eines angesehenen Chirurgen in der Stadt. Ich vergaß nicht, wer ich war, aber es schien, als ob sich niemand sonst – manchmal nicht einmal meine Mutter – *erinnerte*.

Vom anderen Ende des Flurs hatte ich Landon zuerst erkannt. Er war ein bisschen größer und selbstbewusster geworden und starrte nicht mehr zu Boden, wie er es auf der Mittelschule getan hatte. Der Junge neben ihm war größer und stämmiger, mit kurzen roten Haaren, die in einem starken Kontrast zu Landons dunkler Mähne standen, die dringend geschnitten werden musste. Boyce sah eher wie einer der Zwölft- als wie ein Zehntklässler aus. Während Landon auf eine stille Art selbstbewusst war, war es Boyce ganz deutlich – mit einem tiefen und lauten Lachen, einem breiten Lächeln und scharfen Augen, die meinen Blick auffingen.

Ich wunderte mich, wie schnell und sicher er mich erkannte. Wir hatten nie ein richtiges Gespräch geführt, nur im Vorbeigehen ein paar Worte gewechselt, und seit über einem Jahr nicht einmal das – da ich noch auf der Mittelschule war. Ich hatte ihn in der Stadt gesehen – im Lebensmittelladen, am Strand oder wenn er mit seinem lauten schwarzen Wagen an mir und Mama vorbeifuhr. Ich wusste, dass er rauchte. Er hatte ein Tattoo auf dem Arm (ein Marines-Emblem – ich hatte es gegoogelt), was verboten war, da er noch keine achtzehn war (ebenfalls gegoogelt).

Melody starrte den Flur hinunter. »Ooh, da ist Landon«, sagte sie. »Und, *igitt*, Boyce ist bei ihm. Na toll, er sieht mich genau an. Scheiße.«

Sie täuschte sich. Boyce sah *mich* an. Als wir näher kamen, wandte er den Blick nicht ab. Er sagte irgendetwas zu Landon, der kurz in meine Richtung schaute, aber dann fiel sein Blick prompt auf Melody.

»*Ignoriere* Boyce Wynn einfach«, sagte sie, als wir vier uns einander näherten und die anderen Schüler um uns herum zu bunten Klecksen verschwammen. »Er ist ein *Idiot*. Im Ernst, ich kann ihn nicht ausstehen. Gott, ich habe keine Ahnung, warum er und Landon jetzt so dick miteinander sind. Sie hatten letztes Jahr eine böse Schlägerei – erinnere mich daran, dir später davon zu erzählen. Boyce hat sich im Flur auf ihn gestürzt. Und er ist der letzte Abschaum – sein Vater ist ein Alkoholiker, der eine Autowerkstatt hat, und sie leben in einem *Wohnwagen* – totales Klischee, oder?«

Melody verstand das Wort *Klischee* ganz offensichtlich nicht. Und sie hatte auch keine Ahnung von Boyce Wynn.

Als wir auf die beiden zutraten, verzog sich ihr Gesicht zu einem zuckersüßen Lächeln. »Hi, Landon.«

»Hey, Melody«, antwortete er.

Ich wartete darauf, dass Boyce Melody unbeabsichtigt an unsere demütigende Grundschulverbindung erinnerte, aber er tat, als wäre sie gar nicht da.

»Hey, Pearl.« Er starrte mich an, als wäre ich ein doppelter Schokoladen-Cupcake.

»Hi, Boyce.« Ich spürte, wie mir die Röte von der Brust in den Hals und in die Wangen stieg, und ich wandte das Gesicht ab, um sie zu verbergen. Neun Jahre. Neun Jahre hatte ich darauf gewartet, dass er mich so ansah, und jetzt hatte er es getan … als ich endlich hübsch war.

7

BOYCE

Irgendetwas an Pearl gehörte mir seit dem Augenblick, in dem ich sie aus dem Meer und auf den Sand gezerrt hatte, aber ich hatte das volle Ausmaß dieser Gefühle nicht erkannt, bis ich sie in der Schule am anderen Ende des Flurs entdeckte – am ersten September, in der zehnten Klasse. Mein ganzes Leben stand kopf, verengte und verdichtete sich, als sie in Sicht kam, und alle anderen verschwanden.

Sie war wie eine Fata Morgana – ein kurvenreicher kleiner Körper und dunkle Locken, die sie sich aus dem Gesicht gekämmt hatte, sodass ihre großen dunklen Augen und vollen Lippen zur Geltung kamen. Ich war wie einer dieser Schwachköpfe gewesen, die den Wert eines fantastischen Oldtimers nicht erkennen können, solange er nicht überholt und restauriert ist. Ein echter Autonarr kennt den Wert eines Wracks, das auf einem Schrottplatz vor sich hin rostet und darauf wartet, in seine Bestandteile zerlegt zu werden. Pearl hatte sich nicht verändert; aber ich war blind gewesen, und jetzt war ich es nicht mehr. Kleider, Frisur, Make-up – all das waren kleinere Veränderungen, die keine Rolle spielten, wenn sie in meinem Bett unter mir lag.

Ein Schwall von Hitze und Blut und Verlangen sorgte dafür, dass mein Schwanz hart wurde, als hätte er vor, das Gedränge zwischen uns zu teilen und an Ort und Stelle Anspruch auf sie zu erheben. »Ganz ruhig, Junge«, murmelte ich.

»Hä?«, sagte Maxfield, und ich schüttelte nur den Kopf, dankbar für das Gewühl von Leuten und den Schreibblock, den ich strategisch geschickt in meinen Händen hielt. Er folgte meinem Blick zu Pearl und wurde prompt von Rover Dover abgelenkt – Gott sei Dank, denn wenn er Pearl so angesehen hätte, hätte ich unsere Freundschaft vermutlich auf der Stelle zu Kleinholz gemacht, ohne mit der Wimper zu zucken.

Ich war ein Idiot gewesen. Ein absoluter Vollidiot.

Sie starrte auf meine Hände – eine hielt locker den Hals der Shiner-Flasche, und die andere war in der Vordertasche meiner einzigen Jeans verhakt, die nicht mit Motorfett verschmiert war. Gott, was würde ich dafür geben zu wissen, was sie dachte. War sie in Gedanken verloren und starrte nur so vor sich hin, oder fragte sie sich, ob ich mich erinnerte, wie sich meine Handflächen und Finger anfühlten, als sie über ihre glatte goldbraune Haut glitten?

Meine Finger krallten sich in meiner Leistengegend in den Jeansstoff, und ihr Blick huschte zum Küchentisch und dann zu dem Pappkarton auf diesem verdammten Stuhl – mit der glasklaren Aufschrift: MENSCHLICHE ÜBERRESTE.

»Ist das … dein Vater?« Sie zeigte darauf.

Gottverdammt. Selbst tot vermasselte er mir noch mein Leben.

Ich sah zu dem Karton, als müsse ich mich vergewissern, wovon sie redete. »Ja. Ich hatte eigentlich erwartet, es würde mir mehr Befriedigung verschaffen, ihn einäschern zu lassen, auch wenn es das ist, was er selbst wollte. Ich nehme an, er wusste, dass er mir so noch ein bisschen länger auf den Geist gehen würde. Wenn ich ihn beerdigt hätte, wäre die Sache erledigt und vorbei. Stattdessen muss ich mir jetzt überlegen, was ich mit einem gruseligen alten Schachtel-Dad machen soll.«

Sie unterdrückte ein Lachen, und ihre Augen funkelten. »Gott, Boyce.« Aus irgendeinem Grund fand sie mich schon immer witzig. Auf der Highschool ertappte ich sie oft dabei, wie sie über irgendeine idiotische Bemerkung von mir grinste und es zu verbergen versuchte, während ihre beste Freundin sich in Rage redete und mir alle möglichen Beleidigungen an den Kopf warf, als würde ich mich auch nur einen Dreck darum scheren. Beide Reaktionen stachelten mich natürlich nur noch mehr auf.

»Ich muss ständig denken, gleich springt er heraus wie einer dieser verdammten Schachtelteufel.«

Sie schüttelte lächelnd den Kopf. »Vielleicht könntest du ihn vom Pier aus im Meer verstreuen?«

Ich runzelte die Stirn. »Wird nicht passieren. Ich habe ihm gesagt, ich werde seinen staubigen Arsch nicht ans Wasser schleppen oder sonst irgendeine sinnlose Abschiedszeremonie veranstalten. Er ist weg, und ich bin froh.«

Sie legte den Kopf auf die Seite, wurde wieder ernst. »Ich weiß, dass du das bist, und das kann ich dir kein bisschen verdenken. Aber vielleicht wäre es, wenn du seine Asche in den Golf wirfst, eine Art Abschluss für dich.«

»Für mich und ihn gibt's keinen Abschluss, Pearl.«

»Verstehe«, sagte sie, und ich hoffte, dass sie es nicht tat.

»Außerdem«, kehrte ich in die Komfortzone des respektlosen Humors zurück, »bin ich mir ziemlich sicher, dass er eine höllische Meeresverschmutzung wäre.«

Sie kaute auf ihrer Lippe. »Was ist mit unserer Sandbank? Wir könnten ein Loch buddeln, ihn hineinkippen und einen großen flachen Stein über ihn legen.«

Unsere Sandbank. Die, die von ihrem Garten aus knapp ein Footballfeld weit entfernt war – wenn ein Footballfeld zwei oder drei Meter unter Wasser liegen würde. Ein paar sumpfige, mit Seegras bedeckte Inseln und ungefähr ein Dutzend Sandbänke – eine Erweiterung des Naturschutzgebiets, das sich über die ganze Länge der Stadt erstreckte – lagen zwischen der offenen Bucht und ihrer Wohngegend.

Als ich in der zehnten Klasse war, bot mir ein Typ ein jämmerliches Aluminiumboot mit einem sporadisch funktionierenden Außenbordmotor im Tausch an, nachdem ich einen funktionierenden uralten Holley-Vergaser für seinen 69er Boss 429 auf einem Schrottplatz in Corpus gefunden hatte. Ich nahm den Deal an, denn diesen potthässlichen Kahn konnte ich durch die schmale Durchfahrt auf der Rückseite der Stadt zu der Fahrrinne zwischen den Haufen Sandbänke und Sumpfland manövrieren – und genau gegenüber davon stand das Haus der Franks auf einem Eckgrundstück in einer Sackgasse.

Ich weiß nicht, was ich dachte, das ich von dort aus tun würde – sie ausspionieren? Dann hörte ich, wie Dover sie überredete, am nächsten Wochenende dort eine Party zu feiern, wenn ihre Eltern nicht da waren, und ich wusste, dass der Tausch eines erbeuteten Mustang-Teils gegen diesen lecken Kahn ein Glücksfall gewesen war. Oder ein Geniestreich.

»Ich weiß nicht, Mel… wenn es irgendjemand meldet…«

»Solange wir nicht zu viele Leute einladen und kein allzu großes Feuer machen, wird uns niemand sehen. Das wäre so cool. Es ist mein Geburtstag. Komm schon, Pearl – biiitte? Clark kann an dem Abend das Boot seines Dads nehmen, und wir werden alle hin- und zurückbringen.«

Sie klimperte vor Pearl mit den Wimpern, wie sie es vor meinem besten Freund immer tat – der jedes Mal prompt auf sie hereinfiel, wenn sie seinen Schwanz scharfmachte. Wenn er nur ein Abenteuer gesucht hätte, wäre es mir egal gewesen – alles, um Clark Richards eins auszuwischen, war mir recht, auch, dass seine Freundin sich nebenbei ein bisschen mit meinem besten Kumpel vergnügte. Aber er wollte das volle Programm, und sie wusste es. Sie verdrehte ihm jedes Mal den Kopf, wenn er sie sah, und dann ließ sie ihn stehen, um zu diesem reichen Arschloch zurückzukehren.

Pearl seufzte und erklärte sich zu der Party bereit. Das Letzte, was Maxfield brauchte, war, mit ansehen zu müssen, wie Dover und ihr Arschloch von einem Freund herumknutschten, daher erzählte ich ihm nichts davon, als er ein paar Minuten später an unserem Labortisch auf seinen Hocker rutschte.

Am Freitagabend fuhr ich allein die Fahrrinne vor Pearls Haus hinunter und setzte das Boot auf den Strand, sobald ich das lodernde Feuer sah und die Musik hörte. Es waren ungefähr ein Dutzend Leute da – alles reiche

Kids, keine Loser aus der Stadt –, die tranken und um die niedrigen Flammen tanzten. Ich zog das Boot hinter ein Büschel Sumpfgras und beobachtete sie. Ich kam mir vor wie irgendein soziopathischer Spanner. Pearl tanzte mit einem Typen, der die Hände nicht von ihr lassen konnte – einem Elftklässler namens Adam Yates. Seine Eltern waren beide Zahnärzte; in der zweiten Klasse kamen sie manchmal in die Schule und redeten über Zähne und verteilten Zahnbürsten und Visitenkarten.

Mein Kiefer spannte sich an, aber ich hatte kein Recht auf sie. Sie gehörte nicht mir. Sie würde niemals mir gehören. Ich wollte gehen, aber aus irgendeinem Grund saß ich einfach nur da wie ein masochistischer Idiot.

Als das Geburtstagsmädchen kurz vor ein Uhr morgens nach ein paar Schnäpsen zu viel umkippte, verfrachtete Clark sie und ein paar andere in sein Boot und ließ den Schwachkopf, der Pearl den ganzen Abend befummelt hatte, zurück. Richards und Yates machten sich nicht die Mühe, ihre hochgereckten Daumen zu verbergen, aber niemand außer mir war nüchtern genug, um es zu bemerken. Der Rest der Partygäste ging mit PK Miller, als er sagte, er müsse das Boot seines Dads pünktlich zurückbringen, sonst würde seine Mom ihm für den Rest des Wochenendes die Hölle heißmachen.

Pearl stolperte über den Strand, löschte das Feuer mit Sand und stopfte Becher und Flaschen in einen Müllsack, denn *natürlich* würde sie Brände verhindern und Abfälle einsammeln, selbst wenn sie betrunken war. Yates ging hinter ihr her und versuchte ihr den Müllsack abzunehmen oder sie zum Aufhören zu bewegen. Ich war zu weit entfernt, um die beiden zu hören. Meine Hände ballten sich zu Fäusten, als er die Arme um sie legte und ihren Nacken küsste, aber ich stand nur von dem Felsen auf, auf dem ich die letzten zwei Stunden gesessen hatte, denn sie machte einen durchaus willigen Eindruck. Bis er sie herumdrehte und irgendetwas tat, was ihr nicht gefiel – zu viel Zunge? – *gottverdammt* –, sodass sie würgte und eine Hand gegen seine Brust drückte.

Ich sprang von meinem im Gras verborgenen Felsen und rannte los. Noch bevor ich sie erreichte, heulte er auf und ging zu Boden wie ein Sack Kartoffeln, und sie schrie und taumelte nach hinten.

Als sie mich sah, zuckte sie zusammen und stöhnte auf. »Verdammt, Boyce – du hast mich zu Tode erschreckt! Was tust *du* denn …«

»Alles okay mit dir?«, fragte ich, packte sie bei den Schultern und drehte sie zu mir herum. Ich musterte ihr Gesicht im Mondschein. Abgesehen davon, dass ihre Augen so unnatürlich weit aufgerissen waren, dass das Weiße rings um das Braun zu sehen war, und dass sie zitterte, schien sie unversehrt.

Sie nickte, ohne zu ahnen, was für einen Mordsschrecken *sie mir* eingejagt hatte. Yates hatte keinen Muskel bewegt, und ihre Stimme wurde leise. »Ist er … atmet er?«

Ich kniete mich hin und tastete nach einem Puls. Ich verkniff es mir, *hoffentlich nicht* zu sagen, denn dann würde sie vermutlich darauf bestehen, dass einer von uns eine Mund-zu-Mund-Beatmung durchführte, und beide Optionen waren für mich verdammt inakzeptabel.

»Sein Kopf ist auf dem Weg nach unten gegen mein Knie gestoßen«, sagte sie.

Ich betastete seine Kehle (wobei ich den Drang ignorierte, die Hände um sie zu legen und zuzudrücken) und fand seinen Puls. Ich versuchte mir das Lachen zu verbeißen. »Ich nehme an, kurz davor ist ein anderer Teil von ihm gegen dein Knie gestoßen?« Ich stand auf. »Es geht ihm gut, nebenbei bemerkt. Oder er *atmet* zumindest.«

Sie seufzte erleichtert auf. »Boyce, warum – und wie – bist du überhaupt hier?«

Beichten ist gut für die Seele, sagt man, aber als eine Art Stalker dazustehen war weniger vorteilhaft. Doch ich konnte ihr nicht in die Augen starren und lügen.

»Ich habe in Bio gehört, wie ihr zwei über die Party geredet habt.«

Sie legte die Stirn in Falten, offensichtlich nüchterner, als ich vermutet hatte. »Dann musst du ja auch gehört haben, dass es eine private Party zu Melodys Geburtstag war. Du warst nicht eingeladen.«

Autsch.

Sie wich zwei Schritte von mir zurück, bevor sie im Sand prompt wieder auf den Arsch fiel. Sie stöhnte und hielt sich das Knie. »Verdammt, das tut weh. Adams Kopf muss knallhart sein.«

Ich kniete mich neben sie und inspizierte mit den Fingern ihre nackte Kniescheibe, nahm allzu deutlich ihre weiche Haut und ihre knappen Shorts und ihren Geruch wahr, wie eine Handvoll Blumen. »Das wird eine schöne Beule geben.«

Ihre Finger glitten zwischen meine und betasteten die rasch anschwellende Stelle. »Na toll. Ich sollte etwas Eis drauflegen…« Sie sah stirnrunzelnd zu Yates, der zu schnarchen begonnen hatte, und dann zum Rand des Wassers. »Hat Clark mich etwa einfach *hier*gelassen? Wie zum Teufel sollte ich denn nach Hause kommen?«

»Na so eine Überraschung, Pearl. Richards ist ein Arschgesicht. Er ist mit Dover und ein paar anderen Leuten abgeschwirrt. Vermutlich wollte er Yates Zeit geben, um zum Zug zu kommen.«

Sie blickte zornig – zum Glück in Yates' Richtung. »*Zum Zug zu kommen?*« Sie sah zu mir zurück. »Und wie bist du hier?«

Ich zuckte mit den Schultern. »Ich habe ein Boot.«

Sie suchte die Uferlinie ein zweites Mal ab. »Ist es ein unsichtbares Boot?«, fragte sie.

»Sehr witzig.« Ich zeigte kichernd in die Richtung. »Es liegt weiter unten am Strand.« Ich stand auf und zog sie hoch in meine Arme. »Komm schon, kleiner Rabauke, bringen wir dich nach Hause.«

Zwischen dem sanften Rauschen der Wellen in der Bucht und den Empfindungen, die auf mich einstürzten – ihre weichen Haare, die meinen Arm und meine Wange streiften, das Gefühl ihres Körpers, der sich an meinen presste, ihr perfektes Gewicht –, hörte ich ihre Frage fast nicht.

»Erinnerst du dich noch … als ich fast gestorben wäre?«

Beinahe wäre ich gestolpert. Ich drückte sie fester an mich, außerstande, sie anzusehen. Ich konnte ihren Blick auf mir spüren. »Ja.« Das Wort entfuhr mir abgehackt, unsanft, und jener Tag flutete zurück wie ein Albtraum.

Ihre Stimme war leise und voller Staunen anstelle des Entsetzens, das ich erwartet hatte. »Ich erinnere mich nur noch an die Quallen, die überall um mich herum waren, und den Anflug von Panik – nur ein paar Sekunden eigentlich. Und dann eine Art friedliches Gefühl, und der Geruch von Mamas Churros, und Dunkelheit. Dunkelheit, und dann nichts.«

Ich blieb neben meinem Boot stehen, setzte sie aber nicht ab, und starrte ihr ins Gesicht. Ihre dunklen Augen schimmerten, spiegelten die Sterne wider.

»Und dann warst du da… und hast mich so angestarrt wie jetzt, aber mit der Sonne hinter dir statt dem Mond«, flüsterte sie. »Du hattest Tränen in den Augen. Warum?«

Gottverdammt noch mal, dieses Mädchen. »Ich dachte, du wärst tot.« Meine Augen brannten, und ich stemmte mich gegen die Erinnerung an das letzte Mal, als ich sie so gehalten hatte – als sie schwer und leblos war und ihr Kopf schlaff über meinem Arm hing.

»Ich auch. Als ich die Augen aufschlug, dachte ich, du wärst ein Engel… aber diese Tränen… und du hast meine Hand gehalten.«

Ich grinste. »Beschuldigst du mich etwa, damals ein Aufreißer gewesen zu sein, Pearl?«

»Ich habe immer geträumt, du hättest mich dort geküsst, vor all diesen Leuten.« Ihr Blick huschte zu meinem Mund. »Aber du hast es nicht getan.«

Gottverdammt. Ich schluckte. »Na ja. Ich könnte dich jetzt küssen, zum Ausgleich dafür, dass ich meinen Einsatz verpasst habe, als ich sieben war.«

Ihre Lippen zuckten fast unmerklich, und ich wartete darauf, dass sie lachte, aber sie tat es nicht. »Okay«, sagte sie, und alles in mir wurde still.

Ich neigte den Mund zu ihrem, verharrte einen Atemzug entfernt. Wir starrten uns an, und sie wich nicht zurück, schloss nicht die Augen, als würde sie einfach einwilligen. Sie hielt meinem Blick stand wie das entfachte Ende eines Feuerwerkskörpers. Ich hatte jahrelang Mädchen geküsst, hatte im Sommer zuvor am Strand meine

Unschuld mit einem älteren Mädchen aus der Stadt verloren, kurz bevor ich sechzehn wurde. Aber nichts von alledem hatte mich darauf vorbereitet, Pearl zu küssen. Ich fing bei null an.

PEARL

Als ich die Sandbank als möglichen Beisetzungsort für die Asche seines Vaters erwähnte, setzte Boyce zu einer Antwort an, aber dann zögerte er und starrte auf seine Stiefel. Ich war mir nicht sicher, ob ich etwas Falsches gesagt hatte oder ob er an dasselbe zurückdachte wie ich.

Ich war fast einundzwanzig Jahre alt und eine College-Absolventin, aber mein Verstand erinnerte sich noch immer genau an jede kostbare Sekunde eines Kusses, der passiert war, als ich vierzehn war. Ich konnte nicht entscheiden, ob das süß oder bemitleidenswert war.

Adam Yates war mein erster (ungewollter und abstoßender) Kuss gewesen, keine zehn Minuten zuvor. Als er meinen Nacken liebkoste, war es fast angenehm, bis er mit einer sabbernden Attacke Sekunden später alles ruinierte – mit Zunge und Schnapsfahne und Speichel. *Würg*.

Ich hatte gesehen, wie Boyce am Strand mit Mädchen knutschte oder sie in der Schule gegen Schließfächer drückte, um ihnen einen Kuss zu rauben. Mädchen wie Brittney Loper, die zwar strohdumm war, aber mit einem Riesenvorbau und irgendwie hübsch. Brit war eine unbekümmerte, stets fröhliche Kifferin, die mit jedem Typen rummachte, der interessant und interessiert war, wann immer ihr der Sinn danach stand. Sie zu hassen erschien mir kleingeistig, und ehrlich gesagt war es mir egal, was sie tat, solange es nicht *Boyce* betraf. Ihn mit ihr zu sehen, machte mich rasend vor Wut. Und unruhig. Und erregt. Was mich *noch* wütender machte.

Entsetzt stellte ich fest, dass ich eifersüchtig war. Nicht nur auf Brittney, sondern auf sie alle. Boyce hatte jahrelang mir gehört, das hatte zumindest mein Herz – ohne mein Wissen – entschieden, und jetzt fing er auf einmal an, diese ganzen Mädchen zu berühren und zu küssen und weiß Gott was mit ihnen anzustellen, und ich wollte es nicht sehen oder *hör auf, hör auf, hör auf* dabei denken.

Ich konnte es meiner besten Freundin nicht sagen, die denken würde, ich hätte den Verstand verloren oder müsse einen Exorzismus an mir durchführen lassen. Ich konnte es meiner Mutter nicht sagen, die mich noch immer für ihre streberhafte, stille, zu klein geratene Leseratte hielt, die noch nicht in die Pubertät gekommen war und die mit Sicherheit nicht schmachtend von Boyce Wynns Lippen auf ihren träumte und fantasierte.

Das heißt, als ich mich an jenem Abend praktisch allein (der weggetretene Adam Yates zählte schließlich kaum) zum ersten Mal überhaupt in seinen Armen wiederfand, als er »Ich könnte dich jetzt küssen« sagte, da konnte ich unmöglich Nein sagen. Ich war nicht dazu imstande.

Er starrte mich an, den Blick fest auf mich geheftet, als hätte er mein geflüstertes »Okay« nicht richtig gehört. Er zog mich fester an sich und beugte sich so nah vor, dass unser Atem miteinander verschmolz, aber er zögerte lange, als könnte ich meine Einwilligung widerrufen. Ich erwiderte seinen gebannten Blick, voller Angst, er würde irgendetwas Witziges oder Oberschlaues oder Gleichgültiges sagen.

»Pearl«, flüsterte er an meinen Mund. Die sanfte Berührung seiner Lippen, als er meinen Namen aussprach, jagte mir einen Schauder durch den Körper bis hinunter zu meinen nackten Zehen und wieder hoch in meine Fingerspitzen, die sich in sein T-Shirt gekrallt hatten. »Ich werde dich küssen. Wenn du mir nicht hier und jetzt laut und deutlich sagst, dass ich es nicht tun soll, werde ich dich küssen, und es wird mir kein bisschen leidtun.«

Ich bewegte keinen Muskel bis auf das Zittern, das er, so meine Befürchtung, vielleicht spüren konnte. Ich konnte Angst nicht von Verlangen unterscheiden, auch wenn diese beiden Emotionen – was Boyce betraf – vielleicht so eng miteinander verwoben waren, dass sie sich nicht mehr unterscheiden ließen. Seine Finger streiften meine Schulter, wo sie eine Flut von Gänsehautgefühlen auslösten, und meinen Schenkel, wo sie eine Flut von etwas völlig anderem auslösten. Ich maunzte, ein Geräusch, das ich in meinem ganzen Leben noch nie von mir gegeben hatte, und er schloss den winzigen Abstand zwischen uns mit warmen, weichen, entschlossenen Lippen. Er nahm meinen Mund in Besitz, als würde er mich kosten, und lockte mich, ihn meinerseits zu kosten – *minzig, würzig-süß*. Er nahm meine Unterlippe mit einem begierigen Knurren in seinen Mund, leckte und neckte die Oberlippe, eine einzige langsame, tiefe, unnachgiebige Überredung. Er hob mich höher, näher, drang mit der Zunge tiefer in mich ein, und mir schwirrte der Kopf.

Und dann steckte ich ihn mit dem Drüsenfieber an. Oder vielmehr, Adam Yates steckte uns *beide* mit dem Drüsenfieber an.

Ich: Schönen Dank an deinen bescheuerten Freund – Adam Yates hat mich mit dem DRÜSENFIEBER angesteckt.

Melody: Das hast du also? SCHEISSE. Das hatte ich in der siebten Klasse. Hat höllisch genervt. ☹

Melody: Augenblick. Du hast mit Adam rumgemacht? Ich dachte, du hättest ihm ein Knie in die Eier gerammt und ihn dort stehen lassen?

Ich: HABE ICH AUCH. Aber erst, nachdem er mir seine Zunge in den Hals gesteckt hatte.

Melody: Dieses Arschgesicht.

Ich: Ach wirklich??

Melody: Ich habe gesagt, es tut mir leid! Ich wusste doch nicht, dass Clark das tun würde!!! Er ist so ein dummer Junge.

Ich: Wohl eher ein Junge, der Beihilfe zu versuchter Vergewaltigung geleistet hat.

Melody: So weit wäre Adam nicht gegangen!

Ich: Woher willst du das WISSEN?

Melody: Du hast recht, und es tut mir leid, und ich habe Clark gesagt, wenn er so etwas je wieder tut, werde ich ihn einen Monat lang schneiden.

Ich: Also, kannst du mir die Hausaufgaben für unsere gemeinsamen Kurse vorbeibringen?

Melody: Na klar. In einem Punkt hast du übrigens Glück – wir sezieren morgen in Bio einen FROSCH. IGITT.

Ich: Was?!? *schluchz*

Melody: Oh, mein Gott. Ich weiß ja, dass du Ärztin werden willst, aber ich kann nicht glauben, dass du ein ekelhaftes totes Reptil aufschneiden willst!

Ich: Amphibie

Melody: Egal!! Ich werde das ALLES Landon machen lassen – Boyce ist nämlich auch krank, komischerweise. Hey, er hat das Drüsenfieber doch wohl nicht von dir, oder? Haha! War nur'n Witz!!!))

Während wir krank waren, verloren unsere beiden besten Freunde ihren jeweiligen letzten noch lebenden Großelternteil, und keiner von uns konnte an den Beerdigungen teilnehmen. Bis wir wieder zur Schule gingen, hatte sich die Schwingung zwischen den beiden verändert. Ich mochte Landon durchaus, aber Mel hatte einen festen Freund, und auch wenn wir allmählich immer mehr Beweise für Clarks Idiotie hatten, wusste noch keiner von uns, was für ein Riesenschwachkopf er wirklich war.

»Clark fragt mich ständig nach Landon – als ob er irgendwie misstrauisch ist«, sagte Mel. »Als ob ich ihn betrügen würde! Ich bin doch keine Betrügerin! Wenn hier jemand misstrauisch sein sollte, dann doch wohl *ich* – nach einigen der Gerüchte, die mir zu Ohren gekommen sind.«

Mir waren sie auch zu Ohren gekommen – aber Melody war das schönste Mädchen an unserer Schule, die beiden waren seit über einem Jahr zusammen, und der Klatsch und Tratsch in einer Kleinstadt war oft nur eifersüchtiges Geschwätz.

»*Du* glaubst mir doch, oder?«

»Natürlich«, sagte ich, und ich meinte es ernst. »Betrügen wäre in einer Stadt dieser Größe völlig sinnlos. Spätestens gestern würden es alle wissen.«

Aber was sie mit Landon hatte oder nicht hatte, spielte

keine Rolle, denn das war die Zeit, als Clark dabei gefilmt wurde, wie er dieses Collegemädchen vögelte, das über die Frühjahrsferien hier war. Als ich zu ihr kam, war Melody eben dabei, den Teddybären, den er ihr geschenkt hatte, in flaumgefüllte Stücke zu zerreißen.

Ich hob einen abgerissenen Arm auf. »Ooh, armer Beauregard.«

»Scheiß auf Beauregard!« Sie schnappte sich einen leeren Pappkarton vom Boden und begann die Bärenteile hineinzuwerfen. Als Nächstes folgten: Schmuck, den Clark ihr geschenkt hatte, angesammelter Homecoming-Schnickschnack, Trockenblumen und ausgedruckte Fotos, alle zu kleinen Fetzen zerrissen. »Gehen wir.«

Ich fuhr mit ihr zum öffentlichen Strand, wo sie auf Clark zumarschierte, auf dessen Schoß ein Mädchen saß. Melody griff mit beiden Armen in den Karton, den ich für sie hielt, und ließ Blütenblätter, Fotoschnipsel und Bärenteile über Clarks Kopf regnen. Sie schleuderte ein Armband nach ihm und nannte ihn einen betrügerischen Dreckskerl.

Ein paar Meter weiter, auf der anderen Seite des Feuers, saß Landon und sah ihr mit loderndem Blick zu, wartete angespannt darauf, dass Clark irgendetwas Dummes tat, und Boyce beobachtete mich, eine brennende Zigarette in einer Hand und ein Bier in einem Kühlhalter in der anderen. Wir hatten uns seit jenem Kuss nicht mehr gesprochen, abgesehen von seinen üblichen kindischen Witzeleien in Biologie – die, die Mel und Mr. Quinn jedes Mal in den Wahnsinn trieben, Landon ein Grinsen und Kopfschütteln entlockten und dafür sorgten, dass ich mir auf die Innenseite meiner Wange biss, um ein Lächeln zu unterdrücken.

Anfangs war ich verwirrt gewesen, dann enttäuscht und schließlich wütend. Ich hatte mich allmählich damit abgefunden, so wie damals, als ich wusste, dass ich am Ertrinken war und nichts dagegen tun konnte. Er war einfach wieder Boyce Wynn geworden, der tat, was er und mit wem er es wollte. Und ich war wieder Pearl Frank – Musterschülerin, höhere Tochter, braves Mädchen.

Aber ich konnte diesen Kuss nicht vergessen. Und das starre Funkeln seiner Augen auf der anderen Seite des Feuers verriet mir, dass er es auch nicht konnte.

8

BOYCE

»Die Sandbank wäre eine Möglichkeit.« Ich starrte auf meine Stiefel, während ich noch immer an das Gefühl dachte, wie Pearl jenes erste Mal in meinen Armen lag – ihren süßen Mund und ihre unerwartete Hingabe zu diesem Kuss. Ich fragte mich, was sie tun würde, wenn ich sie jetzt, in meiner Küche, in meine Arme ziehen würde. Wenn ich sie herausfordern würde, Nein zu sagen. Sie herausfordern würde, meinen Kuss zu erwidern.

Sie hätte mich bitten können, die Asche meines Dads in einen Raketenwerfer zu stecken und ihn auf der Stelle zu zünden, und ich hätte es getan. Ich räusperte mich und verlagerte das Gewicht, sah zu ihr auf. »Vielleicht weiter hinten, in einer sumpfigen Gegend.«

»Hast du das Boot noch?«

»Hab vor ein paar Wochen ein besseres bekommen – richtige Sitze, keine Lecks im Rumpf.« Ich grinste. »Es ist fast eine verdammte Jacht.« Ihr Stiefvater besaß eine Cruiser 275 – mit einem Sofa und einem Bett und einem verdammten *Badezimmer* an Bord. Aber für Typen wie mich hieß *Faulenzen*, einen Tag lang auf einem gepolsterten Stuhl zu sitzen, um zu angeln, anstatt auf einer kalten, harten Metallbank.

»Mel fährt Samstagmorgen zurück nach Dallas. Kann es so lange warten?«

Ihre Frage war wie ein Eiskübel mit beschissener Realität. Wieso zum Teufel dachte ich eigentlich, irgendetwas würde sich ändern, nur weil wir erwachsen waren? Ich war noch immer ihr dreckiges kleines Geheimnis. Ich leerte den Rest meines Biers, stemmte mich vom Küchentresen los und warf die Flasche in die grüne Tonne neben der Hintertür. »Na klar. Falls ich ihn bis dahin nicht einfach ins Klo gekippt habe.«

Ihr Lachen hallte durchs Zimmer, aber ihr Lächeln schwand, und ihr klappte der Kiefer herunter, als sie begriff, dass ich vielleicht keinen Witz riss. »Boyce – das kannst du doch nicht … machen? Mit deinem Vater?«

»Du weißt genauso gut wie jeder andere, was für ein sadistischer Scheißkerl er war.« *Meine Mutter, wo immer sie war, wusste es. Maxfield wusste es.*

Ich hatte vorgehabt, sie aus dem Gleichgewicht zu werfen. Ich hatte nicht mit diesem gottverdammten Hunger nach ihrer Anerkennung gerechnet. Ihrem Mitleid sogar. Was für ein verdammter Schlamassel.

Sie trat auf mich zu, forschte mit gefurchter Stirn in meinen Augen, und ich war außerstande, mich zu bewegen. Sie nahm eine meiner Fäuste, die an meinen Seiten lagen, in ihre kleinen Hände. »Ich weiß, dass er dir das Leben zur Hölle gemacht hat, Boyce, und du wirst eine Weile brauchen, um darüber hinwegzukommen. Es tut mir leid, dass ich über dich geurteilt habe – das wollte ich nicht. Du hast mich nur ein bisschen schockiert, das ist alles.«

Meine Faust lockerte sich in ihren Händen. Sie durchschaute mich glatt. Sie verstand mich. Es machte mir höllisch Angst – wie gut sie mich verstand und wie sehr ich wollte, dass sie es tat, denn diese Art Verlangen machte mich schwach, wenn es um sie ging.

Ich nickte. »Ich würde es ja gar nicht machen.« *Lügner*. Wenn ich nicht so besorgt wegen der erbärmlichen Rohre wäre, die von und zu dieser Blechbüchse verliefen, hätte ich ihn längst weggekippt.

Sie zog eine Augenbraue hoch, die Lippen geschürzt, als wollte sie irgendeinen oberschlauen Kommentar abgeben.

»Okay, na schön, das würde ich«, gab ich zu. »Aber er kann bis Samstag warten – er wird schließlich nirgends hingehen. Dann habe ich noch Zeit, eine Trauerrede zu verfassen und Blumen zu besorgen.«

»Stimmt.« Sie kicherte und entzog mir ihre Hände. »Das heißt… das hier gehört jetzt alles dir. Und die Werkstatt?«

Ich nickte. Sie konnte unmöglich beeindruckt von diesem jämmerlichen Abklatsch eines Hauses sein. »Es gibt noch ein bisschen Papierkram zu erledigen. Mr. Amos – Dads alter Anwalt – wollte, dass ich seine Unterlagen nach einem Testament, einer Scheidungsurkunde und allem, was mit dem Geschäft zusammenhängt, durchsuche.«

»Hat dein Dad überhaupt ein Testament gemacht?«

Ich zuckte mit den Schultern. »Keine Ahnung. Bis jetzt habe ich nur einen Haufen nutzloses Zeug gefunden. Ich habe die Leitung der Werkstatt vor knapp zwei Jahren übernommen – eingehende und ausgehende Rechnungen, Geschäftsverkehr mit Lieferanten, Herstellern, von denen wir bestellen, solches Zeug. Das heißt, das ist bereits getrennt, Gott sei Dank.«

»Jetzt hast du dein eigenes Geschäft, Boyce.«

Vielleicht hätte ich ein bisschen beleidigt sein sollen, weil sie verblüfft blickte, aber ich wollte mich am liebsten in die Brust werfen. *So ist es – ich führe mein eigenes Geschäft. Ich hab's geschafft.* Zu Pearls Verteidigung muss man sagen, dass sie nicht die Einzige war, die sprachlos war. Erst letzte Woche hatte ich den SUV meiner Highschool-Schulleiterin repariert – und das nicht nur schnell, sondern auch noch preiswert. Als Ingram ankam, sprudelte das Öl aus ihrem Wagen wie von einem Bohrturm in West-Texas – es hinterließ in der ganzen Auffahrt eine Spur, und sie dachte, der ganze Motor würde gleich herausfallen. Ich sagte ihr, wenn sie nicht wie ein geölter Blitz durchs Gelände gefahren oder über Bordsteinkanten gebrettert war, sei das eher unwahrscheinlich. Ich glaube, sie dachte, ich würde sie ausnehmen, als Rache dafür, was für ein Biest sie auf der Highschool gewesen war, aber an dem Tag, an dem ich das Abschlusszeugnis aus ihrer Hand entgegennahm, hörte ich auf, mich auch nur einen Dreck für sie zu interessieren. Ein Ersatzteil für fünfzig Dollar und eine Arbeitsstunde, und sie war wieder unterwegs.

»Das ist ja echt cool. Und ich spiele immer noch das ›Was will ich werden, wenn ich einmal groß bin?‹-Spiel, während du schon alles geregelt hast – eine Karriere, ein eigenes Geschäft. Unabhängigkeit.«

»Mein Gott, Pearl – du verarschst mich, oder? Du könntest *alles* tun. Autos reparieren ist das, was ich tue – das Einzige, was ich tun *kann*. Und ja, insofern habe ich Glück, als es auch das ist, was ich tun *will*. Aber dir steht die ganze Welt offen, und du hast den Grips, um zu tun, was immer du willst. Einen Beitrag in der Welt leisten.

Tu nicht so, als hättest du dir längst über alles klar werden müssen, nur weil ich selbst mich auf die einzige Sache beschränkt habe, zu der ich fähig bin, ohne Mist zu bauen.«

Sie blinzelte mich an. »Du glaubst nicht, dass ich vielleicht Mist gebaut habe, indem ich das Medizinstudium hingeschmissen habe?«

Ich grinste. »Lass mich dir eine kleine Boyce-Wynn-Weisheit verraten. Du kannst es nicht hinschmeißen, wenn du noch gar nicht damit angefangen hast.«

Sie lachte. »Genau das habe ich Mel und Mama auch zu sagen versucht. Sie wollten nichts davon hören.«

»Melody hat dich zusammengeschissen? Deine Mama ist eine Sache, aber ich dachte, Dover wäre deine beste Freundin.«

Wenn Maxfield das College nach dem ersten Semester abgebrochen hätte oder nach dem Abschluss wieder nach Hause gezogen wäre und gesagt hätte, er würde lieber auf dem Boot seines Dads arbeiten, anstatt den Beruf zu ergreifen, zu dem er ausgebildet worden war, dann hätte ich ihm deswegen keinen Vortrag gehalten. Sich gegenseitig den Rücken zu stärken ist die Grundlage jeder Freundschaft. Wenn deine Grundlage beschissen ist, dann ist auch deine Freundschaft beschissen.

»Na ja, ein bisschen. Sie war nur beunruhigt, glaube ich – sie hatte Angst, es wäre eine impulsive Entscheidung. Ich habe ihr nie erzählt, dass ich mir überlegt habe, doch nicht Medizin zu studieren. In ihren Augen – und denen aller anderen – stand es nie infrage, dass ich Medizin studiere und letztendlich Chirurgin werde. Es wurde einfach … davon ausgegangen.«

»Du hast es mir erzählt und Dover nicht?« *Interessant*.

»Als ich die Zusage des Instituts bekam, ja, da warst du der Einzige, dem ich es erzählt habe. Vielleicht weil ich wusste, dass du mich durchschauen würdest. Du konntest sehen, dass ich es nicht durchziehen würde, weil ich ein Feigling war.«

»Pearl …«

»Das ist schon okay. Es hat ja gestimmt. Ich hatte *wirklich* Angst davor, was die Leute denken oder sagen würden, Angst davor, Mama und Thomas und jeden, der bei meiner Erziehung je die Hand im Spiel hatte, zu enttäuschen. Ich nehme an, das habe ich noch immer. Aber es ist mein Leben. Meine Entscheidung.«

»Verdammt richtig.« Ich presste die Kiefer im wahrsten Sinne des Wortes zusammen, um sie nicht zu fragen, ob *ihre Entscheidung* eine Nacht in meinem Bett beinhalten könnte. Noch eine Nacht, um zu versuchen, diesen nie enden wollenden Schmerz zu heilen, obwohl ich – schon seit Jahren – wusste, dass ich nie über sie hinwegkommen würde.

Als hätte ich diesen Gedanken über den Rundfunk ins Zimmer ausgestrahlt, stellte sie ihre halb volle Flasche auf dem Tresen ab. »Dann sehen wir uns am Samstag?«, fragte sie.

Die Worte hingen zwischen uns in der Luft, schwer und unausgesprochen: *Ich fordere dich heraus, Pearl.* »Ich schließe am Samstag um drei, aber dann habe ich noch ein bisschen Wochenabschluss-Buchhaltung zu erledigen, und ich muss sauber machen. Dad fertig machen.«

Sie verdrehte die Augen und lachte, und ich zog sie zu einer Umarmung und noch einer Runde Selbstquälerei an mich.

Als ich rückwärts aus der Auffahrt fuhr, sah Boyce mir von der obersten Stufe seines Wohnwagens aus zu, beide Hände in die vorderen Hosentaschen gesteckt. Das trübe Verandalicht, das neben der Tür angebracht war, ließ sein Gesicht im Schatten, warf aber einen schwachen bläulichen Schimmer über seine Schulter, der die Konturen seiner Armmuskeln betonte – Biceps brachii, Brachialis, Brachioradialis, Triceps brachii, Extensor carpi radialis und Digitorum … Ich wollte über jeden Einzelnen davon mit den Fingern gleiten, die steinharten Wölbungen und die Vertiefungen dazwischen berühren.

Ich war noch keine zwei Wochen wieder zu Hause, und schon war meine lange verheimlichte Sucht wieder voll ausgebrochen. Ich war mir so sicher gewesen, dass ich auf dem College davon loskommen würde – die zweihundert Meilen weite Trennung, die Tausenden von Typen auf dem Campus (auf meiner ganzen Highschool hatte es nur etwas über siebzig Jungen gegeben), die Partys, die Prüfung und Auswahl einer Studentenverbindung und nicht zuletzt der Druck, der damit verbunden war, eine akademisch hoch angesehene Universität zu besuchen.

Neben meinen ganzen Kursen und Verpflichtungen für die Studentinnenverbindung blieb mir nicht viel Zeit für Dates, daher hatte ich nur zwei offizielle Beziehungen gehabt: eine in meinem ersten Studienjahr, die ganze sechs Wochen dauerte, mit einem dämlichen Verbindungsstudenten namens Geoffrey, der keine Ahnung hatte, was der Titel »fester Freund« eigentlich bedeutete, und zwei Jahre später Mitchell. Zwischen den beiden gab es eine Reihe Standardabenteuer und

Fast-aber-nicht-ganz-Abenteuer, und die meisten dieser Begegnungen verliefen so unbeholfen und unbefriedigend, dass ich sie nur zu gern vergaß.

In vier Jahren College hatte nichts meine Erinnerungen an Boyce ausgelöscht oder auch nur verblassen lassen. Sein Kuss. Seine Berührung. Die verwirrende Gebanntheit seines Blickes. Ich war jetzt ein anderer Mensch, und er auch, aber diese beiden Verwandlungen änderten offenbar nichts an dem, was ich empfand. Für mein Herz war er ein Erdungskabel, die Nadel eines Kompasses, eine magnetische Anziehung.

Für ihn war ich auf der Highschool nicht mehr gewesen als eine Fixierung, eine Eroberung, die es zu machen galt. Und davor, wer weiß? Eine Verpflichtung vielleicht – irgendeine seltsame Art Schuld, die er in dem Augenblick eingegangen war, in dem er mir das Leben rettete. Als ich am Ende seiner Straße um die Ecke bog, warf ich einen Blick in den Rückspiegel, von dem er noch immer umrahmt war, halb unsichtbar im Dunkeln, eine reglose Silhouette.

Mein introvertiertes Wesen hatte es schon immer lieber anderen überlassen, sich auszutoben, sodass ich nach außen hin stets das sprichwörtliche brave Mädchen zu sein schien. Fleißig und behütet. Eine verschwiegene Seele und ein vernünftiger Geist, durch und durch. Aber tief in mir war etwas Geheimes, und mein gelegentliches Aufbegehren war innerlicher Art. Mein Herz – sorgfältig verborgen und nie auf der Zunge oder an irgendeinem anderen sichtbaren Ort getragen – stellte sich blind und taub gegenüber der Vernunft. Es *verzehrte* sich nach dem, was es wollte, und seit Jahren wollte es, wider besseres Wissen, nur eines: Boyce Wynn.

Der Moment, in dem ich mich entschied, diesem inneren Verlangen nachzugeben, ereignete sich mitten bei meiner Highschool-Abschlussfeier. Ich hätte es kommen sehen müssen.

Ich saß neben Schulleiterin Ingram und wartete darauf, meine alberne Abschiedsrede vor meinen zweiundvierzig Klassenkameraden, ihren Familienangehörigen und Freunden zu halten. Boyce saß im Publikum, mit seinem Handy beschäftigt, auf dem er alles andere als heimlich eine SMS tippte oder irgendein Spiel spielte. Ich wandte den Blick von ihm ab, um vor diesen ganzen Leuten kein wütendes Gesicht zu machen, und dann entdeckte ich Mama, die Dutzende Fotos von mir schoss, mit ihrem breiten, perfekten Lippenstift-Lächeln unter einer schwarzen Nikon, die eines professionellen Fotografen würdig gewesen wäre. Als eine der Top-Absolventinnen meines Jahrgangs hatte ich ein Vollstipendium für die beste Universität des Bundesstaats bekommen, und ihr mütterlicher Stolz war ebenso unbezähmbar wie peinlich.

Thomas saß neben ihr, ein halbes Grinsen im Gesicht. Er hatte mich an jenem Morgen beiseitegenommen, nachdem Mama mit mir vier verschiedene Paar Ohrringe, zwei Halsketten (darunter ihre Perlenkette, bei der ich mich durchsetzte) und ich weiß nicht wie viele Paar Schuhe durchgegangen war (Schuhe waren besonders wichtig, erklärte sie mir, da sie der einzige Teil meines Ensembles waren, der unter dem königsblauen Gewand, das ich zu der Abschlussfeier trug, zu sehen sein würde).

»Ich weiß, du fühlst dich im Rampenlicht unbehaglich, Pearl«, sagte er. »Aber sie hat dein Leben lang auf diesen Tag gewartet. Du könntest es ruhig mit einem Grinsen ertragen.«

Unbehaglich war eine Untertreibung. Ich hasste öffentliches Reden mehr als irgendetwas sonst. Ich hätte mich gern mit einem Fieber herausgeredet, aber mein Stiefvater, der Arzt, hätte eine vorgetäuschte Krankheit prompt durchschaut. Meine Anwesenheit im Unterricht war daher wohl oder übel fast hundertprozentig gewesen; meine einzigen Fehltage hatte ich wegen des Drüsenfiebers im zweiten Highschooljahr.

Ich hatte mir vorgenommen, Boyce keines Blickes zu würdigen, sobald ich aufstand, um meine Rede zu halten, aber diese Absicht hielt nur ungefähr eine Minute an. Ich wollte wissen, ob er mich anschaute. Vielleicht weil die Dinge, die alle an mir sahen – mein Intellekt, mein Potenzial –, nicht das waren, was Boyce sah. Boyce sah *mich*. Er spürte mein weiches Inneres. Irgendwie schien er den Körper zu kennen, den zur Schau zu stellen ich zu schüchtern war, als könnte er genau durch meine Kleider hindurchsehen. Er starrte auf meine Lippen, als wollte er sie noch einmal kosten. Als wollte er mich verschlingen, wenn er die Gelegenheit dazu hätte. Ich durfte weiß Gott nicht darüber nachdenken, während ich versuchte, zehn Minuten am Stück klar und deutlich zu sprechen.

Als mein Blick zufällig einmal in Boyce' Richtung fiel, sah ich, dass seine Aufmerksamkeit auf mich geheftet war statt auf sein Handy. Meine Wangen – und gleich darauf mein Hals – begannen zu glühen, als wären sie unter dem Rampenlicht gefangen, das Thomas erwähnt hatte. Ich kämpfte gegen die Versuchung an, mir mit den Karteikarten in meiner Hand Luft zuzufächeln. Meine Stimme schwankte, und ich musste mich räuspern. »Entschuldigung«, murmelte ich und kämpfte mich dann tapfer weiter durch den »*Wir werden die Welt zu einem besseren Ort machen*«-Teil meiner Rede, auf dem Mrs. Ingram fröhlich bestanden hatte.

Und dann – zwinkerte Boyce mir zu. Wenn ich meine Textstelle nicht mit dem Finger mitverfolgt hätte, dann hätte ich völlig den Faden verloren. Dieses Zwinkern durchzuckte mich genau in der Mitte, wirbelte meine Eingeweide durcheinander und versetzte ihnen einen kräftigen Ruck. Der durchdringende Blick, mit dem er mich gleich darauf anstarrte, verriet mir, dass er sich nicht über mich lustig machte – er sandte mir ein Signal. Eine Herausforderung sogar. Ich wandte den Blick von ihm ab, mein gekünsteltes Lächeln wieder aufgesetzt, während ich den Blick über das Publikum schweifen ließ, außerstande, ein Gesicht vom anderen zu unterscheiden. Obwohl es übergroße Anstrengung erforderte, zwang ich mich, ihn nicht noch einmal anzusehen.

Als ich fertig war (*Gott sei Dank Gott sei Dank Gott sei Dank*) und zu meinem Platz zurückkehrte, jubelten alle – vermutlich eher darüber, dass die Zeremonie fast zu Ende war, als über irgendetwas, was ich gesagt hatte. Aber nichts davon berührte mich, denn Boyce Wynn hatte, mit einem einzigen Zwinkern, eine Herausforderung ausgesprochen. Und ich hatte beschlossen, sie anzunehmen.

9

BOYCE

Ich war ein paarmal allein zu der Sandbank zurückgekehrt – auf die andere Seite, die von den zweistöckigen Häusern weniger leicht einzusehen war, die die Fahrrinne und die künstlichen Kanäle säumten – wo Pearl wohnte. Ein paar Klassenkameraden hatten in ihrer Nachbarschaft gewohnt. Arschlöcher wie Eddie Standish, aber auch anständige Typen wie Joey Kinley, der sich nicht für den Größten hielt. Mein Kumpel Lucas Maxfield – damals noch als Landon bekannt – war auf Privatschulen gegangen und hatte Markenklamotten getragen. Ich nahm an, er wäre so gewesen wie Kinley.

Mitten in der achten Klasse, ein paar Monate bevor Brent starb, kamen Maxfield und sein Dad in die Stadt und zogen bei seinem Granddad ein, gleich unten am Strand in eine Art Holzhütten-Version unseres Wohnwagens. Sie boten Angelausflüge in die Bucht und den Golf an, etwas, was offenbar die Hälfte der alten Männer in dieser Stadt tat – die Hälfte, die sich nicht mit Geld wie Heu hier zur Ruhe gesetzt hatte. Sein Dad lebte noch immer in dem alten Haus und veranstaltete Touren. Er hatte angefangen, mir seinen Truck zur Wartung zu bringen, als ich die Werkstatt übernahm.

Nach der Highschool ging Maxfield weg aufs College – auf dasselbe wie Pearl, auch wenn er meinte, die Studentenschaft dort sei größer als unsere ganze Stadt, sodass er ihr nicht oft über den Weg laufen würde. Vermutlich stürzte sie sich ins gesellige Studentenleben – Verbindungspartys und das alles (worüber ich lieber nicht nachdenken wollte) –, während er, da war ich mir ziemlich sicher, genau das Gegenteil tat. Wenn ich ihn während unserer Highschoolzeit nicht ständig zu irgendwelchen Strandpartys mitgeschleppt hätte, wäre er vermutlich nie hingegangen. Beide verbrachten neunundneunzig Prozent ihrer Zeit damit, nicht viel zu sagen, aber Pearl konnte von allen möglichen Verrückten umgeben sein und sie einfach nur still beobachten, als würde sie ein Experiment durchführen. Sie hatte eine aufmerksame Art. Manchmal stellte ich mir vor, dass sie mich so studierte – als wäre ich ein nicht identifizierter Organismus, den sie unter ihrem Mikroskop zwischen zwei Objektträger gelegt hatte.

Maxfields Schweigen war anders als Pearls. Bei ihm schwelte eine Art Feindseligkeit genau unter der Oberfläche, stets bereit hervorzubrechen. Sein Schweigen war verdammt unheimlich. Was praktisch war, als wir auf der Highschool für Rick Thompson arbeiteten – unsere *Ära des Schwachsinns*, wie wir sie später nannten – und ausstehende Drogenschulden eintrieben.

Ich hatte nur dreimal erlebt, dass er die Beherrschung verlor. Beim ersten Mal war ich es selbst, der seine Fäuste zu spüren bekam, als wir in der neunten Klasse waren. Er war kleiner als ich, konnte aber ebenso gut austeilen wie einstecken, und wir handelten uns beide eine Narbe und einen besten Freund ein. Beim zweiten

Mal traf es Clark Richards, der mit einem Schlüssel das Wort *FREAK* in die Seite seines Trucks geritzt hatte. (Dieser Idiot. Man kann nicht den Truck eines Mannes verunstalten und keine Vergeltung erwarten.) Der Letzte war Eddie Standish, offiziell für eine Zweihundert-Dollar-Schuld bei Thompson für einen Beutel Gras. Tatsächlich überschritt Standish eine von Maxfields moralischen Grenzen, während wir drei eine kleine Diskussion über diese Schuld führten, weshalb er seine großmäulige Fresse gründlich poliert bekam und einen Monat lang durch einen Strohhalm essen musste.

Das vierte und letzte Mal – das, nach dem er im Gefängnis landete – hatte ich verpasst. Irgendein Idiot am Strand fiel über Thompsons kleine Schwester her – die noch auf die Mittelschule ging –, und Maxfield schaltete ihn eiskalt aus.

Die Angst, als er in dieser Zelle saß, brachte ihn zur Vernunft. Danach war er anders – er suchte sich einen Job in der Stadt, anstatt bei seinem Dad auf dem Boot oder als Thompsons Geldeintreiber zu arbeiten. Fuhr nach Corpus zu Kampfkunstkursen. Hörte auf, die Schule zu schwänzen, und fing an zu lernen – manchmal mit Pearl zusammen. Nur die Stärke unserer Freundschaft und seine allgemeine Vertrauenswürdigkeit hielten mich davon ab, ihm deswegen den Arsch aufreißen zu wollen. Kein Gras mehr, keine Schlägereien mehr. Ich folgte seinem Beispiel nicht unbedingt, aber ich machte meinen Abschluss, was immerhin etwas war. Nachdem ich ihm geholfen hatte, seinen Truck zu verkaufen, damit er die Collegegebühren fürs erste Semester aufbringen konnte, brachten wir beide eine schlecht gepflegte Harley auf Vordermann, als Ersatz für den Truck.

Und dann sah ich zu, wie er die Stadt, zusammen mit Pearl, verließ. Zusammen mit fast allen anderen, die ich kannte oder kennen wollte. Zwei Jahre später wurde bei meinem Dad Leberkrebs diagnostiziert, und ich sah das erste Licht am Ende des Tunnels, in dem ich seit Brents Tod steckte. Und dann begann ich mich umzusehen. Wenn Wynns Werkstatt demnächst mir gehören würde, dann würde sie ab sofort nicht mehr wie ein verdammtes Dreckloch aussehen. Ich begann mit einer Flasche Industriereiniger – spritzte die Oberflächen ab und schrubbte das Fett und den Schmutz der letzten Jahre weg, bevor ich mich dem Flachglasfenster zuwandte. Ich verbrauchte eine halbe Flasche Glasreiniger und ein Bündel Zeitung nach dem anderen und scheuerte, bis das Glas zu verschwinden schien.

Während Dads Zustand sich verschlechterte, übernahm ich nach und nach all die Reparaturarbeiten, das Bestellen von Ersatzteilen und die Rechnungsstellung – ich führte die Bücher mithilfe eines neuen Computers, Buchhaltungssoftware, die ich im Internet fand, und von ein paar Gesprächen mit Maxfields Dad Ray. Im Laufe dieses letzten Jahres kümmerte ich mich um alles, während ich nebenbei Dad immer wieder zur Ambulanz und ins Krankenhaus fuhr.

Manchmal gingen Leute irrtümlicherweise davon aus, er und ich hätten in diesen letzten Monaten einige unserer Streitigkeiten beigelegt, aber das Wissen, dass man sterben wird, verändert nicht jeden. Manche Leute bleiben bis an ihr Lebensende egoistische Dreckskerle. Mein Vater war einer von ihnen. Manche Leute können nicht vergeben, was sich nicht schlichten lässt. Ich war einer von ihnen.

Ich traf mich noch immer mit den Jungs: Randy Thompson (Ricks älterer Bruder, bekannt als *Thompson senior*, als wir Kinder waren) und Mateo Vega, wenn er sich für ein paar Stunden von seiner Frau und seinen schreienden Kleinkindern frei machen konnte. Der arme Kerl schwängerte seine Freundin – mit *Zwillingen* – in dem Sommer nach unserem Highschool-Abschluss. Brittney und ein paar andere Mädchen, an denen ich mir die Hörner abstieß, kamen ab und zu vorbei, auch wenn sie es im Allgemeinen vorzogen, Typen von auswärts zu vögeln, die ihnen ein unterhaltsames Wochenende boten und dann wieder abschwirrten. Ich konnte es ihnen nicht verdenken; mir selbst ging es genauso. Hin und wieder fing die eine oder andere an, Bemerkungen von einem sesshaften Leben fallen zu lassen, und damit war der Fall für mich jedes Mal erledigt. Es gab nur eine einzige Frau, die mich zu einem sesshaften Leben überreden könnte, und weiß Gott, die Hölle würde zufrieren, bevor das passierte. Mein Liebesleben bestand aus One-Night-Stands und Nostalgie-Nummern. Keine Liebe, aber das war schon okay so.

Bis Pearl sagte, sie würde wieder nach Hause ziehen, und mein Herz aufwachte, als hätte ich es mit einem Draht unter Spannung gesetzt. Ich habe einmal diese Redensart gehört: *Das Herz will, was das Herz will*, und ich entschied prompt, dass ich, selbst wenn das stimmte, noch nie einen dümmeren, weniger hilfreichen Spruch gehört hatte. Keine Erklärung. Keine Anleitung. Keine Lösung. Redensarten sollten den Scheiß vereinfachen, nicht komplizierter machen.

Das Herz will, was das Herz will. Na toll. Und was jetzt?

»Es fühlt sich wieder genauso an wie am Ende der Highschool«, bemerkte Mel, während sie sich in ihrem Zimmer umsah – jetzt ihrer Persönlichkeit beraubt, so kahl, dass es einem Gästezimmer ähnelte. »Nur dass ich diesmal für immer weggehe.« Sie stellte die letzte Tasche ihres Louis-Vuitton-Gepäcksets in der Nähe der Tür ab und streckte eine Hand nach mir aus. »Ich werde dich vermissen, du winzig kleine *chica*.« Sie stützte das Kinn auf meine Schulter.

Ich erwiderte ihre Umarmung. »Ich werde dich auch vermissen. Aber du wirst ja über die Ferien und zu Evans Hochzeit wiederkommen.«

»Oh, Gott, erinnere mich bloß nicht daran. Ich glaube, wenn du nicht hier wärst, würde ich nie mehr zurückkommen.«

Das stimmte nicht, und ich wusste es – wenn es darum ging, ihren Eltern zu trotzen oder ihre Unabhängigkeit auszuleben, war bei Melody alles nur hohles Gerede. Der glänzende blaue Infiniti in der Auffahrt war ebenso ein Beweis dafür wie die Bilder ihres neuen Apartments abseits des Turtle Creek, die sie mir gezeigt hatte. Frische College-Absolventen konnten sich solche Autos oder Buden nicht ohne Unterstützung leisten. In Melodys Fall war das allerdings mit Bedingungen verknüpft – wie zum Beispiel, keinen Aufstand zu machen, weil der Ring ihrer Großmutter an Evans Verlobte ging.

»Dann ist es ja ein Glück, dass ich hierbleibe, nehme ich an«, sagte ich.

Sie löste sich seufzend von mir. »Nur fürs Protokoll, ich halte dich immer noch für verrückt. Ein solches

Superhirn, und du wirst es dafür verwenden, Haie oder Seegras oder was auch immer zu studieren? Aber du wirst die Beste sein, egal, was du tust. Das warst du schon immer.«

Vor vier Jahren hatte Melody die Arme hochgerissen und gesagt: »Lass uns Daiquiris mixen!«, sobald meine Eltern auf dem Weg in ihre zweiten Flitterwochen am Ende der Straße um die Ecke bogen. Sie hatten das Haus für die kommende Woche ihrer verlässlichen, frisch immatrikulierten Tochter anvertraut, da sie sich nicht vorstellen konnten, dass sie irgendetwas auch nur annähernd Unverantwortliches tun würde – wie zum Beispiel, einen Jungen zu sich einzuladen, in einem hirnrissigen Plan, ihre Jungfräulichkeit zu verlieren.

Bei dem Gedanken rollten sich meine Eingeweide so fest zusammen wie neue Sprungfedern. »Es ist noch nicht einmal ein Uhr. Vielleicht sollten wir uns unsere Kräfte ein bisschen einteilen?« Ich hatte Melody nicht von meinen Plänen für Boyce erzählt, und ich hatte es auch nicht vor. Sie würde vielleicht von Herzen unterstützen, was ich vorhatte, aber nicht, mit wem.

»Oh, na gut.« Sie zog einen Schmollmund. »Dann lass uns nach oben gehen und überlegen, was wir heute Abend zu der Strandparty anziehen wollen. Ich habe vor, so heiß und sexy auszusehen, dass Landon mir unmöglich widerstehen kann.«

»Mel ...«

»Ich weiß, ich weiß ... sag es nicht. Ich höre sowieso nicht zu!« Sie hatte ihre Chance bei ihm in der zehnten Klasse vermasselt. Ich hatte ihr hundertmal gesagt, dass er eindeutig der Typ war, für den vorbei vorbei hieß –

ganz im Gegensatz zu Clark, der sie bis zu dem Tag verarschte, an dem er seinen Jeep packte und zur Missouri State aufbrach. Als wir unser letztes Highschooljahr begannen, lag ihr Leben in Trümmern, denn sie war zum ersten Mal seit der neunten Klasse endgültig und offiziell Single. Wenn sie nicht wütend war, blies sie Trübsal. Ich wollte sie am liebsten wie eine Magic-8-Kugel schütteln, die immer wieder dieselbe unerwünschte Antwort gibt.

»Außerdem ist deine Mama auf dem Weg zu einem *anderen Kontinent*, Pearl. Lebe ein bisschen! Zieh diesen heißen pinkfarbenen Bikini an, den wir vor zwei Monaten bei La Mode gekauft haben und in dem ich dich noch kein einziges Mal gesehen habe. Du kannst doch nicht als Jungfrau auf dem College ankommen, mein Gott. Trag heute Abend diesen Bikini, dann wirst du es *nicht* tun.« Sie stellte es so hin, als wäre Jungfräulichkeit irgendeine Störung.

Der Grund für meine Zurückhaltung hatte nichts mit Moral oder Hemmungen zu tun, sondern ausschließlich mit Vertrauen. Ich verstand zwar, dass Jungfräulichkeit keine echte wissenschaftliche Bedeutung hatte, aber ich war trotzdem eingeschüchtert von der Vorstellung, so intim mit einem anderen Menschen zu sein. Ich hatte mein ganzes Leben in dieser Kleinstadt an der Golfküste verbracht und kannte jeden in meiner Altersgruppe. Wochenenden und Sommer hießen, am Strand abzuhängen und im Schein eines Lagerfeuers manchmal einen schlabberigen Kuss irgendeines vom Alkohol ermutigten Jungen zu ertragen. Ich hatte ein paar Dates gehabt, manche gut, manche weniger, und eine Flut von Klatsch und Tratsch überlebt, als Parker Guthrie seinen Freunden erzählte, ich hätte auf der Rückbank seines Bronco »aufgegeben«.

Ich hatte mir nicht die Mühe gemacht, es abzustreiten, denn dafür hätte ich diesem Gerücht irgendeine Beachtung schenken müssen, aber meine Reaktion war nicht gut genug für Mel, die ihrerseits ein Gerücht in die Welt setzte, was die Größe (winzig) und Form (wie ein Bumerang) von Parkers Penis betraf. Er hatte versucht, anhand von Fotos einen Gegenbeweis zu erbringen, was ihm eine Woche Schulausschluss und um ein Haar eine Festnahme einbrachte. Er war vom Rest der Highschool mehr oder weniger geschnitten worden.

Irgendwann im Lauf des Nachmittags kam Melody, Visionen von Landon im Kopf, auf die Idee, eine private Poolparty zu feiern.

»Ausgeschlossen, dass Landon kommen wird, wenn Boyce es nicht tut«, sagte ich, in der Hoffnung, sie davon abzuhalten.

»Du hast recht. Scheiße. Ich werde sie einfach beide überzeugen müssen.«

Später an diesem Abend waren wir mit der ganzen Abschlussklasse am Strand, und in meinem Gehirn machten sich immer mehr Bedenken breit. Eine Party? Im Haus meiner Eltern? Eine Party, die zweifellos sexuelle Aktivitäten, Alkoholgenuss und möglicherweise Drogenkonsum beinhalten würde? Ich schloss die Augen. Ganz abgesehen davon, dass es von den Eltern und vom Gesetz verboten war, war es einfach ein solches *Klischee*.

Bevor ich zurückrudern konnte, begann Melody mündliche Einladungen auszusprechen. *Scheiße*. Die Party würde stattfinden. Wenn ich wollte, dass irgendetwas mit Boyce passierte, dann jetzt oder nie.

»Da sind sie.« Melody setzte sich in Bewegung, während mein Magen rumorte, als wäre der Boden unter ihm weggebrochen.

Boyce' Augen waren bereits auf mich geheftet, ignorierten Mel in ihrem schwarzen Bikini und ihrem durchschimmernden Etuikleid, mit ihren glänzenden blonden Haaren, die zu einer perfekt zerzausten Hochsteckfrisur gestylt waren. Boardshorts mit Blümchenmuster hingen tief auf seinen Hüften, die dunkelorange und leuchtend rosa Blüten eine perfekte Zierde für einen Körper, der nichts als hart und muskulös und *männlich* war. Seine Astros-Kappe, tief in die Stirn gezogen, warf einen Schatten über sein Gesicht, konnte das Funkeln in seinen Augen aber nicht verbergen. Meine Hände flatterten in der Mitte meiner Brust nach unten, um sich zu vergewissern, dass mein schützendes marineblaues Strandkleid noch saß – und meine Haut glühte an allen Stellen, die meine Finger berührten, als hätte *er* mich berührt.

»Hey, Landon.« Mel streifte Landons Arm mit ihren manikürten Fingerspitzen.

»Miss Dover.« Landon interessierte sich offensichtlich nicht die Bohne dafür. Er sah eher verärgert als in Versuchung aus, aber sie war nicht bereit aufzugeben.

»Wir geben in einer halben Stunde eine spontane Abschlussparty an Pearls Pool. Ihre Eltern sind gleich nach der Abschlussfeier nach Italien geflogen – sie werden nicht da sein. Falls ihr vorbeikommen wollt – das wäre cool. PK und Joey bringen Wodka mit. Bringt mit, was immer ihr wollt.«

Die Augen auf sie geheftet, spürte ich noch immer, wie Boyce' Blick über meine Haut glitt, so sicher, wie ich die warme Brise des Golfs spürte. Dieses Zwinkern bei meiner Abschiedsrede war mir den ganzen Tag nicht aus dem Kopf gegangen und hatte mich in den Wahnsinn getrieben. Ich hatte den fuchsienfarbenen Bikini unter meinem Strandkleid angezogen, und Mel hatte das Gesicht verzogen und gesagt, ich wäre eine fast Siebzehnjährige, die auf die vierzig zuginge. Unter Boyce' eindringlicher Musterung fühlte ich mich trotzdem irgendwie nackt. Ich tat, als würde ich irgendwelche halb betrunkenen Jungen beobachten, die in der Nähe des Lagerfeuers mit Mädchen herumknutschten.

»Wir haben hier einen *Strand*, falls es euch noch nicht aufgefallen ist«, sagte Landon. »Ein brennendes Lagerfeuer, ein Bier in der Hand. Wofür brauchen wir denn einen *Pool*?«

Ich hörte den Anflug von Groll in seiner Stimme, und ich schämte mich irgendwie für Mel, aber er tauschte nur einen kurzen Blick mit Boyce und zuckte dann mit den Schultern.

Boyce ignorierte Mel und wandte sich an mich, als hätte er meinen inneren Kampf bemerkt und die Absicht, ihn offen herauszufordern. »Na schön. Wir kommen bald nach. Fangt die Party nicht ohne uns an.«

Sie wandten sich zum Gehen, und ich atmete zaghaft aus, nervös wegen meines tollkühnen Verführungsplans. Ich versuchte die Sache möglichst logisch anzugehen. Ich machte mir keine Illusionen darüber, was Boyce eine Nacht mit mir bedeuten würde. Ich wollte nur, was ich wollte, bevor ich weg aufs College ging, um mit den acht harten Studienjahren zu beginnen, die mir bevorstanden. Bevor Boyce sich verliebte oder irgendein Mädchen schwängerte und für immer außerhalb meiner Reichweite verschwand.

Bei dem Gedanken verkrampfte sich meine Brust besitzergreifend, was sich verdammt stark nach Panik anfühlte.

Gegen Mitternacht befanden sich mindestens zwei Dutzend Leute im Haus. Ich hatte die Türen zum Schlafzimmer meiner Eltern und zu Thomas' Arbeitszimmer abgeschlossen, bevor irgendjemand kam und die Verandatüren im Wohnzimmer aufriss, die auf die schiefergepflasterte Terrasse führten. Während ich mit meinen Freunden tanzte, hielt ich einen klischeehaften roten Becher, noch immer halb voll, in der Hand. Ich nahm einen Schluck daraus und verzog das Gesicht. Billiges Bier wurde bei Zimmertemperatur nicht besser.

Während ich die Partygäste nach Boyce absuchte, sah ich seinen Freund Mateo mit Rick Thompson eine Haschpfeife rauchen. Rick war jemand, den ich lieber nicht in meinem Haus gehabt hätte, aber da saß er, auf meinem Sofa, mit Brittney – noch immer ein Kiffermädchen, noch immer strohdumm. Sie lachte hemmungslos und mit offenem Mund, wie ein kleines Kind. Ich gab mir alle Mühe, sie nicht wütend anzustarren. Brit hatte in den letzten drei Jahren mehrmals mit Boyce geschlafen, und sie hatte nie ein Geheimnis daraus gemacht. Der einzige Grund, weshalb ich sie nicht völlig verabscheute, war, dass sie nicht im Geringsten ahnte, wie sehr es mich verletzte, wenn sie sich in den Fluren oder auf der Mädchentoilette unserer Schule, in der Schlange in der Cafeteria oder am Strand in quälenden Details darüber ausließ.

Das Leben in einer Kleinstadt konnte wirklich nerven.

Melody fing meinen Blick durchs Zimmer auf. Die Party war seit ein paar Stunden im Gange, aber Boyce und Landon hatten sich nicht blicken lassen. Als sie sie einlud, hatten sie sich bereiterklärt zu kommen, bevor sie in Richtung Strandstraße abzogen, wo Boyce' schwarzer Trans Am parkte. Wenn sie kommen würden, hätten sie es längst getan.

10

BOYCE

Ich ignorierte den SMS-Alarm auf meinem Handy, bis ich mich zwang, eine Pause einzulegen. Die Zahlen sagten mir seit Monaten, dass das Geschäft mit der Werkstatt boomte, aber ich hielt den Anstieg für eine vorübergehende Unregelmäßigkeit. Leute, die versäumte Wartungsarbeiten nachholen ließen, keine wirkliche Umsatzsteigerung. Aber als ich gestern Abend die ersten Monatsendzahlen eingab, stand es schwarz auf weiß da – sechs Monate am Stück höhere Einnahmen. Und mehrere neue einheimische Kunden – die vermutlich wiederkommen würden.

Mehr *Geld* konnte ich gebrauchen. Mehr *Arbeit* brachte mich an meine Grenzen. Eine Aushilfe einzustellen wäre sinnvoller, als Aufträge abzulehnen, daher nahm ich mir vor, meinen alten Werkstattlehrer zu kontaktieren, um zu sehen, ob ich einen seiner Schüler für den einfachen, aber zeitaufwendigen Kram einstellen könnte, zum Beispiel, um sauber zu machen, Termine zu vereinbaren etc. *Boyce Wynn: der Boss*. Hm.

Ich ging pinkeln, holte mir eine Pepsi und sah nach meinem Handy. Die SMS, die ich vorhin ignoriert hatte, in der Annahme, dass sie vermutlich von Vega war, der sich darüber aufregte, dass die Astros viel zu früh schlappgemacht hatten und wieder für ein Jahr ohne jede Chance auf die Playoffs waren, war von Pearl.

Pearl: Mel ist auf dem Weg nach Dallas. Passt es dir heute noch immer?

Ich: Tut mir leid. Hab heute tagsüber verdammt viel zu tun und eben erst eine Pause eingelegt. Heute Abend passt es besser. Wollen wir zuerst irgendwo einen Happen essen?

Pearl: Wie wär's, wenn ich etwas mitbringe? Whataburger? ☺

Ich: Du weißt, dass ich zu diesem Zeug nicht Nein sagen kann.

Pearl: Mit Avocado und Speck? Vanilleshake, extra dick?

Ich: Versuchen Sie mich etwa zu verführen, Miss Frank?

Pearl: Du bist und bleibst sechzehn. Wie viel Uhr?

Ich: 7 okay?

Pearl: Dann bis 7. ☺))

Ich wusste, dass ich mich ein bisschen weit aus dem Fenster lehnte, als ich ihr vorschlug, zusammen irgendwohin zu fahren – in der Öffentlichkeit. Der Schock wäre noch größer gewesen, wenn sie Ja gesagt hätte. Das war bis jetzt nur ein einziges Mal passiert.

Als Maxfield Clark Richards auf der Highschool den Arsch aufriss und sich dabei eine Rippe brach, fuhr ich ihrem brandneuen Mini in meinem 79er TA von der Schule zu ihr nach Hause nach, damit sie das Stethoskop holen konnte, das ihr Stiefvater in seiner Kommode aufbewahrte. Dann folgte sie mir zu Maxfield nach Hause, um ihn zu untersuchen. Sie war unleidlich an diesem Tag – unser Kuss auf der Sandbank war noch nicht lang her, einen Monat vielleicht. Ich dachte noch immer an das Gefühl ihres Körpers in meinen Armen, das Geräusch ihres Seufzens und den Geschmack ihres Mundes, als ich ihn in Besitz nahm – an dem Abend hatte sie mir völlig den Kopf verdreht.

Drei Tage später in Bio würdigte sie mich kaum eines Blickes, und die Art, wie Dover mit mir redete, verriet mir, dass sie es ihr nicht erzählt hatte. Wenn eine Tussi ihrer besten Freundin etwas nicht erzählt, dann ist es entweder so unwichtig, dass sie es vergessen hat, oder etwas, wofür sie sich zu sehr schämt, um es zu erzählen. Offen gestanden wollte ich lieber nicht wissen, was von beidem ich war.

Am nächsten Wochenende fuhr ich zu der Sandbank, leerte einen Sixpack Budweiser und überlegte mir allen Ernstes, hinüber zu Dr. Franks Schwimmdock zu fahren, mein erbärmliches Boot an einer der Klampen festzumachen und zu ihrer Tür zu marschieren. In einem seltenen Anfall von Selbstbeherrschung entschied ich mich, stattdessen die Dosen der Reihe nach zu erheben und ihr auf Arten zuzuprosten, an die ich mich im Detail zum Glück nicht mehr erinnern kann. Ich fluchte und kickte Sand hoch wie ein Vollidiot.

Ich fluchte noch mehr, als ich so hart gegen irgendetwas halb im Sand Vergrabenes trat, dass ich mir die große Zehe brach. Ich fiel auf den Arsch und umklammerte meinen nackten Fuß, wütend, dass irgendein lebloses Objekt es wagte, mir in die Quere zu kommen, während ich einen Wutanfall hatte wie das Riesenbaby, als das Dover mich bezeichnet hatte, nachdem ich im Unterricht den Refrain zu »Gold Digger« gerülpst hatte. Meine Wut flaute ab, als der Vollmond hinter einer Wolke hervorkam und den kleinen, sichtbaren Teil meines vergrabenen Feindes erhellte.

Da ich nur meine Hände als Werkzeug hatte, brauchte ich eine Weile, um das Schneckengehäuse vollständig auszugraben, das ungefähr so groß wie ein Fußball war. Selbst in meinem halb besoffenen Zustand wusste ich, dass ich besser keinen Stein oder Stock zu Hilfe nehmen sollte, um es ja nicht zu zerbrechen. Ich hatte noch nie eine auch nur annähernd so große Blitzschnecke gesehen, und mein erster Gedanke war, wie sehr Pearl sie lieben würde. Sobald ich sie ausgegraben hatte, rieb ich den Sand so gut wie möglich ab, wickelte sie in mein T-Shirt und legte sie vor ihrer Haustür ab.

Sie brachte sie mit zum Biokurs, um sie Mr. Quinn zu zeigen, in einem mit einem Handtuch ausgelegten Schuhkarton, als wäre sie ein Welpe. Die ganze Oberfläche, jede spiralförmige Vertiefung, war gesäubert und poliert worden. Quinn ließ sie damit durchs Klassenzimmer gehen, damit jeder sie von Nahem sehen konnte. »Die Blitzschnecke ist die offizielle Muschel unseres Bundesstaats, Leute!«, sagte Quinn, aufgeregter als irgendjemand sonst, wie üblich. Aber während Pearl zwischen den Labortischen umherging, wollten sogar Leute, die die Schule und insbesondere Naturwissenschaften hassten, die Schnecke berühren. »Nach ihrer Größe zu urteilen, war ihr früherer Bewohner – ein Meeresraubtier und Bauchfüßer mit dem wissenschaftlichen Namen *Busycon perversum* – älter als ihr alle.«

Als sie sich setzte, trafen sich unsere Blicke über

die zerkratzte schwarze Tischplatte hinweg, während unsere Laborpartner die Schnecke untersuchten.

»Das muss ja ein absolut unheimliches Riesen-Schneckenviech gewesen sein«, sagte Dover, und Gelächter beendete unseren Blickkontakt.

Das T-Shirt bekam ich nie wieder.

Als Pearl in Shorts und einem, Gott sei mir gnädig, rosa Tanktop in meinem Türrahmen stand, eine Tüte mit Burgern und zwei Shakes in der Hand, war es ein Angriff auf meine Sinne. Ich wusste nicht, was ich zuerst wollte. Mir lief das Wasser im Mund zusammen, und mein Magen knurrte beim Geruch der Burger, aber als sie ins Licht trat, spürte mein Schwanz diesen süßen kleinen Körper nur wenige Schritte entfernt und sagte: *Scheiß drauf, das Essen kann WARTEN*.

»Danke. Ich bin am Verhungern.« Ich presste diese fünf Worte heraus, als wäre es mir fast unmöglich, sie zu bilden. In der Hoffnung, dass sie mein plumpes Benehmen für Hunger – nach *Essen* – hielt, nahm ich ihr die Tüte ab und wandte mich zum Tisch um, damit sie nicht sehen konnte, wie ich den Kiefer anspannte, in einem angestrengten Versuch, meinen Körper unter Kontrolle zu bringen. Das war der Moment, als mir bewusst wurde, dass ich seit zwei Wochen nicht mehr flachgelegt worden war. Nein, mehr als zwei Wochen – einem Monat vielleicht. Ich hätte den Entzug darauf zurückführen können, dass ich zu beschäftigt oder zu erschöpft war, um mich dafür zu interessieren – und weiß Gott, ich war beides –, aber was für ein Loser ist zu beschäftigt, um zu vögeln? Eher würde ich mich in dem gottverdammten Golf ertränken.

Ich hatte mich nicht einmal zu irgendjemandem hingezogen gefühlt, seit mir klar war, dass Pearl nach Hause zurückkehrte. Das war die einzige Erklärung, ob es mir gefiel oder nicht. Es spielte keine Rolle, dass ich vermutlich auf der Stelle ins Bett gehen und zehn Stunden durchschlafen könnte. Mein Körper war mehr als bereit, zuerst seinen Mann zu stehen und wie ein Superheld aufzutreten – wenn ich das Mädchen vögelte, das in diesem Augenblick Milchshakes aus einem Getränkehalter nahm und sie genau neben mir auf den Tisch stellte.

Meine Finger wollten sie berühren. Ich hatte den ganzen Tag über kaum eine Essenspause eingelegt und war am Verhungern, aber ihr Duft – Orangen und Blumen und ein Hauch von Salzigkeit, als würde ein Teil von ihr dem Ozean gehören, den sie so liebte, obwohl er sie zu töten versucht hatte – war mächtiger als der Geruch des Essens auf dem Tisch. Sie äugte unter die Deckel beider Milchshakes, bevor sie sich vorbeugte, um einen davon auf meinen Platz zu stellen. Sie beugte sich *über den verdammten Tisch vor*, um ihn auf meinen Platz zu stellen. Meine Hände ballten sich zu Fäusten, und ich war außerstande, den Blick von ihrem perfekten Arsch in den Shorts und dem Streifen warmer, bronzefarbener Haut in ihrem Kreuz abzuwenden, als sie sich noch weiter vorbeugte und ihr Tanktop hochrutschte.

Hunger loderte in mir auf, eine wilde, begierige Flamme der Lust. Ich wollte mit den Händen von ihren schmalen Schultern über ihre Arme bis zu ihren kleinen Händen gleiten, sie in einem stillen Befehl flach auf den Tisch legen. Ich würde meine Hände unter dieses eng anliegende Top schieben und ihre weichen Titten umfassen. Ich würde mein Gesicht an der Rundung ihrer

Schulter vergraben, ihren würzigen Geruch einatmen. Ich würde mit der Zungenspitze über ihren Hals gleiten, spüren, wie sich ihr Puls unter ihrer Haut beschleunigte, ihr Ohrläppchen in den Mund nehmen und mit den Zähnen an ihm zupfen. Wenn sie sich gegen mich zurücklehnte, würde ich diese knappen Shorts rasch aufbinden, aufknöpfen, aufreißen und an ihren Beinen hinunterziehen, zusammen mit der Spitzenwäsche, die meine Fantasie heraufbeschwor. Ich würde mit den Fingern an ihrem Bauch hinuntergleiten, erst einen in sie hineinstecken und dann noch einen, sobald sie klatschnass war und ihre Arme zu zittern begannen. Und dann, während ich sie mit einer Hand fingerte und mit der anderen den Reißverschluss meiner Jeans aufzog und meinen ausgehungerten Schwanz befreite, würde ich die Worte flüstern, die ich seit vier Jahren zu ihr sagen wollte.

»Scheiße. Sie haben uns kein Ketchup mitgegeben«, fluchte sie. Sie legte zwei riesige, in fettiges gelbes Papier gewickelte Burger auf meinen Platz und einen auf ihren, strich die Tüte glatt und kippte einen extra großen Karton Pommes frites darauf aus. »Hast du welches da?«

Sie wandte sich um, betrachtete mit schräg gelegtem Kopf den Wahn, den sie in meiner Miene sah, und ich versuchte angestrengt, die simplen Worte zu begreifen, die sie soeben gesagt hatte, während die Vision in meinem Kopf allmählich verblasste. Ohne zu antworten, wandte ich mich zum Kühlschrank um, riss ihn auf und beugte mich in sein kaltes Inneres. *Scheiße.* Ich benahm mich wie ein absoluter Vollidiot, und ich konnte es nicht verhindern.

Ich wollte sie einfach so unbedingt. Noch immer.

Die Miene in Boyce' Gesicht, bevor er sich abwandte, um den Kühlschrank aufzureißen, zeigte Wut – sein Kiefer war angespannt, die Augen so scharf wie Glasscherben –, und ich hatte keine Ahnung, warum. Er konnte doch wohl nicht wütend sein, weil ich ihm etwas zu essen gebracht hatte? Vielleicht hatte er noch einmal über meinen Vorschlag nachgedacht, die Asche seines Dads auf der Sandbank beizusetzen. Er hatte behauptet, für ihn könne es keinen Abschluss geben, als wäre es ein Ding der Unmöglichkeit, aber ich hatte gehofft, dass er sich täuschte. Ich hatte gehofft, ich könnte ihm helfen, einen Abschluss zu finden.

Jetzt war ich mir nicht mehr so sicher, ob er ihn wirklich finden konnte. War mir nicht mehr so sicher, ob ich diejenige war, die ihm bei der Suche helfen konnte.

Ich umklammerte die Stuhllehne, außerstande, den Blick von seinen breiten, konturierten Muskeln an Schultern und Rücken abzuwenden, die sich unter seinem gerippten grauen Tanktop spannten. Seine kurzen Haare waren dunkel und feucht. Er musste geduscht haben, kurz bevor ich kam.

»Ich dachte, vielleicht hast du Hunger, daher habe ich dir zwei Burger mitgebracht«, sagte ich.

Nach einem angespannten, schweigsamen Moment wandte er sich wieder zu mir um, eine Ketchupflasche in der Hand. »Da hast du richtig gedacht.« Die Wut – oder was immer ich für Wut gehalten hatte – war verflogen, ersetzt von purem Hunger.

»Dann lass uns essen.« Ich nahm ihm die Flasche aus der Hand und lächelte zu ihm hoch.

Er nickte einmal kurz, eher eine ruckartige Kopfbewegung als eine zustimmende Geste, und ging um mich herum, um sich an den Tisch zu setzen. Er arbeitete hart, sechs Tage die Woche, sowohl körperlich als auch im direkten Umgang mit Kunden. Ich erinnerte mich, wie erschöpft Mama nach einem langen Arbeitstag in der Kinderarztpraxis, die sie leitete, immer war. Wenn sie mich von der Nachmittagsbetreuung abholte, war sie oft gereizt, weil sie ihren Ärger den ganzen Tag hinuntergeschluckt hatte. Sie sagte mir, der Umgang mit anderen Leuten sei manchmal anstrengender als die körperliche Arbeit, die sie in der ersten Zeit, nachdem sie in die USA gekommen war, verrichtet hatte.

»Waschbecken und Böden und Toiletten fauchen dich nicht an, wenn du höflich um eine Zuzahlung bittest«, sagte sie oft, die Hände fest ums Lenkrad gelegt. »Sie bestehen nicht darauf, sofort einen Arzt zu sprechen, wenn sie selbst zu spät kommen, und erlauben ihren Kindern nicht, ihre Rotznasen an den Stuhlkissen im Wartezimmer abzuwischen.«

Boyce wickelte einen Burger aus und nahm einen kräftigen Bissen. Er schloss die Augen, als wäre es das Beste, was er je gegessen hatte. Seine Schultern senkten sich ein klein wenig. Er atmete einmal tief und lange durch die Nase ein und dann ebenso langsam wieder aus.

»Schmeckt's?«, fragte ich überflüssigerweise.

Noch immer kauend, schlug er die Augen wieder auf und nickte. »*Mmmm*«, seufzte er.

Ich presste die Lippen zusammen, um mir mein selbstgefälliges Grinsen darüber zu verbeißen, dass ich das Biest, das bei meiner Ankunft in ihm herumschlich, gebändigt hatte. Er erwiderte mein Lächeln, wobei sich seine Augenwinkel kräuselten, während er meine Gedanken las, als stünde mir meine Analyse von ihm auf die Stirn geschrieben. Sein Einfühlungsvermögen war tröstlich und beunruhigend zugleich. Die meiste Zeit meines Lebens hatte Boyce Wynns Lächeln für mich dreierlei bedeutet: Geborgenheit, Wärme und ein Zuhause, auch wenn es zugleich dafür sorgte, dass mein Herz vor Sehnsucht nach irgendeinem düsteren, unerreichbaren Etwas hämmerte.

VIER JAHRE ZUVOR

»Augenblick«, murmelte ich vom oberen Treppenende – als könnte, wer immer vor der Tür stand und auf die Klingel drückte, mich hören. Ich war nicht verkatert, aber benommen vom Schlafmangel. Ich hatte die halbe Nacht wach gelegen, mich gefragt, warum Boyce und Landon nicht aufgetaucht waren, und mir gewünscht, Mel und ich wären einfach bei ihnen am Strand geblieben.

Ich schlängelte mich um ein Mädchen herum, das auf der Treppe schnarchte. Ich erkannte Shania Fowler, die mit Mel und mir in der Tanztruppe gewesen war. Sie hatte die Arme unter dem Gesicht verschränkt, sodass es aussah, als wäre es völlig normal, in einem fremden Haus mitten auf der Treppe einzuschlafen.

Ich hörte die Haustür aufgehen, kurz bevor Boyce Wynns verärgerte Stimme durch die Diele hallte. »Was zum Teufel tust du denn hier?«

Als ich die letzten Stufen hinuntereilte, sah ich, wie

er Rick Thompson mit Blicken tötete, der – *was zum Teufel?* – eben meine Haustür geöffnet hatte.

»Mein Gott, Wynn, komm rein oder verschwinde, aber mach die verdammte Tür zu.« Rick schützte seine Augen mit einer Hand vor der Helligkeit, während er vor Boyce zurückwich. »Ich bin noch nicht bereit für Tageslicht.«

Boyce knallte die massive Mahagonitür hinter sich zu, sodass die gerahmten Drucke, die in der Nähe der Tür hingen, erzitterten. Im selben Augenblick bemerkte er mich auf der Treppe.

»Scheiße!«, zischte Rick, während er sich mit beiden Händen den Schädel hielt. Irgendjemand auf dem Zweisitzer im Wohnzimmer wimmerte bei dem Geräusch.

»Was tut er denn hier?«, fragte mich Boyce. Bevor ich antworten konnte, fiel sein Blick auf das weggetretene Mädchen auf der Treppe, das Mädchen auf dem Zweisitzer und den Typen, der, gegen die Entertainment-Anlage gequetscht, dalag und auf das Sofakissen unter seinem Kopf sabberte. Vermutlich lagen im ganzen Haus verstreut Leute in unterschiedlichen Stadien der Bewusstlosigkeit.

Ich zog eine Augenbraue hoch, wandte mich ab und ging um Shania herum die geschwungene Treppe wieder nach oben. Ich drehte mich nicht um, um zu sehen, ob er mir folgte, aber ich wusste, dass er es tat.

Ich ging den Flur hinunter in mein Zimmer, kickte einen Liebesroman unters Bett, als Boyce bereits im Türrahmen auftauchte. Mit seinen breiten Schultern und seiner kräftigen Brust, die Hände gegen die Türpfosten gestützt, die Ellenbogen angewinkelt, während sich sein Bizeps an den Ärmeln seines eng anliegenden T-Shirts spannte, füllte er die Türöffnung vollständig aus.

Mein Herz hämmerte härter als die Musik am Abend zuvor.

»Hi, Boyce.« Ich starrte in seine dunklen Augen, außerstande, das Grün darin zu erkennen. Vom anderen Ende meines Zimmers aus sahen sie braun aus. Schwarz sogar. Aber ich wusste, dass seine Augen, von Nahem betrachtet, das dunkle, vielschichtige Grün eines tiefen, dichten Waldes hatten.

»Hey, Pearl.« Er trat ins Zimmer und legte seine schwere Hand auf den antiken gläsernen Türknauf. »Darf ich die Tür schließen?« Er beobachtete mich genau, wägte seine Worte sorgfältig ab.

»Verriegle sie auch«, sagte ich mit schwankender Stimme. Ich räusperte mich, während die Tür ins Schloss fiel und er sich wieder umwandte, um mich mit diesen Augen zu durchbohren.

Er schob den Riegel vor.

Klick.

Ohne näher zu kommen, schlüpfte er aus seinen Stiefeln, die immer bestenfalls lässig geschnürt waren. Er zog seine Socken aus, eine Hand auf die Kommode gestützt.

»Warum bist du nicht gekommen?«, fragte ich, und er hielt einen Augenblick inne, die Stirn verwirrt in Falten gelegt. »Gestern Abend«, stellte ich klar.

Seine Stirn glättete sich. »Maxfield wollte gestern Abend nichts mit Dover zu tun haben.«

»Das heißt … ihr seid zurück zum Strand gefahren?«

Als er nickte, ging meine Fantasie mit den Wahrscheinlichkeiten durch, die diese Geste bedeutete. Ich wollte die Bilder aus meinem Kopf löschen. Er würde nicht hierher zu mir kommen, nachdem er dort gewesen war und … *hör auf*.

Ich reckte das Kinn, kniff die Augen zusammen und ballte die Fäuste, um nicht irgendwelche Dinge nach ihm zu schleudern. »Und – habt ihr dort gefunden, was ihr gesucht habt?«

Sein düsteres Lächeln versetzte mich erst recht in Rage. Bis er sagte: »Natürlich nicht. Ich wusste, was ich wollte und wo es war. Gestern Abend ging es darum, für meinen Kumpel da zu sein. Und jetzt bin ich dort, wo ich sein will.«

Sein Blick huschte über mich, und ich schauderte. Er presste die Lippen zusammen und kam lautlos auf mich zu, wie ein Raubtier, das es auf eine kleine, schreckhafte Beute abgesehen hat, aber er verlangsamte seine Schritte, als ich in meinen Nacken fasste, um die Bänder meines Strandkleids zu lösen. Ich hielt das Mieder an mein Brustbein gedrückt, zu feige, das Kleid zu Boden fallen zu lassen, selbst mit meinem fuchsienfarbenen Bikini darunter.

»Dein Shirt«, sagte ich. Meine Stimme klang heiser in dem stillen Raum. Ich hatte vorgehabt, Musik laufen zu lassen, Kerzen anzuzünden. Aber das war gestern Abend gewesen. Jetzt waren meine weißen Leinenvorhänge vollständig zurückgezogen und ließen einen strahlend blauen Junimorgen ins Zimmer, mit einem wolkenlosen Himmel und sanft wogenden Wellen, die funkelten, als würden eine Million winziger Spiegel mit der Glasfläche nach oben auf dem himmelblauen Wasser treiben.

Gehorsam zog er sich das Shirt über den Kopf und warf es hinter sich auf den Boden, während er weiter durchs Zimmer auf mich zukam. Mein Atem wurde flach.

Ich hatte Boyce Wynn hunderte Male mit nacktem Oberkörper gesehen. Ich hatte zugesehen, wie er von einem Jungen zu einem Mann heranwuchs. Aber hier in meinem Schlafzimmer war er ein Fremder für mich, eine gefährliche Fantasie, die zum Leben erwacht war – von den voll entwickelten Muskeln, für die sich andere Jungen seines Alters freiwillig mit tödlichen Steroiden vollpumpen würden, bis hin zu den Sommersprossen, die die glatte Haut auf seinen Schultern überzogen und sich über seine Arme erstreckten wie Tupfer auf einer Bevölkerungskarte – dicht bewohnte Deltamuskeln, die zu spärlich besiedelten Unterarmen führten, die mit kupferfarbenen Härchen bedeckt waren.

Als wir uns Zehe an Zehe gegenüberstanden, hakte er einen Finger in meinen gelockerten Ausschnitt. Er war einen Kopf größer als ich, und seine Wimpern waren dunkel bis auf die äußersten Spitzen, die im Tageslicht rötlich schimmerten. »Lass los«, sagte er. Sein gedehnter Befehl war sanft, wie ein Vorschlag. »Ich will dich so unbedingt sehen.«

Nie hätte ich gedacht, dass Boyce Wynn so sanft sprechen könnte. Ich lockerte den Griff um das Kleid, und es fiel um meine Knöchel zu Boden.

Er musterte meinen Körper in dem Bikini langsam und eingehend. Die winzigen Härchen überall auf meiner Haut stellten sich auf, als würden sie sich der Berührung entgegenrecken, die er zurückhielt. Er fing meinen Blick wieder auf und zog eine Augenbraue hoch – tief dunkelrot, wie seine kurzen Haare. »Sieht aus, als ob ich hier ein bisschen auspacken muss.« Seine Stimme klang auf einmal schroff.

Ich schwankte bei seinen Worten, zu viele Empfindungen auf einmal stürzten auf mich ein. Seine Hände lagen an meiner Taille, verankerten mich, und meine Handflächen glühten an seiner Brust. Seine Haut war glatt und heiß. Ich atmete seinen Geruch ein – zart, aber würzig, kiefernartig, wie der Wald, an den seine Augen erinnerten. Ein Junge, der auf einer Insel mit Sand und Palmen und struppiger Dünenvegetation aufgewachsen war, sollte keinen Wald in seinen Augen haben.

Seine Hände glitten an meinen Hüften nach unten, und er drückte mich nah an sich. Durch seine Jeans spürte ich den harten Beweis dessen, was er in meinen nackten Bauch pressen wollte. *Wenn er sich schon bedeckt so groß anfühlt …* Mir stockte der Atem bei dem Gedanken.

Er glitt mit einer Hand langsam an meinem Rücken hoch und löste das untere Band meines Bikinitops, dann strich er über eine meiner Brüste. Seine Finger neckten den Nippel unter dem rosa Stoff, und ich stieß mit den Schenkeln gegen die Matratze hinter mir, während er das obere Band löste und das Top herunterfiel. Er starrte mich an, während er mich auf die Bettkante setzte, kniete sich vor mich hin und schob sich zwischen meine Beine. Ich sah gebannt zu, wie er das Kinn hob und einen Nippel in den Mund nahm, die Hände unter beide Brüste gelegt, als würde er sie wiegen.

Ich vergrub die Finger in seinen Haaren. Sie waren weich und dicht und kitzelten meine Handflächen. Dann stand er auf, hob mich hoch und legte meine Beine um seine Taille, während seine Lippen zu meinem Hals glitten und ihn mit sanften, saugenden Küssen bedeckten. Mit jeder Berührung seiner warmen Zunge wurde mir schwindeliger. Ein Knie aufs Bett gestützt, legte er mich in der Mitte hin und stand auf. Ich wimmerte, und er kicherte.

»Ich komme wieder, Süße. Keine Sorge.« Er öffnete Knopf und Reißverschluss seiner Jeans. Zog sie an seinen Schenkeln hinunter und aus. »Du zuerst, oder ich?«, fragte er, die Hände an den Kordeln der Boardshorts, die er unter der Jeans trug. Durch die eine riesige Erektion überdeutlich zu sehen war.

»Du«, flüsterte ich.

Er löste die Kordel seiner Shorts, und sie fiel zu Boden. Und, *oh*, ich hatte recht. Angesichts der Größe seines restlichen Körpers hätte ich mich nicht wundern sollen. *Wie sollte das überhaupt passen?* Aber dann legte er die Hände an meine Hüften, verhakte die Finger in den schmalen Stoffstreifen an den Seiten des rosa Bikiniunterteils und zog es herunter, und es gab keine Zeit mehr, um über die Konsequenzen der Ungleichheit zwischen uns nachzudenken.

»Du bist ein wahr gewordener Traum«, hauchte er, womit er genau das aussprach, was ich vorhin über ihn gedacht hatte, und glitt mit den Fingerspitzen über meine nackte Haut.

Meine Augen füllten sich mit Tränen angesichts des Staunens in seinem Gesicht – hatte dieser Junge inzwischen nicht schon bestimmt hundert nackte Mädchen gesehen? Ich hatte schreckliche Angst, er könnte es bemerken, aber er war völlig vertieft in seine Begutachtung. Sein Blick folgte jener quälenden, lang gezogenen Liebkosung, und jeder Zentimeter meiner Haut flammte dabei auf. Während das Verlangen Besitz von mir ergriff, stockte mir für einen Moment der Atem, und ich schloss die Augen, die Fäuste so fest in mein Bettzeug gekrallt, dass meine Knöchel sich weiß verfärbten. Meine Hüften zuckten, und meine Schultern pressten sich in die Matratze. Ich konnte nicht still liegen.

Er stöhnte zur Antwort, und seine Stimme war ein entnervtes Knurren. »Oh, Gott, Pearl. Du bringst mich noch um.«

»Wie denn das?«, fragte ich verwirrt. Wenn nach dem hier irgendjemand in zwei Hälften zerrissen war, dann würde *ich* es sein. Er bewegte sich zwischen meinen Beinen, und ich versteifte mich und dachte: *Kondom?*

Er stemmte sich über mir hoch, wandte mein Gesicht mit den Fingerspitzen zu seinem um. »Du bist ein zu schlaues Mädchen, um ungeschützten Sex zu haben – und das weiß ich. Ich werde gut auf dich aufpassen.«

In diesen Worten lagen viele Versprechungen. Ich lag nackt mit Boyce Wynn auf meinem Bett – aber er ließ es langsam angehen und versprach, verantwortungsvoll zu sein, und er hatte mich noch nicht einmal geküsst. All meine Fantasien wurden auf den Kopf gestellt.

»Küsst du mich?«, flüsterte ich.

Er rutschte näher an mich heran, bis seine Brust leicht auf meiner ruhte, und zog sich dann höher, streifte meine Brüste mit einer entflammenden Reibung, die prompt mein Innerstes erfasste und mir ein Stöhnen entlockte. Sein Mund verharrte wenige Zentimeter über meinem, und sein Atem war tief, während meiner flach und abgehackt ging. Ich nahm das Gefühl von ihm undeutlich als *anders* wahr – sein Körper war hart und schwer, obwohl er sein Gewicht von mir weg verlagerte.

Die Ellenbogen zu beiden Seiten meines Gesichts abgestützt, starrte er mir einen langen Moment in die Augen, bevor er seinen Mund zu meinem neigte. Sein

Kuss war zögernd und bedächtig – genau so, wie ich ihn in Erinnerung hatte. Und dann entfachte die erste Berührung seiner Zunge ein Feuer in mir, als sie den Rand meiner Lippen erkundete. Ich stöhnte wieder auf, zog ihn in meinen Mund und glitt mit meiner Zunge um seine. Er wich zurück und neckte meine Lippen, bis sie sich danach verzehrten, dass der Speer seiner Zunge wieder zwischen sie eindrang.

Ich wand mich unter ihm, wollte mehr, und er kam wieder vor und plünderte mit seinen begierigen Küssen meinen willigen Mund, bis ich kaum noch Luft bekam.

»Gott, Pearl«, stöhnte er, »du bringst mich noch zum Höhepunkt, ohne dass ich in dir bin – und das wäre eine gottverdammte Schande.«

»Nachttischschublade.«

Er ließ es sich nicht zweimal sagen. In weniger als einer Minute war er wieder da, geschützt und bereit. Er küsste mich, bis ich die Fingernägel in seinen Rücken krallte, und dann legte er sich auf mich und drang in mich ein.

Ich schrie auf. Tränen strömten mir aus den Augenwinkeln und in die Haare, aber ich biss mir auf die Lippe und vergrub beschämt den Kopf an seiner Schulter. Ich hatte darum gebeten. Hatte es gewollt. Ich hatte gewusst, dass es wehtun würde – Melody und ich hatten eine Million Mal über Sex geredet –, aber *verdammte Scheiße*. Was sie als leichtes Unbehagen beschrieben hatte, fühlte sich eher an, als würde ein Flammenwerfer in mich eindringen.

Boyce verharrte regungslos. »*Scheiße*.« Er begann sich zurückzuziehen, und ich grub die Fingernägel in seinen Bizeps, denn jede Bewegung brannte wie Feuer.

»Pearl …« Seine Stimme war gequält. »Bist du noch …?«

Scheiße. So viel zu einem heimlichen Verlust meiner Jungfräulichkeit. »Ich *war* es«, murmelte ich, wobei ich mich genauso dumm und unerfahren fühlte, wie ich war.

»Aber … dieses Arschgesicht, mit dem du im vorletzten Highschooljahr zusammen warst …« Er brach ab, denn ich hatte eben bewiesen, dass an *diesem* Gerücht nichts dran war. »Dieser sexy Schlafzimmerblick – der Striptease ohne auch nur einen einzigen Kuss – du hast *Kondome* in deinem Nachttisch, mein Gott! Ich dachte – *großer* Gott. Woher hätte ich denn wissen sollen …« Er begann sich wieder zurückzuziehen, und ich schrie auf, vor Schmerz und Verlegenheit gleichermaßen. Er erstarrte. »Was zum *Teufel*, Pearl?«

Wie in aller Welt könnte ich ihm das je erklären? *Ach weißt du, ich bin in dich verliebt, seit ich fünf war, und ich wollte, dass du mein Erster bist. Das ist alles.*

Nein, nein, nein.

Das Inferno in meinem Unterleib schien nachzulassen, irgendwie. Ich holte einmal tief Luft und hob das Gesicht von seiner Schulter, entschlossen, kühn und furchtlos zu sein. Das Letzte, was dieses Fiasko brauchte, war, dass meine Erklärung mit einer Piepsstimme abgegeben wurde. »Ich gehe in drei Monaten weg aufs College. Und ich wollte das hier mit dir haben.« Nüchtern. Logisch. Typisch Pearl Frank. »Ist das nicht okay?«

Seine verängstigte Miene wurde etwas sanfter, aber die Grimasse war noch immer da. »Warum ich?«

Ich leckte mir die Lippen. »Weil du *mich* willst. Nicht nur *das hier*. Nicht nur etwas zum Zeitvertreib. Du willst *mich*. Du willst mich schon seit einer ganzen Weile.«

Seine Stirn glättete sich, und er zog einen Mundwinkel hoch. »Ich bin nicht unbedingt ein feinfühliger Typ.«

Ich musste trotz allem lachen. »Nein, das bist du nicht.« Ich schluckte leicht, bevor ich flüsterte: »Ich dachte, vielleicht hättest du es gar nicht getan, wenn du es gewusst hättest …«

Er beugte sich vor, um meine Lippen mit seinen zu streifen, und seine Empörung verflog rasch. »Ich verderbe dir deine verwirrende Vorstellung von meinen Prinzipien ja nur ungern, aber du hast dich getäuscht. Ich wünschte, du hättest es mir gesagt. Ich hätte es so viel besser machen können, wenn ich es gewusst hätte.« Sein warmer Atem streifte meine Kehle.

»Dann mach es jetzt besser. Es … es tut eigentlich gar nicht mehr weh.« Eine kleine Notlüge. Der Schmerz hatte zwar nachgelassen, aber das Gefühl war noch immer alles andere als angenehm. Es war mir unbegreiflich, wie der erste Mann die erste Frau je überreden konnte, das hier ein zweites Mal zu versuchen. Dann sah ich in Boyce' dunkle Augen, in denen eine untypische Mischung aus aufgestauter Leidenschaft und Selbstvorwürfen lag. *Ah, so also.*

»Es tut mir so leid, Pearl.«

»Mir nicht.« Die Worte kamen mir über die Lippen und verblüfften ihn, aber sie waren die Wahrheit. Es tat mir nicht leid.

Er küsste mich wieder sanft und innig, während er sich aus mir zurückzog. Bevor ich protestieren konnte, kehrte er wieder zurück – zärtlicher als zuvor. Sein Bizeps zitterte unter meinen Händen, und ich wusste, dass er seine ganze Selbstbeherrschung aufbrachte, um mir nicht wehzutun.

Ich glitt mit den Fingerspitzen über seine kräftigen Schultern und an seinem Rücken nach unten, während er noch tiefer in mich eindrang. Ich war wie berauscht von seinen Küssen. Das Unbehagen legte sich allmählich, ersetzt von einem heftigen, stärker werdenden Verlangen. Er ging langsam zu längeren, tieferen Stößen über, bewegte den Mund entgegengesetzt dazu, anstatt in einem Rhythmus mit ihnen – seine Zunge glitt am tiefsten in mich hinein, wenn er sich unten zurückzog, und sie neckte nur die Oberfläche meiner Lippen, wenn er wieder in mich eindrang.

»Boyce?«, hauchte ich. Ich begann mich mit ihm zu bewegen, auch wenn es sich seltsam fremd anfühlte und ein kleiner Teil von mir sich lächerlich vorkam. Ich war mir nicht sicher, ob ich es richtig machte.

Er wurde langsamer, und ich reckte mich ihm entgegen, wollte mehr.

»Ah, verdammt.« Er schloss die Augen. »Du. Fühlst. Dich. So. Verdammt. *Gut*. An.« Seine Augen blitzten wieder auf, und er spannte den Kiefer an, füllte mich völlig aus und verharrte dann stocksteif und beobachtete mich.

Mein Atem ging so abgehackt, dass er nur noch ein undeutliches Wimmern war, und ich wusste, dass die Orgasmen, die ich mir selbst bereitete, kein Vergleich zu dem hier sein würden. Nichts in meiner Erfahrung hatte mir diese Gewissheit verschafft – aber ich wusste dennoch, dass es stimmte. Ich wand mich unter ihm, *so kurz davor*, und wollte, dass er sich *bewegte*. »Hör nicht auf. Bitte hör nicht auf.«

»Hatte ich nicht vor«, murmelte er, die Stirn an meine Schulter gepresst, während er sich zurückzog, nur um gleich darauf wieder hart in mich einzudringen. »Oh,

Gott, Mädchen. *Gottverdammt.*« Er hob den Kopf und glitt mit der Zunge über den Rand meines Ohrs, und ich stöhnte auf, taumelte über dem Abgrund, voller Angst loszulassen. »*Fick* mich, Pearl«, flüsterte er. »Ich habe dich. *Fick. Mich.*«

Alles unter meiner Haut, von meinem Kiefer bis zu den Zehen, spannte sich gleichzeitig an – Muskeln und Adern und Nerven und Blut – und fand dann Erleichterung, ein pulsierendes, überströmendes Gefühl, als würde ein Damm brechen, und ich schrie zum zweiten Mal auf, aber aus genau dem gegenteiligen Grund.

Diesmal tat er es auch.

11

BOYCE

Ich lenkte meinen störrischen TA auf die Straße, den beladenen Bootsanhänger im Rückspiegel, den er vollständig ausfüllte. Ein Fischerboot – selbst ein kleines – mit einem Oldtimer-Sportwagen abzuschleppen, war nicht ideal, und ich klopfte in einer Art unausgesprochener Entschuldigung aufs Lenkrad. Der städtische Hafen war nur etwa eine Viertelmeile entfernt, einmal quer durch die Stadt, und ich hatte in letzter Zeit sowieso nicht oft die Gelegenheit gehabt, mit dem Boot hinauszufahren, aber die kürzliche Umsatzsteigerung hieß, dass ich meinem Traum, einen Liegeplatz am Jachthafen zu mieten, jetzt vielleicht ein bisschen näher war als noch vor ein paar Monaten.

»Ich glaube, ich habe noch nie in deinem Wagen gesessen«, sagte Pearl, während sie sich anschnallte. Ihr Blick schweifte über das Armaturenbrett, die Pedale und meine Hand auf dem runden Schaltknauf zwischen uns. »Er ist richtig … sauber. Dein Zuhause übrigens auch. Sehr ordentlich.«

Ich kicherte. In Sachen Alltagsleben wussten wir so wenig voneinander. Sie kannte meine ganzen Gewohnheiten und Eigenheiten ebenso wenig wie ich ihre. »Hast wohl gedacht, ich hause wie ein Penner, was? Überrascht?«

Sie kaute auf ihrer Lippe, versuchte das vertraute freche Zucken ihres Mundes zu verbergen. »Ein bisschen.«

Ich hatte wie wild aufgeräumt, bevor sie kam, aber es hätte schlimmer sein können. Es *war* schlimmer; sie hatte Dads Zimmer nicht gesehen. Wenn Mr. Amos mich nicht aufgefordert hätte, in seinem Zeug nach juristischen Unterlagen zu suchen, hätte sein gehorteter Scheiß aus den letzten Jahrzehnten schon vor einer Woche am Straßenrand gestanden. »Woher willst du wissen, dass ich nicht einfach aufgeräumt habe, bevor du vorbeigekommen bist?«

»Warum hättest du das denn tun sollen?«

»Um dich zu beeindrucken natürlich.« Ich zwinkerte ihr zu. »Hat es geklappt?«

»Ich bin's nur, Boyce.« Sie senkte den Blick und glitt mit einer Hand über ihren Schenkel. »Du musst nichts tun, um mich zu beeindrucken.«

Meine Finger legten sich fester um den Schaltknauf. »Weil du mich schon jetzt toll findest oder weil du es nie tun wirst?«

Ihr Blick huschte verblüfft zu mir zurück. »Du hast mir das Leben gerettet.« Ihre Stimme war leise, aber fest. Sie sah wieder in ihren Schoß und dann nach vorn, und die untergehende Sonne ließ ihre dunklen Augen schimmern. »Ich bin von dir beeindruckt, seit ich fünf Jahre alt war.«

Ich warf einen Blick auf ihr Profil und starrte dann wieder durch die Windschutzscheibe – als könnte ich diese Straße nicht mit verbundenen Augen fahren. Ich versuchte angestrengt, den Kloß hinunterzuschlucken, der mir in der Kehle aufstieg, beschämt, wie sehr ich mich nach diesen Worten verzehrte. Wie sehr ich diese Worte brauchte und es nicht einmal gewusst hatte, bis sie sie laut ausgesprochen hatte.

Als wir den Jachthafen erreichten, sprang sie aus dem Wagen und half mir, die Befestigungsgurte zu entfernen und das Boot ins Wasser zu schieben. Ich versuchte zu dem leicht neckenden Ton zurückzufinden, den sie gewohnt war. »Du weißt, wie man ein Boot zu Wasser lässt, Pearl?«

Sie stieg hinein, schaltete den Motor an und lenkte es rückwärts vom Anhänger.

»Mein Gott, Mädchen – kannst du etwa auch angeln? Vielleicht werde ich mich noch in dich verlieben müssen.« Oh, *verdammt* – woher zum Teufel war das denn gekommen? Ich sollte mir einfach meine verdammte Zunge abbeißen.

Sie machte das Boot an der Klampe am Kai fest, bevor sie mich ansah. »Pass auf, wie du mit diesem Vorschlag um dich wirfst, Boyce Wynn. Ein Mädchen könnte dich beim Wort nehmen.«

Ich parkte den Wagen und den Anhänger auf dem fast leeren Parkplatz, schnappte mir den Schachtel-Dad und eine Kühlbox aus dem Kofferraum und lief zurück zum Boot. Ich wartete darauf, dass ihre Antwort mir die Luft abdrückte und die Mayday-Signale auslöste, die in meinem Kopf jedes Mal ertönten, wenn ich mich in die Enge getrieben oder erdrückt oder verpflichtet fühlte. Aber es erging kein Befehl zum Rückzug, und das einzige Notsignal in meinem Kopf forderte mich auf, dafür zu sorgen, dass sich dieses Mädchen so unsterblich in mich verknallte, dass sie nie wieder aufstehen wollte.

Als ich an Bord sprang, saß sie auf dem Beifahrersitz meiner Gambler und schrieb eine SMS. Ich fragte nicht, an wen, und sie sagte es mir nicht von sich aus. Als sie aufsah und das Telefon in die Vordertasche ihrer Shorts steckte, starrte sie mich an, und ich warf ihr einen fragenden Blick zu.

»Deine Haare, mit der Sonne so dahinter«, sagte sie. »Sie sehen aus, als würden sie brennen. Wie diese mittelalterlichen Gemälde von Heiligen und Engeln, mit diesen Lichtkränzen um die Köpfe.«

Verdammt, und wie ich jetzt brannte, während ich an das letzte Mal zurückdachte, als wir auf der Sandbank waren. Als ich diese vollen Lippen zum ersten Mal in Besitz nahm. »Ich bin keines von beidem, Pearl.«

»Sagst du.«

»Sagt jeder.«

Sie verschränkte die Arme vor der Brust. »Na ja, jeder täuscht sich.«

Darüber musste ich unwillkürlich lachen. Engel und Heilige träumen nicht davon, ein Mädchen wie Pearl auf einem Küchentisch zu nehmen – oder auf die meisten anderen Arten, von denen ich fantasierte. »Das ist mein stures Mädchen – so entschlossen, recht zu haben. Und – was bin ich jetzt? Engel oder Heiliger?«

Sie blinzelte und lief dunkelrosa an. Die Röte stieg wie ein Sonnenaufgang von ihrer Brust zu ihrem Hals und ihren Wangen auf. Ich war mir nicht sicher, ob ich Pearl *je* hatte erröten sehen. Ich hatte gar nichts so Anzügliches gesagt – verglichen mit dem neckenden, flirtenden Unsinn, den sie jahrelang ertragen hatte.

»Ich nehme an, du wärst mein Schutzengel, oder?«

Ihre Antwort traf mich wie ein Donnerschlag. Ich

hatte nicht erwartet, dass sie eines von beidem auswählen würde.

Sobald wir eine passende Stelle gefunden hatten, um das Boot an den Strand zu ziehen, schnappte sie sich die Kühlbox, und ich nahm den Pappkarton und eine kleine Schaufel aus der Luke. Dann ging ich noch einmal zurück und holte die Decke und den Stapel Brennholz, den ich gestern Abend dort verstaut hatte. Die Sonne war fast untergegangen – nur ein schmaler Streifen hing noch immer am Horizont, als wäre er auf der Suche nach Ärger, und erhellte den Himmel mit einem kräftigen Orangerot. Er beleuchtete auch die äußersten Spitzen von Pearls dunklen Haaren und ein paar Strähnen ihres Pferdeschwanzes, die sich während der Überfahrt losgerissen hatten. Bei ihr sah es nicht so sehr wie ein Heiligenschein aus, sondern eher, als hätte sie die Haarspitzen in rote Farbe getaucht.

Wir starrten beide auf den Pappkarton. Mein Vater hatte mir gegenüber nie auch nur eine Spur von Sanftmut gezeigt. Er hatte meine Trauer nicht verdient, nicht einmal einen Bruchteil von dem, was ich empfand, als ich Brent verlor. Warum fühlte sich das Wissen, dass er genau dort lag, in diesem Pappkarton, tot, aber nicht begraben, dann so schmerzhaft an, als ob irgendetwas in meiner Brust brechen könnte?

»Boyce.« Pearls Stimme war leise. Ihre Berührung war sanft, als sie mir die Schaufel in die Hand drückte. »Suchen wir uns eine Stelle aus, und bringen wir's hinter uns. Und dann werden wir ein Feuer machen und ein Bier trinken. Komm schon.« Sie nahm den Karton in die Hand und wartete, bis ich auf das Sumpfgras zustapfte und zu schaufeln begann.

»Bist du sicher, dass das nicht illegal war?«, fragte ich, während ich das letzte Scheit ins Feuer warf.

»Vielleicht. Vermutlich hätten wir irgendeine Art Genehmigung einholen sollen. Ein Glück, dass man mein Schweigen mit ein paar Flaschen Shiner und einer perfekt ausgehobenen Feuerstelle kaufen kann, stimmt's?« Sie grinste, und ich lachte, was sich richtig gut anfühlte.

Der Juni war kein Monat, in dem man ein Feuer brauchte, um sich zu wärmen – bei Weitem nicht. Die Hitze des Tages und die nie enden wollende Schwüle fühlten sich an, als würde man unter einem lauwarmen nassen Handtuch sitzen, selbst wenn der Südwind vom Golf etwas Kühlung brachte. Aber Pearl hatte Lagerfeuer am Strand schon immer gemocht. Auf der Highschool ertappte ich sie manchmal dabei, wie sie in die Flammen starrte, als wäre sie hypnotisiert. Daher hob ich mit der Schaufel eine Feuerstelle aus, und jetzt saßen wir auf einer Decke zwischen der geöffneten Kühlbox und dem lodernden Feuer.

Sie legte sich auf den Rücken und sah nach oben. »Gott, ich habe diesen Himmel vermisst, so übersät mit Sternen. Ich könnte die ganze Nacht hier sitzen und Sternbilder nachzeichnen.« Sie streckte einen Finger aus, als wollte sie die winzigen Punkte über ihrem Kopf verbinden. »Das da ist Ursa Minor – der Kleine Wagen«, sagte sie.

Ich erinnerte mich bruchstückhaft, wie ich früher bei meiner Mom auf dem Schoß saß und sie mit meinem Finger die skelettartigen Muster am Himmel nachzeichnete – den Großen Wagen und die Schlange und den Löwen, mein Sternzeichen.

»Die meisten Sterne sind in der Großstadt wegen der

Lichtverschmutzung – den ganzen Autoscheinwerfern und Straßenlaternen und Parkbeleuchtungen – kaum zu erkennen. So viel künstliches hübsches Aussehen auf Kosten echter Schönheit«, bemerkte sie. »Nichts gibt mir so sehr das Gefühl, wie klein und unbedeutend ich bin und wie vergänglich das Leben ist, wie der Himmel und das Meer. Und hier sind sie, beide an einem Ort.«

»Willst du dich denn unbedeutend fühlen?«

»Ich will fühlen, was *wahr* ist. Und die Wahrheit ist, unser Leben ist so kurz, und so oft scheint es nichts zu bedeuten. Selbst ein Leben, das wichtig erscheint, zum Beispiel das von Wissenschaftlern, die Heilmittel gegen schreckliche Krankheiten entdecken, oder Vertretern des Humanitätsgedankens … Wenn wir einen Schritt zurücktreten und die Menschen – uns alle – als einen Teil der Geschichte des Universums sehen, spielen wir dann überhaupt eine Rolle?« Sie hielt einen Moment inne und seufzte. »Glaubst du, wenn wir tot sind, sind wir tot, oder werden wir dann irgendetwas anderes? Denn wenn nicht, erscheint es so sinnlos.«

Ich lehnte mich nach hinten, stützte mich auf den Händen ab und starrte in die Dunkelheit, wo das Wasser gegen den Sand schlug. »Was erscheint sinnlos?«

»Das Leben.«

Ich schob meine Besorgnis beiseite. Pearl war nicht selbstmordgefährdet, sie grübelte nur über gewichtigere Dinge nach, als es die meisten Leute je taten, weil sie nicht gelöst werden konnten. So viel verstand ich. Es war der Ort, an dem wir uns immer getroffen hatten. »Das sind ein paar richtig schwerwiegende Fragen. Ich bin mir ziemlich sicher, eine ganze Menge klügere Leute als ich streiten sich schon verdammt lange über diese Dinge.« Ich lächelte zu ihr hinunter. »Aber soweit ich sagen kann, scheint noch niemand zu einer Einigung gekommen zu sein.«

»Ja, ich weiß.« Sie rollte sich auf die Seite, um mich anzusehen, einen Arm unter den Kopf gesteckt. »Aber was glaubst *du*?«

Ich kicherte und sah auf die leere Flasche genau hinter ihr im Sand. Pearl war ein kleines Zwei-Bier-Leichtgewicht, das von einer metaphysischen Neugier gepackt wurde, wenn sie betrunken war, anstatt im Rausch einen Ex anzurufen, so wie alle anderen. Kein Wunder. »Was spielt es denn für eine Rolle, was ich glaube? Meine Meinung zählt in irgendjemands großem Weltenplan doch gar nicht.«

»Für mich zählt sie«, sagte sie. Ihre dunklen Augen forschten in meinen, als hätte ich die Antwort auf ihre philosophischen Unsicherheiten und sie die Absicht, sie hervorzuholen.

Ich dachte über ihre Frage nach, nicht sicher, ob es eine Antwort darauf gab, und erst recht nicht sicher, ob ich imstande war, sie zu finden. »Okay. Na schön. Ich glaube, das Leben ist wie eine Prüfung zu einem Thema, über das wir nicht viel wissen. Wir bemühen uns, so gut wir können, und wir finden erst hinterher heraus, wie wir dabei abgeschnitten haben. Oder vielleicht finden wir es auch nie heraus. Aber wenn du sagst, dass meine Meinung zählt, schließt das dann nicht die Option aus, dass das Leben sinnlos ist?«

»Mein Leben, weil deine Meinung für mich zählt, oder dein Leben, weil es deine Meinung ist, die zählt?«

»Beides.« Ich hielt einen Moment inne, und sie wartete darauf, dass ich meine Gedanken ordnete. »Was, wenn die ganze Menschheit wie ein mechanisches Geschöpf ist – das aus Millionen von Teilen besteht, die alle zusammenarbeiten, nur dass sie es manchmal eben nicht tun? Teile gehen kaputt oder verschleißen oder funktionieren nicht mehr richtig und müssen von anderen, neueren Teilen ersetzt werden. Und dadurch geht die ganze Geschichte unendlich lange weiter – solange es immer wieder neue Teile gibt, die die alten ersetzen.«

Sie rollte sich auf den Rücken und seufzte. »Aber dann sind wir immer noch nur auswechselbare Teile. Irgendwann verschleißen wir und werden ersetzt und spielen keine Rolle mehr.«

Ich grinste und schüttelte den Kopf. »Diese Selbstmitleidsnummer ist ein erbärmlich schlechtes Argument für *sinnlos*. Keiner von uns lebt ewig – das lernen wir alle schon früh. Aber vielleicht bist du ja einer der wichtigen Teile. Vielleicht hat mein Dad seinen Zweck erfüllt, als er mich gezeugt hat, und ich habe meinen Zweck erfüllt, als ich dich aus diesem Ozean gezogen habe, in den du immer wieder tauchen wolltest.«

Sie schwieg einen Herzschlag lang, bevor sie den Kopf zu mir umwandte. »Das stimmt nicht, Boyce.«

Als sie nichts weiter sagte, zündete ich mir eine Zigarette an und vergrub die Zehen am Rand der Decke im Sand. Die Brise trug den Rauch aufs Wasser hinaus, wo er sich in der Dunkelheit verflüchtigte.

»Du versuchst herauszufinden, wo dein Platz ist«, sagte ich. »Das ist eines der coolen Dinge an dir. Die Tatsache, dass du dir Gedanken um etwas machst, wie zum Beispiel die Frage, was für einen Beitrag du leisten könntest und wie. Unter anderem deshalb kann ich nicht glauben, dass Leute wie du, Leute wie Brent, grundlos in diese Welt geboren wurden.«

»Ich habe nicht – ich wollte nicht …«

»Ich weiß. Vielleicht kann ich in Bezug auf dich und Brent einfach nicht unparteiisch sein. Ich war schon immer ein egozentrischer Scheißkerl, weißt du. Letztendlich dreht sich bei mir alles immer nur darum, wie es *mich* betrifft.« Ich zog an meiner Zigarette und lächelte zu ihr hinunter. »Sieht aus, als ob das deine Existenz beinhaltet, Süße.«

PEARL

Als Thomas diese riesige Blitzschnecke mit der Morgenzeitung ins Haus brachte, wusste ich prompt, dass Boyce sie für mich dort hinterlassen hatte. Ich hatte nicht gesehen oder gehört, wie er sie dort ablegte, und ich hatte keine übersinnlichen Fähigkeiten. Ich erkannte einfach sein Shirt – ein grünes Baseball-T-Shirt mit dunkelgrünen Dreivierteläremeln. Er füllte es besser aus, als es jeder echte Spieler im Baseballteam getan hätte, und das Grün in seinen Augen, von der anderen Seite des Labortischs meist nur undeutlich zu erkennen, schimmerte, wenn er es trug.

Ich hatte keine Ahnung, was es zu bedeuten hatte, dass er diese Schnecke vor meiner Haustür ablegte. Mit vierzehn waren mir die Motive sechzehnjähriger Jungen im Allgemeinen sowieso ein Rätsel, aber aus Boyce – der mich an einem Abend um den Verstand geküsst hatte und ein paar Tage später tat, als wäre überhaupt nichts passiert – wurde ich erst recht nicht schlau.

Mit Seepocken und Sumpfgräsern und Sand verkrustet, wäre die Schnecke für jeden außer mir ein seltsames Geschenk gewesen. Ich liebte sie, völlig unabhängig von Boyce und seinen Absichten. Aber ich liebte sie umso mehr, weil er sie mir geschenkt hatte. Ich verbrachte den Tag damit, den Sand aus der tiefen Öffnung zu kratzen und die äußeren Windungen und Vertiefungen mit einer alten Zahnbürste zu schrubben. Sobald sie gesäubert war, polierte ich sie mit Mineralöl und stellte sie auf meinen Schreibtisch.

»Ich frage mich, wer diese Schnecke vor unserer Haustür abgelegt hat, und warum«, bemerkte Mama beim Abendessen.

Ich zuckte mit den Schultern und starrte auf meinen Teller.

Erst über zwei Jahre später fand ich heraus, warum Boyce das getan hatte – als er zum ersten und einzigen Mal überhaupt in meinem Zimmer war, am Tag nach unserem Highschool-Abschluss.

Die Tatsache, dass ich splitternackt auf meiner Bettdecke lag – neben einem ebenso nackten Boyce Wynn –, sickerte nur langsam in mein Bewusstsein. Auch wenn ich lange und angestrengt darüber nachgedacht hatte, mit wem (Boyce) und wie (geschützt) ich meine Jungfräulichkeit verlieren würde, konnte ich nicht behaupten, dass ich mir ernsthaft überlegt hatte, wo oder wann. In meinen Fantasien war die Umgebung immer irgendwie zweideutig, aber immer dunkel. Denn natürlich würde es an irgendeinem privaten, romantischen und dunklen Ort passieren. Nicht *um zehn Uhr morgens auf meinem eigenen Bett mit mindestens einem Dutzend Leuten im Haus*.

Nachdem er das Kondom abgestreift hatte, ließ er sich

auf der Matratze neben mich fallen. Ich starrte auf das geprägte Muster an meiner Zimmerdecke, während sich die Geräusche unseres Atems gleichzeitig verlangsamten und unser gemeinsames Schweigen auf eine völlig andere Art laut wurde. Mein Bikini und mein Strandkleid lagen auf dem Boden, auf der anderen Seite des Betts. Auf der anderen Seite des Jungen, der neben mir lag. Das Bettzeug unter uns war zerwühlt, aber nicht genug, um darunterkriechen zu können, ohne ein peinliches Spektakel mit mir selbst zu veranstalten.

Ich unterdrückte ein panisches Kichern. Ich lag mit einem Jungen auf meinem Bett, bei helllichtem Tag, *splitterfasernackt*. *Peinlich* und *Spektakel* hatte ich längst hinter mir gelassen.

Das war der Augenblick, als er sich auf einen Ellenbogen stützte und auf meinen Schreibtisch zeigte. »Du hast ja immer noch die Blitzschnecke.« So ziemlich der letzte Gegenstand, den ich in diesem Augenblick zu erörtern erwartete, war die Schnecke, die seit zwei Jahren auf meinem Schreibtisch stand.

»Äh. Ja.« Ich fragte mich, ob ich mir die Bettdecke an einem Zipfel schnappen und mich darin einwickeln könnte, ohne wie eine Verrückte auszusehen.

»Ich wusste in dem Moment, in dem ich sie fand, dass sie für dich bestimmt war. Aber was ist eigentlich aus meinem T-Shirt geworden?«

Ich blinzelte, als sein Blick für einen Moment zu mir huschte, aber dann, als wäre ihm eben wieder eingefallen, dass *ich völlig nackt war*, glitten seine Augen – ein Boyce-Wynn-Zeitvertreib, wie er typischer nicht sein könnte – über jede entblößte Erhebung und Vertiefung bis hin zu meinen Zehen und wieder zurück.

»Willst du es wiederhaben?«

»Was?« Schließlich kehrte sein Blick zu mir zurück, aber er war unentschlossen, seine Pupillen erweitert und düster.

»Dein T-Shirt?«

Er grinste, seine warmen Hände auf meinem Bauch gespreizt. »Vergiss das T-Shirt. Alles, was ich im Moment will, ist Runde zwei – falls du bereit dazu bist.«

Verlangen erfasste mich wie ein Erdrutsch, als seine Hand höher hinaufglitt und sein Daumen die Unterseite einer Brust streichelte. Nach dem, was ich in der Nähe meiner Hüfte spürte, war *er* eindeutig *bereit*.

Er küsste mich, bevor ich auch nur genickt hatte.

Schlafen war in diesem Bett unmöglich, als ich zwar vier Jahre älter, aber nicht viel weiser war, was Boyce betraf. Es war nach Mitternacht, als ich von unserem Ausflug zur Sandbank nach Hause zurückkehrte. Ich hatte zugesehen, wie er das Loch aushob und mehrere Minuten hineinstarrte, bevor er den Inhalt des Beutels darin auskippte und das Loch mit Sand und Erde wieder auffüllte. Wir sprachen kein Wort. Trotzdem war Bud Wynn auf eine Weise zur letzten Ruhe gebettet worden, die er nicht verdient hatte – mit mehr Respekt, als er seinem jüngsten Sohn je entgegengebracht hatte.

Melody hatte mir vor einer Weile eine SMS geschickt, um mir zu sagen, dass sie gut in Dallas angekommen war, und mich zu fragen, was ich ohne sie tat. *Nicht viel*, schrieb ich zurück, womit ich nichts darüber verriet, was ich tat oder mit wem. Boyce und ich hatten unsere Beziehung – oder was immer es war – nie öffentlich gemacht. Tatsächlich hatten wir beide sogar sehr darauf geachtet, genau das Gegenteil zu tun. Ich hatte mir jahrelang eingeredet, dass niemand, der uns kannte, es verstehen würde, aber jetzt fragte ich mich, warum es mich überhaupt kümmerte, ob es irgendjemand verstand. Aber ich war nicht die Einzige, die ein solches Geheimnis darum machte. Auch Boyce hatte es nicht ausgeplaudert, hatte es nicht einmal seinem besten Freund erzählt. Lucas hatte uns die wenigen Male, die wir uns in jenem Sommer zwischen der Highschool und dem College über den Weg liefen, jedes Mal verwirrt angesehen. Er hätte uns beide nicht so angestarrt, als wären wir eine unlösbare Gleichung, wenn er es gewusst hätte.

Melody: Ich kann noch immer nicht glauben, dass du dort bleiben willst. Dort gibt es doch NICHTS UND NIEMANDEN, für den es sich lohnen würde! Dallas ist sooooo viel besser. Versprich mir, dass du mich besuchen kommen wirst!!

Boyce war inzwischen vom Parkplatz zurückgekommen, hatte seinen Schachtel-Dad in die Bugluke geworfen und steuerte das Boot jetzt die Fahrrinne hinunter in Richtung Bucht.

Ich: Na klar. Vielleicht in diesem Herbst. ☺

Als ich mein Handy einsteckte, sah ich auf – und vergaß, was ich eben sagen wollte. Die Sonne begann am Horizont zu versinken, und in genau diesem Augenblick umrahmte sie Boyce so wie an jenem Tag am Strand, als er mich vor dem Ertrinken rettete und sein Gesicht über meinem schwebte und seine Hand meine umklammert hielt. Aus meinem Grundkurs Kunstgeschichte im ersten Studienjahr wusste ich, dass es verschiedene Begriffe für dieses Licht gab, das ihn an jenem Tag umgab – *Heiligenschein, Nimbus, Strahlenkranz* – und das verwendet wurde, um Heilige und Engel darzustellen.

Boyce lachte und wollte von mir wissen, was von beidem er sei, als würde er mich herausfordern, ihn mit einem von beiden zu vergleichen. Er starrte auf meine Lippen, und sie kribbelten, während ich wie ein Film im Zeitraffer an jeden glückseligen Moment zurückdachte, in dem sein Mund sie in Besitz genommen hatte.

Ein Heiliger, das war er ganz sicher nicht.

12

BOYCE

Ruben Silva war der einzige Lehrer, vor dem ich auf der Highschool Respekt hatte – wegen seiner Ehrfurcht einflößenden Körpergröße ebenso wie wegen seines technischen Know-hows. Manchmal hatte ich ihm das Leben verdammt schwer gemacht, aber er wusste, dass er mich am besten im Griff hatte, indem er mir damit drohte, mich aus seiner Werkstatt zu werfen oder meinen Dad anzurufen. Er hätte sicher nie gedacht, dass ich eines Tages die Werkstatt meines Vaters allein führen würde, aber das hätte ich selbst auch nicht gedacht. Wenn ich das tuckernde Geräusch und den Geruch eines aufheulenden Motors und das Gefühl von Öl an meinen Händen nicht über alles lieben würde, wäre ich längst als kleiner Dealer geendet, der den Touristen Gras verkaufte. Ich schrammte auch so nur knapp daran vorbei.

Ich dachte, Silva könnte vielleicht einen Jungen kennen, der die Gelegenheit beim Schopf packen würde, dafür bezahlt zu werden, dass er Öl und Zündkerzen wechselte und mir hin und wieder bei einer etwas komplizierteren Motorreparatur zur Hand ging. Es war einen Versuch wert, die Werkstatt etwas früher zu schließen, um ein bisschen mit ihm zu plaudern, nachdem er seine erste Woche als Fahrlehrer hinter sich hatte. Wir trafen uns in seiner Werkstatt, wo sich zwei Teenager unter eine Motorhaube beugten, während er sie bei ihrer Arbeit anleitete.

»Ferienkurs, Mr. S.?«, fragte ich, während ich über den Betonboden auf ihn zuging und die Hand ausstreckte.

Er war noch immer der größte Mann in der Stadt. Das war er, seit er siebzehn war – der einzige Ringkämpfer unserer Highschool, der je die Meisterschaft des Bundesstaats gewann. Gerüchten zufolge hatte er ein Angebot für eine Profikarriere ausgeschlagen, um sich um seine unheilbar kranke Mutter zu kümmern, und war nach ihrem Tod geblieben, um seine kleine Schwester großzuziehen, die später aufs College ging und Jura studierte.

»Ich glaub's nicht – wenn das nicht Boyce Wynn ist!« Wir begrüßten uns mit Handschlag, und meine Hand versank noch immer in seiner Pranke, wenn auch nicht mehr ganz so deutlich wie damals, als ich sein Schüler war. »Du erfüllst mich mit Stolz, mein Junge.«

Ich schluckte und nickte, froh, als er sich zu den beiden Teenagern umwandte.

»Kein offizieller Kurs. Nur ein paar Schüler, die sich ein bisschen mehr für Autotechnik interessiert haben als der Rest. Wir treffen uns nachmittags, arbeiten an ihren Autos oder an gespendeten Fahrzeugen – Reparaturen, Restaurierungen. Dann haben sie etwas Besseres zu tun, als den ganzen Sommer über Schlägertypen zu spielen.« Die so Angesprochenen beäugten uns über ihre Schultern. Einer trug eine Schutzbrille, der andere hielt einen Schraubenschlüssel in der Hand. »*Adams*«, bellte Silva. »*Schutzbrille*. Gottverdammt noch mal, diese Kindsköpfe. Irgendwann verliert einer noch ein Auge, und wer war Schuld? *Ich.*«

Ich kicherte, denn ich hatte genau dieselbe Standpauke vor Jahren hundertmal von ihm gehört, meistens gegen mich gerichtet.

Er gab dem Schüler Adams ein Zeichen. »Komm und lern Mr. Wynn kennen.« Ich war im ersten Moment verblüfft, Silva *Mr. Wynn* sagen zu hören – *er meinte mich.* An mich gewandt, sagte er: »Das hier ist der Teenager, von dem wir geredet haben. Ignoriert die Hälfte der Zeit Anweisungen – ist aber ein Naturtalent unter der Motorhaube, genau wie du. Hat durchaus Potenzial unter dieser Ich-weiß-alles-Fassade.«

»Ist keine Fassade, Mr. Silva.« Der Teenager grinste mit hoch erhobenem Kinn. »Ich weiß *eine Menge.*« Das hier war Silvas Empfehlung für meinen ersten Angestellten? Ein Klugscheißer, der wie ein Zwölfjähriger klang und in diesem Overall wie eine dürre Bohnenstange aussah?

Und dann setzte sich der Teenager in den Rollstuhl, der mir noch gar nicht aufgefallen war, und rollte rasch um einen Stapel Reifen und einen Werkzeugkasten auf uns zu. Meine Bedenken verwandelten sich in Fassungslosigkeit.

»Boyce, dieser kleine Grünschnabel hier ist Samantha Adams. Samantha, Mr. Wynn.«

Ein *Mädchen*. Im *Rollstuhl*.

Ihr kupferblondes, kurz geschnittenes Haar stand in alle Himmelsrichtungen ab, und ihre Augen waren so grau wie dichter Nebel, der über den Golf zog. »Es heißt *Sam*. Mein Gott, Mr. Silva.« Sie funkelte ihren Lehrer zornig an und schüttelte mir dann die Hand, als wollte sie mir die Finger brechen.

Sie kreischte auf, als ich ebenso fest zudrückte.

»Sam.«

Sie zog ihre Hand zurück und dehnte die Finger, während sie mich abschätzte. »Also, wie viel bezahlen Sie mir, und welche Arbeitszeiten erwarten Sie von mir?«

Gottverdammt noch mal. Wer zum Teufel führte hier eigentlich das Vorstellungsgespräch?

»Mindestlohn, und über die Arbeitszeiten können wir reden, falls ich mich entscheide, dich einzustellen.«

»Falls? Womit haben Sie eigentlich ein Problem – mit meinem Rollstuhl oder meinem Geschlecht oder meiner sexuellen Orientierung?«

Gott, ich hätte Silva an die Kehle springen können. Ich hatte den schleichenden Verdacht, dass er sich für jede oberschlaue Antwort, die ich ihm je gegeben, und jeden Regelverstoß, den ich in seinem Unterricht je begangen hatte, gründlich an mir rächen wollte. »Steck dir deine Komplexe sonst wohin«, sagte ich. »Die ersten beiden sind mir scheißegal, und die Details des dritten will ich lieber nicht wissen.«

Ihr Blick verengte sich. »Soll heißen, Sie haben ein Problem damit?«

»Soll heißen, dass das einzige Liebesleben, für das ich mich interessiere, mein eigenes ist, was dich – nur um das von vornherein klarzustellen – einen Scheiß angeht. Ich werde vielleicht von Aufträgen überflutet und brauche Hilfe, aber nicht um den Preis, meine Kunden zu vergraulen. Wenn du den Job haben willst, dann überzeuge mich, dass du keine Zicke und keine weinerliche Göre sein wirst, und sag mir, was du für *mich* tun kannst. Ich führe eine Werkstatt, keinen Kindergarten.«

Sie blinzelte und schwieg, was, so mein Verdacht, bei ihr nicht oft vorkam, und dann piepste mein Handy.

Pearl:	Hey. Ich weiß, du bist heute Abend vermutlich beschäftigt, aber ich habe ein Problem, und ich weiß nicht, mit wem ich sonst reden soll.
Ich:	Für dich bin ich nie zu beschäftigt. Sag mir einfach, wo.
Pearl:	Bei dir? Wann kann ich vorbeikommen?
Ich:	Sag mir wann, ich werde da sein.
Pearl:	Jetzt gleich?
Ich:	Na, dann los, Mädchen. Bis gleich.

Ich sah hinunter auf Sam, die auf ihrer Lippe kaute. »Ich muss los«, sagte ich zu ihr. »Denk über den Job nach und komm am Montag vorbei, wenn du ihn willst. Eine Woche Probezeit.«

Sie sah stirnrunzelnd zu mir hoch. »Eine Woche? Ist eine Einstellung auf Probe normalerweise nicht für einen Monat oder neunzig Tage?«

»Sie ist so lange, wie ich es sage. Greif zu oder lass es bleiben.« Ich wandte mich zu Silva um und streckte über Samantha Adams' Kopf hinweg die Hand aus. »Danke. Glaube ich.«

Der Dreckskerl besaß sogar die Frechheit zu lachen.

Der »Highway« – zwei Spuren, eine in jeder Richtung, mit Ampeln – war von Sommerurlaubern verstopft. Trotzdem brauchte ich nur zehn Minuten, um zu Boyce zu kommen. Er saß auf der obersten Stufe seines Wohnwagens und rauchte eine Zigarette, einen gestiefelten Fuß ein paar Stufen weiter unten auf den rissigen Asphalt gestellt und den anderen darunter gekreuzt. Das dunkel karierte Hemd – Ärmel hochgekrempelt, aufgeknöpft, mit einem marineblauen T-Shirt darunter – stand ihm gut. Ich versuchte mich zu erinnern, wann er in meinen Augen das letzte Mal nicht gut ausgesehen hatte, und ich konnte es nicht.

Die Türen zu den zwei Arbeitsbuchten der Werkstatt waren beide geschlossen, obwohl es noch nicht sechs Uhr war. Ich parkte in der Auffahrt und stieg aus.

»Heute früher geschlossen?« Ich ging den ausgetretenen Fußweg von der Werkstatteinfahrt zum Eingang des Wohnwagens hoch. Seine Augen konnte ich hinter der Sonnenbrille nicht sehen.

»Ja. Hatte oben bei der Highschool noch etwas zu erledigen.« Sein Unterarm spannte sich unter den kupferfarbenen Härchen an, als er sich abwandte, um seine Zigarette in einem behelfsmäßigen Aschenbecher auszudrücken – einem mit Sand gefüllten Keramiktopf.

»Wirklich? Was denn?« Ich riss mich vom Anblick seines Arms los, als er sich wieder umwandte.

»Ich stelle einen von Silvas Schülern als Aushilfe in der Werkstatt ein, hoffe ich.« Er verzog das Gesicht und kratzte sich am Hinterkopf. »Aber ich weiß nicht. Könnte mehr Ärger bedeuten, als es wert ist.«

»Ich finde, das ist eine tolle Idee.«

Als ich auf ihn zutrat, zuckte er mit den Schultern und stand auf. »Na ja, wir werden sehen. Du hast gesagt, du hast ein Problem? Na dann, komm herein und lass es uns lösen.«

Wenn es doch nur so einfach wäre. Ich hatte mich nie als hilflos angesehen, aber Boyce führte ein Geschäft und hatte sein Leben im Griff, und ich hatte keinen Job und kein eigenes Geld.

Ich folgte ihm in den Wohnwagen, der bei helllichtem Tag düsterer aussah als an dem Abend neulich, als ich vorbeigekommen war. Wir nahmen unsere Sonnenbrillen ab.

Als hätte er meine Gedanken gelesen, sagte er: »Tut mir leid, dass es hier drinnen so dunkel ist – Wohnwagen sind nicht unbedingt berühmt für ihr tolles Lichtdesign. Deine Augen werden sich gleich daran gewöhnen, aber ich kann auch die Lampen einschalten, wenn du willst. Ich selbst könnte mich hier mit verbundenen Augen zurechtfinden, daher denke ich eigentlich gar nicht darüber nach.«

»Kein Problem. Ich habe schließlich keine Grafikpräsentation oder so vorbereitet. Ich muss nur über etwas mit dir reden. Bist du sicher, du hast nichts dagegen?«

»Natürlich nicht – du kannst immer zu mir kommen, das weißt du doch.« Er setzte sich an ein Ende des Sofas und ich mich ans andere. »Also, was ist los?«

»Ich habe gerade meine erste Kurswoche beendet. Es ist eine Umstellung von dem, was ich für meinen Bachelor in Naturwissenschaften tun musste, und erst recht von dem, was ich mir unter einem Aufbaustudium je vorgestellt habe, aber ich bin begeistert. Meine beiden

Kurse sind klein – nur eine Handvoll Leute. Ich kenne schon jetzt jeden. Wir sind mit einem Boot rausgefahren und haben Proben gesammelt, um einem der Professoren bei seinen Labortests zu helfen, und es war völlig anders als auf einer riesigen Uni, wo du fast oder gar keine Eigenverantwortung hast. Er hat eigentlich nur gesagt: ›Fahrt los und macht das‹, fast ohne uns irgendwelche Anweisungen zu geben. Ich habe mich irgendwie gefühlt, als wäre ich eine Fachkollegin, weißt du, keine Untergebene. Zwar eine Fachkollegin auf einer *unteren Ebene*, aber immerhin.«

Er lächelte. »Klingt toll. Und was ist jetzt dein Problem?«

Ich schloss die Augen und holte einmal tief Luft. »Das Problem ist, ich habe eine Zusage von Michigan bekommen. Fürs Medizinstudium.«

»Ich verstehe nicht. Dachte, du hättest gesagt, du willst nicht Medizin studieren.«

»Ich hatte mich bei mehreren Hochschulen beworben, und ehrlich gesagt wurde ich bei den meisten angenommen. Als Mitchell und ich uns für Vanderbilt entschieden, habe ich die anderen Zusagen abgelehnt. Aber bei zweien stand ich noch auf der Warteliste – Harvard und Michigan.«

»Auf die Gefahr hin, mich als Hinterwäldler zu outen, was genau heißt das – auf der Warteliste?«

»Das heißt, dass du die Anforderungen erfüllst, andere Bewerber sie aber besser erfüllen als du, daher haben sie die Zusage bekommen. Wartelisten-Bewerber werden sozusagen auf die Reservebank gesetzt. Du bekommst nur dann eine richtige Zusage, wenn genügend Kandidaten vor dir beschließen, irgendwo anders hinzugehen, und du weit genug oben auf der Liste stehst. Ich habe heute einen Brief mit der Zusage bekommen – den Mama aufgemacht hat, bevor ich nach Hause kam.«

»Ah. Und jetzt ist sie voll darauf aus, dass du es dir anders überlegst.«

Ich kicherte freudlos. »*Voll darauf aus* ist eine sehr treffende Bezeichnung. Ich will genau das tun, was ich tue, aber sie hat eindeutig klargestellt, dass sie und Thomas diese Entscheidung nicht unterstützen, was heißen könnte, dass ich finanziell auf mich allein gestellt bin. Ich weiß, es wird für dich unglaublich naiv und unreif klingen – aber ich musste in dieser Hinsicht noch nie selbst für mich sorgen. Ich bin mit dem Verständnis aufgewachsen, dass es Dinge gab, die ich nicht haben konnte, weil Mama sie sich nicht leisten konnte. Ich habe nie um irgendetwas gebeten, was ich als unvernünftig empfand, aber ich war schließlich noch ein Kind. Ich war mir nicht immer sicher. Nachdem die beiden geheiratet hatten, war Geld kein Hinderungsgrund mehr. Was ich bekam oder nicht bekam, hing von anderen Faktoren wie zum Beispiel Sicherheit ab oder davon, ob es mich von der Schule ablenken würde. Dinge, die wenig oder gar nichts mit den Kosten zu tun hatten. Daher bin ich … *verwöhnt*.«

Er beugte sich vor und stützte die Unterarme auf die Schenkel. Seine Augen versprachen die Offenheit, die ich mir wünschte und zugleich fürchtete. Boyce hatte mich nie belogen. Das war der Grund, weshalb ich mich so oft an ihn wandte, wenn andere Leute, oberflächlich betrachtet, vielleicht sinnvoller gewesen wären – weil er mir rundheraus die Wahrheit sagte, so, wie er sie sah.

»Ich bin damit aufgewachsen, mich allein durchzuschlagen, anstatt versorgt zu werden«, sagte er. »Es hieß, schwimm oder geh unter, und ich beschloss *zu schwimmen*. Aber ich glaube, es besteht ein Unterschied zwischen verwöhnt und privilegiert. Deine beste Freundin denkt, sie hat ein Recht auf alles, was sie will, ohne es zu verdienen. Das ist verwöhnt. Privilegiert ist das, was sich jeder, der auch nur einen Funken Verstand hat, für sein Kind wünschen würde. Deine Bedürfnisse wurden erfüllt. Vielleicht auch die meisten deiner Wünsche. Aber das ist nichts, weswegen du Schuldgefühle haben solltest. Und es heißt nicht, dass deine Eltern deswegen über dein Leben bestimmen dürfen.«

So hatte ich es noch nie gesehen. Privilegiert war etwas, was ich wurde, als Mama und Thomas heirateten, auch wenn ich – verglichen mit dem, was das Schicksal für Boyce bereithielt – mein Leben lang privilegiert gewesen war. Aber da er Melody als Beispiel heranzog, verspürte ich das Bedürfnis, sie in Schutz zu nehmen. »Mels Eltern haben sie immer mit materiellen Dingen geködert, um sie zu manipulieren, weißt du. Sie verdient sich, was sie ihr geben, indem sie auf jedes Recht, ihre eigenen Entscheidungen zu treffen, verzichtet.«

Die Art, wie sich sein Kiefer zur Antwort anspannte, verriet mir, dass er sich immer dagegen sträuben würde, Melody wegen ihres verwöhnten Verhaltens irgendwelche Zugeständnisse zu machen. Ich konnte es ihm nicht verdenken. Sie war zu seinem besten Freund auf der Highschool nicht sehr nett gewesen. Er kannte sie nicht so, wie ich sie kennengelernt hatte, und er wusste nicht, was sich ihre Familie alles einfallen ließ, um sie zu kontrollieren.

»Hmm«, sagte er. »Vielleicht ist der Unterschied der, dass deine Mama dich nicht manipulieren musste, weil ihr beide für deine Zukunft immer dasselbe wolltet – bis jetzt.«

Er hatte recht. Ich konnte mich nicht erinnern, dass ich die Welt je anders als analytisch betrachtet hatte. Meine Mutter musste diese angeborenen Bedürfnisse lediglich unterstützen – eine taktische Lenkung war nicht nötig. Das hier war das erste Mal, dass ich von ihrem Masterplan für Pearls Zukunft abwich.

»Oh, Gott.« Ich legte das Gesicht in die Hände, als mir mit einem Mal erschreckend klar wurde, dass es das war – oder auch nicht. Das hier würde entweder mein Knackpunkt sein – oder der Punkt, an dem ich die Kontrolle über meine Zukunft abgab. Es war meine Entscheidung.

13

BOYCE

»Heute Abend schon Pläne?«, fragte ich sie an der Tür. Ich war bereit, Thompson eine SMS zu schicken und für heute Abend abzusagen, ohne mit der Wimper zu zucken.

Sie sah zu mir hoch, und die kleine Falte zwischen ihren Brauen verriet ihre Besorgnis über das, was ich soeben gesagt hatte, oder die Entscheidung, die sie zu treffen hatte. Ich und meine gottverdammte dumme Klappe. Sie wollte, dass ich ihr offen die Wahrheit sagte, aber das hieß nicht, dass ich mich wie ein Vollidiot benehmen musste.

»Ein paar von uns gehen aus«, sagte sie. »Es ist das erste offizielle Wochenende hier für die neu angekommenen Studenten. Zumindest für diejenigen, die sich entschieden haben, im Sommer anzufangen. Ich bin die Einzige, die von hier ist, daher soll ich angeblich wissen, wohin man am besten geht. Außerdem bin ich die Einzige, die auf dem College Vormedizin hatte, daher muss ich beweisen, dass ich keinen Stock im Arsch habe … obwohl ich mir ziemlich sicher bin, dass sie alle glauben, ich hätte keinen Studienplatz für Medizin bekommen.«

»Hast du das klargestellt?«

»Nein.« Sie zuckte mit den Schultern, setzte ihre Sonnenbrille auf und kramte ihre Schlüssel aus der Handtasche. »Ich nehme an, ich habe irgendwie Angst, sie könnten mich für genauso unvernünftig halten wie alle anderen.«

»Nicht alle«, bemerkte ich, womit ich ihr ein schiefes kleines Lächeln entlockte.

Sie drückte meinen Unterarm – eine Sekunde, vielleicht zwei –, aber meine Haut brannte, wo ihre Finger sie streiften. »Nicht alle. Danke dafür.«

Zum zweiten Mal in einer Woche sah ich ihr nach, wie sie wegfuhr. Ich wartete, bis sie um die Ecke gebogen war, bevor ich wieder hineinging.

Randy Thompson und ich gingen jeden Freitag nach der Arbeit auf ein paniertes Beefsteak, das so groß wie eine Servierplatte war, Butterkartoffeln und Eistee zu Avery's. Das Ritual hatte auf der Highschool zusammen mit Maxfield, Vega und Thompsons jüngerem Bruder, Rick, begonnen. Randy ging in die Oberstufe, als wir anderen alle auf die Highschool kamen. Damals hatte er gedealt, hauptsächlich mit Gras. Erst später hatte er sich mit härteren Drogen eingelassen. Seit er aus Jester nach Hause zurückgekehrt war, lebte Randy bei seinen Eltern in demselben Haus, in dem er aufgewachsen war, auf der anderen Straßenseite. Er arbeitete jetzt in dem Laden seiner Mom, in dem sie Insel-Souvenirs, T-Shirts und Schmuck, den Randy herstellte, verkaufte.

»War das vorhin bei dir Pearls Wagen?«, fragte er, während er eine Gabelvoll Beefsteak durch eine Lache aus Kartoffeln und Sauce zog.

»Ja.«

»Sie hat letzten Monat mit Maxfield ihren Abschluss gemacht, stimmt's?«

Ich nickte kauend. Ich hatte vorgehabt, an der Abschlussfeier teilzunehmen, aber mit Dads letzter Fahrt zum Krankenhaus und der plötzlichen Auftragsflut war die achtstündige Fahrt hin und zurück für mich nicht drin gewesen.

»Cool. Maxfield geht nach Ohio, stimmt's?« Thompson war nicht auf den Kopf gefallen. Ich redete mit niemandem über Pearl, und er war keine Ausnahme. »Kommt er vorher nach Hause?«

»Bin mir nicht sicher, ob er das hier als sein Zuhause ansieht. Aber ja – er kommt in ein paar Wochen her.«

»Cool«, sagte er noch einmal.

Unsere Bedienung, Honey, kam mit einem Krug und füllte unsere Gläser mit frisch gebrühtem Tee auf, der so dunkel war, dass ich mir zwei zusätzliche Päckchen Zucker schnappte.

»Und ihr zwei macht keinen Ärger, ja?«, fragte sie. Thompson starrte auf seinen Teller. Honey war eine Kindheitsfreundin seiner Mom und wusste über seine Zeit in Jester vermutlich besser Bescheid als der Rest unserer kleinen Stadt.

»Nein, Ma'am, machen wir nicht.« Ich zwinkerte und grinste sie an. »Es sei denn, Sie bieten mir an, mich auf die schiefe Bahn zu bringen. Führen Sie mich jetzt bloß nicht in Versuchung.«

Sie gab mir einen Klaps auf die Schulter. »Hör auf zu flirten, sonst nehme ich dich irgendwann noch beim Wort, nur um zu sehen, wie du davonläufst, als ob deine Hose Feuer gefangen hätte.«

»Oh, sie hat schon Feuer ge…«

»Halt den Mund!« Sie lachte und schüttelte den Kopf, bevor sie sich dem nächsten Tisch zuwandte.

Wir aßen ein paar Minuten schweigend, und meine Gedanken kehrten zum x-ten Mal zurück zu Pearl, seit sie nach Hause gekommen war. Ich hätte nie gedacht, dass sie zurückkommen würde, um hier zu leben. Im nächsten Herbst würde sie für ein paar Monate weggehen, aber nach vier Jahren Abwesenheit waren ein paar Monate gar nichts. Es sei denn, sie kam mit einem neuen Freund wieder. Irgendjemandem von ihrem Doktorandenprogramm vielleicht. Ich würde zusehen, wie sie älter wurde, sesshaft wurde, Kinder bekam. Ich würde wissen, dass es diese Kinder nur gab, weil ich ihr das Leben gerettet hatte, und darauf sollte ich stolz sein, aber stattdessen wollte ich am liebsten den Tisch durch den Raum schleudern.

Ich legte meine Gabel hin, bevor ich sie verbog.

»Das wird mir ewig anhängen«, murmelte Thompson.

Seine Feststellung fühlte sich wie etwas an, was ich über Pearl denken würde, und ich musste innerlich umschalten. »Honey wollte nicht …«

»Ich weiß«, sagte er. »Es ist nicht so sehr das, was sie gesagt hat, sondern eher …« Er seufzte. »Es fühlt sich an, als ob jedes Wort, das irgendjemand sagt, irgendeine unterschwellige Bedeutung hat. Irgendeine Anspielung darauf, dass ich ein Loser bin. Ich rechne ständig damit, egal, ob es kommt oder nicht.«

»Ich habe schon vor einer ganzen Weile gelernt, mich nicht von anderen Leuten definieren zu lassen«, sagte ich. *Bis auf Pearl.*

»Leichter gesagt als getan, wenn in deinem Führungszeugnis eine Reihe Vorstrafen und eine Haftzeit stehen.«

Ich nahm noch einen Bissen, während ich darüber nachdachte. Es stimmte, er hatte sich ein riesengroßes Loch geschaufelt und sich dann um ein Haar selbst lebendig begraben, im übertragenen Sinn. Sich dort wieder herauszuarbeiten würde verdammt anstrengend sein, und es gab ein paar Optionen – ein paar mögliche Zukunftschancen –, die er dabei für immer vertan hatte. Das nervte. »Wie heißt es so schön? Es fällt einem nichts in den Schoß?«

Wie Pearl. Hatte es je eine mögliche Zukunft mit ihr gegeben – eine, an die ich nie geglaubt hatte?

Thompson seufzte. »Aber manchmal will ich einfach nur, dass es mir in den Schoß fällt.« Seine Haftentlassung war mit Auflagen verbunden: zweimal die Woche AA-Treffen, monatliche Termine mit seinem Bewährungshelfer in Corpus und ein Jahr lang unangekündigte Drogentests. Wenn er auch nur eine dieser Anordnungen nicht erfüllte, würde er wieder einfahren, und niemand würde sich einen Dreck darum scheren – außer seiner Mom. Und mir.

»Du kannst das schaffen, Mann. Du *schaffst* es.«

»Danke, Wynn.« Er sah mich an und dann wieder auf seinen Teller. »Das Mädchen sollte besser aufwachen und sehen, was ihm entgeht, bevor es zu spät ist.«

Ich gab keine Antwort. Wenn ich vor vier Jahren auch nur einen Funken Verstand gehabt hätte, dann hätte ich die winzige Chance, die ich vielleicht bei ihr hatte, nicht vermasselt. Ihren Blick, als ich sie – *danach* – zum ersten Mal sah, hatte ich nie vergessen können. Es war offiziell Sommer, und der halbe Bundesstaat schien am Strand Partys zu feiern. Ich war an dem Abend nicht mehr ganz nüchtern, daher trat meine Reaktion etwas verzögert ein. Ihr Anblick auf der anderen Seite des Feuers gab mir einen heftigen Ruck – sie verkörperte jede Fantasie, nach der ich mich je gesehnt hatte. Es war erst zehn Stunden oder so her, seit ich ihr Bett verlassen hatte, aber ich begehrte sie mehr als je zuvor.

Sie riss die Augen weit auf und formte den Mund zu einem O, lautlos wegen der Entfernung zwischen uns, und ich Vollidiot war einfach nur verwirrt, als sie zurückwich und aus dem Schein des Lagerfeuers trat. Bis ich begriffen hatte, warum, war sie verschwunden.

Ich schob das Mädchen von meinem Schoß, stand schwankend auf und ging genau – oder so genau, wie ich noch konnte – auf die Stelle zu, wo sie gewesen war, aber sie hatte sich in der Dunkelheit und dem sommerlichen Gewühl von Leuten in Luft aufgelöst, als hätte ich sie mir dort nur eingebildet. Ich versuchte mir einzureden, dass sie eine Halluzination gewesen, dass ihre bekümmerte Miene ein Albtraum war, den ich noch immer verhindern konnte, aber ich wusste es besser.

In den nächsten zwei Tagen antwortete sie nicht auf meine idiotischen SMS-Nachrichten (*Was ist los?*), und als wir uns schließlich an der Tankstelle über den Weg liefen, wandte sie den Blick von mir ab, während wir Smalltalk machten. Ich ließ mich nicht auf die Knie fallen, um mich zu entschuldigen. Ich sagte ihr nicht, dass sie schon immer alles war, was ich wollte. Ich redete mir ein, ich könnte mich ohne eine solche Demütigung aus dieser Sache herauswinden.

Eine Woche später hörte ich, dass sie zu einem vormedizinischen Studienkurs für Highschool-Absolventen an irgendeine Universität in Georgia gegangen war, anstatt den ganzen Sommer über am Meeresforschungszentrum zu arbeiten, wie sie es ursprünglich vorhatte. Sie war sechs Wochen fort, und als sie zurückkam, waren wir wieder an dem Punkt angelangt, an dem wir waren, bevor ich drei Stunden in ihrem Bett verbrachte und idiotischerweise dachte, ich würde sie zu der Meinen machen.

PEARL

Die Unterhaltung beim Abendessen kreiste um Forschungsprojekte, die billigsten Bars, die entsetzliche Tatsache, dass das nächste Starbucks fast eine Stunde entfernt war, und erschwingliche Studentenunterkünfte, für die man auf dem freien Markt allein schon wegen des Meerblicks ein paar Tausender im Monat hinblättern müsste, selbst mit vorsintflutlichen Haushaltsgeräten und Türen, die sich durch die jahrzehntelange Luftfeuchtigkeit verzogen hatten.

Wie es meine Art war, hatte ich im Unterricht bislang nicht viel gesagt und mich nur dann zu Wort gemeldet, wenn ich mir in dem, was ich sagte, hundertprozentig sicher war. Meine Kommilitonen konnten sehen, dass ich ihnen nicht zur Last fallen würde, aber sie hatten keine Ahnung von meiner Leidenschaft. Ich wusste, dass die meisten von ihnen dachten, ich hätte mich notgedrungen um einen Platz für ein Aufbaustudium bemüht, das irgendetwas mit Biologie zu tun hatte, als mir die medizinischen Hochschulen die Tür vor der Nase zuschlugen. Vielleicht dachten sie sogar dasselbe wie Mitchell – dass ich einfach das gewählt hatte, was nah und sicher war.

Aber ich wollte keine Sicherheit. Ich wollte Forschungen betreiben, die etwas bewirkten, wollte Ölkonzerne und Lobbyvertreter und Politiker und alle anderen Gruppierungen ins Visier nehmen, die das empfindliche Gleichgewicht der Meeresarme am Golf und des Lebens, das unter ihrer Oberfläche wimmelte, bedrohten. Manchmal fühlte ich mich genauso klein und an den Rand gedrängt wie diese individuellen Organismen. Aber ich musste es versuchen, egal, ob man mir letztendlich zuhörte oder mich ignorierte.

Bei Brombeerpastete und Karamellpudding wandte sich die Unterhaltung schließlich der Stickstoffbelastung vom Festland zu, und meine Gedanken schweiften ab. Was seltsam war, denn eigentlich interessierte mich das Thema. Noch seltsamer war, *was* meine Gedanken in Beschlag nahm – nämlich Boyce Wynns harter, sommersprossiger Unterarm und der Stromstoß, der meine Fingerspitzen durchzuckt hatte, als ich ihn berührte.

Ich war besessen von männlichen Unterarmen, seit ich mir im Pausenraum der Mittelschule jeden Tag einen Tisch mit Boyce geteilt hatte. Ich war viel zu schüchtern, um ihm schöne Augen zu machen, aber es war leicht, ihn hinter meiner riesigen Brille und meinen wilden jugendlichen Haaren heimlich zu beäugen, vor allem, wenn ich mir einen Roman aus der Bibliothek mitbrachte. Ich war fasziniert von den sichtbaren, kupferfarbenen Härchen und den klaren Konturen seiner Muskeln, die sich vom Ellenbogen bis zum Handgelenk zogen – das so breit war, dass es nach Uhren mit großen Zifferblättern und Lederarmbändern verlangte, und zu kräftigen Händen führte.

Hände. Diese Hände nahmen später – *ähm* – eine völlig andere Bedeutung an. Ich war eine erwachsene Frau, und es war nur *ein einziges Mal* gewesen. Ich verbarg mein Gesicht hinter meinem Kaffeebecher und tat angestrengt, als würde ich vorsichtig schlürfen, während ich tief durchatmete und versuchte, Boyce' kräftige Hände auf meinen Hüften zu vergessen, die mich streichelten, kneteten, hochhoben …

»Pearl?«

»Wie bitte? Entschuldigung …«

Irgendetwas über Mollusken und die Auswirkungen der großflächigen Zerstörung von Seegras. Ein passendes erwachsenes Doktorandengespräch. *Na klar*.

Meine Schonzeit dauerte bis zum Sonntag, als Mama das Thema Michigan erneut zur Sprache brachte. Thomas war auf der Terrasse und grillte, während sie einen Salat herrichtete, und ich saß am Küchentisch und machte mir Notizen aus wissenschaftlichen Artikeln über chemische Dispersionsmittel, die verwendet wurden, um Ölteppiche zu beseitigen, und die Auswirkungen, die sie auf empfindliche Ökosysteme hatten.

»Wann wirst du Michigan Bescheid geben? Wann läuft die Frist ab?«, fragte sie, während sie die Spitzen von Radieschen abschnitt, die die Farbe von Mels Lieblingslippenstift hatten. »Du willst sie doch nicht versäumen.« Sie hielt den Blick auf das Messer geheftet, während es durch ein knubbeliges Gemüse nach dem anderen glitt. Ihr Ton war lediglich fragend, als würden wir nicht unter der Oberfläche einen Konflikt epischen Ausmaßes austragen.

»Mama … ich gehe nicht nach Michigan. Ich sitze hier und lerne für einen Kurs, für den ich *hier und jetzt* eingeschrieben bin. Ich weiß, du bist enttäuscht, aber mein Entschluss steht fest. Bitte lass es gut sein.«

Das Messer hielt inne, und ihre Augen blitzten auf. »Das kann nicht dein Ernst sein, Pearl!« Sie schloss die Augen und murmelte irgendetwas, zu leise, als dass ich es hören konnte, vermutlich ein Gebet um Geduld auf Spanisch, und dann fuhr sie fort: »Ich hätte dir nie erlauben sollen, die neunte Klasse zu überspringen. Dieser Berater in deiner Schule – er hat gesagt, du wärst in deiner Entwicklung *fortgeschritten* und bräuchtest die Herausforderung durch schwierigere Kurse. Und was hat es gebracht? Du bist mit nur zwanzig Jahren eine College-Absolventin. Zu jung, um eine solche Entscheidung selbst zu treffen – um deine Zukunft wegen einer Trennung wegzuwerfen …«

»Es hat *nichts* damit zu tun …«

»Wir verstehen ja, dass du nicht auf dieselbe Uni gehen willst wie *dieser Junge*, aber diese Gelegenheit sausen zu lassen …«

»Mama, hörst du überhaupt, was …«

»Du kannst nicht hier wohnen und das durchziehen.«

Wir starrten uns über den Tisch hinweg an, während ihre Worte in meinen Ohren nachhallten. Das Messer hämmerte nicht mehr rhythmisch auf das Hackbrett ein. Mir blieb der Mund offen stehen, und Worte wirbelten mir durch den Kopf, schafften es aber nicht, sich zu zusammenhängenden Sätzen zu verbinden.

Sie fand als Erste ihre Stimme wieder. »Ich habe dir gegenüber nie ein Machtwort gesprochen, aber jetzt muss ich es tun. Diese Sache ist zu wichtig.« Nichts an ihrer Miene deutete darauf hin, dass sie bluffte oder einen Rückzieher versprach, aber das war typisch für Mama. Nur nicht dann, wenn es um *mich* ging.

Ich erinnerte mich an Boyce' Theorie, dass meine Mutter und ich einfach noch nie geteilter Meinung darüber waren, welche Richtung meine Zukunft nehmen würde … bis jetzt. »Das heißt, wenn ich meine Zusage von Michigan ablehne und hierbleibe – *in einem Doktorandenprogramm* –, dann kann ich nicht mehr zu Hause wohnen?« Meine Stimme klang energischer, als ich vermutet hatte.

»Ja«, sagte sie.

Ich nickte und klappte Notiz- und Lehrbuch zu. Meine Hände zitterten. »Okay.«

Als ich das untere Ende der Treppe erreichte, rief sie mir nach: »In einer halben Stunde gibt es Essen!«

Als ich in mein Zimmer kam, versuchte ich Boyce eine SMS zu schicken, aber die Autokorrektur trieb irgendwelchen Unfug mit meinen Versuchen, und ich gab auf und drückte stattdessen auf die Sprechtaste. Ich schloss meine Zimmertür, als er abnahm.

»Hey, was gibt's?«

»Du hattest recht – sie erwartet von mir, dass ich einknicke. Sie sagt, dass ich noch nicht alt genug bin, um meine eigenen Entscheidungen zu treffen. Dass ich nicht hier wohnen kann, wenn ich meine Zusage ablehne. Ich weiß nicht, was ich tun soll – die Studentenunterkünfte sind voll, und es ist *Juni*. Selbst die erbärmlichsten Zimmer, die man in der Stadt mieten kann, sind entweder ausgebucht oder kosten ein Vermögen – nicht dass es darauf ankommt, denn *ich habe keinen Job*. Was soll ich jetzt tun? Für den Herbst sind die Unterkünfte auch schon voll, aber ich dachte, ich könnte für die neun

Monate dort drüben ein Apartment finden und dann ... Gott, ich bin absolut ratlos! Ich bin einfach davon *ausgegangen*, dass sie mir die Miete bezahlen ...« Ich würgte an dem letzten Wort. Ich hatte mich in meinem ganzen Leben noch nie mit meiner Mutter gestritten. Ich hatte meine Beziehung zu ihr – verglichen mit Mels zu ihrer Mutter – immer so selbstgerecht betrachtet, während sie die ganze Zeit kein bisschen anders war.

»Pearl? Hast du mich gehört?«

Ich holte zitternd Luft, hasste meine Panik. Hasste meine Machtlosigkeit. Meine Mutter konnte mich nicht zwingen, Medizin zu studieren, aber wie sollte ich das weiterverfolgen, was ich wirklich tun wollte? Ich hatte Optionen. Ich musste nur herausfinden, was zum Teufel sie *waren*.

»Entschuldige. Ich ... ich habe dich nicht gehört. Ich versuche nur nachzudenken.« Ich schloss die Augen und schluckte. *Denk nach. Denk nach.*

»Es ist nicht viel, aber ich habe ein Gästezimmer«, sagte er. »Du weißt, dass du dort willkommen bist.«

14

BOYCE

Ich hatte Pearl eben gebeten, bei mir einzuziehen. Ich hatte Pearl Frank eben gebeten, in meine erbärmliche Blechbüchse von einem Wohnwagen einzuziehen, der aus zwei Zimmern und einem Bad bestand und *sich gegen eine Werkstatt lehnte*. Und verdammt, das Zimmer, das ich ihr anbot, war noch immer bis unter die Decke mit irgendwelchem gehorteten *Krempel* aus den letzten dreißig Jahren vollgestopft, Herrgott noch mal.

Ich hatte den Nachmittag bei Mateo und Yvette verbracht, wo wir zusahen, wie die Astros einen Sieg über Chicago einfuhren, und ich von Alonso und Arturo als Kletterwand benutzt wurde. Als ich ihrer Mama an der Haustür eine Zwölferpackung Bier hinhielt, kamen sie angelaufen und klammerten sich an meine Beine. Einer trug das Second-Baseman-Trikot der Astros, das ich ihm im letzten Monat zu ihrem gemeinsamen Geburtstag geschenkt hatte, und der andere war in voller Batman-Montur, mit Umhang und allem. Ehrlich gesagt konnte ich die beiden nie auseinanderhalten. Sie sahen immer aus wie Miniaturausgaben ihres Daddys und des jeweils anderen.

Jetzt, das Handy noch immer in der Hand, kam ich um die Ecke und sah, wie mich alle vier Vegas von dem

Tisch, an den wir uns eben zum Sonntagsessen gesetzt hatten, anstarrten. »Was denn?«

»Mama sagt, keine Telefonate am Tisch«, antwortete die Miniaturausgabe von José Altuve. »Das ist *unhöflich.*«

»Du hast noch immer Essen auf deinem Teller«, ergänzte der Batman-Zwerg.

»Haltet den Mund, alle beide. Die Regeln für Daddys und kleine Jungen gelten nicht für Gäste.« Yvette zwinkerte mir unschuldig zu. »Also … wer war das?«

Ich nahm meine Schlüssel aus der Hosentasche. »Ähm, ich muss los.«

Sie sah ihren Ehemann, der noch immer kaute, mit weit aufgerissenen Augen an.

»Was denn?«, fragte er sie.

»Boyce steht nie vom Essen auf. Mit Sicherheit nicht von *meinem* Essen.«

Da hatte sie recht. Es war eine Premiere.

»Ich erkläre es euch später«, sagte ich, während ich *oder auch nicht* dachte, und wandte mich zur Tür. »Äh – danke fürs Essen, Yvette.«

Der arme Vega würde gründlich ausgequetscht werden, noch bevor ich mit meinem TA zurück auf die Straße gefahren war. Ein Pech, dass er wirklich nichts wusste.

Nach ihrem schier endlosen Schweigen am Telefon zu urteilen, nahm ich an, dass Pearl von meinem Vorschlag ebenso verblüfft war wie ich selbst. Aber sie brauchte für den Sommer irgendeine Bleibe, und ich hatte ein zusätzliches Zimmer. Ich hätte Maxfield oder Thompson oder Vega dasselbe angeboten … die alle *Typen* waren.

Es war zwar schon vorgekommen, aber ich wollte nicht einmal, dass Mädchen nach dem Sex bei mir übernachteten. Ich war immer davon ausgegangen, dass der Grund der war, dass ich mit meinem Dad zusammenlebte, aber dann war er monatelang immer wieder im Krankenhaus gewesen, und ich hatte den Wohnwagen in den meisten Nächten für mich allein gehabt. Und jetzt war er seit vier Wochen tot. Beides machte absolut keinen Unterschied. Ich war einfach strikt dagegen, dass Mädchen, mit denen ich eine Nummer schob, es sich in meinem Wohnwagen gemütlich machten.

Und doch war mir die Vorstellung, dass Pearl *dort lebte,* nicht unangenehm genug gewesen, um sie für mich zu behalten. Ich hatte nicht einmal gezögert, bevor ich es ihr anbot. Ich war sogar bereit gewesen, sie dazu zu überreden. Fast als würde ich mich freiwillig einer *Folter* unterwerfen.

Ich ließ die Schlüssel im Schloss stecken, als ich nach Hause kam, und ging sofort in das versperrte große Schlafzimmer. Nachdem ich zwei Abende und ein halbes Wochenende damit zugebracht hatte, nach den Unterlagen zu suchen, um die Mr. Amos mich gebeten hatte, hatte ich das Zimmer von Dosen und Flaschen entrümpelt, einen Riesenhaufen Krimskrams und nutzlose Dokumente in Tüten gestopft und vor dem Rest die Tür fest zugezogen. Der alte Mann hatte Unmengen von Kontoauszügen, Rechnungen und Prospekten angehäuft, zusammen mit vermodernden Ausgaben von *Jagen & Fischen, Alles ums Auto* und den *Hustler*-Magazinen, die ich mir stibitzt und unter meiner Matratze versteckt hatte, bis ich das Internet und echte Mädchen entdeckte. Sein Schrank und seine Kommode waren vollgestopft mit Kleidern, die alle in den Müll gehörten. Ebenso das Bettzeug. *Scheiße* – und die verschmutzte Matratze. Ausgeschlossen, dass ich Pearl gestatten würde, *darauf* zu schlafen.

Ich verfluchte mich dafür, dass ich diese Arbeit vor mir hergeschoben hatte, und wünschte, ich könnte das ganze Zimmer in Brand stecken, so wie ich es mit dem verdammten Sessel getan hatte. Aber der war wertlos gewesen, und dieses Zimmer bedeutete für Pearl Freiheit. Ich zog die Schlüssel von der Tür ab, holte mir einen Karton mit reißfesten Müllsäcken aus der Werkstatt und begann, Brauchbares von Unbrauchbarem zu trennen.

Vier Stunden später stand ein Riesenhaufen schwarzer Säcke am Ende der Auffahrt – wo sie bis zur Müllabfuhr am Dienstag bleiben würden –, als Pearl sich zurückmeldete. Wir hatten vereinbart, dass sie mit ihren Eltern zu Abend essen sollte, in der Hoffnung, dass ihre Mom ihre Meinung noch änderte, aber im Hinblick auf ihre Eltern hielten sich meine Erwartungen grundsätzlich in Grenzen.

Pearl: Alles wie gehabt. Thomas scheint gegen ihr Ultimatum zu sein, aber er wird ihm auch nicht widersprechen. Boyce – der Wagen gehört mir gar nicht. Mein Handy auch nicht. Ich habe mich noch nie so dumm und naiv gefühlt.

Ich: Du konntest das nicht kommen sehen. Hör auf, dir Vorwürfe zu machen. Wissen sie, dass du gehst? Werden sie dir den Wagen wegnehmen?

Pearl: Ich sag's ihnen morgen. Ich habe meine Sachen schon gepackt und wollte sie bitten, mir das

Handy noch so lange zu lassen, bis ich mir ein eigenes besorgt habe, aber wenn ich entschlossen bin, auf eigenen Füßen zu stehen, kann ich es nicht rechtfertigen, den Wagen zu behalten. Die paar Blocks von deinem Wohnwagen zum Unterricht kann ich zu Fuß gehen, und ich werde mir einfach in der Nähe einen Job suchen müssen. Ich nehme an, ich werde in nächster Zeit viel zu Fuß unterwegs sein.

Ich: Wir werden schon eine Lösung finden.

Pearl: Bist du dir wirklich sicher? Ich werde dir Miete bezahlen, sobald ich meinen ersten Lohnscheck bekommen habe.

Ich: Den Teufel wirst du tun. Wie ich dir vorhin schon gesagt habe, ich würde dasselbe für Maxfield oder jeden anderen meiner engen Freunde tun. Es ist für nicht einmal drei Monate, und du bist eine winzige Person. Du wirst mich überhaupt nicht stören.))

Bei diesen verlogenen Worten stellte ich mir ihr Shampoo und Duschgel und ihren Rasierer in meiner Dusche vor, ihre BHs und Slips, die über der Stange hingen, sie in einem Handtuch, während sie sich ihre dunkle Mähne in meinem Badezimmer föhnte … *gottverdammt*. Und wie sie mich stören würde. Nur nicht so, wie sie dachte.

Pearl: Okay, dann komme ich morgen nach dem Kurs vorbei. Um wie viel Uhr machst du Feierabend? Ich werde eine Mitfahrgelegenheit zu dir brauchen, wenn ich meinen Wagen zu Hause stehen lasse. Bei *ihnen*, meine ich.

Pearl:	Ich hätte nicht gedacht, dass ich gleich nach meinem College-Abschluss obdachlos sein würde, haha. ☹
Ich:	Du bist nicht obdachlos. Nur in einer kleinen Übergangsphase. ☺
Pearl:	Ich weiß gar nicht, wie ich dir danken soll.
Ich:	Nicht nötig. Nimm's einfach an und mach dein Ding.
Pearl:	Dann bis morgen. Gute Nacht.
Ich:	Bis morgen. Schlaf gut.))

Ich schickte Thompson eine SMS mit der Frage, ob ich mir morgen seinen Truck ausleihen könnte, um die ekelhafte Matratze zur Müllkippe zu bringen, und er schrieb zurück: *Kein Problem, geht klar*. Dürfte nicht länger als eine Woche dauern, eine neue zu bekommen. Bis dahin würde Pearl in meinem Bett schlafen, und ich würde hellwach auf dem Sofa liegen und angestrengt versuchen, nicht an ihren süßen kleinen Körper zu denken, zusammengerollt in meinem Bettzeug, ihren weichen Mund, der sich mit einem lustvollen Seufzer öffnete, während ich mit einer Hand über ihre Hüfte glitt, um sie näher an mich zu ziehen, ihre schläfrigen Augen, die langsam blinzelten, während ich sie zu einem Verlangen weckte, das ich erfüllen würde.

Ich bin am Arsch. Ich bin einfach total am Arsch.

Ich war bis zwei Uhr morgens wach und putzte das Bad, nachdem ich mitten in der Nacht damit gekämpft hatte, diese gottverdammte Matratze zur Tür hinauszuzerren. Meine Nachbarin, Mrs. Echols, die mindestens achtzig war, schaltete das Flutlicht an der Ecke ihres Hauses an – das mich für einen Moment blendete – und sah misstrauisch aus ihrem Schlafzimmerfenster, den Morgenmantel unter dem Kinn zugehalten. Ich lehnte die Matratze seitlich gegen den Wohnwagen und salutierte, und sie zog den Vorhang mit einem Ruck zu.

Nach einer schnellen Dusche fiel ich ins Bett und schlief wie ein Stein, bis um sechs der Wecker klingelte. Nicht der beste Tag, dem ich mich nach vier Stunden Schlaf stellen musste, denn ich hatte meine mürrische Probeangestellte völlig vergessen, bis sie in die Werkstattbucht rollte, wo ich im Rahmen einer Überholung Flüssigkeitsstände maß. Ihr Vater folgte ihr, während er mich ungefähr so freundlich wie ein tollwütiger Hund abschätzte. *Mein Gott*.

Obwohl ich mich fühlte, als hätte ich einen Kater, und wünschte, die beiden würden einfach wieder verschwinden, wischte ich mir die Hand an einem Lappen ab und streckte sie aus. »Mr. Adams? Boyce Wynn.«

Er schüttelte sie ebenso fest, wie es seine Tochter letzte Woche getan hatte. »Philip Adams. Soweit ich weiß, haben Sie Samantha einen Job angeboten.«

»*Dad*«, knurrte sie, und er schnitt eine Grimasse.

»Sam, meine ich.«

Ich wies mit einem Nicken auf das finster blickende Mädchen im Rollstuhl. »Wir haben uns auf eine einwöchige Probezeit geeinigt, um zu sehen, wie wir miteinander auskommen, bevor ich ein richtiges Jobangebot ausspreche.«

»Und sie wird für die Probewoche bezahlt werden?«

»*Dad*.«

Ich ignorierte sie und nickte einmal kurz. »Selbstverständlich.«

Er kniff die Lippen zusammen und sah sich in der Werkstatt um, als würde er nach Sicherheitsrisiken Ausschau halten – was er vermutlich tat. »Sie hat ihr Mittagessen mitgebracht. Wann soll ich wiederkommen, um sie abzuholen?«

»*Himmel, Dad.* Ich habe gesagt, *ich rufe dich an.*«

Philip Adams musste der entspannteste Typ in der ganzen Stadt sein. Bei mir hier würde seine Tochter nicht auf solche Geduld stoßen. Ich würde sie in null Komma nichts am Ende der Auffahrt abstellen und ihn selbst anrufen, wenn sie mir so frech kommen sollte.

»So gegen zwei dürfte für heute reichen, wenn es Ihnen recht ist.« Das war die Zeit, zu der Pearls Kurs endete, auch wenn ich im Moment bezweifelte, dass Sam und ich so lange durchhalten würden.

»Dann bin ich um zwei wieder da, Sam.« Er tätschelte ihre steife Schulter und sah sich noch einmal kurz um. »Es sei denn, Sie brauchen mich früher.«

Sie seufzte, als wäre die Peinlichkeit, die er ihr bereitete, für sie kaum auszuhalten, und er nickte einmal kurz und ging dann zurück zu seinem Truck. Vermutlich war er dieses Benehmen von ihr gewohnt, weil er es sein musste.

Als er gegangen war, sagte ich: »Ich hoffe, du hast nicht vor, mit meinen Kunden so umzuspringen, sonst ist es mit diesem Job ganz schnell vorbei.«

Ihre kurzen, stacheligen Haare sahen tödlich aus, aber sie betonten, wie klein ihr Kopf war, und ließen sie fast verletzlich erscheinen. »Was soll das denn heißen?« *Bis sie den Mund aufmachte.*

»Ist das dein Ernst?«

Sie starrte einen langen Moment auf ihre Hände, die

sie im Schoß zu Fäusten geballt hatte. »Er will nicht, dass ich arbeite. Er glaubt, dass ich nicht imstande bin, irgendetwas allein zu tun. Ich meine, *überhaupt* nichts.«

»Er ist eben fürsorglich.«

»*Über*fürsorglich, meinen Sie wohl.«

»Es gibt Schlimmeres.« Als ihre Lippen sich teilten – zweifellos, um irgendetwas dagegenzuhalten –, hob ich eine Hand. Ich musste an Pearl denken. »Aber es ist gut, wenn du lernst, selbst etwas für dich zu tun. Sonst werden es immer andere für dich tun. Und das scheinst du ja nicht zu wollen.«

»Nein.«

»Gut.«

Sie sah sich in der Werkstatt um, und während sie schwieg, sah sie auf einmal wieder verletzlich aus. »Also, hier bin ich«, sagte sie dann. »Was haben Sie für mich zu tun? Ich schraube an Autos herum, seit ich zehn war. Ich kann richtig gut Diagnosen stellen und Kraftstoffleitungen ersetzen und …«

»Immer mit der Ruhe. Wenn du Glück hast, kannst du mir am Ende der Woche vielleicht helfen, eine Batterie zu wechseln. Im Moment müssen erst einmal die Werkzeuge an der hinteren Wand geordnet werden.«

Sie stöhnte auf, als hätte ich ihre Vorfahren beleidigt. »Im Ernst?«

Ich sah sie mit einer hochgezogenen Augenbraue an und schwieg, und kurz darauf rümpfte sie die Nase, als wäre sie ein Klon von Mrs. Echols, und rollte zu der hinteren Wand. *Ach du großer Gott.* Während ich darauf wartete, dass Samantha Adams endlich abschwirrte und Pearl auftauchte, kamen mir die sechs Stunden vor wie hundert.

Boyce' Wohnwagen war so nah beim Campus, dass ich keine drei Minuten brauchte, um dorthin zu kommen. Wenn ich nicht hinter einem Golfwagen festgesteckt hätte, hätte ich es sogar noch schneller geschafft.

Ich parkte am Straßenrand, blieb aber im Wagen sitzen. Ein Pick-up stand in der Einfahrt der Werkstatt, wo ein Mann ein Mädchen auf den Beifahrersitz hob. Als er sie anschnallen wollte, riss sie ihm den Gurt aus der Hand, zog ihn selbst fest und beugte sich dann vor, um die Tür zuzuziehen. Er schüttelte den Kopf, klappte einen Rollstuhl zusammen, legte ihn auf die Ladefläche und zurrte ihn fest. Boyce kam aus der rechten Wagenbucht, mit derselben resignierten Miene, die Thomas immer aufsetzte, wenn Tux ohne ersichtlichen Grund wie ein Wirbelwind durchs Haus schoss und wahllos irgendwelche Dinge umstieß. Bei dem Gedanken an meinen Stiefvater und meine Katze verspürte ich einen Stich in der Brust.

Ein Auge gegen die grelle Nachmittagssonne zusammengekniffen, hob Boyce eine Hand, um den Leuten im Truck zuzuwinken, während er die Straße absuchte und schließlich meinen Wagen entdeckte. Seine Miene verzog sich zu seinem gewohnten Grinsen, als er auf mich zuschlenderte. »Genau zur richtigen Zeit«, sagte er gedehnt, während ich die Tür öffnete und den Kofferraum aufspringen ließ.

»Pünktlich bin ich immer. Das ist eine meiner besonderen Stärken.« Ich warf mir meinen Rucksack über die Schulter, und wir hievten drei Koffer aus dem Kofferraum.

Er schnappte sich die beiden größten und ging voran zu dem Wohnwagen, der in den nächsten zehn Wochen mein Zuhause sein würde. »Das war mir noch gar nicht aufgefallen.«

Ich stöhnte gekünstelt auf. »Wirklich nicht? Ich bin entsetzt, wie unaufmerksam du bist, Boyce Wynn! Ich bin überall für meine Pünktlichkeit bekannt.«

Auf der untersten Stufe wandte er sich zu mir um. Sein Blick glitt über mich, und ich fröstelte trotz der Hitze, die über siebenunddreißig Grad betrug. »Ich nehme an, ich war immer abgelenkt von deinen eher … sichtbaren Merkmalen.«

Oh, *Gott*. Ich hatte keine Chance, die nächsten siebzig Tage bei klarem Verstand zu bleiben, wenn er vorhatte, die ganze Zeit so mit mir zu spielen. Nichts machte mich mehr an als sein flirtendes Geplänkel, egal, wie absurd es wurde, auch wenn ich genau wusste, dass es noch nie auf mich beschränkt war. Ich presste die Lippen zusammen und starrte auf meine rosa Sperrys – mit denen ich vermutlich wie ein prüdes Mädchen aussah, das von ein bisschen Flirten aus der Fassung gebracht wurde. Ich musste ihn in diesem Glauben lassen. Wenn er wüsste, wie mir beim Klang seiner Stimme das Wasser im Mund zusammenlief und bei diesen neckenden Bemerkungen meine Eingeweide dahinschmolzen, würde ich nichts als Probleme bekommen.

Ich sah zu ihm auf, als er »Hey« sagte. Er stand mitten im offenen Türrahmen und beobachtete mich. Sein Grinsen war verschwunden, sein Tonfall zögernd, als dächte er, ich könnte auf dem Absatz kehrtmachen und zurück zu meinem Wagen rennen. »Ich komme dir mit diesen albernen Sprüchen seit einer Ewigkeit nur, um dir dieses kleine Grinsen zu entlocken, aber ich spiele nur. Du hast von mir nichts zu befürchten. Ich hoffe, das weißt du.«

Ich nickte, schenkte ihm unbeabsichtigt dieses Grinsen, das er hervorgerufen hatte, und ging die Stufen hoch und durch die Tür.

Er ging voran ins Wohnzimmer, vorbei an einem kleinen Bad, in dem es nach mindestens einem Eimer Putzmittel roch, und einem kahlen Schlafzimmer, in dem eine alte Kommode und ein Bettgestell standen.

»Musste die Matratze wegwerfen«, sagte er, während er sich zu mir umwandte. »Hab heute Morgen eine neue bestellt. Sie kommt in einer Woche.«

Ich schluckte. »Okay.« Unter all den möglichen Szenarien, die ich mir für diesen Sommer ausgemalt hatte, war keines gewesen, in dem ich mit Boyce in einem Wohnwagen lebte. Einem Wohnwagen, der im Moment nur ein einziges Bett enthielt. »Ich nehme an, ich schlafe einfach dort auf …«

»In meinem Bett.«

Meine Hand, die zum Wohnzimmer zeigte, erstarrte mitten in der Luft. Ich habe Leute *Mein Herz stand still* sagen hören – was natürlich unmöglich ist, es sei denn, man war gerade *gestorben* –, aber jetzt verstand ich, wo diese Redensart vielleicht ihren Ursprung hatte. »Äh.«

»Ich nehme das Sofa«, sagte er.

Verlegenheit durchflutete mich. Er machte mich nicht an. Er war nur höflich. Ich ließ die Hand sinken, halb überzeugt, dass ich in ein anderes Universum gefallen war, in dem meine Mutter mich aus dem Haus warf und Boyce Wynn *anständig* war. »Das musst du nicht.«

Er zog eine Augenbraue hoch, und seine Augen funkelten schelmisch. »Willst du, dass ich bei dir schlafe?«

Oder auch nicht.

»Ich … ich meinte, ich nehme das Sofa.«

Er schüttelte einmal kurz den Kopf. »Das wäre nicht sehr galant von mir, Pearl.«

»Ich ziehe bei dir ein und kann dir nicht einmal Miete zahlen. Oder dir das Geld für eine neue Matratze geben. Außerdem bin ich kleiner als du, daher passe ich besser. Aufs Sofa, meine ich. Und es ist ja nur für eine Woche. Ich werde dich nicht aus deinem eigenen Bett vertreiben …«

»Schon gut, schon gut.« Er hob eine Hand. »Aber falls du es unbequem hast oder dich einsam fühlst …« Er zwinkerte mir zu. »Mein Angebot steht.«

Und mit diesem Spruch war die Welt wieder in Ordnung.

Der Feigling in mir wünschte, Mama würde nicht da sein, wenn ich nach Hause kam. Ich könnte einfach eine Nachricht und meine Wagenschlüssel auf dem Küchentresen hinterlegen, das Auto auf seinem Stellplatz in der Garage parken und in Boyce' Wagen klettern und die Konfrontation insgesamt vermeiden.

Aber es war Montagnachmittag – sie würde zu Hause sein und das Essen für die kommende Woche planen und die wöchentliche Haushaltshilfe beaufsichtigen, und Thomas würde in der chirurgischen Klinik sein und neue und potenzielle Patienten sehen. Wenn ich ihnen aus dem Weg gehen wollte, würde ich bis Freitag warten müssen, wenn sie ehrenamtlich arbeitete und er den ganzen Tag mit dem Boot draußen war. Und ich konnte nicht ohne eine persönliche Erklärung gehen, sosehr mir auch davor graute.

Ich hatte mich darauf eingestellt, wie sie darauf reagieren würde, dass ich ihre Forderungen nicht erfüllen konnte, um weiterhin finanziell von ihnen unterstützt zu werden. Ich hatte kaum darüber nachgedacht, wie sie darauf reagieren könnte, wohin und zu wem ich ging – zu Boyce. Sie hatte auch keine genauere Vorstellung von unserer Beziehung als irgendjemand sonst. Aber wenn sie seinen Trans Am in der Auffahrt sah – wenn sie mich mit ihm wegfahren sah, nachdem ich ihr gesagt hatte, dass ich ihr Ultimatum nicht erfüllen konnte? Es war nicht schwer, sich vorzustellen, was genau sie sich denken würde.

In meinem ersten Collegejahr war sie nicht allzu begeistert, als ich ihr sagte, ich bräuchte einen Arzttermin, um mir die Pille verschreiben zu lassen. Thomas beschwichtigte sie, indem er sie darauf hinwies, wie viel Reife und Verantwortungsbewusstsein nötig sei, um eine solche Bitte zu äußern. Und trotzdem, als Mitchell im letzten Sommer zu Besuch kam, quartierte sie ihn in einem Gästezimmer im Erdgeschoss ein, obwohl wir seit Beginn des dritten Jahres fest zusammen waren. Mama und ich redeten eigentlich nicht über Sex. Ich wusste, dass sie es lieber sähe, wenn ich nicht sexuell aktiv wäre, aber ich glaube auch, sie war froh, dass ich vernünftig damit umging. Andererseits kannte sie mich mein ganzes Leben – wie sollte ich denn sonst damit umgehen?

Ich wusste, woher ihr Bedürfnis rührte, mein Liebesleben stillschweigend zu ignorieren – von meiner ungeplanten Existenz. Sie hatte mir nie das Gefühl gegeben, ungewollt zu sein, aber ich kannte die Geschichte und konnte eins und eins zusammenzählen. Ohne mich hätten sie und mein Vater Zeit gehabt, um einen sichereren

Weg von Mexiko hierher zu finden. Er hätte vielleicht überlebt.

Ich bog in die breite Auffahrt am Ende der Sackgasse ein, und Boyce fuhr hinter mir her. »Ich nehme an, es wird nicht lange dauern«, sagte ich, während ich zu seinem offenen Fenster ging.

»Ich werde mitkommen.«

Ich schüttelte den Kopf. »Nein, es ist besser, wenn ich allein gehe. Ich will, dass sie sich darauf konzentriert, was ich zu sagen habe, nicht darauf, wer bei mir ist. Wenn du mitkommst … sie soll einfach wissen, dass es *meine* Entscheidung ist.«

Sein Kiefer spannte sich an. »Okay. Aber wenn du mich brauchst, ruf an oder schick eine SMS oder schrei einfach, und ich bin da.«

Ich nickte. »Ich schaffe das schon.« Mein Magen rumorte, als ich einen Blick zum Haus warf. »Aber falls du einer dieser Typen bist, die bei Tränen ausflippen, solltest du dich vielleicht schon einmal darauf gefasst machen. Ich hasse es, Leute, die ich liebe, zu enttäuschen. Ich werde also ziemlich sicher weinen.« Meine Augen wurden jetzt schon feucht, und er sah aus, als hätte ich ihm gerade gesagt, er könnte eine große Spritze an einer höchst unangenehmen Stelle benötigen.

Als ich mich umwandte, hielt er mich am Handgelenk fest. »Pearl – ich kann mir nicht vorstellen, dass irgendjemand je enttäuscht von dir ist.«

Als ich in die Küche kam, hatte Mama gerade die frischen Lebensmittel im Kühlschrank verstaut und war jetzt damit beschäftigt, Vorräte in der Speisekammer zu ordnen und mit Tux zu schimpfen, der erbärmlich miaute, während er um ihre Knöchel strich und um einen Leckerbissen bettelte. Ich nahm eine leere Einkaufstüte und faltete sie, während ich meinen Mut zusammennahm.

»Hast du deine Abmeldung an der Uni hier eingereicht?«, fragte sie, sobald sie mich sah.

»Ich melde mich hier nicht ab, Mama. Ich gehe nicht nach Michigan.« Sie erstarrte, und ich fuhr fort. »Ich verstehe deine Bedingungen dafür, dass ich hier wohne, und ich … ich kann das einfach nicht. Es tut mir leid, dich und Thomas zu enttäuschen, aber es ist mein Leben. Ich muss tun, was für *mich* richtig ist. Daher ziehe ich für den Rest des Sommers zu einem Freund – Boyce Wynn. Er hat ein Gästezimmer, und er wohnt nah beim Campus.«

Ich hatte noch nie erlebt, dass meine Mutter sprachlos war. Ohne abzuwarten, bis sie aus ihrem benommenen Zustand zu sich kam, legte ich meine Haus- und Autoschlüssel und meine Kreditkarte neben einem Päckchen mit braunem Reis und einem kleinen Beutel mit Katzensnacks auf den Tresen. Ich umarmte ihre steifen Schultern und ging so schnell wie möglich wieder hinaus, geblendet von Tränen. Boyce sagte kein Wort, als ich mich schluchzend auf dem Beifahrersitz zusammenrollte, aber er streckte einen Arm aus und ergriff meine Hand, während wir auf die Straße einbogen.

15

BOYCE

Verdammt. Ich hatte Pearl nur ein einziges Mal weinen sehen – unmittelbar nachdem ich ihr ihre Jungfräulichkeit genommen hatte wie ein ignoranter Vollidiot, der keinen blassen Schimmer hatte, wie man einem Mädchen befriedigenden Sex bereitete. Ich war sauer auf sie, weil sie es mir nicht gesagt hatte – bis sie sagte, sie hätte gedacht, ich hätte es vielleicht nicht durchgezogen, wenn ich es gewusst hätte. Mit *dieser* Vermutung hätte sie nicht weiter danebenliegen können. Ich hätte am liebsten eine Flagge gehisst, bei der auf einer Seite *ERSTER* und auf der anderen *MEINE* stand.

Mit achtzehn war ich ein gottverdammter Idiot.

»Kommst du klar?«, fragte ich sie, sobald wir wieder zu Hause waren. »Ich wollte noch in die Werkstatt und ein paar Sachen erledigen. Ich muss noch eine Bremse fertig reparieren und ein Getriebe, das… Na ja, die Details musst du wahrscheinlich nicht hören…«

»Ich komme klar«, sagte sie heiser.

Ich zog den Ersatzschlüssel von meinem Karabiner, sperrte den Wohnwagen auf, bevor ich ihr den Schlüssel in die Hand drückte, und verzog mich in die Werkstatt. Zwei Stunden später schrubbte ich mir das Öl von den Händen und Armen und ging hinein, nicht sicher, wie meine Strategie aussehen sollte, falls sie noch immer weinte. Die einzigen weinerlichen Mädchen, mit denen ich mich auskannte, waren deprimierte Betrunkene, denen ich nach Möglichkeit aus dem Weg ging.

Pearl saß am Küchentisch, der aussah, als wäre ein Rucksack voller Lehrbücher auf ihm explodiert. Keine Tränen, Gott sei Dank. Sie hatte die Beine unter sich auf dem Stuhl angezogen und tippte auf einem kleinen Laptop vor sich hin. Ihre Haare, eingedreht und auf dem Kopf zu einem Knoten gebunden, waren zu widerspenstig, um sie zu zähmen. Lange, gewellte Strähnen fielen ihr über den Rücken und die Ohren. Ich wusste, wie weich und dicht sie sich zwischen meinen Fingerspitzen anfühlen würden.

»Hey«, sagte sie und drehte sich auf ihrem Stuhl um, als ich die Tür schloss. Oh, *verdammt*. Sie trug eine Brille. Ich hatte sie nicht mehr mit Brille gesehen, seit sie dreizehn war, aber das hier war nicht mehr das klobige Gestell mit den dicken Gläsern, das sie damals hatte. »Ich habe im Kühlschrank etwas Aufschnitt gesehen. Ich dachte, wir könnten uns ein paar Sandwiches zum Abendessen machen …« Sie legte den Kopf auf die Seite und blinzelte, während ich angestrengt versuchte, mich auf ihre Worte zu konzentrieren, sobald ich begriffen hatte, dass sie redete. »Es sei denn, du hast schon andere Pläne. Entschuldige, ich habe gar nicht darüber nachgedacht, ob …«

»Nein«, schnitt ich ihr abrupt das Wort ab. »Keine Pläne. Bis auf dich. Heute Abend.« *Scheiße*. Was war bloß los mit meinem Gehirn? Sie war einfach so verdammt niedlich. Weiße Shorts und ein schwarzes Tanktop, barfuß, eine schmale, blau umrandete Brille, die ihre dunklen Augen betonte, die Haare hochgesteckt, obwohl sie alles versuchten, um dem Knoten zu entkommen – und, *ach du heilige Scheiße*, wie gern hätte ich die Haare gelöst. Pearl sah mich mit weit aufgerissenen Augen an, als hätte ich völlig den Verstand verloren.

»Sandwiches. Gut.« Ich deutete durch das Wohnzimmer. »Muss duschen.«

Ich ging schnurstracks ins Bad und schloss hinter mir die Tür. Ich hielt mich mit den Händen am Waschbecken fest, während ich in den Spiegel starrte, und holte einmal tief Luft. Zehn Wochen, und sie würde wieder in Austin sein. Sie war zu mir gekommen, weil sie niemanden sonst hatte, an den sie sich wenden konnte. Ich würde nicht versuchen, daraus etwas zu machen, was es nicht war. Wir waren Freunde. Wie Maxfield und ich.

Ich lachte und stellte das Wasser an. Ja, na klar. Absolut nicht wie Maxfield.

Aber diese Brille. *Ach du Scheiße.*

Ich stellte mich unter die heiße Dusche und holte mir einen runter, um mich ein bisschen zu beruhigen. Wenn ich mir irgendein anderes Mädchen auf den Knien vorgestellt hätte, dem die nassen Haare auf dem Rücken klebten und das Wasser über Gesicht und Titten strömte, während ihre kleinen Hände meine Schenkel umklammerten und ihr Mund mich bearbeitete, hätte es vielleicht geklappt. Stattdessen stellte ich das Wasser ab, und das Verlangen, splitternackt hinauszugehen, sie hochzuheben und sofort in mein Bett zu tragen, war noch schlimmer.

»*Gottverdammt*. Wie ist das überhaupt möglich? *Teufel noch mal*.« Ich hielt mir das Handtuch vors Gesicht, während ich vor mich hin murmelte, als wäre ich übergeschnappt.

Während ich mich abtrocknete, wurde mir bewusst, dass ich ohne frische Kleidung ins Bad gegangen war. Obwohl die südliche Tür zur Werkstatt den ganzen Tag offen stand, war es jetzt, im Juni, den ganzen Tag heiß und stickig. Ausgeschlossen, dass ich die verschwitzten Klamotten, die ich vor dem Duschen getragen hatte, noch einmal anziehen würde, und dieses Handtuch war schließlich groß genug, um meinen Arsch und meine Eier zu bedecken. Gerade so.

Ich hob die schmutzigen Kleider vom Boden auf und öffnete die Tür. Dampf quoll hinter mir hinaus wie Rauch aus dem Türrahmen einer beliebigen Bar in der Stadt an einem Freitagabend. Dort war die Antwort, genau dort. Ich musste ausgehen und ein bisschen flirten, ein bisschen trinken – ausgehen und mich *flachlegen* lassen.

Auf halbem Weg durchs Wohnzimmer sah ich zu Pearl. Sie stand am Tisch, zwei Teller mit Schinkensandwiches in den Händen. Sie hatte den Platz frei geräumt, an dem ich das einzige andere Mal gesessen hatte, als wir zusammen aßen, und den Platz daneben. Mein Magen knurrte dankbar, und ich konzentrierte mich auf den nagenden Hunger anstatt auf das Verlangen, das etwas tiefer in mir rumorte.

»Ich werde gleich ausgehen«, sagte ich. Im Vorbeigehen bemerkte ich, dass sie meine normalerweise bedeckten Körperteile anstarrte. *Verdammt, ja, Baby – sieh dich ruhig satt*. Jeder Muskel in mir spannte sich instinktiv an, und jeder Einzelne konkurrierte mit den anderen um ihre Aufmerksamkeit.

Die Teller landeten scheppernd auf dem Tisch, und sie riss sich vom Anblick meines nackten Oberkörpers los. »Äh, okay. Na klar. Ich … werde hier sein.« Sie räusperte sich, und ihre Hände schossen vor, um die paar Kartoffelchips einzusammeln, die bei dieser unsanften Landung von den Tellern gefallen waren. Mir blieb nicht viel Zeit, um mich hämisch zu freuen, denn *verdammt*, sie beugte sich prompt über den Tisch vor, um einen der Teller auf meinen Platz zu schieben – und *verdammt*, ich hatte offenbar eine neue Lieblingsfantasie, die gar nicht so weit entfernt von dem Original war.

Nur dass sie diesmal diese Brille trug.

Ich knallte meine Schlafzimmertür viel zu hart zu, marschierte zu meiner Kommode und riss die Schublade halb heraus. Ich warf Kleidungsstücke aufs Bett, während ich mir vornahm, genau so zu atmen, wie ich es immer tat, wenn ich mich beim Krafttraining bis zum Umfallen steigern wollte. Aufs. Ziel. Konzentriert.

Was zum Teufel ist das Ziel?

Ich dachte an ihre verlegene Miene vor fünf Minuten. Pearl war kein unschuldiges kleines Highschoolmädchen mehr. Sie war eine Frau, und Frauen hatten Bedürfnisse. Ich hatte eine beträchtliche Anzahl dieser Bedürfnisse erfüllt, seit ich vierzehn war. Ehrlich gesagt hatte ich mich in den ersten paar Jahren vermutlich nur um meine eigenen gekümmert, aber jetzt wusste ich verdammt gut, wie man sie befriedigte.

Ich hatte ihren Ex kennengelernt. Ausgeschlossen, dass dieser Vollidiot sie regelmäßig glücklich machte, falls überhaupt je, aber sie hatte vier Jahre auf dem College verbracht, nachdem ich ihrer Bitte nachgekommen war, ihr ihre Jungfräulichkeit zu nehmen. Ich biss die

Zähne zusammen, als ich sie mir mit der Art Collegejungen vorstellte, die in den Frühjahrs- und Sommerferien hierherkamen. Fünfundneunzig Prozent von ihnen waren mehr oder weniger gut aussehende, muskulöse, reiche, arrogante Scheißkerle, und das war noch milde ausgedrückt. Es gab ein paar Typen, so wie Maxfield, die ihre Absichten ehrlich zu erkennen gaben – die es auf Mädchen abgesehen hatten, die dasselbe wollten. Ich hasste die Vorstellung, aber ich hoffte, dass sie ein paar solcher Typen gefunden hatte, anstatt einen nach dem anderen, die alle nur so lange Süßholz raspelten und ihr Aufmerksamkeit schenkten, bis sie ihr an die Wäsche durften.

Es half alles nichts.

Wenn ich mein Gesicht in den nächsten zehn Wochen nicht mehrmals täglich ins Gefrierfach stecken musste, wäre das ein verdammtes Wunder.

PEARL

Als Boyce aus dem Bad kam und durchs Wohnzimmer und an der Küche vorbeischlenderte, stand ich da und starrte ihn an, als hätte ich noch nie einen Jungen in einem Handtuch gesehen. Einem Handtuch, das einen Preis als das kleinste Badetuch der Welt gewinnen könnte.

Die Frage, die ich ihm eben stellen wollte – ob er Mayonnaise oder Senf oder was er trinken wollte –, versank in einer matschigen Pfütze auf dem Grund meines Gehirns. Mein letzter nachvollziehbarer Gedanke war: *Ach du heilige Mutter Gottes*. Den Blick zu Boden gesenkt, sodass er nicht sah, wie ich ihn anstarrte, rieb er sich seine kurzen Haare mit einem Händehandtuch trocken. Jeder steinharte Muskel in seinem rechten Arm, seiner Schulter und seiner Brust spannte und entspannte sich unter der Anstrengung, bildete sich verändernde Wölbungen und scharfe Konturen, die die Landschaft unter diesen vertrauten Sommersprossen und den Tropfen, die er noch nicht abgetrocknet hatte, neu formten.

Eine Internetsuche nach *unfair* könnte ein GIF von ihm in diesem Augenblick und einen Link zu einer biologischen Erklärung für den Aufruhr, der in meinem Körper stattfand, und dem mentalen Chaos, das er auslöste, beinhalten. Ich konnte nicht mehr sprechen oder mich bewegen oder auch nur einen einzigen vernünftigen Plan fassen, um es zu beenden. Als er näher kam, projizierte mein verräterischer Verstand eine voll ausgereifte Fantasie hinter meine Augen.

Ohne innezuhalten oder stehen zu bleiben oder um Erlaubnis zu bitten, würde er sich umwenden und genau dorthin kommen, wo ich gaffend stand, und mir die Teller aus den Händen nehmen. »Wir werden *das hier* später essen«, würde er sagen und das Essen auf den Tisch stellen. Er würde mich in seine Arme ziehen, mit mir in sein Zimmer gehen und mich auf sein Bett werfen, wo meine Kleider mit ein paar geschickten Bewegungen seiner Finger kurzerhand wegrutschen würden. Er würde sich mit einem Ruck das feuchte Handtuch von den Hüften reißen und im nächsten Moment in mich eindringen, und sein Mund würde meinen mit einem brennenden Kuss in Besitz nehmen – seine Lippen würden sich um meine legen, seine Zunge würde in mich eindringen und mich tief und hart streicheln …

»Ich werde gleich ausgehen«, sagte er, womit er mich von dem Bann befreite, unter den ich geraten war. Ich ließ die Teller auf die Tischplatte fallen, verschüttete überall Chips wie ein Vollidiot. Während ich sie einsammelte, weigerte ich mich, seinen Blick zu erwidern, überzeugt, dass er jedes erbärmliche Verlangen darin sehen würde, das ich hegte, seit ich zu jung war, um zu wissen, was dieses Verlangen bedeutete.

Minuten später tauchte er aus seinem Schlafzimmer auf, in Shorts und einem weißen T-Shirt, und ich kaute einen Chip nach dem anderen und tat, als würde ich lesen.

Während er sich eine Schicht Mayonnaise auf sein Sandwich strich, sagte er: »Danke, dass du das Abendessen gemacht hast.« Seine Stimme war untypisch leise. Ihr sanfter Tonfall umfing mich warm und hypnotisierend.

Ich zwang meine Lippen zu einem entspannten Lächeln und riskierte einen raschen Blick zu ihm. »Danke, dass du die Zutaten bereitgestellt hast.« Ich hoffte, dass er meine Gedanken nicht lesen konnte, die meine erotische Fantasie *in Zeitlupe* fortzuführen drohten. Ich starrte auf die Seite in meinem Lehrbuch und strich wahllos irgendeine Zeile an, nicht einmal sicher, was sie bedeutete.

»Ja«, sagte er, trug seinen Teller ins Wohnzimmer und schaltete den Fernseher leise ein.

Schließlich fügten sich die Worte auf der Seite vor mir wieder zu verständlichen Details und Datenblättern zusammen, und meine rationalen Gedankengänge kehrten zurück.

»Bist du sicher, dass du nicht das Bett nehmen willst?«, unterbrach mich Boyce in meiner Konzentration. Der Fernseher war ausgeschaltet, und ein Blick aus dem Fenster verriet mir, dass es mittlerweile völlig dunkel war. Nach der Uhr auf meinem Laptop war es 22.21 Uhr. »Ich fühle mich wie ein Arschloch, wenn ich dir Bettzeug fürs Sofa gebe.«

Mein Nacken knackte, als ich mich zum ersten Mal seit zwei Stunden streckte. Ich nahm ihm das Bettzeug ab und stand auf. »Ich würde mich wie ein Arschloch fühlen, wenn ich den Menschen, der sein Zuhause mit mir teilt, aus seinem eigenen Bett vertreibe. Ich komme schon klar.«

Er starrte auf mich hinunter. »Bist du sicher, dass du klarkommst?«, fragte er, und ich wusste, dass er nicht von dem Sofa redete.

Ich nickte, meine Kehle war zu fest zugeschnürt, um Worte herauszubringen. Ich hatte vor einer Stunde aufgehört, nach meinem Handy zu sehen. Das hier war echt. Ich war allein. Als ich damals zu Hause auszog, um aufs College zu gehen, war es eine gewisse Umstellung, weit weg von Mama zu sein, weit weg von meinem Zuhause, Mel, den Highschoolkursen, allem und jedem, der mir vertraut war – einschließlich Boyce Wynn. Anders als meine Mitbewohnerinnen im Wohnheim war ich noch vor den Thanksgiving-Ferien dreimal übers Wochenende nach Hause gefahren. Meine Kommilitoninnen schienen so viel älter und erfahrener, so bereit, völlig erwachsen zu sein. Ich wollte immer nur nach Hause. Bei meinem dritten Besuch daheim legte ich den Kopf in Mamas Schoß und sagte ihr, ich wolle nicht mehr zurückfahren. Ich wusste, was sie sagen, und ich wusste, dass sie recht haben würde, auch wenn ich es nicht hören wollte.

»Das meinst du nicht ernst, *mija*«, sagte sie, während

sie mir die Haare aus dem Gesicht strich. »Du bist nur ein bisschen jünger als alle anderen. Das ist alles. Ich bin hier, wann immer du mich brauchst, aber du willst dir diese Gelegenheit nicht entgehen lassen. Nimm deinen Kopf zusammen und tu, wozu du bestimmt bist.«

Damals hatte sie recht, und bis zum zweiten Semester hatte ich mich eingewöhnt.

Diesmal hatte sie unrecht.

Auf dem klobigen Sofa zu nächtigen war kaum besser, als auf dem Boden zu schlafen, und mein Unbehagen wurde durch nächtliche Träume von meinem Mitbewohner verschlimmert. Ich betete zu Gott, ich möge im Schlaf nicht reden.

Ich passte mich Boyce' Alltagsroutine an, denn mein Schlafplatz mittendrin, auf seinem Sofa, ließ mir kaum eine andere Wahl. Er wachte jeden Tag früh auf und ging in Shorts und Sneakers zur Tür hinaus. Ich stellte mich schlafend, während er das dunkle Wohnzimmer durchquerte, aber ein rascher Blick aus dem Fenster in den vergangenen zwei Tagen verriet mir jedes Mal, dass er in die Werkstatt ging. Eine Stunde später kam er wieder, um zu duschen, Jeans und Stahlkappenstiefel anzuziehen, Kaffee zu kochen und ein Frühstück zu verschlingen, mit dem ich meine maximale tägliche Kalorienzufuhr auf einmal zu mir genommen hätte.

An diesem Morgen setzte ich mich zu ihm an den Tisch, nachdem ich mir Kaffee in eine dieser Tassen geschenkt hatte, die mit Anglerweisheiten bedruckt waren und von denen er ungefähr ein Dutzend besaß. Auf dieser hier stand: »Ein schlechter Tag beim ANGELN ist besser als ein guter Tag beim ARBEITEN!«

Noch immer schläfrig, knabberte ich an einer Scheibe Toast. »Arbeitest du immer erst eine Stunde und frühstückst dann?«

»Keine Arbeit. Krafttraining. Ich habe dort draußen eine Hantelbank, Lang- und Kurzhanteln und ein paar Gewichtscheiben. Das ist die beste Zeit, um zu trainieren. Abends bin ich zu erschöpft dafür.« Er schaufelte sich noch einen Happen Eier mit Würstchen in den Mund, während er einen Stapel Unterlagen durchblätterte. Seine Haare waren noch feucht.

»Hmm.« Ich starrte in meinen Kaffee, als hätte meine Fantasie nicht eben aufgeleuchtet wie das biolumineszierende Phytoplankton, das in den Herbst- und Winternächten manchmal den Golf bevölkerte.

Ich zuckte schuldbewusst zusammen, als es an der Tür klopfte.

Boyce runzelte die Stirn und schob seinen Stuhl vom Tisch zurück. Es war noch nicht einmal acht Uhr. »Erwartest du jemanden?«

Ich schüttelte den Kopf, und er stapfte zur Tür und riss sie auf, versperrte mit seinem Körper den Eingang. Er ließ die Schultern sinken und wechselte in einem gedämpften Ton ein, zwei Sätze mit der Person auf der anderen Seite. Er nickte und schloss die Tür halb, bevor er zu mir zurückkam.

Mama, dachte ich.

»Es ist Dr. Frank«, sagte er. »Wenn du nicht mit ihm reden willst…«

»Doch. Ich werde mit ihm reden.« Ich nahm meinen Mut zusammen, bevor ich zur Tür ging, aber als ich die besorgte Miene des einzigen Vaters sah, den ich je gekannt hatte, geriet meine Entschlusskraft ins Wanken.

»Hi, Thomas.« Ich schluckte und versuchte das Brennen in meinen Augen wegzublinzeln.

Er breitete die Arme aus, und ich ließ mich hineinfallen. »Geht's dir gut, meine Kleine?«

Unter Tränen lachte ich kurz auf. *Meine Kleine.* »Ja.«

Einen Augenblick später tätschelte er meine Schulter, und wir lösten uns voneinander. »Hör zu, ich weiß, deine Mama hat ein Machtwort gesprochen. Aber *ich* habe dir diesen Wagen gekauft, und ich habe auch ein Machtwort zu sprechen.« Er zeigte zur Auffahrt, wo mein kleiner roter GTI stand. Ich rannte fast hinaus, um das Auto zu umarmen.

Wenn das die Vorstellung der beiden von Manipulation war, dann war es einfach nur grausam. Nach drei Tagen ohne meinen Wagen vermisste ich ihn. Ein fahrbarer Untersatz würde mir das Leben hundertmal leichter machen, aber das hieß nicht, dass ich einknickte. »Ich werde meine Meinung nicht ändern. Mein Entschluss steht fest.«

»Das verstehe ich, Schatz, und das verlange ich auch gar nicht von dir.« Er kratzte sich am Kinn, während er mich mit seinen klaren blauen Augen genau musterte. »Aber darf ich wenigstens fragen, wie viel dieser Entschluss mit diesem Jungen zu tun hat?« Er wies mit einem Nicken ins Innere des Wohnwagens. »Oder dem anderen?«

Sie wussten nichts über meine Beziehung zu Boyce, und alles, was sie über meinen Ex wussten, war, dass unsere Trennung unschön verlaufen, ich aber rasch darüber hinweggekommen war. »Gar nichts. Meine Trennung von Mitchell hätte mich nicht von etwas abgehalten, was ich ohnehin tun wollte, und Boyce hat mich immer nur darin bestärkt, das zu tun, was ich will.«

»Verstehe. Und deine Entscheidung spiegelt den Wunsch wider, Meeresbiologin zu werden, nicht nur den Wunsch, *nicht* Medizin zu studieren? Denn es gibt noch andere Alternativen …«

»Es ist das, was ich tun will, Thomas. Und Medizin ist es nicht. Es tut mir leid.«

»Du musst dich nicht bei mir entschuldigen.« Er kicherte. »So leicht bin ich nicht zu beleidigen.«

»Aber Mama ist noch immer wütend.« Ich wollte, dass er mir widersprach, aber ich wusste, dass er es nicht tun würde.

»Sie kann ein bisschen … starrköpfig sein.« Er zog eine Augenbraue hoch, als wollte er sagen, dass sie und ich aus demselben Holz geschnitzt waren. »Aber das wird sich schon alles wieder einrenken.« Er nahm meine Hand und drückte meinen Schlüsselbund hinein. Mir entging nicht, dass auch mein Hausschlüssel daran befestigt war. »Ich habe heute Vormittag ein paar postoperative Termine. Über eine Mitfahrgelegenheit zu meinem Büro würde ich mich sehr freuen.«

Ich schlang ihm die Arme um den Hals. »Danke«, flüsterte ich. »Danke. Ich muss mich nur rasch anziehen – ich bin in zehn Minuten fertig.«

Als ich herauskam, standen er und Boyce am Eingang der Werkstatt, die Hände in den Hosentaschen, und redeten. Als er in meine Richtung sah, nickte Boyce einmal kurz und verschwand in die Werkstatt.

Während ich auf die Straße einbog, sagte Thomas: »Ich nehme an, du und Boyce Wynn, ihr steht euch … *näher*, als deine Mutter und ich wussten?«

Ich nickte, und mein Gesicht erwärmte sich bei dem Gedanken, was für eine Art Verbindung er sich zwischen uns vorstellte, aber ich war nicht in der Stimmung, mich dafür zu entschuldigen, wo ich schlief. Oder nicht schlief.

16

BOYCE

»Oh, Mann, deine Freundin ist *heiß*.«

Das war kein Kommentar, den ich von einer weiblichen Angestellten je erwartet hätte – falls ich über eine weibliche Angestellte je nachgedacht hätte. Sagen wir nur, wenn ich es getan *hätte*, dann wäre sie nicht annähernd so gewesen wie dieses Mädchen, das eben beobachtet hatte, wie meine Mitbewohnerin der letzten zweiundsiebzig Stunden die Stufen zum Wohnwagen hochstieg.

Pearl war vor fünf Minuten vorgefahren und hatte ihren kleinen Importwagen neben meinem TA in der Kiesauffahrt geparkt. Sie hatte sich ihren Rucksack von der Rückbank geschnappt und mir zugewinkt, während sie den Hof überquerte, mit einem kurzen Blick auf Sam, bevor sie weiter zum Wohnwagen ging. Wir hatten noch gar nicht über meine Angestellte gesprochen, und heute war der erste Tag, an dem Pearl nach Hause kam, bevor Sams Dad sie abholte.

»Sie ist nicht meine Freundin.«

»Was bist du denn – *blind*?«

»Ich war es.«

Ich sagte nicht mehr, in der Hoffnung, dass Sam mit

den Radmuttern weitermachen würde, die sie mit einem Drehmomentschlüssel festziehen sollte. Wir hatten fünf Minuten damit verschwendet, uns darüber zu streiten, warum sie dafür nicht den Druckluftschrauber verwenden sollte. (*Weil du zuerst lernen musst, sie mithilfe exakter Messungen festzuziehen – von Hand*, hatte ich gesagt. *Aber mit dem Druckluftschrauber geht es schneller*, hatte sie gejammert.) Schließlich hörte ich auf, mich mit ihr zu streiten, und starrte sie einfach nur an, bis sie schließlich die Ärmel hochkrempelte.

»Na, das ist ja rätselhaft«, sagte sie, wobei sie eine blonde Augenbraue hochzog.

»Meine Mitbewohnerin steht nicht nur Diskussion. Und ebenso wenig – wie ich bereits klargestellt habe – mein Liebesleben.«

»Oder das Fehlen desselben.«

»Halt die Klappe.« *Oh, Mann*. Silva musste sich darüber totlachen, dass er mir dieses Mädchen angedreht hatte. »Sag mir, was du tun würdest, wenn die Gewinde eingeölt statt trocken sind.«

Sie verdrehte die Augen so wild, dass ihr Kopf der Bewegung folgte. »Das Drehmoment verringern.«

»Gut, Schlaukopf. Um wie viel?«

»Ähm, fünfzig Prozent.«

Ich lachte, und sie machte ein mürrisches Gesicht. »Nur wenn du willst, dass dieser Typ auf dem Highway alle Räder verliert und zurückkommt, um dich zur Hölle zu schicken – falls er überhaupt zurückkommt.«

»Hey, braucht ihr zwei vielleicht einen Schluck zu trinken?«

Sam und ich wandten uns beide um. Pearl hielt zwei Dosen Pepsi in den Händen.

»Danke!«, sagte Sam lächelnd. *Was zum Teufel war das denn?* Unter den blonden Haaren, die in alle Himmelsrichtungen abstanden, sah ihr Gesicht wie eine lachende Comic-Sonne aus. Ich hatte gar nicht gewusst, dass sie fröhlich sein *konnte.* »Ich bin übrigens Sam.« Oder *freundlich.*

Pearl reichte uns beiden je eine Dose und erwiderte Sams Lächeln. »Ich bin Pearl. Und, Sam – du bist also Wynns neue Angestellte?«

»*Vorläufige* Angestellte«, warf ich ein, während ich den Deckel aufriss. »Sie hat noch einen Tag, um sich zu beweisen. Ich bin mir noch immer unschlüssig.«

Sams Augenbrauen schossen aufeinander zu wie zwei Magneten, und ihr Mund verzog sich zu einem Knoten. Wenn sie Laseraugen hätte, dann wäre ich jetzt der Länge nach zweimal aufgeschlitzt. Sie beugte sich halb aus ihrem Rollstuhl vor, knallte die Dose auf den Betonboden und konzentrierte sich dann mit aller Kraft auf den Drehmomentschlüssel, angestrengt bemüht, mir vor Pearl keine freche Antwort zu geben.

Pearl fing meinen Blick mit einem winzigen *Schäm-dich*-Kopfschütteln auf – und mit diesem verdammten Grinsen, für das ich fast alles tun würde.

Ich setzte mir die Dose mit einem raschen Zwinkern an die Lippen und nahm einen langen Schluck, um mein Lächeln vor Sam zu verbergen.

Als ich Dads Zimmer entrümpelte, war ich auf Dinge gestoßen, von denen ich völlig vergessen hatte, dass er sie besaß, und andere, von denen ich gar nichts gewusst hatte. Unter Zeitdruck, das Zimmer leerzuräumen, hatte ich alles, bei dem ich das Gefühl hatte, ich sollte es aufheben, in einen Karton geworfen, den ich beiseitestellte, um ihn später genauer zu sichten. Aber dann zog Pearl ein, und Sam tauchte auf, und ich vergaß den Karton und meine Verabredung mit Mr. Amos, bis sie als Termin-Erinnerung auf meinem Handy erschien.

Ich trennte Steuerformulare und alle Dokumente, die offenbar irgendwie mit dem Geschäft zusammenhingen, von Geburtsurkunden und Fotos, von denen ich gar nichts gewusst hatte – zwei oder drei meiner Mutter und ein paar Dutzend von Brent und mir, aber keines aus der Zeit, nachdem Mom gegangen war. Ich förderte die flache Schachtel zutage, die Brents Silberstern-Medaille enthielt. Darin lagen, zusammen mit der Medaille, seine Erkennungsmarken und ein laminiertes Foto. Ich hängte mir die Kette um den Hals und steckte die Erkennungsmarken in mein Hemd.

Das Foto war ein Selfie von Brent und Arianna am Strand. Hinter ihnen ging eben die Sonne über dem Wasser auf. Es war zerkratzt, als hätte es in einer Brieftasche gesteckt, aus der es oft hervorgeholt wurde. Vermutlich hatte er es bei sich gehabt – entweder an seinem Körper, als er starb, oder bei seinen persönlichen Dingen. Es war acht Jahre her, aber an manchen Tagen fühlte es sich wie ein Jahrhundert an und an anderen wie gestern. Ich drehte das Foto um, erwartete ein Datum zu sehen.

Dein Zuhause ist genau hier an meiner Seite ~ A.

In meiner Vorstellung war mein großer Bruder immer älter und stärker gewesen als ich, aber er war so alt wie ich jetzt, als er starb – zweiundzwanzig –, und in ein paar Wochen würde ich so alt sein, wie er nie geworden war. Meine einzigen anständigen Seiten hatte ich ihm zu verdanken. Tränen, die nicht geflossen waren, als

Dad starb, flossen allzu leicht wegen des Bruders, der für mich mehr wie ein Vater gewesen war, als es mein alter Herr je war. Aber als Brent ein Junge war, als er mit Schimpfwörtern beleidigt wurde, die kein Kind hören sollte, und Faustschläge von einem erwachsenen Mann einsteckte, um unsere Mutter zu beschützen, um *mich* zu beschützen, wer war da eingesprungen, um für *ihn* ein Vater zu sein?

Mr. Amos' Kanzlei war das Wohnzimmer seines Holzhauses abseits des Palm Drive, wo er allein lebte. Ich parkte in der Auffahrt neben einem alten, abgenutzten Boot, das auf einem Anhänger lag, bereit, an dem weißen Silverado befestigt zu werden, der genau dahinter stand. Ein paar Palmen und ein riesiger Oleander warfen einen Schatten über die Hollywoodschaukel links neben dem Türrahmen. Der einzige Hinweis, dass ich am richtigen Ort war, war das hölzerne Schild neben der Haustür, auf dem *Barney Amos, Rechtsanwalt* stand.

Ich überreichte ihm den Karton mit möglicherweise wichtigen Unterlagen und besah mir die Wände und Regale in seinem Büro, während er die Papiere durchging. Neben seinem Juradiplom (Loyola – davon hatte ich gehört) hing ein Foto von ihm mit irgendwelchen Angelkumpeln, eines mit dem Bürgermeister, eines seiner Tochter an ihrem Hochzeitstag und eines von Austin – ein bisschen älter als Mateos Jungen –, auf dem er einen Kontrabass hielt, der so groß war wie er selbst. Bei den Wölflingen nannten wir ihn Glupsch – wegen seiner Augen.

Ich hatte ganz vergessen, dass Glupsch eine Schwester hatte, und konnte mich an ihren Namen nicht erinnern, aber sie sah ihm sehr ähnlich – die gleiche schmale Nase und die gleichen großen Augen. Sie war in der Schule ein paar Jahre über uns und zog nach dem Unfall zusammen mit ihrer Mom fort. Obwohl er wegen Trunkenheit am Steuer vorbestraft war, wurde Mr. Amos – so abgefüllt, dass er erst am nächsten Tag wusste, was passiert war – für den Unfall nicht verantwortlich gemacht. Ein Junge, der ein Dragster-Rennen fuhr, hatte eine rote Ampel überfahren und die Beifahrerseite seines Wagens gerammt, sodass er sich dreimal überschlug. Austin war auf der Stelle tot, und Mr. Amos trug bleibende Verletzungen – sowohl sichtbare als auch unsichtbare – davon.

Bei einem seiner wenigen AA-Sponsorenbesuche bei meinem Dad hörte ich ihn sagen: »Wenn ich nüchtern gewesen wäre, hätte ich ihn vielleicht kommen gehört und die Bremsen durchgetreten. Vielleicht wäre ich dann nicht auf dieser Kreuzung gewesen. Vielleicht wäre Austin dann noch am Leben.«

Dad scherte sich einen Dreck darum, nehme ich an. War nicht so gerührt wie ich, wenn ich an Glupsch dachte, der niemals sieben werden würde. Erstarrt in dem Alter, in dem er war, als er starb – genau wie Brent.

»Kein neues Testament oder irgendwelche Scheidungsunterlagen, Boyce?«

»Nein, Sir, nichts, was ich finden konnte. Was passiert denn, wenn es kein Testament gibt? Und vielleicht hat er die Scheidungsunterlagen ja nur nicht aufgehoben? Ich kann mir gut vorstellen, dass er sie einfach abgefackelt hat.«

»Ja, ja – das stimmt, aber es ist ein bisschen komplizierter. Setz dich, mein Sohn.«

Ich setzte mich und beobachtete sein Gesicht – zumindest die rechte Hälfte davon. Die linke, die ständig schlaff herunterhing, verriet mir keinen Hinweis darauf, warum er einen Finger hinter seinen Hemdkragen steckte und an ihm zerrte, als würde seine Krawatte zu fest sitzen, obwohl er gar keine trug.

Er holte einmal tief durch die Nase Luft und faltete die Hände. »Bud hatte ein Testament gemacht, Boyce. Es wurde aufgesetzt, bevor deine Mom die Stadt verließ. Ich habe eine Ausfertigung davon hier.« Er legte eine Hand auf ein paar Unterlagen, die mit einer Büroklammer zusammengeheftet waren.

Nachdem ich den ganzen verdammten Wohnwagen auf den Kopf gestellt hatte, um ein Testament zu finden, erschien es mir seltsam, dass er es besaß. Ich wartete auf seine Erklärung, denn ich konnte mir beim besten Willen nicht vorstellen, was zum Teufel eigentlich los war.

»Darin ist deine Mutter als Erstbegünstigte genannt. Ich habe es selbst aufgesetzt – nachdem ich darauf bestanden hatte, dass er und Ruthanne jeweils ein einfaches Testament bräuchten, da sie minderjährige Kinder hatten. Meine Absicht war es, dich und Brent zu schützen.« Mit zusammengekniffenen Lippen holte er noch einmal langsam Luft. »Ich hatte gehofft, du würdest ein neues Testament finden, das jede frühere Verfügung außer Kraft setzt. Aber was noch wichtiger ist, ich hatte gehofft, du würdest Scheidungsunterlagen finden.«

»Ich verstehe nicht«, sagte ich, aber das war gelogen. Ich ahnte so ungefähr, was er sagte. Ich verstand nur nicht, was genau es bedeutete. Denn verdammt, es konnte unmöglich das bedeuten, wonach es sich anhörte.

»Ich habe mich an Austin und die angrenzenden Bundesstaaten wegen eines Scheidungsurteils gewandt, aber bislang ist noch nichts dabei herausgekommen. In Ermangelung eines Scheidungsurteils, das jedes davor verfasste Testament für ungültig erklären würde …«

»Wollen Sie mir allen Ernstes sagen, dass sie, obwohl sie uns – *ihn* – vor fünfzehn Jahren verlassen hat, den Wohnwagen und das ganze Zeug darin bekommen wird?«

Ich hätte nicht gedacht, dass der Mann noch gequälter aussehen könnte, als er es normalerweise tat, aber ich hatte mich getäuscht.

»Vorausgesetzt, dass sie noch am Leben ist und zum Zeitpunkt seines Todes noch immer mit deinem Vater verheiratet war, steht deiner Mutter alles zu, was Bud gehört hat. Selbst ohne Testament würde sie immer noch ihr gesamtes gemeinschaftliches Vermögen erben, denn sie ist – soweit ich erkennen kann – seine gesetzliche Ehefrau.«

Ich spürte, dass noch mehr dahintersteckte und was es war, bevor er es laut aussprach.

Er schluckte, und dann spuckte er das Schlimmste davon aus. »Wenn er Wynns Werkstatt – und ich habe die letzten zwei Wochen danach gesucht, kann aber keinen Nachweis dafür finden, dass er es getan hat – nicht formal in eine Gesellschaft umgewandelt hat, dann war die Werkstatt ein Einzelunternehmen, nicht zu trennen von der Privatperson zum Zeitpunkt ihres Todes. Was heißt, dass die Werkstatt ein Teil seines Nachlasses ist.«

Ach du heilige Scheiße. Es fiel mir schwer, diesen Brocken zu schlucken. »Mit anderen Worten, mir gehört *gar nichts*? Ich habe für meinen Dad gearbeitet, seit ich dreizehn war – die ersten paar Jahre unbezahlt, nicht dass ihn das davon abgehalten hat, mich jeden Öl- und

Reifenwechsel machen zu lassen, der hereinkam. Ich habe für alles die Verantwortung übernommen, als er krank wurde. Im vergangenen Jahr habe ich im Grunde *alles* gemacht …«

»Das verstehe ich, Boyce, und es ist wirklich das Ungerechteste, was ich je …«

Ich stand auf. »Ich muss los.«

Er nickte. »Ich werde eine offizielle Suche nach ihr in die Wege leiten müssen. Wenn sie irgendwo gearbeitet oder einen Kredit beantragt hat, eine Wohnung oder irgendeine Art Darlehen – dann dürfte es nicht länger als eine Woche dauern, sie zu finden.« Er betastete wieder seinen Kragen. »Noch etwas. Ich habe auch für sie ein Testament aufgesetzt – ein Duplikat des Testaments deines Dads, in dem er als Begünstigter eingesetzt ist –, wodurch sie zu meiner Mandantin wurde. Ich werde sie nicht gegen dich vertreten, aber ich kann auch dich nicht vertreten. Es würde in den Augen des Gerichts einen Interessenkonflikt bedeuten.«

»Na ja, scheiß drauf«, sagte ich. Es war eine der vielen Untertreibungen meines Lebens.

PEARL

Am Samstagnachmittag lernte ich für meinen Kurs, als es an der Tür klopfte. Abgesehen von Mama und Thomas wusste nur Melody, wo ich wohnte. Wie ich erwartet hatte, verfiel sie in völliges Schweigen, als ich sie anrief und es ihr sagte, wie diese Totenstille, kurz bevor der schlimmste Teil einer Sturmböe hereinbricht.

»Mel?«, sagte ich, und sie kam mit einem Ruck zu sich und überhäufte mich mit Fragen, ohne die Antworten abzuwarten, und nannte mir all die Gründe, weshalb ich völlig übergeschnappt sein musste.

Aber Mel war in Dallas, daher wollte, wer immer dort vor der Tür stand, vermutlich Boyce sprechen, der mit einem Karton voller Unterlagen zu dem Anwalt gefahren war, der ihm half, die Angelegenheiten seines Dads zu regeln.

Ich hatte den Vormittag vergeblich mit Jobsuche verbracht, und die Erfahrungen, die ich dabei gemacht hatte, gingen mir immer noch durch den Kopf. Die meisten Firmen hatten ihre Leute für den Sommer bereits eingestellt, und ich hatte keine Berufserfahrung oder brauchbaren Fähigkeiten vorzuweisen, um die wenigen, die noch eine freie Stelle hatten, für mich zu begeistern. Ich war angezogen, als wäre es die erste Woche auf dem College, nicht ein Samstag in der entspanntesten Stadt an der Küste, füllte Bewerbungsformulare aus und lächelte, bis mir das Gesicht wehtat. Alle stellten dieselben Fragen: Haben Sie schon mal im Einzelhandel gearbeitet? Gekellnert? Eine Kasse bedient? In irgendeiner Form, Art oder Weise mit Kunden zu tun gehabt?

Nein, nein und nochmals nein.

Als es erneut klopfte, schlich ich auf Zehenspitzen zur Tür. Es gab kein Guckloch, daher hob ich eine der Jalousienleisten an. *Brittney Loper*. Sie wandte sich in meine Richtung um, und ich ließ die Leiste los.

»Boyce, ich habe dich gesehen. Mach schon auf, verdammt.«

Ich war absolut nicht in der Stimmung für Brittney Loper.

Zugegeben, ich war *nie* in der Stimmung für Brittney Loper.

»Boyce, *komm schon*! Ich brauche dich.«

Oh, *Gott*. Ich hoffte, dass sie nicht das meinte, was ich befürchtete, während ich den Riegel zurückschob und die Tür öffnete. Ich sah abgeschnittene Hosen, Stiefel und ein Tanktop, auf dem der Name einer der Touristenbars in der Hauptstraße prangte. Ihre Brust könnte immer noch Einfluss auf die Schwerkraft haben. Ich wollte, dass sie ein bisschen verbraucht aussah, aber das tat sie nicht. Sie blinzelte mit ihren dichten Wimpern und legte den Kopf mit ihren dunkelblonden Haaren auf die Seite wie ein niedliches Hündchen und überprüfte erst die Metallnummern, die an der Verkleidung des Wohnwagens befestigt waren, und dann die Werkstatt daneben.

Warum war ich nicht auf die Idee gekommen, dass *das hier* zu seinem Leben gehörte? Boyce war ein Mann. Männer hatten Bedürfnisse. Bedürfnisse, die von Frauen erfüllt wurden, die so aussahen wie Brittney, wenn die Männer so aussahen wie Boyce.

Ihr Blick kehrte zu mir zurück. »Pearl Frank? Richtig?«

»Die bin ich«, stieß ich zähneknirschend hervor. »Boyce ist nicht da, Brittney. Er müsste in ein, zwei Stunden zurück sein.«

»Wow. Ich wusste gar nicht, dass du und Boyce …« Sie schnaubte kichernd. »*Ah*, das erklärt natürlich verdammt viel! Aber ich dachte, du bist irgendwo auf dem College oder so?«

»Ich habe es abgeschlossen.« *Was* erklärte viel *wovon*?

»Cool. Und du hast entschieden, hierher zurückzukommen … wegen Boyce? Das ist ja irgendwie …«

»Nein, das ist nicht …«

»… süß.«

»… der Grund.« *Süß?* War sie bekifft? So, wie ich Brit kannte, war das durchaus möglich. »Ich brauchte nur irgendeine Bleibe, und Boyce hat ein Gästezimmer, seit …«

»Seit sein nichtsnutziger Arsch von einem Vater den Löffel abgegeben hat, *endlich*. Dieser Typ war ja kaum besser als mein Alter.«

Kaum *besser*?

»Also, wann ist Boyce wieder da? In einer Stunde, hast du gesagt? Mein beschissener Truck zittert nämlich wie ein Junkie zwischen zwei Spritzen.« Sie wies mit einem Daumen über die Schulter auf den verbeulten Pick-up in Wynns Auffahrt. »Ich habe keine Ahnung, was ich ihm getan habe, aber er ist stinksauer. Ich brauche die Karre, um zu meinem Job und zurück zu kommen, sonst bin ich aufgeschmissen.«

Selbst Brittney Loper war zu einer Arbeit zu gebrauchen.

Das ist so unangebracht, schalt mich mein Gewissen. »Ich habe das umgekehrte Problem. Fahrtüchtiger Wagen, kein Job.« Smalltalk? *Halt den Mund, Pearl.*

»Aber deine Mama ist mit Dr. Frank verheiratet. Geben sie dir denn, du weißt schon, kein Geld?«

Mein Gesicht begann zu glühen.

Bevor ich antworten konnte, fuhr sie fort: »Wenn ihr beide, du und Boyce, nichts miteinander habt, warum lebst du dann hier anstatt dort? Natürlich, ich war nicht mehr bei den Franks zu Hause, seit wir die Highschool abgeschlossen haben – wann war das, vor vier Jahren? Aber verdammt, Mädchen, sie müssten meinen Arsch mit einem Brecheisen von dort losstemmen, wenn ich du wäre.« Eine Falte zeigte sich auf ihrer Stirn. »Es sei denn, Dr. Frank …«

»Gott. Nein – *nein*. Er ist toll. Ich hatte mit den beiden nur eine kleine Meinungsverschiedenheit darüber, was ich als Nächstes mit meinem Leben anfange. Sie haben von mir erwartet, dass ich Medizin studiere, und ich … will nicht.« Warum erzählte ich *ihr* das alles?

»Du weißt aber schon, dass du erwachsen bist, oder?«, sagte sie langsam, als wäre ich schwer von Begriff. »Du bist sogar aufs College gegangen! Unverheiratet, kinderlos … du hast doch kein Kind, oder?«

»Äh, nein.«

»Frei wie ein Vogel. Und sieh dich an – du bist ein niedliches kleines Ding. Wenn du Boyce haben wolltest, könntest du ihn dir angeln. Ganz ehrlich, wenn du auf der Highschool genau so ein Biest gewesen wärst wie deine beste Freundin – nimm's mir nicht übel –, würde ich dich nicht darauf hinweisen, aber ich meine, *sieh dich doch um*. Jede Menge Vollidioten, mit denen wir zur Schule gegangen sind, wohnen immer noch bei ihrer Mama, aber Boyce hat seine eigene Bude *und* sein eigenes Geschäft. Okay, auf der Highschool war er echt voll daneben – aber das waren wir doch alle – na ja, du nicht –, aber ich und Boyce und Rick und alle anderen. Aber Boyce hat sich ziemlich gut entwickelt, würde ich sagen, und er ist, Gott steh mir bei, einfach zum Anbeißen.«

Ich klappte den Mund zu, sobald mir bewusst wurde, dass er halb offen stand. »Ich dachte, du und er … äh …«

Sie lachte, zeigte einen Mundvoll weißer Zähne, und ich war so gemein, auf ihren leichten Überbiss zu starren. »Na ja, schon, aber das mit uns war nie etwas Ernstes. Aber *du*. Du hast das gewisse Etwas. Er wäre ein Idiot, nicht zuzugreifen. Aber lass ihn dafür arbeiten. Boyce gibt nicht viel auf Dinge, die zu leicht zu haben sind, falls du verstehst, was ich meine.«

Bei seiner Rückkehr war Boyce schweigsam, stellte den Karton in sein Zimmer, sah in den Kühlschrank und machte ihn wieder zu, ohne etwas herauszunehmen. Er hatte das Mittagessen ausfallen lassen, es sei denn, er hatte irgendwo unterwegs etwas gegessen.

»Wie lief eure Besprechung?«

Er schüttelte den Kopf, gab aber keine Antwort und starrte nur durchs Fenster auf einen Garten, den man hatte verwildern lassen.

»So schlimm?«

»Ich werde schon eine Lösung finden.« Er sah mich kurz an und wandte den Blick dann ab. Als ich ihn schon drängen wollte, es mir zu erzählen oder sich von mir helfen zu lassen, fügte er hinzu: »Ich habe mein Training heute Morgen ausfallen lassen. Das werde ich jetzt nachholen.«

Fünf Minuten später verließ er das Zimmer und ging sofort nach draußen, mit ungeschnürten Sneakers, Trainingsshorts, *ohne Hemd* und mit Erkennungsmarken, die ich noch nie bei ihm gesehen hatte. Mein Körper drohte mit Meuterei angesichts meines selbst auferlegten Zölibats, während ich mir *damit* eine Unterkunft teilte. Sobald die Tür hinter ihm zufiel, stellte ich mich ans Fenster, keinen halben Meter neben der Klimaanlage, die gar nicht kalt genug blasen konnte, um meine fiebrige Haut zu kühlen. Ich war mit Boyce Wynn mein Leben lang bis ins kleinste Detail klargekommen, aber mit ihm zusammenzuleben stellte jedes bisschen Willenskraft, das ich besaß, auf die Probe.

Mein Körper kapierte es nicht. Ich konnte nicht leugnen, dass ich ihn auf einer rein physischen Ebene begehrte, aber wenn ich diesem Verlangen nachgab, dann würde mein Herz aufwachen und mehr wollen. Und dieses Spiel konnte ich mit Boyce nicht spielen. Er würde mich brechen.

Auch wenn es kurze Momente gegeben hatte, in denen ich mir wünschte, ich könnte für ihn mehr als nur eine gute Freundin sein, die er attraktiv fand, hatte ich mir nie zu träumen gestattet, er könnte sich in mich verlieben. Ausnahme: diese wenigen Stunden zwischen der einzigen Zeit, die wir zu zweit verbracht hatten, und dem Moment, in dem ich ihn mit einem Mädchen auf dem Schoß am Strand sah – einer *Kurzzeit-Nummer* – so nannten er und seine Freunde die Töchter der Touristen, mit denen sie anbandelten.

Unser Zusammenwohnen hatte mir Beziehungsfantasien in den Kopf gesetzt, wo es bislang keine gegeben hatte. Oder vielleicht war ich bis jetzt auch nur imstande gewesen, sie zu verdrängen. Zum Teufel mit Brittney Loper und ihren grausamen Andeutungen, mir den Jungen zu *angeln*, den ich schon mein ganzes Leben liebte.

Neun Wochen, zwei Tage.

»Fast hätte ich's vergessen – Brittney Loper war vorhin da und wollte dich sprechen«, sagte ich, als Boyce hereinkam.

Er hielt einen Moment inne, bevor er den Kühlschrank weit aufriss und hineinstarrte. »Was wollte sie?« Der Hosenbund seiner Shorts war feucht von Schweiß.

»Sie hat gesagt, ihr Truck zittert.«

Er nahm sich eine Flasche Fertig-Eistee und eine kleine Portion Grillhähnchen, wandte sich um und verzog die Lippen. »Das kann bei ihr doch nichts Ungewöhnliches sein.« Seine Shorts hingen tiefer als noch vor einer Stunde – und entblößten die schweißglänzende Muskelpartie, die hoch zu seinem Bauch und seiner gemeißelten Brust führte.

»*Boyce*.«

»Was denn?« Er kicherte, während er Hähnchenteile mit einer Gabel aufspießte und hinunterschlang.

»So viel Doppelmoral?«, fauchte ich grundlos wütend.

»Na schön – okay, Moralpolizei –, ich spiele nur. Mein TA ist weiß Gott dafür bekannt, dass er auch ab und zu *zittert*.«

Ich wollte ihm am liebsten eine reinhauen, aber vermutlich würde er es gar nicht spüren. Er sah aus wie ein Bodybuilder, die Haut eingeölt, um die hart erarbeiteten Muskeln und steinharten Wölbungen zu betonen.

»Hat sie gesagt, wann sie wiederkommt?«

Ich starrte auf mein Buch. »Morgen. Sie ist jetzt in der Arbeit.«

»Morgen ist Sonntag – das ist mein einziger freier Tag.«

»Ich nehme an, sie denkt, sie hat einen … besonderen Einfluss auf dich.«

»Einen Scheiß hat sie«, knurrte er. »Niemand hat Einfluss auf meine Sonntage.« Als er das Hähnchen aufgegessen hatte, nahm er seinen Eistee und leerte den Rest, ohne die Flasche abzusetzen.

Meine Bemühungen, den Blick auf das offene Buch vor mir zu heften, scheiterten grandios. Ich beobachtete ihn heimlich durch meine Haare, starrte ihn *wie eine Stalkerin* an. Beim geringsten Hinweis, dass er es bemerkte, würde ich mich sofort wieder in den Text vertiefen, den ich angeblich las.

»Ich springe schnell unter die Dusche, und dann gehe ich aus. Vermutlich schaue ich kurz bei Brit vorbei und sehe mir ihren Truck an.« Er wandte sich zu mir um, und ich senkte den Blick auf mein Lehrbuch. »Willst du mitkommen – auf ein Bier oder so?«

»Nein, danke. Ich muss dieses Kapitel noch durcharbeiten.« *Schwachsinn.* Ich kannte den Stoff in- und auswendig. Aber auf gar keinen Fall würde ich zusehen, wie er mit Brittney oder einer der Urlauberinnen, die die Stadt seit zwei Wochen massenhaft bevölkerten, flirtete. *Und wenn er jemanden mit nach Hause bringt – was heute Nacht passieren könnte?*, fragte meine praktische Seite. Ich war drauf und dran, meine praktische Seite zu fesseln und zu knebeln. »Außerdem muss ich mich morgen wieder um ein paar Jobs bewerben.«

»Kein Glück heute?«

»Absolut nicht. Aber ich werde schon etwas finden«, sagte ich mit mehr Selbstvertrauen, als ich besaß. »Ich muss einfach weitersuchen.«

17

BOYCE

Brittney knallte ein Gläschen Cuervo vor mir auf den Tresen. »Wo ist Pearl?«

Ich habe sie gefragt, ob sie mitkommen will. Sie hat Nein gesagt – wie üblich. »Wir sind Mitbewohner, Brit, nicht verheiratet.«

»Das hättest du wohl gern.«

»Was?«

»Oh, ich bitte dich, als ob du nicht daran gedacht hättest. Oder zumindest an einen Teil davon.« Sie grinste. »Und ihr zwei würdet niedliche Babys machen.«

Mir klappte der Mund auf, als hätte ich vor, Fliegen zu fangen, und ein Bild schoss mir durch den Kopf wie ein Videoclip: *Ich öffnete eine Tür, und ein Kind rannte auf mich zu und klammerte sich an mein Bein – ein Kind, das so aussah wie Pearl an dem Tag, an dem ich sie kennenlernte.* Ich schloss für einen Moment die Augen, um einen klaren Kopf zu bekommen, aber das Bild blieb bestehen, als wäre es in mein Gehirn geschweißt worden. »Was zum Teufel redest du denn? Warum sollte ein Typ in meinem Alter über sowas nachdenken?«

Sie schnaubte. »Wenn du bei einem Mädchen wie Pearl Frank nicht auf den Gedanken kommst, ihr einen

Ring an den Finger zu stecken, dann bist du ein noch größerer Idiot, als ich dachte. Sieh zu, dass du den Fisch an Land ziehst, Boyce Wynn, bevor das Mädchen ein besseres Angebot bekommt.«

Ich machte ein mürrisches Gesicht. Mir fiel keine verdammte Antwort ein – eine für mich noch nie dagewesene Situation.

»Ich meine ja nur! Kein Grund, gleich auszuflippen.«

Ich knirschte mit den Zähnen. »*Anderes Thema*. Wann hast du eigentlich das letzte Mal deine Reifen rundum wechseln lassen?«

Sie zog eine Augenbraue hoch.

»Du hast gesagt, dein Truck zittert? Reifen rundum wechseln und auswuchten zu lassen wäre die einfachste Lösung, wenn das das Problem ist. Es sei denn, du hast es in letzter Zeit machen lassen.« Ich schlürfte an dem Tequila, wieder mit festem Boden unter den Füßen.

»Na ja, hmm. Ich habe zum Schulabschluss neue Reifen bekommen.«

Ich knallte das Schnapsglas hin. »Soll das heißen, vor *vier* Jahren?«

»Boyce, Reifen sind nicht mein Fachgebiet. Bier und Schnaps, damit kenne ich mich aus. Ich kann aus dem Stegreif den Pekannusskuchen meiner Grandma backen und Brötchen mit Bratensauce machen, die so gut schmecken, dass dir die Tränen kommen. Ich kenne mich mit guten Jungs und schlechten Jungs aus und weiß, wie man aus Ersteren Letztere macht. Mit *Reifen* kenne ich mich nicht aus.«

Ich hob eine Hand. »Bring ihn morgen vorbei, später Vormittag – aber schick mir vorher eine SMS. Thompson und ich gehen früh angeln.«

»Rick?«

»Nein – Randy. Rick habe ich schon seit einer Weile nicht mehr gesehen. Das Letzte, was ich von Randy gehört habe, war, dass Rick irgendwo außerhalb von Houston lebt.«

Ihr Mund spannte sich an. »Ich auch nicht. Ich meine, sie waren ja beide keine Genies, aber ich hätte nie gedacht, dass Randy letztendlich mehr Grips als sein Bruder beweisen würde. Er war doch ein absolut durchgeknalltes Arschloch, und jetzt verkauft er T-Shirts und macht Schmuck.«

Ein Typ zwei Hocker weiter versuchte ihre Aufmerksamkeit auf sich zu ziehen, indem er winkte und sich räusperte.

»Na ja. Genug in Erinnerungen geschwelgt – ich habe Betrunkene zu bedienen.«

»Hey!«, rief der Typ.

»Bleib entspannt, Süßer – ich bin gleich bei dir.« Sie schlug mit einer Hand auf den Tresen. »Dann bis morgen, Boyce. Oh, fast hätte ich's vergessen. Meine Urgroßtante – die, die den Gasthof führt? Ihr Empfangsmädchen ist schwanger, und sie hat kürzlich Bettruhe verordnet bekommen. Jetzt braucht meine Tante jemanden, der schlau ist, gute Umgangsformen hat, nichts stiehlt und am Wochenende arbeiten kann. Ich dachte, das könnte auf Pearl passen, daher habe ich Tante Minnie angerufen, und sie war begeistert. Sag ihr, sie soll morgen vorbeischauen, falls sie Interesse hat.«

Bis ich nach Hause kam, regnete es. Die Wohnwagenfenster waren dunkel, daher zog ich meine Stiefel auf den Stufen aus und schlich auf nassen Socken hinein.

Pearl lag auf dem Sofa und schlief, die Bettdecke bis zur Taille zurückgeschlagen, in einem ihrer alten Tanztruppen-Shirts. Ich konnte es mir nicht verkneifen, näher heranzuschleichen und sie zu betrachten. Auf der Seite zusammengerollt, die Knie angezogen und die Hände unter dem Kinn gefaltet, seufzte sie im Schlaf. Ihre Haare lagen offen und wirr auf dem weißen Kopfkissen.

Zum Teufel mit Brittney und ihrem Gequatsche von Ringen und Babys, wenn ich es nicht einmal schaffte, dieses Mädchen zu überreden, sich in der Öffentlichkeit mit mir blicken zu lassen. Wenn ich genauso gut immer wieder den Kopf gegen die Wand schlagen könnte. Wenn ich alles, was ich mir aufgebaut hatte, in null Komma nichts verlieren könnte, sobald Barney Amos die Mutter fand, die mich mit einem Mann allein gelassen hatte, der mit den Fäusten redete.

Als ich aufwachte, nahm ich an, dass es an dem Donnerschlag lag, der den Wohnwagen erschütterte, und ich rollte mich auf die Seite, um wieder einzuschlafen, in der Hoffnung, dass dieser Scheiß vor fünf Uhr morgens nachließ. Andernfalls konnte ich meine Angelpläne vergessen.

Sekunden später erhellte ein Blitz mein Zimmer durch die offenen Jalousien des einzigen Fensters. Nur eine, vielleicht zwei Sekunden – aber lange genug für mich, um die Gestalt im Türrahmen zu entdecken.

»Pearl?« Ich stützte mich auf einen Ellenbogen.

»Ist es hier bei Gewitter immer so laut? Oder sollten wir uns Sorgen machen?« Ihre Stimme war hauchdünn.

Dr. Franks Haus war eine steinerne Festung verglichen mit dieser Blechbüchse, die dazu gedacht war, nach

Lust und Laune von ihrem Fundament gehoben, auf vier Räder verladen und bewegt zu werden. Außerdem lag das Haus der Franks auf der Buchtseite der Insel. Sie bekamen die Gewitter, die vom Golf hereinrollten, nicht mit voller Wucht ab, so wie wir hier.

»Es ist immer so laut. Kein Grund zur Sorge.« Da krachte der Donnerschlag des letzten Blitzes, und das Beben erschütterte den Boden des Wohnwagens. Pearl zuckte sichtlich zusammen, und ich biss mir auf die Innenseite der Wange, um nicht laut zu lachen. »Komm her.« Ich rutschte in die Mitte des Betts und schlug die Decke zurück.

Sie zögerte, und ich konnte sehen, wie sich die Räder in ihrem Gehirn drehten. Ich konnte es ihr nicht verdenken, dass sie sich Gedanken machte. Ich wollte sie, und von den Blicken, die sie im Laufe der vergangenen Woche zu verbergen versucht hatte, wusste ich, dass sie mich auch wollte. Ich forderte sie fast heraus, diese Grenze zu überschreiten und mir zu gestatten, uns beiden zu geben, was wir wollten. Aber ich würde nicht den ersten Schritt tun, selbst wenn sie sich zu mir legte. Die Macht darüber, ob wir einfach einschlafen würden oder ob ich sie die nächsten ein, zwei oder auch drei Stunden wach halten würde, lag in ihren Händen.

Ich würde nicht den ersten Schritt tun, aber verdammt, den zweiten mit Sicherheit.

Noch ein Blitz erhellte das Zimmer – mehrere Sekunden lang, mehrere Schläge hintereinander. Der nächste Donner würde die Wände für eine glatte halbe Minute erschüttern. Pearl hielt einen Moment inne, bevor sie das Zimmer durchquerte und unter die Bettdecke kroch, aber sie klammerte sich an den Rand der Matratze, mit dem Rücken zu mir, und kein Teil ihres Körpers berührte meinen. Sie rollte sich zusammen, wie sie es auf dem Sofa getan hatte, und wartete auf das erste laute, wütende Krachen und das darauf folgende hallende Getöse.

Ich warf die Decke in dem Augenblick über sie, in dem der Donnerschlag wie ein Gewehrschuss ertönte und sich gleich darauf in ein windgepeitschtes Grollen verwandelte, das den Wohnwagen und alles in ihm erschütterte. Bis seine letzten Töne verhallt waren, hatte sie den Rücken an meine Brust gepresst und die Hüfte an meinen Bauch gedrückt. Mein Arm lag quer über ihrem Brustkorb, aber meine Hand ruhte vor ihr auf der Matratze. Ich machte keine Anstalten, mich auf sie zu- oder von ihr wegzubewegen. Noch ein paar ähnliche Blitzschläge sorgten dafür, dass sie nicht wieder ging, auch wenn keiner so schlimm war wie die zwei oder drei, die sie zu meiner Tür eilen ließen.

Als ich mir schon sicher war, dass wir beide wieder einschlafen würden, rollte sie sich auf den Rücken und wandte mir das Gesicht zu. Ich wurde prompt hart, aber ich rührte mich nicht, während wir uns einfach nur anstarrten. Das Grollen und Nachbeben des Sturms und Regens draußen hielt noch immer an – mehr Blitze, mehr Donner –, aber das Gewitter zog die Küste hoch, und nichts davon schien sie jetzt noch zu beunruhigen.

Sie wandte sich ganz zu mir um, und ich schwöre, ich hatte mich noch nie so still gehalten. Den Finger am Abzug, wartete ich reglos auf ihr klares Signal.

Ihre Hand legte sich um meine Wange. *Noch nicht*.

Ihre warmen Lippen berührten die Kante meines Kiefers mit einem kaum vorhandenen Kuss. *Fast*.

Ihr Fuß streifte sanft über mein Schienbein, nackte Zehen glitten an ihm hinunter, und sie verlagerte ihre Haltung so, dass ihr ganzer Körper ausgestreckt an meinem lag. Sie drückte meinen steifen, lüsternen Schwanz an ihren Bauch, als würde sie ihn willkommen heißen. *Gleich.*

Meine Hand glitt auf ihren Rücken, und meine Finger zogen eine sanfte Bahn durch ihr T-Shirt, während ich sie fest an mich drückte. Meine Hand glitt an ihrem Rückgrat hinunter, presste sie genau an meine Brust und senkte sich in die Vertiefung in ihrem Kreuz, während sie leise aufstöhnte. Als sich meine Hand um ihre Hüfte legte, flüsterte ich: »Bist du bereit?«, und sie nickte.

Jetzt.

PEARL

Sein Mund bedeckte meinen, und seine Zunge drang in mich ein, als er mich auf den Rücken legte – nichts Sanftes, nichts Zögerndes –, nur pures Besitzergreifen und Ansprüche, die eingefordert wurden. Ich wollte keine Zeit zum Nachdenken mehr, und er gab sie mir auch nicht.

Ich umklammerte seine nackten Schultern und die Arme, die mich wie unverwüstliche Ringe umfassten, während ich mich jeder zitternden Reaktion hingab, die er den verborgenen Winkeln meines Herzens entlockte. Während das Gewitter draußen nachließ und nur noch vereinzelte Blitze vor dem Fenster aufleuchteten und durchs Zimmer flackerten, schälte er mich aus meinen Kleidern und küsste mich, bis ich stöhnte und mich seiner Hand entgegenreckte.

Ich wimmerte, während er mit seinem Körper wenige Zentimeter Abstand hielt, genau über mir, so nah, dass ich die Hitze seiner Haut spüren konnte. Mit einem gedämpften Kichern zog er eine Spur neckender Küsse über meine Brüste und Rippen bis hinunter zu meinem Bauch. Seine Lippen und seine Zunge streichelten mich zielstrebig, während seine Haare weich unter meinen Handflächen waren. Er rutschte weiter nach unten, und ich wand und krümmte mich, voller Verlangen nach seiner Berührung, nach dem Gefühl seines Körpers an meinem.

Seine Hände erreichten meine Schenkel, und ich wimmerte, als hätte ich tagelang darauf gewartet, als er den Kopf neigte und mit der Zunge über mich glitt und in mich eindrang. Ich krümmte mich wie ein Bogen und krallte die Finger in das zerwühlte Bettzeug unter mir, als würde ich mich an der Erdoberfläche festklammern. Ein erstickter Fluch kam mir keuchend über die Lippen, und ich schrie fast auf. Ausgeschlossen, dass ich stillhalten konnte; eine sanfte Reaktion war unmöglich.

»Mmm«, brummte er, und ich verlor die Beherrschung.

Er glitt an meinem schweißnassen Körper hoch und in mich hinein, nahm im selben Moment meinen Mund wieder in Besitz. Mein Körper verkrampfte sich an seinem, und mein Gehirn schrie vergeblich nach Verhütung, übertönt von Wellen der Lust, während er meinen Kopf mit einer Hand hielt. Er drehte mein Gesicht zu einem tiefen, langsamen Kuss herum, während er immer wieder in mich eindrang, und sein Mund löste sich von meinem, um meinen Namen und *Gottverdammt noch mal* zu schreien, als er kam.

Stirn an Stirn gedrückt, als wären sie miteinander verschmolzen, lagen wir beide keuchend da. Ich schloss die Augen, voller Panik, alles, was ich je für ihn empfunden hatte, könnte aus mir heraussprudeln.

Er glitt aus mir und legte sich an meine Seite, rollte sich auf den Rücken und zog mich mit einer einzigen Bewegung nah an sich. Seine Brust hob und senkte sich noch immer, und ich sah zu, wie meine Hand sich darauf auf- und abbewegte, eingerollt über seinem Herzen. Ich schlang ein Bein über seines, und er verstärkte seinen Griff um mich, aber keiner von uns sprach. Unsere Herzschläge wurden langsamer, unsere Gliedmaßen entspannt und träge, unsere hallenden Atemzüge wieder normal, und allmählich wurde uns bewusst, was soeben passiert war.

Ich machte eine Bestandsaufnahme. Ich war zu seiner Tür gekommen wie ein verängstigtes Kind, voller Panik vor der Art Gewitter, die ich noch nie gemocht, aber schon Dutzende Male überlebt hatte. Er hatte mich in sein Bett eingeladen, ohne verführerische Angebote oder witzige Bemerkungen. Ich hatte mich zu ihm umgewandt. Ich war mit den Fingern über seine weichen Bartstoppeln geglitten und hatte ihn dort geküsst. Er war an meinem Bauch hart geworden. *Bist du bereit?*, hatte er gefragt, und ich hatte genickt.

Ich versuchte mich zu entschuldigen, aber ich konnte es nicht. Es wäre eine solche Lüge, und ich würde sie nicht aussprechen. Nicht vor mir selbst. Es war nicht nur so gut gewesen, wie ich es in Erinnerung hatte. Es war *unglaublich* viel besser gewesen.

Schließlich murmelte ich etwas davon, ins Bad zu gehen, und schlüpfte aus seinen Armen. Die Nachttischschublade stand halb offen, und eine Kondompackung lag obenauf, leer. Ich hatte gar nicht gemerkt, wie er danach griff, aber ich hatte ohnehin nicht viel gemerkt, abgesehen von dem, was er mit mir machte. Ich hob mein T-Shirt vom Boden auf und streifte es über, während ich aus seinem Schlafzimmer ging, durch die Küche und am Wohnzimmer vorbei, wo mein Bettzeug noch immer so zerwühlt auf dem Sofa lag, wie ich es zurückgelassen hatte.

Ich wusch mich im Dunkeln, im Licht des einzigen Lukenfensters über der Dusche, außerstande, mir in die Augen zu sehen. Was jetzt? Zurück zum Sofa? Ich hatte keine Ahnung, wie spät es war, aber durch die Fenster hatte ich im Vorbeigehen keine Spur von Morgendämmerung gesehen. Der Regen trommelte noch immer leise gegen das Dach und die Fensterscheiben, aber die Blitze hatten nachgelassen, und die bedrohlichen Winde hatten sich beruhigt, wie erschöpfte Kleinkinder nach einem Wutanfall.

Boyce stand genau vor dem Badezimmer, als ich die Tür öffnete. Er nahm meine Hand, als ich vorbeigehen wollte, und zog mich an sich, hob mein Gesicht an und küsste mich zärtlich, langsam – völlig anders als bei unserer stürmischen Begegnung wenige Augenblicke zuvor. Bis er mich wieder losließ, war mir schwindelig. Ich wandte mich ab und ging zum Sofa, setzte mich und rollte mich dann unter der Decke zusammen. Mein Verstand war so verwirrt wie noch nie. Was hatte das zu bedeuten? Irgendetwas davon? Was hatte ich getan?

Minuten später kam er aus dem Bad, ging schnurstracks zum Sofa und hob mich hoch, mit Bettzeug und allem.

»Wir sind noch nicht fertig«, sagte er, und mein Herz begann stakkatoartig zu hämmern, während er mich zurück zu seinem Bett trug.

Diesmal lief alles wie in Zeitlupe ab. Er setzte mich rittlings auf seinen Körper, und seine Hände umfassten sanft mein Gesicht, bevor sie in meine Haare glitten und mich zu langen, tiefen Küssen hinunterzogen. Sobald er sich meiner sicher war, wanderten seine Finger an meinen Armen hinunter und wieder hoch, streichelten meine Schultern und glitten dann in der Mitte meines Rückens erneut nach unten, wo sie sich schließlich unter mein Shirt schoben und meine Haut entflammten. Seine Küsse waren sanft, aber beharrlich, als er meine Hüften umklammerte und mich an seine harte Länge zwischen meinen Beinen presste.

Diesmal bemerkte ich es, als er in die Schublade griff und die Verpackung hinter meinem Rücken aufriss. Er zog mich auf meine Knie hoch, während er es überstreifte und mich dann wieder nach unten drückte, die Hände an meine Hüften gelegt, und in mich eindrang, mich ausfüllte. Sein Gesicht verschwand unter meinem Shirt, als ich tiefer hinuntersank und er sich mir entgegenreckte. Ich spürte, konnte aber nicht sehen, wie er einen meiner Nippel in den Mund nahm und mit der Zunge immer wieder um die Spitze glitt, bis ich aufstöhnte. Er saugte so heftig an ihm, dass es fast wehtat, bevor er sich dem anderen zuwandte. Seine Hand bedeckte den ersten empfindlichen, nassen Nippel, und er presste sie flach an meine Brust wie zu einem Segen.

Diesmal warf er mich, als ich kurz vor dem Höhepunkt war, auf den Rücken und drang tief in mich ein, eine Hand zwischen uns, die mich mit Daumen und Zeigefinger sanft streichelte – einmal, zweimal, dreimal –, bis ich mich vor unerträglicher Lust wand und krümmte und schließlich mit einem Aufschrei schaudernd kam. Ich dachte, es würde niemals aufhören, aber bevor das Zittern nachließ, zog er sich sanft zurück, bevor er erneut in mich eindrang, und brachte mich gleich darauf noch einmal zum Höhepunkt, als er selbst kam, meinen Namen in seinem Mund, bevor er mich küsste, als wäre es das letzte Mal.

Erschrocken fuhr ich aus dem Schlaf hoch und setzte mich mit hämmerndem Herzen auf. Helles Tageslicht strömte durchs Fenster ins Zimmer, als wäre das Gewitter nur eine Halluzination gewesen. *Ich bin spät dran.*

Nein – es war Sonntag. Ich seufzte erleichtert auf und lauschte dann auf Boyce' Anwesenheit vor dem Schlafzimmer, aber alle Geräusche kamen von draußen – das Kreischen von Möwen, die ein paar Blocks vom Strand entfernt in den Abfällen nach Essbarem stöberten, das Brummen eines Wagens, der auf der Straße vorbeifuhr, das leise Signalhorn eines Tankers oder Kreuzfahrtschiffs draußen im Golf. Ich war allein.

Ich schlug die Decke zurück, entblößte meine nackten Beine unterhalb des abgetragenen T-Shirts, das verdreht um meinen Oberkörper lag. Als ich zur Bettkante vorrutschte, spürte ich, dass ich ein bisschen wund war. Die Trennung von Mitchell war fünf Monate her. Danach hatte ich mich in meine Komfortzone zurückgezogen, mich voll und ganz auf mein Studium konzentriert und mein letztes, anspruchsvollstes Semester mit der Bestnote abgeschlossen. Außerhalb des Chi-O-Hauses hatte ich wenig bis gar kein geselliges Leben gehabt. Ich besuchte die obligatorischen Frühjahrsveranstaltungen mit Typen, die Freunde waren, lehnte richtige Dates ab, ging Abenteuern aus dem Weg und zog meine eigene Hand und meine Fantasie als Sexualpartner vor. Keine Missverständnisse, keine Komplikationen.

Kein Wunder, dass ich gestern Nacht so heftig auf Boyce' gekonnte Aufmerksamkeit reagiert hatte. *Ach du großer Gott*. Ich hatte noch nie, aber auch nie beim Sex geschrien … abgesehen von jenem ersten Mal – ebenfalls mit Boyce, aber damals war es vor Schmerz, nicht vor Ekstase. Ich dachte immer, der Satz *es ist zum Heulen schön* sei nur eine dumme Redensart, ein fiktives Ideal.

Falsch.

Meine Shorts lagen zusammengefaltet auf dem Nachttisch, neben einer Nachricht, die auf die Rückseite einer Liste mit Autoteilen gekritzelt war.

Bin angeln gegangen (wollte das schon immer jemandem schreiben). Bin gegen 11 zurück. Brit bringt am späten Vormittag ihren Truck vorbei, aber ich habe ihr gesagt, sie soll mir vorher eine SMS schicken, daher dürfte sie dich nicht stören. Übrigens – sie sagt, ihre Tante braucht eine Empfangsangestellte für den Gasthof am Cotter. Sie hat ihr von dir erzählt. Klang, als könntest du dort den Job haben, falls du interessiert bist.
B.

Boyce hatte mir eine Nachricht hinterlassen, um mir zu sagen, wo er war und wann er zurück sein würde … aber Brittney Loper würde ihren Truck vorbeibringen, obwohl sie angeblich keinen Einfluss auf seine Sonntage hatte. Ich kämpfte gegen die aufwallende Eifersucht an, von der mir die Augen brannten. Boyce gehörte nicht mir. Wir hatten gestern Nacht miteinander geschlafen, aber das hieß nicht, dass er mir gehörte.

Brit war gestern nett zu mir gewesen, und sie hatte mir möglicherweise geholfen, einen Job in einem Gasthof an Land zu ziehen. Nach meinen ersten gescheiterten Bewerbungsversuchen war ich nicht gewillt, diesem geschenkten Gaul ins Maul zu schauen.

Ich schnappte mir meine Shorts und den Zettel mit Boyce' Nachricht und ging duschen. Als ich herauskam, hatte ich zwei Nachrichten und ein Bild auf meinem Handy – von Mitchell. Ich drückte auf »Bearbeiten«, und mein Daumen verharrte über der Löschtaste in der Schwebe, aber meine Neugier siegte. Ich wollte wissen, was zum Teufel er zu sagen hatte.

Mitchell: Ich habe eine Wohnung in Hillsboro West End gefunden. An schönen Tagen kann man von dort mit dem Fahrrad zum Campus fahren. Ich glaube, es würde dir gefallen. Das Bild zeigt den Blick von der Terrasse.

Mitchell: Jedenfalls, ich wollte mich noch mal entschuldigen. Ich weiß, du hast meine Nachrichten nach unserer Trennung gelöscht, anstatt sie zu lesen oder abzuhören, und das kann ich dir nicht verdenken.
Ich war ein solcher Idiot. Ich hoffe einfach, dass du das hier liest.
Es tut mir so leid, Pearl.

»Das *sollte* es auch, Arschloch«, murmelte ich. In den letzten fünf Monaten war so viel passiert. In den letzten *zwölf Stunden* war so viel passiert. Mitchell hatte es nicht verdient, irgendetwas davon zu erfahren. Er hatte kein *Ich verzeihe dir* verdient … auch wenn ich all unsere Pläne aufgegeben und es ihm erst gesagt hatte, als ich musste.

Ich bereute meine Entscheidung nicht, aber wenn ich es ihm einfach früher gesagt hätte, hätte ich die Gewissensbisse vermeiden können. Ich schloss die Nachricht, ohne sie zu beantworten oder zu löschen, nicht sicher, was von beidem ich tun sollte. Kein Grund zur Eile, so oder so. Außerdem hatte ich einen Job an Land zu ziehen.

Brittney Lopers Worte klangen mir in den Ohren, und ich fragte mich, wie sie auf diesen Gedanken gekommen war: *Wenn du Boyce haben wolltest, könntest du ihn dir angeln.* Ich wollte nicht, dass er mich nur in seinem Bett haben wollte. Wollte ihn nicht so manipulieren, dass er wegen dieses Verlangens irgendwelche Versprechen oder Verpflichtungen einging. Ich wollte, dass er mich so liebte wie ich ihn. Ich wollte seine Einzige sein. Aber kein Mädchen war je Boyce Wynns Einzige gewesen, und ich war nicht so dumm, das hier als eine Art Herausforderung zu sehen. Er begehrte mich sexuell, ja. Aber ein solches Verlangen als Liebesbeweis aufzufassen führte zum gegenteiligen Ergebnis, entstanden aus undeutlichen Hinweisen und versteckten Formulierungen und einer vagen Hypothese ohne widerlegbare Alternative.

Er war ein Magnet, und ich war ein magnetisch angezogener Gegenstand. Ich hatte nicht mehr als eine Woche gebraucht, um der Anziehungskraft zu erliegen, die dieser Wohnwagen austrahlte, und ich hatte noch neun Wochen vor mir. Die einzige Frage war, ob seine ungeteilte Aufmerksamkeit die ganzen neun Wochen anhalten würde – ob mein Herz in Trümmern liegen würde, bevor diese Zeit um war, oder ob ich es auf mich nehmen würde, so zu tun, als wäre ich diejenige, die ging, mit nach außen hin intakter Würde.

Ich unterlag dem, was in der Wissenschaft als Rückschaufehler bekannt ist. Wenn es vorbei war, würde ich sagen, ich hätte die ganze Zeit gewusst, wie es enden würde, denn ich war schon einmal an diesem Punkt gewesen. Man könnte behaupten, ich würde das Ergebnis beeinflussen – dass mein gebrochenes Herz eine sich selbst erfüllende Prophezeiung sein würde –, aber ich konnte nicht sehen, was das überhaupt für eine Rolle spielen sollte. Und das war der Augenblick, in dem ich erkannte, wie weit es mit mir gekommen war.

18

BOYCE

Am Sonntagnachmittag hatte ich Brit mit ausgewuchteten Reifen und der Anweisung, sich einen neuen Satz zu besorgen, sobald sie es sich leisten konnte, gerade wieder auf den Weg geschickt, als ich eine SMS von Pearl bekam. Sie hatte den Job nicht nur bekommen, sie wollten auch, dass sie sofort anfing. Tante Minnie – die ungefähr hundert war – war über Katy Perry gestolpert, die Rezeptionshündin des Gasthofs, und hatte sich den Oberschenkel gebrochen – und das eine Woche, bevor ihrer schwangeren Empfangsangestellten Bettruhe verordnet wurde.

Ich an Pearls Stelle hätte lange und gründlich über die Pechsträhne nachgedacht, die dort offenbar nicht abriss, bevor ich unterschrieben hätte, aber sie war schon immer ein irgendwie logisch veranlagtes Mädchen. Glück oder Pech, davon ließ sie sich nicht beirren, da sie noch nie daran geglaubt hatte.

Sie kam gegen halb elf nach Hause, schlich auf Zehenspitzen durch den Wohnwagen – überflüssigerweise, da ich noch hellwach war. Ich starrte an die Decke und betete um einen Wolkenbruch, obwohl die Regenwahrscheinlichkeit bei zwei Prozent lag und an dem ganzen gottverdammten Himmel nicht ein Wölkchen zu sehen war. Sie schlief auf dem Sofa ein, während ich mich hin und her wälzte und die Tatsache verfluchte, dass mein Kissen noch immer nach ihr roch.

Sam tauchte am Montagmorgen auf. Sie grinste bis über beide Ohren, da sie ihre Probezeit bestanden hatte und jetzt eine feste Angestellte war. Wir hatten einen Routinejob an einer Bremse zu erledigen, und ich hatte die Hebebühne so weit heruntergefahren, dass sie alles sehen und erreichen konnte. Ich zerrte meine Hantelbank herüber, damit ich mich nicht hinkauern musste. Ich hatte noch nie im Sitzen an einem Unterboden gearbeitet, aber es war verdammt viel unangenehmer, als ich gedacht hätte.

»Du warst bei den Marines?«, fragte sie bewusst beiläufig, als glaubte sie, ich würde irgendwelche Kriegsgeschichten erzählen, wenn sie nur raffiniert genug vorging. Da ich die Ärmel meines T-Shirts bis zu den Schultern hochgekrempelt hatte, hatte sie mehrmals einen verstohlenen Blick auf meine Tattoos geworfen, nicht annähernd so gerissen, wie sie zu sein glaubte.

»Nein. Mein Bruder war es.« Ich führte es nicht genauer aus, und ich hatte auch nicht die Absicht, es zu tun.

Sie schwieg einen Moment, während sie dieses Wort verdaute – *war*. Wenn ich mit Leuten, die seine Geschichte nicht kannten, über Brent redete – was selten vorkam, da ich grundsätzlich nicht über ihn redete, wenn ich es vermeiden konnte –, gab es immer einen angespannten Moment, in dem ich hoffte, dass sie alles heraushörten, was dieses Wort beinhaltete. Sie konnten den ganzen Tag ihr Beileid bekunden, und ich nickte und nahm es entgegen, aber ich wollte nicht über seinen Verlust diskutieren.

»Meine Mama auch.«

Ich warf ihr einen Blick zu und fragte mich, ob Silva das gewusst hatte. *Natürlich hatte er das,* dieser verschlagene Mistkerl.

»Ich habe mir das Tattoo am dritten Jahrestag des elften September machen lassen – drei Monate, nachdem er im Kampf gefallen war«, sagte ich. »Er hatte genau das gleiche.«

»Wolltest du dich auch melden?«, sagte sie mit gesenktem Blick.

»Nein. Brent …« *Verdammt* – sein Name, laut ausgesprochen, schnitt mir noch immer wie ein Messer durchs Herz. »Brent war der Marine. Ich war immer nur der Schmierfett-Affe.«

Sie lächelte matt. »So nennt mein Dad mich auch immer. Sein Schmierfett-Affe.«

»Ein Affe bist du allerdings. Ein verdammt starrköpfiger Affe.« Ich war mir sicher, dass sie irgendeine Retourkutsche auf Lager hatte – vermutlich eine, die meinen Standpunkt bestätigte – und dass wir diese düstere Diskussion über tote Brüder und Mütter hinter uns lassen würden.

»Dad sagt, es ist ihm lieber, wenn ich die ganze Zeit mürrisch bin, als wenn ich so tue, als wäre ich glücklich, wenn ich es nicht bin.«

Nicht unbedingt die Retourkutsche, die ich erwartet hatte. Ich reichte ihr einen Schraubenschlüssel und zeigte auf die Schraube, die sie festziehen sollte.

Als sie sich umwandte, sagte sie: »Meine Mama ist von den Marines zurückgekommen, als sie mit mir schwanger war. Dad hat mir nie gesagt, ob sie draußen bleiben oder zurück wollte. Ich glaube, sie wollte zurück. Aber dann, du weißt ja, war *ich* da. Und *das alles*.« Sie schlug mit einer Faust auf den Rollstuhl und starrte auf ihren Schoß. »Sie hat sich das Leben genommen, als ich drei war. Ich kann mich nicht an sie erinnern. Aber auf jedem Foto, das wir von ihr haben, *lächelt* sie.«

Ich wusste nicht, was zum Teufel ich darauf erwidern sollte, daher sagte ich nichts. Ich hatte keine Ahnung, was Silva sich dabei gedacht hatte, dieses Kind zu mir zu schicken. Ich konnte sie nicht heilen. Alles, was ich tun konnte, war, ihr einen Job zu geben. Arbeit war für mich immer eine Art Rettungsleine gewesen, wenn ich es zuließ.

»Herzlichen Glückwunsch, Affe – du hast diese Bremsbeläge eben ganz allein ersetzt.«

Sie verdrehte die Augen. »Ich mache das schließlich nicht zum ersten Mal.«

»Schon mal dafür bezahlt worden?«, gab ich zurück.

Sie blinzelte, und einer ihrer Mundwinkel verzog sich leicht nach oben.

»Verschwende deine Zeit nicht damit, mir auf die oberschlaue Tour zu kommen. Nimm dir lieber gleich den nächsten vor.«

Die Lieferung der Matratze war für Mittwoch vorgesehen, daher klatschte ich am Dienstagabend, während Pearl in der Arbeit war, etwas frische Farbe an die Wände ihres Schlafzimmers. Der Raum war seit einer *Ewigkeit* nicht mehr gestrichen worden. Als Pearl nach Hause kam, hörte ich, wie sie in der Küche nach irgendetwas Essbarem stöberte, sich im Bad wusch und schließlich die knarrende Tür zu dem Schlafzimmer am anderen Ende des Wohnwagens öffnete. Ich hatte zum Lüften ein Fenster offen gelassen, aber die beißenden Dämpfe waren trotzdem unter der Tür durchgedrungen.

»Du hast das Schlafzimmer gestrichen?«, fragte sie am nächsten Morgen, als ich vom Krafttraining hereinkam. Sie hatte sich noch nicht von ihrem Platz auf dem Sofa entfernt. Im Allgemeinen stand sie ungefähr dann auf, wenn ich mir eine letzte Tasse Kaffee schnappte, bevor ich in die Werkstatt ging. In ihrem kleinen, vom Schlaf zerknitterten T-Shirt und Shorts – unter denen sie, wie ich inzwischen wusste, nichts trug – stand sie da, legte das Bettzeug zusammen und schichtete es am Ende des Sofas auf, während ich gegen den Drang ankämpfte, das Zimmer zu durchqueren, sie auf meinen Schoß zu ziehen und zu küssen, bis sie mich anflehte, sie flachzulegen.

Auf halbem Weg zum Bad blieb ich stehen, die Hände zu Fäusten geballt. »Ich glaube, das hatte es nötig.« Ich hatte meine Muskeln vor nicht einmal zehn Minuten ausgepowert, aber es hatte mein Verlangen nach ihr nicht gebändigt. »Die Matratze soll heute im Laufe des Tages geliefert werden. Ich habe vergessen, Bettwäsche zu kaufen, aber ich habe noch eine Garnitur, die du benutzen kannst.«

Ich verfluchte mich dafür, dass ich ihr ein Schlafzimmer herrichtete, während ich nichts mehr wollte, als sie wieder in *meinem* Bett zu haben. »Danke, Boyce«, hörte ich sie sagen.

»Gerne.«

Ich war ein geduldiger Mann. Ich hatte mich nicht davon unterkriegen lassen, dass ich beschimpft und geschlagen wurde, und ich hatte dieses verdammte Arschloch überlebt, das nichts unversucht ließ, um mir jeden Tag meines Lebens zur Hölle zu machen. Ich hatte es überstanden, als Unruhestifter abgestempelt zu werden, als ich einfach nur unsichtbar sein wollte. Ich hatte getan, was ich tun musste, und mich geweigert, mir wegen Dingen, die sich nicht ändern ließen, den Kopf zu zerbrechen oder Gewissensbisse zu machen. Mein Leben war einfach. Ich angelte ein bisschen und trank ein bisschen. Ich arbeitete hart, und ich vögelte hart. Aus den Schlägereien war ich herausgewachsen, aber wenn die Situation es verlangte, konnte ich jemandem einen Arschtritt verpassen, den er nie vergessen würde.

Ich war ein Mann, der dieses Mädchen seit dem Augenblick liebte, in dem es wieder zum Leben erwacht war und niemanden außer mir gesehen hatte. Jetzt war sie mir näher als je zuvor, genau in dem Moment, in dem ich im Begriff war, alles zu verlieren, was ich mir jahrelang aufgebaut hatte und geworden war. Es war die grausamste Wendung, die mir das Schicksal je hingeworfen hatte.

Kurz nachdem der Lieferwagen vorgefahren war, bekam ich einen Anruf von Barney Amos, der diesmal nicht um den heißen Brei herumredete. »Boyce, ich habe deine Mama in Amarillo ausfindig gemacht, wo sie in den letzten zwölf Jahren gelebt hat. Ich habe sie vor einer Stunde erreicht. Sie behauptet, dass sie und dein Dad nie geschieden wurden. Testament oder kein Testament, ihren Anspruch anzufechten wäre nichts, was ich dir empfehlen würde, auch wenn du natürlich gern anderen anwaltlichen Rat einholen kannst.« Er seufzte tief auf. »Am besten fängst du an, einen Plan B zu entwickeln.«

Ich zeigte den Lieferanten das Schlafzimmer und wartete, bis sie die Matratze hineinschleppten und außer Hörweite waren. »Wusste sie das mit Dad schon? Und das mit Brent?«

»Sie wusste vom Tod deines Bruders, aber nicht von Buds.«

Ich ging hinaus auf die Stufen vor dem Wohnwagen, steckte mir eine Zigarette an und nahm einen langen Zug. Der Himmel war zu blau und strahlend, als dass meine Welt ausgerechnet heute einstürzen und in Flammen aufgehen sollte. »Hat sie nach mir gefragt?«

»Ich habe ihr gesagt, was für ein anständiger junger Mann du geworden bist. Dass du Wynns Werkstatt führst, seit dein Dad krank wurde.« Er hatte meine Frage nicht beantwortet – jedenfalls nicht direkt.

»Wann wird sie hier sein?«

»Ich bin mir nicht sicher, wie ihre Lebensumstände aussehen, und es sind fast siebenhundert Meilen bis hierher. Frühestens in ein paar Tagen. Vermutlich eher drei oder vier.«

Irgendwann in den nächsten achtundvierzig bis sechsundneunzig Stunden würde mein Leben explodieren. Ich konnte das Ticken der ablaufenden Uhr fast hören. Dieses ganze beschissene Szenario war bislang nicht echt gewesen. Jetzt war es das.

Als ich Brent verlor, hatte ich nicht mehr damit gerechnet, sie je wiederzusehen. Ich nahm nicht an, dass sie tot war. Für mich war sie einfach verschwunden, als hätte sie sich an dem Abend, an dem sie wegging, in Luft aufgelöst. Ich hatte mich in den ersten ein, zwei Jahren danach gesehnt, dass sie zurückkam, hatte mich in den Schlaf geweint, das Gesicht ins Kissen gedrückt, damit Brent es nicht hören konnte. Als er in sein Ausbildungslager fuhr, kam ich mit dem doppelten Verlust nicht klar. Um seine Abwesenheit zu überleben, musste ich sie gehen lassen.

Dann starb Brent, und keiner von beiden würde je wieder zurückkommen. Niemand kam zurück. Nicht für mich.

Pearl hatte an diesem Abend frei, daher hatten wir uns vorgenommen, den Schwarzen Trommler zu braten, den ich am Sonntag gefangen hatte, zusammen mit einem Beutel frischer Okraschoten, die Sam mir gestern aus dem Garten ihres Dads mitgebracht hatte. Sam mochte keine Okraschoten, daher war sie froh, sie loszuwerden, und Pearl freute sich darüber. Ich selbst war mir da nicht so sicher. Es waren kostenlose *Okraschoten*, kein kostenloses Bier.

»Ich habe heute im Labor einen Hundert-Dollar-Messbecher einfach so fallen lassen«, sagte Pearl, während sie einen Klacks Butter und eine Prise Salz in den Reis gab. »Es war mir so peinlich – ich muss knallrot angelaufen sein. Alle, mich selbst eingeschlossen, standen wie angewurzelt da, bis Dr. Kent sagte: ›Na ja, das wird sich nicht von selbst zusammenfegen. Der Besen steht im *Besen*schrank.‹«

Ich musste darüber kichern, wie sie seine Stimme nachahmte. »Hört sich doch nach einem guten alten Kerl an.«

»Oh, ja, das schon, aber ich glaube, er ist ein solches Genie, dass ihn ganz gewöhnliche Leute völlig zur Verzweiflung bringen. Im Allgemeinen ist er leicht reizbar. Ich war mir sicher, er würde irgendeine Art Exempel an mir statuieren, weil ich mit der Laborausrüstung so ungeschickt umgegangen war. Ich hätte es verdient.«

Ich sah zu, wie sie Okrascheiben in Buttermilch tränkte und dann in Maismehl und Gewürzen wälzte. Ich konnte Fisch auf einhundert verschiedene Arten zubereiten, aber Gemüse gab es bei mir immer roh oder aus der Mikrowelle. Ich hatte keine Geduld mit irgendetwas, das ein Rezept erforderte. Pearl hatte auch frischen Eistee gemacht – in einem Krug, von dem ich gar nicht wusste, dass ich ihn hatte.

»Vielleicht findet er dich ja heiß«, sagte ich, während ich den Fisch in der Pfanne wendete.

Ihr Lachen klang wie ein Lied, das ich am liebsten immer wieder spielen wollte. »Mein Gott, Boyce! Er ist alt genug, um mein Großvater zu sein.« Ihre dunklen Augen funkelten, während sie die Okrascheiben zu dem Fisch in die Pfanne schob.

»Süße, wenn er noch nicht tot ist, bist du heiß genug, um ihn aufzuwecken.« Ich zwinkerte ihr zu, um hinter dem braven, prüden Mädchen das scharfe, sinnliche hervorzulocken. Sie sah mich nicht an, und ihre Wangen röteten sich. Als sie Salz und Butter zu dem Reis gab, als würde diese Aufgabe ihre volle Aufmerksamkeit erfordern, brachte ich es nicht übers Herz, ihr zu sagen, dass sie das erst vor zwei Minuten getan hatte. Es hatte mir schon immer gefallen, sie mit ein bisschen Flirten nervös und unsicher zu machen und sie dann aufzufangen und zu beschwichtigen, bevor sie überhaupt wusste, was los war.

Bei diesem Gedanken musste ich an die eine Sache denken, die Pearl auf eine Weise verunsichern würde, auf die ich es nicht wollte. Sobald wir uns zum Essen setzten, sagte ich: »Ich muss dir etwas sagen.«

»Okay.« Sie wartete mit weit aufgerissenen Augen.

Ich war mir nicht sicher, was sie dachte, dass ich zu ihr sagen würde, aber was immer es war, sie lag völlig daneben.

»Meine Mutter kommt in den nächsten Tagen zurück in die Stadt. Offenbar haben sie und mein Dad sich nie scheiden lassen. Sie haben beide ein Testament gemacht – haben sich gegenseitig alles vermacht. Aber viel wichtiger ist, dass er, als er starb, noch immer mit ihr verheiratet war.«

Ihre Lippen teilten sich, und sie stöhnte schockiert auf. »Das heißt, sie kriegt alles. Einschließlich der *Werkstatt*?«

Ich nickte, nicht überrascht, dass sie es schneller kapiert hatte als ich.

»Dieser verfluchte *Dreckskerl*! Wie konnte er nur zulassen, dass du sein verdammtes Geschäft für ihn führst und dich um seinen erbärmlichen Arsch kümmerst, ohne dir je etwas davon zu sagen?«

Pearl fluchte nur selten. Sie musste schon ziemlich sauer sein, um so vom Leder zu ziehen. Ich verbiss mir ein Grinsen darüber, wie niedlich sie aussah, wenn sie fuchsteufelswild war.

»Nach dem ersten Jahr oder so hat er sie nie wieder zur Sprache gebracht, egal, ob er betrunken war oder nicht.« Ich zuckte mit den Schultern. »Ich bin immer davon ausgegangen, dass sie sich irgendwann haben scheiden lassen. Ich bin davon ausgegangen, dass ich sein Alleinerbe bin. Mr. Amos sagt, ich könnte die Sache anfechten, aber in diesem Bundesstaat gilt das Prinzip der Gütergemeinschaft, und sie waren eben immer noch gesetzlich verheiratet. Ich würde verlieren. Und ich brauche meine Ersparnisse für das, was ich als Nächstes tun werde, was immer das ist.«

Sie legte eine Hand auf meine, und in diesem Augenblick wusste ich, dass es nichts gab, was ich nicht tun würde, um sie zu der Meinen zu machen – außer sie mit mir in den Abgrund zu ziehen.

»Was *wirst* du denn als Nächstes tun?«

»Keine Ahnung«, sagte ich, was nicht die ganze Wahrheit war. Ich hatte einen kurzfristigen Plan – einen Vorschlag, den ich zu machen gedachte. Aber ich würde ihr nichts davon sagen. Wenn sie die Details wüsste, würde sie es mich niemals durchziehen lassen.

PEARL

Ich wollte noch nie jemandem so gründlich die Meinung sagen wie in diesem Augenblick Bud Wynn. Zu dumm, dass er tot war. Ich konnte nur hoffen, dass es die Hölle wirklich gab und er darin schmorte.

Ein Mädchen aus meiner Studentinnenverbindung, Jen, hatte auf dem College Jura als Hauptfach, und ihre Eltern waren beide Anwälte. Sie hatte die Grundzüge von treuhänderischem Vermögen, Erbschaftsübertragungen und Eheverträgen denjenigen von uns erklärt, die sich mit den juristischen Fallgruben nicht auskannten, in denen man landen konnte, wenn man *Ja, ich will* und später *Ich will ganz sicher nicht* sagte. Ich war davon ausgegangen, wenn Mitchell und ich heirateten, würden wir es als Ärzte tun – als gleichberechtigte Partner. Wenn es nicht klappte, würden wir uns auf eine vernünftige, gerechte Trennung einigen.

Ich hatte nie darüber nachgedacht, was in einer Situation wie dieser passierte – wenn es zu einer Scheidung hätte kommen sollen, aber nicht gekommen war. Boyce' Mutter war vor einem gewalttätigen Ehemann weggelaufen und hatte ihren Anteil an dem ehelichen Besitz zurückgelassen. Ich konnte es ihr nicht vorwerfen, dass sie diesen nun haben wollte – ich war nur nicht glücklich darüber, was sie Boyce wegnehmen könnte. Er würde erst wissen, was sie vorhatte, wenn sie auftauchte, aber Jens Warnungen und ein bisschen Internetrecherche hatten mich zweierlei gelehrt: Sie hatte vermutlich Anspruch auf alles, und wenn es um Geld und Erbschaften ging, verloren die Leute ihren verdammten Verstand.

»Du hast doch ein Privatkonto auf deinen Namen, oder? Getrennt von dem Geschäftskonto und dem deines Dads?«

Er nickte, während er auf seinen Teller starrte. »Aber da ist nicht viel drauf. Die meisten Einkünfte aus der Werkstatt habe ich wieder ins Geschäft gesteckt, habe die erbärmlichen Diagnosegeräte ersetzt, neues Werkzeug gekauft. Ich habe Hilfe von Maxfields Dad bekommen, als ich die Werkstatt damals übernahm, und er hat mir gesagt, ich sollte das Geschäftsgeld völlig getrennt halten und mir selbst ein Gehalt bezahlen. Hätte ich mir bloß vor einem Jahr eine verdammte Gehaltserhöhung gegeben.« Er kicherte. »Aber zum Glück habe ich auf ihn gehört, sonst hätte ich alles einfach in einen Topf geworfen wie ein Idiot.«

»Boyce, du konntest das unmöglich kommen sehen«, sagte ich – seine Worte an mich, als Mama mir erklärte, ich könne nicht zu Hause wohnen und das Leben weiterverfolgen, das ich wollte. Ich konnte nicht ahnen, dass ich wenig später zu ihm genau dasselbe über seine eigene Mutter sagen würde. Ich kostete einen Löffel Reis und spuckte ihn fast wieder aus. »Arrrgh! Wie viel Salz habe ich da denn hineingetan?«

Er lachte und zog eine Augenbraue hoch. »Du warst ein bisschen abgelenkt.«

Gott, und ob ich das war. Ich leerte meinen Eistee zur Hälfte, um das Salz zu verdünnen, und kämpfte gegen den Drang an, mir Luft zuzufächeln wie ein zappeliger Idiot. »Vielleicht solltest du mich nicht ablenken, während ich koche.«

Er schaltete in zwei Sekunden von verspielt auf draufgängerisch um. »Aber ich lenke dich gern ab.«

Sein Mund verzog sich zu diesem lässigen halben Grinsen, das ich so gut kannte, und er senkte den Blick zu meinen Lippen. Als ich sie mir ableckte (eine Mischung aus nervöser Angewohnheit und genügend Salz im Reis, um einem Pferd die Kehle zuzuschnüren), trafen sich unsere Blicke. In seinen tiefgrünen Augen lag nichts Zurückhaltendes.

Es war offiziell: Was Boyce Wynn betraf, war ich der zappelige Idiot schlechthin.

Der Gasthof war über einhundert Jahre alt, aber schon oft in einer anderen Gestalt wiederauferstanden. Auf die eine oder andere Weise hatte er ein Feuer, eine Flutwelle und einen lang anhaltenden wirtschaftlichen Abschwung überstanden. Mein halb offizieller Titel war Empfangsangestellte, aber das deckte den Aufgabenbereich der Position kaum ab. Bis ich meine dritte Schicht antrat, hatte ich die Eismaschine mit einem Schraubenzieher und ein paar raschen Tritten wieder flottgemacht, einen Stammgast beschwichtigt, als ein anderer Gast sich weigerte, das Zimmer zu räumen, das er reserviert hatte, und Mausefallen in einer Abstellkammer aufgestellt, nachdem ein weiblicher Gast aufgeregt erklärt hatte, die Kratzgeräusche, die sie in der Nacht in ihrem Zimmer hörte, seien ein Beweis dafür, dass es spukte – was zum Mythos des Gasthofs gehörte.

Minnie versicherte ihr, dass der Hausgeist des Gasthofs nichts Böses im Schilde führte. »Alyce war eine ehemalige Mieterin, die hier ein glückliches Leben führte und nicht gehen wollte. Sie hatte einen Hang zur Zwangsneurose – was damals nicht diagnostiziert wurde, wissen Sie. Sie war dafür bekannt, dass sie nachts die Böden gewischt hat. Vielleicht war es das, was Sie gehört haben?«

»Es klang tatsächlich, als würde jemand wischen!«, gab die Frau ihr recht. Ich versuchte angestrengt, eine ernste Miene zu bewahren, während ich mich besorgt fragte, ob meine Chefin selbst glaubte, was sie da sagte.

Als die Tür hinter der Frau ins Schloss fiel, holte Minnie eine Schachtel Mausefallen und ein Glas Erdnussbutter unter dem Tresen hervor. »Bei Geistern werden sie bleiben, bei Nagern nicht.«

Das Zimmer (mit der Abstellkammer daneben) lag im ersten Stock, und Minnie hatte die strikte Anweisung, mit ihrem Gips und Gehstock die knarrende Treppe nicht hochzusteigen. »Pass auf, dass du dir nicht den Finger einklemmst«, sagte sie. »Das würde dir den Nagel sauber abtrennen.«

Mir graute weniger vor den Mausefallen als davor, mich zu einer Horde territorial veranlagter Mäuse in eine enge Kammer zu zwängen.

In der letzten Stunde meiner Abendschicht wurde ich

dreimal zu einem Zimmer gerufen, das sich drei Collegejungen teilten – zuerst, um frische Handtücher zu bringen, dann wegen zusätzlicher Kissen und schließlich, um eine Glühbirne an der Decke zu wechseln – was mir gelang, indem ich mich auf einen Stuhl stellte, während die drei um mich herumstanden und zusahen. Ihr letzter Anruf war eine Einladung auf ein paar Gläser Whiskey, mit denen sie sich in Stimmung tranken, bevor sie ausgingen. Ich lehnte ab.

Während ich das Büro abschloss und nach Hause fuhr, dachte ich über Boyce' Mutter nach. Vor allem darüber, wo sie schlafen würde. Ich hatte eine Nacht in dem neuen Bett verbracht, aber es war gut möglich, dass ich in ein, zwei Tagen wieder auf dem Sofa schlief. Oder in meinem Wagen.

19

BOYCE

Ich hatte ein Bild von meiner Mutter im Kopf, aber es war jetzt fünfzehn Jahre alt und von einem Kind abgespeichert worden. An dem Abend, an dem sie wegging, war sie Anfang dreißig – mit faltenfreier Haut, die Haare ein etwas dunkleres Kupferrot als meine eigenen, und größer als ich, wenn auch nicht viel. Neben meinem Vater war sie hübsch und klein und zerbrechlich gewesen.

Ich wusste, dass Brent seine Enttäuschung über sie mit ins Grab genommen hatte, auch wenn sich sein Groll ausschließlich gegen meinen Vater richtete. Er verlor mir gegenüber nie ein schlechtes Wort über sie, aber ich würde den Blick in seinem Gesicht an dem Abend, an dem sie wegging, nie vergessen. Nach ihrer Flucht war sonnenklar, dass er nicht hoffte oder erwartete, dass sie je wiederkommen würde. Das hatte nur ich geglaubt. Er hatte es besser gewusst.

Die Frau, die auf der obersten Stufe des Wohnwagens stand, als ich am Sonntagabend die Tür öffnete, war eine verblasste Version meiner Erinnerung. Ihre Haare waren karottenrot, mit einem zwei Zentimeter langen dunklen und grauen Ansatz, und ihr Gesicht war faltig von jahrelangem Rauchen und der Sonne und weiß Gott was noch. Nur ihre haselnussbraunen Augen waren noch so wie früher.

»Boyce – mein Gott, du bist ja größer, als dein Daddy war«, sagte sie. »Und auch größer als Brent.«

Brent, der in genau diesem Türrahmen stand und dich anflehte, mich mitzunehmen. »Er war fünfzehn, als du ihn das letzte Mal gesehen hast«, sagte ich. »Ich werde dreiundzwanzig …«

»Nächsten Monat. Ich weiß.«

Ich neigte einmal kurz den Kopf, ratlos, wie es jetzt weitergehen sollte.

»Kann ich reinkommen?«, fragte sie.

Ich wich einen Schritt zurück, und sie betrat ihr früheres Zuhause, sah erst in die eine und dann in die andere Richtung. »Es sieht alles noch immer genauso aus«, sagte sie, als hätte sie erwartet, dass Dad während ihrer Abwesenheit vielleicht renovierte. Die einzigen Veränderungen waren der Flachbildfernseher und eine neue Lampe als Ersatz für die, die vor Jahren zerbrochen war, als er mich schlug und ich gegen den Tisch prallte, auf dem sie stand.

Sie glitt mit den Fingern über das Sofa, während sie auf das etwas weniger verschmutzte Teppichquadrat starrte, auf dem Dads Sessel gestanden hatte, bevor ich ihn im Hof in Brand steckte. Mrs. Echols, die von ihrem Eckfenster aus zusah, hatte bei meinem Mini-Inferno die freiwillige Feuerwehr gerufen, aber bis der erste Löschwagen vorfuhr, war der Sessel nur noch ein schwelender Haufen aus Sprungfedern und verkohltem Holz gewesen. Ich spritzte ihn mit dem Feuerlöscher ab, den ich in der Werkstatt stets griffbereit aufbewahrte, und der erste Löschzugführer sagte den Einsatz sichtlich enttäuscht ab.

Ich folgte ihr in die Küche, wo Pearls Laptop, Notizbuch und ein paar Lehrbücher den halben Tisch bedeckten. Sie zeigte auf eines davon. »*Dynamik der Meeresökosysteme*? Bist du …«

»Das gehört meiner Mitbewohnerin.«

Ihre Lippen verzogen sich zu einer schmalen Linie. Sie warf einen kurzen Blick auf mich, wandte ihn dann rasch ab und räusperte sich. »Ich wollte es dir eigentlich nicht gleich am Anfang sagen, aber ich werde natürlich mein Schlafzimmer brauchen. Wo es jetzt mein Haus ist.«

Ich biss die Zähne zusammen. »Na, das hat ja nicht lange gedauert.«

Sie zuckte zusammen. »Ich habe nicht vor, dich hinauszuwerfen, Boyce – das hier ist auch dein Zuhause. Ich hätte nur nicht gedacht, dass du so schnell ein Zimmer an irgendeine Fremde vermieten würdest.«

Sie verstand nicht, dass *sie* die Fremde war. Wie konnte sie das nicht sehen?

Ich warf einen verstohlenen Blick auf die Uhr an der Mikrowelle und schickte Mateo eine SMS, um ihm zu sagen, dass ich nicht zum Essen kommen würde. In drei Stunden würde Pearl von der Arbeit nach Hause kommen, und ich wollte die Angelegenheit bis dahin vom Tisch haben. »Bringen wir's hinter uns.« Ich öffnete den Kühlschrank, um mir ein Bier zu nehmen. Als ich es in ihre Richtung hielt, nickte sie, und ich nahm noch eines heraus. »Ich weiß, worauf du einen gesetzlichen Anspruch hast, aber ich habe mir hier ein Leben aufgebaut, ohne zu ahnen, dass du eines Tages zurückkommen und es mir wegnehmen würdest.«

Sie stellte ihre Flasche ab. »Ich habe dir doch gesagt, ich will dir nichts wegnehmen …«

»Warum bist du denn dann hier? Wenn das die Wahrheit ist, dann geh.«

Wir starrten uns über den Tisch hinweg an, bis sie den Blick abwandte. »Ich bin mit einem Müllsack voll mit *nichts* von hier weggegangen«, sagte sie. »Während er dieses Geschäft aufgebaut hat, habe ich tagein, tagaus in diesem Wohnwagen gehaust, seine Wäsche gewaschen und sein Essen gekocht, seine Kinder großgezogen und seine Ohrfeigen und Faustschläge eingesteckt, wenn alles, was ich tat, nicht gut genug war. Es war die *Hölle*.«

Ich zählte im Kopf bis drei, die Faust so fest um die Flasche in meiner Hand geballt, dass ich mich wunderte, dass sie nicht zersprang. »Mir ist durchaus bewusst, was es war. Du hast mich und Brent hier damit zurückgelassen.«

Ihre Augen füllten sich mit Tränen. »Was hätte ich denn anderes tun sollen? Ich hatte keine Ausbildung, keinen Job, kein eigenes Geld …«

»Brent hätte dir geholfen.«

Sie wischte eine Träne fort. »Er hätte mir nicht helfen können – er war nur ein Junge.«

»Ja. Das war er. Aber er hat sich zusammengerissen und ist an jenem Abend für mich Vater und Mutter geworden, genau wie du wusstest, dass er es tun würde.«

»Egal, was du jetzt von mir hältst, ich habe es versucht, jahrelang. Ich habe mir das hier verdient, indem ich es sechzehn Jahre mit diesem Mann ausgehalten habe …«

»Brent hat es mit diesem Scheißkerl noch länger ausgehalten. Und ich auch. Was mein Bruder – *dein Sohn* –

sich verdient hat, war ein Loch in der Erde, nachdem er sich jahrelang um ein Kind gekümmert hat, das ihm aufgehalst wurde, um es großzuziehen, während er sich gleichzeitig *selbst* großgezogen hat.«

Sie brach in Tränen aus und stürzte ins Bad, und ich stützte den Kopf in die Hände. Ich fühlte mich wie ein Arschloch. Ein Arschloch, das diesen ganzen Scheiß viel zu lange in sich hineingefressen hatte. Ich hatte mein Zuhause oder Wynns Werkstatt nie als Entschädigung für die über zwei Jahrzehnte angesehen, in denen ich mir von meinem Vater jeden Dreck bieten lassen musste. Keines von beidem hätte das je wettmachen können. Ich sah diese Dinge als einen Teil des Lebens an, das ich mir aufgebaut hatte. Und jetzt würde sie mir das wegnehmen, egal, ob sie es zugab oder nicht.

Fünf Minuten später kam sie zurück in die Küche. »Wie ich bereits sagte, *du* kannst gern bleiben.« Sie hielt irgendeine Art Haargerät hoch, das Pearl gehörte. Es hatte im Bad gelegen. »Aber deine *Mitbewohnerin …*« – sie setzte das Wort mit den Fingern in Anführungszeichen – »… muss gehen. Verlangst du überhaupt Miete von ihr?«

Ich hatte schon vor langer Zeit gelernt, dass ein Gefühl von Machtlosigkeit leicht zu überstürzten Entscheidungen führt. Die einzige Möglichkeit, das Risiko zu verringern, in einer solchen Situation eine Dummheit zu begehen, bestand darin, die Macht wieder an sich zu reißen – bevor man reagierte, ohne seine Wahlmöglichkeiten abzuwägen. Anstatt ihr zu antworten, fragte ich: »Erwartest du, dass ich die Werkstatt weiterführe, von der ich dachte, sie würde mir gehören?«

Bei dem Themawechsel riss sie das Kinn hoch. »Dein

Vater hätte dir sagen sollen, dass wir noch immer verheiratet waren. Das war nicht meine Schuld.«

Ich rieb mir mit einer Hand den Kiefer, als würde ich über diesen Punkt nachgrübeln. »Da magst du recht haben. Aber meine Unkenntnis wird demnächst dein Problem sein – es sei denn, du weißt, wie man ein Getriebe ausbaut oder eine Zündkerze wechselt. Die Einkünfte aus der Werkstatt werden sich nämlich ab morgen auf null belaufen, denn in diesem Bundesstaat gilt nicht nur das Prinzip der Gütergemeinschaft, sondern auch das einer fristlos kündbaren Beschäftigung.« *Danke, Mr. Amos, dass Sie mich auf diesen Punkt hingewiesen haben.* »Und ich bin ungefähr fünf Sekunden davor zu *kündigen*.«

Sie brauchte einen Moment, um zu verdauen, was ich soeben gesagt hatte. Sie atmete tief aus, und ihr Kinn sackte leicht nach unten. »Was willst du?«

Ich: Sie ist hier. Sie will ihr Zimmer wiederhaben, daher habe ich dein Zeug in mein Zimmer geschafft, und ich nehme das Sofa. Tut mir leid. Ich fühle mich echt beschissen deswegen.

Pearl: Fühl dich meinetwegen bitte nicht schlecht. Ich werde auf dem Sofa schlafen. Ich bin es gewohnt. Ich komme schon klar. Geht es dir gut?? Wie ist es? Es muss seltsam sein.

Ich: Seltsam, ja. Ich kenne sie nicht. Sie kommt mir bekannt vor, aber sie ist weggegangen, bevor ich acht war, mein Gott. Brent war erst fünfzehn. Er war so alt wie ich jetzt, als er starb.

Pearl: Oh, Boyce. ☹

Ich: Ich habe ihr gesagt, dass du meine

	Mitbewohnerin bist, und sie hat nichts dagegen. Außerdem schläfst du in meinem Bett, und ich nehme das Sofa. PUNKTUM.
Pearl:	Okay.
Ich:	Na dann, okay.

Ich hatte Maxfield seit den Frühjahrsferien nicht mehr gesehen, als er zum ersten Mal eine Freundin mit nach Hause brachte. Ich stauchte ihn dafür zusammen, dass er sich auf eine feste Beziehung eingelassen hatte, aber er war allen Ernstes so verdammt glücklich, dass mir klar wurde, wie *unglücklich* er vor ihr gewesen sein musste. In all den Jahren, die ich ihn kannte, hatte ich den Typen fast nie lächeln sehen. Ich hatte ihn von Anfang an als einen dieser instabilen Emo-Typen eingestuft. Seine Stimmung war entweder grimmig und still oder gewaltbereit und gemeingefährlich – nie irgendetwas dazwischen.

Wir hatten nie darüber geredet, was ihn so gründlich verkorkst hatte, aber als er zu uns auf die Mittelschule kam, hatte er schwer an irgendetwas zu knabbern. Ich hatte ihm das Leben eine Zeit lang noch schwerer gemacht, aber ich dachte gern, dass ich meine anfänglichen Gemeinheiten wiedergutgemacht hatte – auf meine eigene Art natürlich. Nicht dass ich ihm Blumen und Pralinen schenkte.

Er hatte mich seinem Mädchen, Jacqueline, als seinen besten Freund von der Highschool vorgestellt.

»Ah, *du* bist also der Typ, der für diese ganzen Tattoos und das hier verantwortlich ist?«, fragte sie und tippte mit einem Finger an den Ring in seiner Lippe. Mich schauderte noch immer, wenn ich dieses Ding ansah. Ich musste den Raum verlassen, als er es sich stechen ließ, denn ich wusste, sobald Arianna diese grässliche gebogene Nadel zückte, würde ich entweder in Ohnmacht fallen oder mich übergeben.

»Ja, das war alles meine Schuld. Tut mir leid.« Ich hatte nur von den Tattoos an seinen Handgelenken gesprochen. Der Rest war allein seine Entscheidung gewesen, aber ich würde ihn nicht verpetzen.

Dann schlang sie die Arme um mich. »Danke«, sagte sie, während er mit einem selbstgefälligen Grinsen im Gesicht dastand.

Ich hatte keine verdammte Ahnung, wie ich das verstehen sollte, daher erwiderte ich ihre Umarmung, bis er sagte: »Okay, genug der Dankbarkeit«, und sie wieder an seine Seite zog. Ich lachte, denn ich hatte noch nie gesehen, dass er sich gegenüber irgendetwas, abgesehen von seinem alten Truck, besitzergreifend verhielt. Es wurde aber auch Zeit, dass er so für ein Mädchen empfand, das seine Gefühle erwiderte.

Selbst Maxfield hatte ich nie anvertraut, was zwischen Pearl und mir war, aber er konnte es sich fast denken, als ich ihn im letzten Herbst nach ihr fragte. Sie gingen auf dasselbe College, und ich hatte von ihr nichts mehr gesehen oder gehört, seit ich ihr gesagt hatte, dass ich ihren Freund für einen Idioten hielt. Ich hatte ihr immer die Wahrheit gesagt, wenn sie mich danach fragte, aber das hieß nicht, dass ich sie verletzen oder wegstoßen wollte.

Als Maxfield sich nach unserer Beziehung erkundigte, indem er sagte: »Irgendwann musst du mir das mal erzählen«, wechselte ich das Thema.

Jetzt hatten sie beide das College abgeschlossen, und er war für eine Weile zu Hause und besuchte seinen Dad, bevor er für einen Job nach Ohio gehen würde. *Ohio*. Genau das war der Beweis dafür, weshalb Fünfjahrespläne Schwachsinn sind. Wenn mir irgendjemand vor fünf Jahren erzählt hätte, dass Maxfield nach Ohio gehen und Pearl wieder zurück nach Hause ziehen würde, hätte ich gesagt, er sei bekifft.

Wir trafen uns im Saloon. »Scheiße, Mann – kein Gesichtsschmuck, und ich kann deine Ohren sehen«, sagte ich. »Habe ich deine verdammten Ohren eigentlich je gesehen? Bin mir nicht sicher. Du siehst fast anständig aus.«

»Sagt der Typ, der sein eigenes Geschäft hat.« Er wusste, dass er mir besser kein Beileid zu meinem *Verlust* aussprach. Er hatte meinen Dad besser gekannt als irgendeiner meiner Freunde, abgesehen von den Thompson-Jungen, die auf der anderen Straßenseite lebten und den Scheiß, den er sich im Vollrausch leistete, regelmäßig zu sehen bekamen.

»Ja – aber das …« Ich kippte meinen ersten Schnaps.

Er beugte sich stirnrunzelnd vor. »Was ist los?«

»Es ist alles ein einziger Scheiß, also lass mich das erst mal loswerden.« Als er nickte, fuhr ich fort: »Erstens, meine Eltern waren nicht geschieden. Um es kurz zu machen – mir gehört gar nichts. Der Wohnwagen, das Geld und die Werkstatt – gehört alles ihr.«

»*Scheiße*«, sagte er.

»Zweitens, Pearl ist bei mir eingezogen.« Die Augen quollen ihm fast aus dem Kopf, und ich konnte die Fragen sehen, die sich bei ihm auftaten, aber ich hob eine Hand, und er verlagerte das Gewicht und schwieg. »Sie hat sich entschieden, nicht Medizin zu studieren. Sie bleibt hier, um stattdessen Meeresbiologie zu studieren, und ihre Mom war nicht allzu glücklich darüber.«

»Mein Gott – sie haben sie *rausgeworfen*?«

Ich nickte. »Mehr oder weniger.«

»Daher hast du ihr eine Bleibe angeboten.«

»Es lief alles gut, bis meine Mom letzte Woche zurück in die Stadt gekommen und in den Wohnwagen gezogen ist. Jetzt schlafe ich auf dem verdammten Sofa, Pearl und ich teilen uns meinen Kleiderschrank, und wir drei teilen uns ein Badezimmer und neunzig Quadratmeter Wohnfläche.«

»Was zum *Teufel*, Wynn? Du arbeitest dort, seit ich dich kenne, und führst den ganzen Laden seit, wie lange jetzt, zwei Jahren? Und die ganze Zeit in dem berechtigten Glauben, dass du das alles erben würdest … und jetzt arbeitest du für deine *Mom*?«

»Ja und Nein. Ich bin davon ausgegangen, dass die Werkstatt mir gehören würde, aber da habe ich mich offenbar gründlich getäuscht. Es ist so, wie es ist, und ich kann nichts dagegen machen. Daher habe ich nicht vor, langfristig zu bleiben, nur um mich von einem anderen Elternteil herumschikanieren zu lassen. Aber Pearl braucht hier bis Mitte August eine Unterkunft. Sie muss für die ersten zwei Semester nach Austin gehen, daher arbeitet sie im Gasthof, um für eine Kaution zu sparen und später dort für neun Monate etwas zu mieten.«

»Ich glaube, *da* kann ich helfen. Augenblick.« Maxfield zückte sein Handy und wählte eine Nummer. »Hey, Cindy … ja, alles bestens. Hör zu – eine Freundin von mir von der Highschool – die,. die die Abschiedsrede meiner Klasse gehalten hat … Sie fängt hier das Aufbaustudium in Meeresbiologie an, aber das erste Jahr findet bei euch auf dem Hauptcampus statt. Sie braucht irgendeine sichere und billige Bleibe. Meinst du …«

Er brach ab, und ich hielt den Atem an.

»Ja. Genau.« Er nickte mir zu und hob einen Daumen. »Toll. Gib mir Bescheid, und dann sage ich ihr, dass sie dich anrufen soll. Ihr Name ist Pearl Frank … danke, Cindy. Bis dann.« Er legte auf und grinste. »Sie fragt bei Charles nach, aber das ist nur eine Formsache. Ich habe vier Jahre in der Wohnung über ihrer Garage gelebt – habe sie erst vor zwei Tagen geräumt. Es ist still, privat, billig und nah beim Campus gelegen. Sie wird begeistert sein.«

»Gottverdammt, Maxfield – ich weiß gar nicht, was ich sagen soll.«

»Pearl war auch meine Freundin – ohne ihre Hilfe hätte ich die Highschool nicht geschafft. Also … wie wär's, wenn du mir jetzt erzählst, was *wirklich* los ist? Ich weiß, dass sie in der Schule eine echte Herausforderung für dich war – das einzige Mädchen, das du wolltest, das dir nicht einmal einen guten Tag gewünscht hat …«

»Das stimmt nicht ganz.«

Er zog eine Augenbraue hoch.

Und so spuckte ich es aus. Nicht alles, denn manche Dinge sind nicht für andere Ohren bestimmt. Aber ich erzählte ihm von jenem Tag, an dem ich ihr das Leben rettete, und wie sie meines rettete, indem sie in meinen fast dreiundzwanzig Jahren das Einzige war, was perfekt war, und ich gab zu, dass sie mich in dem Sommer, bevor sie weg aufs College ging, für jede andere Frau ruiniert hatte.

»Wynn – sie *wohnt bei dir*. Hast du ihr gesagt, was du für sie empfindest? Was du willst?«

Nein, es sei denn, sie mit in mein Bett zu nehmen, zählt. »Ich habe ihr nichts zu bieten. Nicht jetzt.«

Er lehnte sich zurück und drehte die Flasche zwischen den Fingern, während er mich mit diesem eisigen Blick durchbohrte, der den Leuten auf der Highschool immer eine Höllenangst einjagte. Gut zu gebrauchen, als wir beide für Rick Thompson ausstehende Drogenschulden eintrieben. Ich war mehr als einmal froh darüber, ihn zum Freund zu haben, denn er konnte auf eine Art ausflippen, auf die nicht einmal ich es tat. Die Leute sahen meine Wut kommen, aber Maxfield explodierte einfach aus heiterem Himmel.

»Was ist bloß aus *Ich bin der verdammte Boyce Wynn* geworden?«, fragte er. »Der Typ, der nichts zwischen sich und etwas, was er unbedingt haben wollte, kommen ließ?«

Ich lachte schallend auf. Ach zum Teufel. *Der verdammte Boyce Wynn*. Mein Highschool-Motto. »Dieser Idiot bin ich nicht mehr, Mann.«

Er sah sich in der überfüllten Bar um, während er sich auf die Stelle biss, wo früher der Lippenring saß. Ich hatte gelernt, dass das sein verräterisches Anzeichen war – mit den Zähnen oder der Zunge oder einem Finger an diesem Ding herumzuspielen. Ich war gespannt, was für eine unverblümte Wahrheit er gleich vom Stapel lassen würde. Ich rechnete mit einem Schlag in die Magengrube, angesichts seines Zögerns, sie auszuspucken.

»Für mich hört sich das so an. Wenn du die Werkstatt besitzt, hast du das Gefühl, Pearls wert zu sein. Vielleicht zum ersten Mal überhaupt.« Er gab Brits Kollegin ein Zeichen für noch eine Runde, während mein Herz langsam und hart hämmerte. Er richtete sich auf und sah mir fest in die Augen. »Ich verehre den Boden unter Jacquelines Füßen, und ich schäme mich nicht, es zu sagen. Ich liebe sie, Mann. Wenn du so für Pearl empfindest, dann kann ich nur sagen, gib nicht auf. Gib verdammt noch mal nicht auf.«

PEARL

Boyce' Küche war nicht mehr so einladend, seit sie Ruthanne Wynn gehörte. Sie fühlte sich für mich tabu an, es sei denn, er war ebenfalls dort. Boyce' Mutter sagte nichts, aber ihr feindseliges Schweigen, wenn wir in dem beengten Raum allein waren, sprach Bände.

Anfangs versuchte ich, in Boyce' Schlafzimmer zu lernen, aber das Licht dort war nicht ideal. Zwei der Fenster trennten nur wenige Zentimeter von der Backsteinwand der Werkstatt, und das dritte wurde von einer Kreppmyrte verdeckt, die seit Jahren nicht mehr zurückgeschnitten worden war. Er und sein Bruder waren auf einer Insel aufgewachsen, genau wie ich, aber von ihrem schwach beleuchteten, kaum belüfteten Schlafzimmer aus hätte man das nie vermutet.

Ich begann, nach den Vormittagskursen und den Laboruntersuchungen auf dem Campus zu lernen – entweder in der Bibliothek oder in dem verglasten Gruppenlernbereich zwischen den Büros, den Labors und den Kursräumen. Dienstags und donnerstags, wenn ich die Abendschicht im Gasthof hatte, ging ich zwischen meinen Kursen und der Arbeit gar nicht erst nach Hause. An Tagen, an denen ich nicht zur Arbeit eingeteilt war, kam ich erst nach sechs nach Hause, wenn Boyce die Werkstatt für den Tag schloss.

Obwohl Ruthanne und ich uns nicht unterhielten – unsere Wortwechsel beschränkten sich auf das Nötigste –, hatte ich das Gefühl, dass sie dachte, ich hätte es auf das abgesehen, was ihr gehörte, und würde ihren Sohn in dieser Richtung ermuntern. Zugegeben, wenn ich eine Strategie gewusst hätte, mit der er zurückbekommen könnte, was er sich so mühsam aufgebaut hatte, dann hätte ich sie ihm vorgeschlagen. Aber meine Motive hätten ihr Verständnis völlig überstiegen, denn sie hatten nichts damit zu tun, ihr etwas wegzunehmen, sondern ausschließlich damit, es ihm zurückzugeben. Ich dachte immer, Mütter opferten sich für ihre Kinder auf, damit sie geborgen und glücklich waren. Ruthannes mütterlichem Herz – falls es überhaupt in ihrer Brust schlug – schien dieser Antrieb zu fehlen.

Diese Überlegungen führten zu ängstlichen Gedanken an Mama und wie sehr unser Zerwürfnis sie verletzte. Mein Geburtstag stand kurz bevor – ein Tag, um den sie ausnahmslos jedes Jahr ein Mordsgetue machte. Ich konnte nicht an sie denken, ohne dass mir die Tränen in die Augen stiegen. Sie hatte sich ein schönes Leben aufgebaut, ja, aber erst nachdem sie sichergestellt hatte, dass auch ich davon profitieren würde. Wenn Thomas nicht bereit gewesen wäre, mich ebenfalls zu lieben, dann hätte sie diese Tür ohne Zögern zugeschlagen. Ich entschied, dass es an der Zeit war, einen Olivenzweig auszustrecken. Von meiner akademischen Laufbahn würde ich nicht abweichen. So viel stand fest. Aber ich konnte ihrem Stolz die Tür öffnen, damit er es mir eines Tages verzieh.

Ruthannes Seitenblicke trafen mich jedes Mal, wenn Boyce und ich zusammen waren, vor allem, wenn wir von unserer neuen abendlichen Routine hereinkamen – draußen auf der Stufe zu sitzen, wo wir über unseren Tag redeten, während er rauchte und ich Eistee schlürfte. Ich fragte ihn nicht, warum er aufgehört hatte, zu Bett zu gehen, bevor ich nach Hause kam. Ich nahm an, dass es mit ihrer Angewohnheit zusammenhing, auf dem Sofa, auf dem er schlief, jeden Abend fast bis Mitternacht fernzusehen.

»Ich habe ein schlechtes Gewissen, weil du nicht mehr zu deiner gewohnten Zeit ins Bett gehen kannst«, sagte ich eines Abends zu ihm, während ich die Zuckerkörner auf dem Boden meines Glases verrührte. Außerdem vermisste ich es, ihn in der Abenddämmerung durchs Wohnzimmer gehen zu sehen, verschwitzt und verausgabt nach einem Training und auf dem Weg zur Dusche. Im Schlafzimmer schlief ich, bis der Weckalarm meines Handys mir sagte, dass es Zeit zum Aufstehen war. Da war er bereits in der Werkstatt bei der Arbeit. »Wenn du das Bett nehmen würdest, müsstest du deinen Tagesablauf nicht umstellen. Ich gehe sowieso später schlafen als du. Ich kann mich aufs Sofa legen, nachdem sie in ihr Zimmer gegangen ist.«

Er zog einmal tief an seiner Zigarette und schnippte die Asche weg, bevor er antwortete. »Als ich dich gebeten habe, bei mir einzuziehen, habe ich dir ein Zimmer angeboten, kein Sofa.« In dem Punkt ließ er eindeutig nicht mit sich reden.

»Du bist ja noch sturer als früher, Boyce Wynn.« *Aber genauso fürsorglich.*

»Oh, ja.«

Dann herrschte ein paar Minuten Schweigen. Wir winkten Randy zu, als er auf der anderen Straßenseite in seine Auffahrt einbog, und beobachteten, wie Junikäfer trunken durch die Luft tanzten und wirbelten, angelockt von dem Verandalicht. Während ich zum Himmel hochstarrte, fühlte ich mich so unverbunden, wie die Sterne zu sein schienen, obwohl sie von inneren nuklearen Explosionen und der Schwerkraft zusammengehalten wurden. Ich fragte mich, wie Boyce zu diesem Gefühl von Verwurzelung passte, das ich an diesem Ort immer verspürt hatte. Ob er meine innere Verbrennung oder meine Schwerkraft war. Oder beides.

Durch die geschlossene Tür hinter uns hörte das Gemurmel des Fernsehers abrupt auf.

»Sie sieht uns immer so seltsam an, wenn wir hereinkommen, nachdem wir hier draußen gesessen haben oder wenn wir uns etwas zum Abendessen machen«, sagte ich. »Was meinst du, warum sie das tut?«

Er wandte sich ab und drückte seine Zigarette aus. »Ich nehme an, sie hat sich irgendwelche Vorstellungen von dir und mir gemacht, die sich nicht bewahrheiten.«

Oh. *Oh.* »Was damit zusammenhängt, dass du auf dem Sofa schläfst? Anstatt, äh, bei mir.«

Er nickte. »Das, und die Tatsache, dass du ein Aufbaustudium absolvierst und für deinen Lebensunterhalt arbeitest. Du bist jung und heiß, aber du setzt dein gutes Aussehen nicht als Köder ein, um dir irgendeinen Typen zu angeln, der für dich sorgen würde. Bin mir ziemlich sicher, sie dachte, du würdest den Abflug machen, sobald klar war, dass mir die Werkstatt nicht mehr gehört.«

Ich seufzte. »Das heißt, sie denkt, ich nutze dich aus.« Was Bände darüber sprach, was sie von ihrem Sohn hielt – aus dem so viel mehr geworden war als nur sein Besitz.

»Was sie denkt, geht mir am Arsch vorbei. Und das sollte es dir auch.« Er wandte sich um, nahm mein Kinn zwischen seine Hände und hob mein Gesicht an. »Hast du verstanden?«

»Ja«, flüsterte mein Mund.

Seine Berührung – so unerträglich sanft – dämpfte alles bis auf das Pochen meines Herzschlags. Er betrachtete meinen Mund aus wenigen Zentimetern Entfernung, während er mit den Fingern an meinem Hals hinunterglitt und meinen Puls maß. Seine Augen waren düster, verborgen von den Schatten des sterbenden Tages. Ich schluckte, und er erweiterte seinen Griff um mich und glitt am Rand meines Halses entlang, zärtlich wie eine warme Brise auf feuchter Haut. Eine Gänsehaut lief mir über die Arme, und mein Mund verzehrte sich danach, geküsst zu werden.

Er drückte die Lippen auf meine Stirn. »Gute Nacht, Pearl«, sagte er, bevor er aufstand und nach drinnen verschwand.

Mama hatte mir zwei Dinge eingetrichtert, als ich aufwuchs. Das Erste war ein Ziel: dass ich in der Lage sein sollte, *gut* für mich zu sorgen. Das Zweite war die Überzeugung, dass es besser war, allein zu sein als mit dem Falschen zusammen. Wir waren alles andere als vermögend, aber es ging uns gut. Thomas – eindeutig der *Richtige* für sie – musste hart dafür arbeiten, dass sie das irgendwann zugab. Selbst als sie kapitulierte, stritten sie sich über die Größe des Rings, den er ihr an den Finger steckte. Sie war besorgt, alle in der Stadt würden denken, sie hätte es nur auf sein Geld abgesehen. Er sagte, alle in der Stadt würden denken, er hätte es auf eine deutlich jüngere Frau abgesehen, daher waren sie quitt.

Sie hatte mir durch ihr Beispiel zweierlei beigebracht: nach Unabhängigkeit zu streben – was für sie irgendwie nach hinten losging, als ich mich weigerte, Medizin zu studieren – und ein Kind, wenn ich eines haben sollte, mit aller Kraft und Entschlossenheit zu behüten und zu beschützen. Aber nichts davon gab mir irgendeinen Hinweis darauf, was ich tun sollte, wenn die Person, die ich am meisten verteidigen wollte, die ich *retten* wollte, ein erwachsener Mann war.

20

BOYCE

Bevor meine Mutter auftauchte, war es für Sam zur Gewohnheit geworden, täglich mit Pearl zu plaudern, wenn diese von der Uni nach Hause kam. Nachdem Pearl ihren Rucksack in den Wohnwagen geworfen hatte, kam sie immer mit kalten Pepsis in die Werkstatt und ließ sich von einer stolzen Sam zeigen, woran sie an dem betreffenden Tag arbeitete. Einmal versuchte ich Sam zu bremsen, da ich mir ziemlich verdammt sicher war, dass Pearl an den schmutzigen Details der Reparatur einer Zylinderkopfdichtung so desinteressiert war, wie es ein Nichtmechaniker nur sein konnte, aber sie sagte mir, ich solle den Mund halten und Sam ausreden lassen.

An jenem Abend sagte ich beim Essen zu Pearl, sie müsse keine einseitigen Gespräche über Getriebe und Ölpumpen über sich ergehen lassen, nur um Sams Gefühle nicht zu verletzen. Das Mädchen liebte Autos mehr als irgendjemand, den ich je gekannt hatte, abgesehen von mir selbst, aber sie war schlau genug, um zu begreifen, dass selbst die Leute, die uns ihre Autos vorbeibrachten, meistens nur wollten, dass die Arbeit erledigt wurde – und keinen Vortrag darüber.

»Ehrlich gesagt besteht ein Zusammenhang, wenn man jemandem etwas beschreibt und es dann selbst auf einer tieferen Ebene versteht«, entgegnete sie. »In meinem zweiten Collegejahr habe ich einigen meiner Chi-O-Verbindungsschwestern Nachhilfe gegeben, die sich mit Biologie im ersten Jahr schwertaten. Ziemlich simples Zeug eigentlich. Aber diese Grundlagen vereinfacht darzustellen und ihnen zu erklären half *mir* wiederum bei meinen Fortgeschrittenenkursen.«

»Das heißt, du lässt dich von Sam zu Tode langweilen, nur um ihr zu helfen.« Ich schüttelte den Kopf, während ich daran zurückdachte, wie sie Maxfield gegen Ende unseres dritten Highschooljahres in praktisch jedem Fach Nachhilfe gegeben hatte, als er kurz davor war durchzufallen.

»Es sind nur zehn oder fünfzehn Minuten.« Sie lächelte. »In fünfzehn Minuten kann mich nur sehr wenig zu Tode langweilen. Außerdem kann ich mich erinnern, wie du und Lucas auf der Highschool immer über Autos und Autoteile diskutiert habt, und das so angeregt und vertieft, dass jeder, der euch dabei zusah, dachte, ihr würdet über Titten reden.«

»Oh, darüber haben wir auch oft diskutiert.«

Sie verdrehte die Augen. »Das glaube ich gern.«

Sam hatte irgendetwas zwischen Kleine-Schwester-Gefühlen und einer Schwärmerei für Pearl entwickelt, daher entging es ihr nicht, als sie aufhörte, nach der Uni nach Hause zu kommen. »Wo ist Pearl?«, fragte sie an mehreren Pearl-freien Tagen, als ob *gar nichts dabei* wäre, nur dass ihre Stimme so schrill wie eine kaputte Glocke klang.

»Sie geht meiner Mutter aus dem Weg.«

Sam, die sich neben mir über den Motor gebeugt hatte, richtete sich so abrupt auf, dass sie fast umkippte. »Warum das denn?«, fragte sie, während sie sich für einen Moment an der vorderen Kante festhielt, um nicht das Gleichgewicht zu verlieren. Sie ignorierte mich, als ich einen Satz auf sie zumachte, um sie am Arm festzuhalten. Sie bat nie um Hilfe. Wenn sie irgendetwas brauchte, *verlangte* sie es. *Ich komme da nicht ran. Fahr die Hebebühne weiter herunter*. Als sie letzte Woche schon im Truck saß und an dem Radio herumspielte, erzählte mir ihr Dad, sie sei mit einer Fehlbildung der Wirbelsäule zur Welt gekommen, und ergänzte, sie hätte seit ihrer Geburt um ihre Selbstständigkeit gekämpft. Kein Wunder. *Wirklich* nicht.

»Was hat deine Mom denn zu ihr gesagt? Hast du ihr etwa erlaubt, sie rauszuwerfen?«, fragte sie, eine Hand zur Faust geballt, als wolle sie mir eine reinhauen, sollte ich irgendetwas mit Pearls Verschwinden zu tun haben. »Ich dachte, das ist *dein* Wohnwagen. Hast *du* sie rausgeworfen?«

»Beruhige dich. *Mein Gott*. Niemand hat irgendjemanden rausgeworfen. Es ist … kompliziert.«

Sie sah stirnrunzelnd auf den verschlissenen Schlauch in ihrer Hand, halb ausgebaut und für einen Moment vergessen. »Ich bin nicht auf den Kopf gefallen, weißt du. Ich kann kompliziertes Zeug verstehen.«

Ich seufzte. »Na schön. Aber du darfst auf gar keinen Fall mit Pearl darüber reden. Hast du mich verstanden?«

Sie tastete nach den Griffen ihres Rollstuhls und ließ sich hineinsinken. »Warum nicht?«

Ich starrte sie an.

»Okay, *okay*«, schnaubte sie. »Ich sehe sie ja sowieso nicht mehr.«

Ich baute den Kühlwasserschlauch fertig aus, während ich weiterredete. »Mein Dad ist im Mai gestorben. Er und meine Mom – die durchgebrannt ist, als ich sieben war – haben sich nie scheiden lassen, was mir neu war. Daher gehört das alles ihr – einschließlich der Werkstatt. Sie dachte, ich würde das Geschäft einfach für sie weiterführen, bis sie es verkauft oder was immer sie damit vorhat. Scheiß drauf – aber ich habe Pearl versprochen, ihr bis Mitte August eine Unterkunft zu bieten, daher habe ich mit meiner Mom eine Abmachung getroffen. Ich werde bleiben und die Werkstatt weiterführen, bis Pearl im August zurück nach Austin zieht. Und dann bin ich weg.«

»Sie zieht fort. Und du … verlässt die Stadt?«

»Ich kann nicht bleiben und zusehen, wie meine Mutter alles auseinanderreißt, was ich mir aufgebaut habe. Ich muss von hier verschwinden, zumindest für eine Weile.«

»Das heißt, ich werde ab dem Herbst auch keinen Job mehr haben.« Ihr geknickter Ton war die Hölle für mich.

Ich nickte. »Tut mir leid, Sam.«

Sie starrte in ihren Schoß. »Das mit deinem Dad tut mir leid.«

»Das muss es nicht. Er war völlig anders als deiner. Er war nur etwas, was ich überlebt habe.«

Sie kratzte mit einem ölverschmierten Fingernagel über ihren Schenkel und dachte nach. »Was wird jetzt aus Wynns Werkstatt? Deine Mom wird sie ja sicher nicht weiterführen. Sie kommt nie hierher.«

»Weiß nicht. Ist mir egal.« Ich wünschte, das wäre die Wahrheit.

»Das *nervt*«, sagte sie.

Sie hatte ja keine Ahnung. Mir blieben nicht einmal sechs Wochen mit Pearl.

PEARL

Vor ein paar Monaten las ich einen Artikel, der Angst mit einer Unaufmerksamkeit gegenüber Unfallrisiken in Verbindung brachte. *Faszinierend,* überlegte ich und dachte nicht wieder darüber nach – bis jetzt.

Heute Morgen im Labor verschüttete ich eine Petrischale mit Phytoplankton und dem Wasser, in dem es schwamm, auf meinem Hemd. Zum Glück bemerkte es niemand, und ich füllte die Schale rasch auf und führte die Messreihe durch, wie es von mir erwartet wurde, aber das war jetzt das dritte Mal. Erst der Messbecher. Dann, letzte Woche, stolperte ich über ein am Boden festgeklebtes Kabel im Labor und schüttete mir kochend heißen Kaffee über die Hand, was *vielleicht* unbemerkt geblieben wäre, wenn ich nicht gleich darauf eine Reihe Flüche ausgestoßen hätte, die Boyce Wynn gut zu Gesicht gestanden hätten. (»*Nett*«, bemerkte einer der Gaststudenten mit einem flirtenden Grinsen – denn angemacht zu werden ist genau das, was ein Mädchen will, *wenn es sich die Hand verbrüht*.)

Ich selbst war vielleicht abgehärtet gegen den Schwefelgeruch, den mein Hemd verströmte, aber ich wusste, dass Minnie nicht erfreut sein würde, wenn ich während meiner Vier-Stunden-Schicht im Gasthof wie ein wissenschaftliches Experiment roch; außerdem hatte die Flüssigkeit einen auffälligen verfärbten Fleck hinterlassen, daher fuhr ich nach dem Kurs nach Hause, um mich umzuziehen. Ich fluchte über meine Unachtsamkeit in der letzten Zeit, während ich gleichzeitig ein aufgeregtes Kribbeln angesichts der Aussicht verspürte, Boyce tagsüber zu sehen. Ich vermisste auch meine täglichen Plaudereien mit Sam.

Da Ruthanne ihr vom Hagel verbeultes Ford Coupé jetzt immer neben Boyce' Wagen auf dem Kies parkte, war ich dazu übergegangen, meinen GTI gegenüber dem Wohnwagen auf der Straße abzustellen. Drinnen saß Ruthanne auf dem Sofa und widmete ihre Aufmerksamkeit abwechselnd ihrem Handy und dem Fernsehprogramm. Wir ignorierten einander, wie üblich. Ich warf meinen Rucksack auf den Küchentisch und schnappte mir zwei Pepsis aus dem Kühlschrank.

Weder Boyce noch Sam hatten mich zu dieser Zeit, zu der sie nicht mit mir rechneten, kommen sehen, und sie sahen auch nicht, wie ich mich vom Eingang der Werkstatt zurückzog, während ich das Gespräch verarbeitete, das ich zufällig mit angehört hatte.

Ich stellte die Getränke zurück in den Kühlschrank, während meine Gedanken wild umherwirbelten und gestreckt und gedreht wurden wie Karamellfäden, die durch eine Toffeemaschine gezogen werden. Boyce hatte keine Hoffnungen oder Bestrebungen mehr, was die Werkstatt oder seine Beziehung zu seiner Mutter betraf. Er arbeitete aus einem einzigen Grund weiterhin für sie: wegen des Versprechens, das er mir gegeben hatte.

Alles, was ich tun konnte, um ihm zu helfen, war *zu gehen*, damit er frei war.

Ich schulterte meinen Rucksack, verließ den Wohnwagen, schlich zu meinem Wagen und fuhr roboterartig zu Thomas' Praxis. Dort angekommen fiel mir ein, dass die Dienstagnachmittage für OP-Besprechungen und dringende postoperative Kontrolluntersuchungen reserviert waren. Fünf Leute saßen da – die Entsprechung der Rushhour in seinem kleinen Wartezimmer. Ich brach fast in Tränen aus.

Seine Krankenschwester, Talisha, öffnete die Tür, um einen Patienten noch einmal hereinzurufen. Als sie den Blick von dem Klemmbrett in ihrer Hand hob, sah sie mich wie ein verlorenes Hündchen mitten im Raum stehen. »Aber hallo, Pearl! Was tust du denn…« Sie brach mitten im Satz ab und nahm meinen Arm. »Komm herein, Liebes. Mr. Gardner, Sie gehen bitte einfach weiter zu Raum drei. Wir sind gleich bei Ihnen.«

Eine Minute später hatte sie mich in Thomas' hinteres Büro geführt, mir einen Becher Wasser in die Hand gedrückt und mich aufgefordert, auf dem Sofa Platz zu nehmen, auf dem er nachmittags hin und wieder gern ein Nickerchen hielt. Auf einer dicken Ausgabe von *Gray's Anatomy* in seinem Bücherschrank stand eine kunstvolle Uhr, auf der die Sekunden – vielleicht neunzig – verstrichen, bevor Thomas zur Tür hereinschlüpfte und sie hinter sich schloss.

»Was ist passiert?« Er trat auf mich zu und setzte sich neben mich, nahm meine Hand und sah mich mit seinen klaren blauen Augen fest an.

»Ich muss wissen, ob vielleicht die Möglichkeit besteht… dass ich wieder nach Hause ziehe.« Meine Lippe bebte, und ich schluckte und nahm meinen Mut zusammen. »Ohne dass ich mein Aufbaustudium aufgebe…«

»Du lieber Gott, *ja*! Deine Mutter ist außer sich. Sie kann nicht mehr schlafen, isst kaum noch etwas, muss ständig weinen – so habe ich sie noch nie erlebt. *Bitte* komm nach Hause. Ich habe sie zu überreden versucht, dich anzurufen, aber sie ist überzeugt, dass sie mit dieser unsinnigen Forderung, dass du Medizin studieren sollst, das Band zu dir zerschnitten hat. Ich dachte, wir würden deinen Geburtstag morgen nicht überleben.«

Ich begann zu schluchzen und lehnte mich an seine weiß bekittelte Schulter, erleichtert über jedes Wort, das er gesagt hatte, aber todunglücklich über die Aussicht, Boyce zu verlassen – und mit ihm unsere allabendlichen Gespräche, seine Würdigung meiner erbärmlichen Versuche, Gerichte zu kochen, die meine Mutter tausendmal besser zubereiten konnte, den Kaffee, den er so programmiert hatte, dass er zehn Minuten vor meiner üblichen Aufstehzeit durchzulaufen begann, jeden Kuss, den wir geteilt hatten, und alles, was wir nie teilen würden.

»Pearl, sag mir, was passiert ist.« Thomas' Kiefer war zum Zerreißen gespannt, und seine Hände umklammerten meine Schultern, sodass er mein Gesicht sehen konnte. Wut braute sich in seinen Augen zusammen, mit denen er mich musterte, und er verstärkte den Griff um mich. »Hattest du Streit mit Boyce Wynn, oder ist es etwas Schlimmeres?«

»Nein, es ist … « Ich holte einmal tief Luft. »Seine Mutter hat seinen gewalttätigen Vater, Boyce und seinen Bruder vor fünfzehn Jahren verlassen – und jetzt ist sie wieder da. Sie hat sich das Schlafzimmer genommen, das Boyce mir versprochen hatte. Jetzt schlafe ich in Boyce' Bett, und er schläft auf dem Sofa. Wir alle teilen uns ein Badezimmer und …«

»Red nicht weiter, Schatz.« Er schlang mir die Arme

um die Schultern. »Vertrau mir – komm einfach nach Hause. Es wird alles gut werden.«

Thomas bat seine Assistentin, die späteren Termine zu verlegen, und ich wartete in seinem Büro, bis er sich um die bereits im Wartezimmer sitzenden Patienten gekümmert hatte. Während ich ihm in meinem Wagen nach einem Monat Abwesenheit nach Hause folgte, stellte ich meine Stereoanlage leise und ließ mir mögliche Szenarien durch den Kopf gehen, trotz seiner Beteuerungen, dass Mama mich mit offenen Armen empfangen würde. Ich hatte mir vorgenommen, ihr bald Bescheid zu geben, dass es mir gut ging und dass ich selbst auf mich aufpasste – ihre Sorgen zu beschwichtigen und gleichzeitig weitere Auseinandersetzungen oder Ultimaten abzuwenden. Ich hatte nicht damit gerechnet, dass sie mich beschwören würden, nach Hause zurückzukehren.

Ich kaute auf meiner Lippe, als wir in meine alte Gegend kamen, und kämpfte mit den Tränen, als wir in unsere Sackgasse einbogen. Ich parkte in der Auffahrt, nicht auf meinem Stellplatz in der Garage, die Platz für drei Wagen bot, aber Thomas strahlte und wartete an der Hintertür auf mich. Ich selbst war mir nicht so sicher, was mich erwartete, was meiner Miene offenbar anzusehen war.

Er legte mir einen Arm um die Schultern, als ich auf ihn zutrat. Während er die Tür öffnete, rief er: »Essie! Ich habe dir etwas mitgebracht. Komm und sieh's dir an.«

Wir gingen durch den Windfang in die Küche, als Mama, weitaus weniger gefasst als sonst, im gegenüberliegenden Türrahmen auftauchte und abrupt stehen blieb.

»Pearl?«, fragte sie, als wäre ich vielleicht nicht echt. Ihre Augen füllten sich mit Tränen. »Pearl?«, sagte sie noch einmal und kam dann mit ausgebreiteten Armen durch die Küche auf mich zu. »Oh, mein Gott. Oh, mein Gott.«

Ich sank erleichtert in ihre Arme. »Mama. Ich habe dich so vermisst.«

»*Mija*, du bist hier? Du bist nach Hause gekommen?« Als ich nickte, begann sie zu schluchzen. »*Perdóname, por favor!* Es tut mir so leid, *mija*.« Wir weinten beide, während wir uns in den Armen lagen, und sie hielt mich fest, als würde sie mich nie wieder loslassen.

»*Mi-AU!*«, jaulte Tux und trabte, so schnell ihn seine kurzen Beine trugen, auf mich zu, um zwischen meinen Beinen mit dem Schwanz zu schlagen und mir Vorhaltungen wegen meines Fernbleibens zu machen, genau wie er es jedes Mal getan hatte, wenn ich für die Semesterferien nach Hause kam.

»Tux hat recht«, sagte Thomas. »Dieses Wiedersehen verlangt nach Steaks auf dem Grill.« Er zog uns beide zu einer Umarmung an sich und drückte uns fest. »Komm schon, Tux. Ich glaube, Mama könnte dir heute Abend ein paar Happen vom Esstisch geben. Das solltest du dir nicht entgehen lassen, kleiner Mann.«

»Miiiauuu«, erklärte er sich einverstanden.

»Ich muss heute Abend arbeiten«, sagte ich schniefend. »Um sechs.«

Wir alle lösten uns so weit voneinander, dass wir uns ansehen konnten. Sie furchten beide gleichzeitig die Stirn und blinzelten, als hätte ich Kauderwelsch gesprochen.

Thomas fand als Erster die Fassung wieder. »Wo arbeitest du denn?«

»Im Gasthof.«

»Kannst du bleiben, bis deine Schicht beginnt?«, fragte er.

»Ja.«

»Wie wär's dann mit einer kleinen Plauderei auf der Terrasse und drei Eiskaffees? Geht ihr zwei schon mal nach draußen. Ich komme gleich nach.« Dann sah er Mama an, und irgendetwas ging zwischen ihnen hin und her. »Es ist Zeit, es ihr zu sagen, Esmeralda.«

Ihre Augen füllten sich erneut mit Tränen, und sie nickte, während mir ein eiskalter Schauder der Angst über den Rücken lief.

21

BOYCE

Bei unserem abendlichen Treffen auf der obersten Stufe des Wohnwagens war irgendetwas anders an Pearl. Sie war stiller – kein Geplauder über ihre Schicht im Gasthof. Meine Geschichten über Sams empörte Reaktionen auf die Dinge, die manche Kunden offen liegen ließen, wenn sie ihre Autos vorbeibrachten – ein getupfter Slip auf einer Rückbank, ein verschlossener Behälter mit der Aufschrift *Fäkalien* auf einem Armaturenbrett (»In diesem Behälter ist Kacke! *Kacke*!«, rief Sam), ein Streifen Kondome, in einem Getränkehalter zusammengerollt wie eine Rolle Briefmarken – entlockten ihr alle nur den Anflug eines Lächelns statt Gelächter. Sie lehnte den Kopf an meinen Arm, und ich verfiel in Schweigen, rauchte und überließ sie ihren Gedanken.

Sobald sich meine Mutter in ihr Zimmer zurückgezogen hatte, gingen Pearl und ich hinein und nacheinander ins Bad. Ich hatte mich auf dem Sofa schlafen gelegt und das Licht gelöscht, als sie in einem schmal gestreiften blauen Tanktop und Shorts herauskam. Ich biss mir fast die Lippe entzwei, um das Stöhnen zu unterdrücken, das mir bei diesem Anblick, dem Anblick von ihr, *von ihr darin,* um ein Haar entfuhr. »Gute Nacht, Pearl«, sagte ich. Es gelang mir nicht, die Lust aus meiner Stimme herauszuhalten, aber *scheiß drauf*. Anstatt zu antworten, kam Pearl schweigend auf mich zu. Das Licht aus dem Schlafzimmer hinter ihr schimmerte matt, umrahmte die Kurven ihres Körpers, während sie auf mich zutrat und die Hand ausstreckte. Ich setzte mich auf und ergriff sie, und sie zog mich sanft hoch.

Ich war kein Idiot und ließ mich von ihr zu meinem Schlafzimmer führen. Sie schloss hinter mir die Tür und schaltete das Licht aus. Das Fenster stand weit offen, und davor drehte sich der Ventilator wie wild, als hätte er vor, gleich von der Kommode abzuheben, aber die Nachtluft blieb dennoch stickig und heiß. Die einzigen Klimageräte standen in der Küche und in dem Schlafzimmer, das meine Mutter bewohnte, am anderen Ende des Wohnwagens. Wir würden in glatten zwei Minuten schweißüberströmt sein, aber darum würde ich mich einen verdammten Dreck scheren, wenn sie es auch tat.

»Willst du mit mir ins Bett gehen, Süße?«, fragte ich. Ich zog sie nah an mich und glitt mit den Händen an ihren Arsch, als sie nickte. »Na dann.« Ich beugte mich hinunter, um sie auf ihre vollen Lippen zu küssen, und mein Schwanz nahm in meinen Boxershorts prompt Haltung an, durch und durch bereit, ihr zu geben, was immer sie wollte, wie immer sie es wollte.

Sie öffnete ihren warmen, niedlichen Mund weit und presste ihren geschmeidigen Körper an meinen, schlang mir die Arme um den Hals und fuhr mir mit den Fingern über die Kopfhaut und durch die Haare. Ich stöhnte auf, und sie saugte meine Zunge begierig in ihren Mund, erstickte die abgehackten Geräusche, die ihr verrieten, dass mein Körper vorhatte, ihren *in Besitz zu nehmen*.

Mein Schwanz reckte sich eifersüchtig, und ich kämpfte darum, die lebhafte Fantasie zu verscheuchen, wie sie mich tief in ihren Mund nahm, denn ich würde keine fünf Sekunden durchhalten, wenn ich diesen Bildern in meinem Kopf keinen Einhalt gebot. Und dann ließ sie sich auf die Knie sinken.

»Ach du *heilige* Scheiße«, stöhnte ich, während sie mir die Boxershorts über die Schenkel hinunterzog, und danach kam mir kein zusammenhängendes Wort mehr über die Lippen.

Ich ignorierte den Drang, sie zu führen, denn sie brauchte keine gottverdammten Anweisungen. Meine Finger vergruben sich in ihren seidigen, dunklen Locken, und ich hielt sie einfach nur fest, während ich zusah, wie sich ihr Kopf zu den warmen, streichelnden Bewegungen ihrer Zunge und ihrer zugeschnürten Kehle sanft wiegte. Drei Sekunden, bevor ich explodierte, packte ich eine Handvoll ihrer Haare, und ich gab mich fast geschlagen, als sie den Kopf schüttelte, *nein*. »*Nächstes Mal*«, keuchte ich, fast sicher, dass ich sie mit der Wucht meiner Erleichterung ersticken würde, denn mein Körper war das Ausmaß an Selbstbeherrschung, das ich ihm in den letzten Wochen abverlangt hatte, nicht gewohnt.

Das saugende Geräusch, mit dem ihre Lippen die geschwollene, lüsterne Spitze losließen, gab mir den Rest. Ich sank auf die Knie und warf sie herum, auf ihre Hände und Knie, riss ihr die Shorts über die Hüften hinunter und zog ihr nacktes Gesäß in die Vertiefung meines Schoßes, während ich mit erstickter Stimme hervorstieß: »Okay?«

»*Ja*«, stöhnte sie, und ich drang tief in sie ein, eine Hand auf dem Boden abgestützt, den anderen Arm um ihre Taille gelegt, die Hand flach auf ihren Bauch gedrückt. Ich streckte die Finger nach unten aus, um sie sanft zu streicheln, während wir von diesem einzigen Stoß schaudernd in Wellen der Wolllust versanken.

Ich schob ihre Haare mit meinen Lippen beiseite, küsste ihren Nacken und leckte mit der Zunge über ihre sanft geschwungene, salzige Haut. Sie zitterte und verkrampfte sich wieder mit einem leisen Stöhnen, und ich stöhnte zufrieden, während ich mit sanften, saugenden Küssen über die schönen Konturen ihres Schulterblatts glitt. Ich zitterte noch immer von der Heftigkeit meiner Erleichterung – so etwas hatte ich noch nie erlebt. Ich war noch nie so kurz davor gewesen, die Beherrschung zu verlieren.

Oh. *Scheiße*. Kein Kondom. Kein Kondom. *Verdammt*. Mein Griff um sie lockerte sich, aber ich ließ sie nicht los, denn ihre Arme zitterten sichtlich. Ich hielt noch immer den Großteil ihres Gewichts.

»Oh …«, sagte sie, löste sich von meinem Schoß und hob das Kinn, um mich über die Schulter anzusehen. »Wir haben vergessen …«

»Ich hatte noch nie Sex ohne Kondom, und ich hatte noch nie, ähm … Infektionsprobleme.«

Sie zog ihre Shorts wieder hoch, und ich tat dasselbe, während ich die Tatsache verdaute, dass ich nach einem Jahrzehnt Sex mit zu vielen Mädchen und Frauen, um mich zu erinnern, eben zum ersten Mal glatt *vergessen* hatte, mir zuerst ein verdammtes Kondom zu schnappen.

»Ich … ich hatte meine alljährliche Untersuchung nach … ich bin auch sauber. Aber …« Aber eine *Schwangerschaft* … Sie sprach das Wort nicht laut aus.

Ich hörte es trotzdem.

Mein idiotisches Gehirn stellte sich prompt vor, wie Pearl mit meinem Kind schwanger war, und, Gott steh mir bei, ich wollte es. Ich wollte es so unbedingt, dass ich sie am liebsten hochziehen, die zehn Schritte durchs Zimmer zu meinem Bett tragen und sie noch einmal vögeln wollte, um meine Chancen zu verdoppeln. Was zum Teufel war bloß los mit mir?

»Es tut mir leid, Pearl – ich war so …« *Abgelenkt von Lust. Völlig von Sinnen. Verrückt nach dir.* Mein Kopf sackte nach hinten gegen die Tür. Ich war so verkorkst.

»Ich auch.« Sie wandte sich um und setzte sich vor mir auf den Boden. Sie beobachtete mich unter schweren Lidern, erkundete verlassene Winkel meines Herzens, die nie das Tageslicht erblickten. Ich neigte den Kopf, um ihre süßen Lippen zu küssen. Ich war völlig berauscht – so berauscht von ihr, wie ich es immer war, durch und durch, von Kopf bis Fuß. Wir sanken uns in die Arme und küssten uns, bis wir beide außer Atem waren. »Ich bin müde.« Sie seufzte und schlug die Augen blinzelnd auf. »Legst du dich mit mir hin? Wir müssen reden.«

Wir standen auf und gingen zum Bett, schlugen die Decke zurück und legten uns einander zugewandt hin.

»Ich habe heute Nachmittag meine Mutter besucht, vor der Arbeit. Sie hat ihre ganzen Forderungen bezüglich meines Medizinstudiums zurückgezogen.« Sie legte eine Handfläche an meine, und ich schloss die Finger über ihrem Handrücken, aber ich konnte ihre Berührung kaum spüren, da ich wusste, was sie im Begriff war zu sagen. »Ich will mich bei dir dafür bedanken, dass du mir eine Bleibe und die Möglichkeit geboten hast, auf eigenen Füßen zu stehen – soweit man das von mir je behaupten konnte. Ich behalte meinen Job. Kein Unterhalt und keine Kreditkarte mehr, auch wenn sie mir beides wieder angeboten haben. Aber ich werde nach Hause ziehen. Vor allem jetzt, wo deine Mutter hier ist – es ist das Richtige für uns beide.«

Jede Zelle meines Körpers protestierte, dass es alles andere als richtig war, sie gehen zu lassen – für *mich*. Aber bei dieser Entscheidung ging es nicht um mich. Das hatte es noch nie getan. »Wann?«

»Morgen.«

Ich streckte eine Hand aus, um über die weiche Haut an ihrem Haaransatz zu streichen. »An deinem Geburtstag.« Ich steckte ihr eine Haarsträhne hinters Ohr und folgte der geschwungenen Linie hinter ihrem Ohrläppchen. Ich ließ die Hand in ihrem Nacken ruhen, massierte ihn mit den Fingern, spürte ihren flatternden Puls in meiner Handfläche.

»Ja.« Ihre Stimme bebte, und in ihren dunklen Augen spiegelte sich das Rechteck des mondbeschienenen Fensters. Eine Träne rollte aus ihrem Augenwinkel in ihre Haare. »Ich werde es vermissen, mit dir zusammenzuleben, Boyce.«

Mein Name aus ihrem Mund versetzte mir einen scharfen Stich. Thompson hatte mir einmal erzählt, im Gefängnis hätte ihn ein Typ mit einem Messer angegriffen. »Man würde erwarten, dass es ein stechender Schmerz ist«, hatte er gesagt. »Aber das ist es nicht. Es ist eher so, als würdest du einen verdammt harten Faustschlag verpasst kriegen. So hart, dass du tief in dir Prellungen davon bekommst. Im ersten Moment sind deine Eingeweide völlig überrumpelt – so ungefähr: *Wie konnte mich dort denn irgendetwas treffen?* Ich wusste gar nicht, dass ich einen Messerstich abgekriegt hatte, bis ich dieses Arschloch dort stehen sah, völlig durchgeknallt, eine verdammte Klinge *mit meinem Blut dran* in der Hand. Das Unheimlichste, was mir je passiert ist – diesen Typen anzusehen und zu denken: *Dieser Scheißkerl hat mich eben umgebracht*.«

Thompson hatte Glück – die selbst gemachte Klinge verfehlte alle lebenswichtigen Organe. Er erholte sich.

Das Wissen, dass Pearl auszog – dass ich sie so nah an mich gezogen hatte, nur um sie für immer zu verlieren –, war ein tiefer Schlag in meine Magengrube. Ein Schlag, der in Wirklichkeit eine Stichwunde war, von der ich mich vielleicht nie wieder erholen würde.

»Mein Gott, Pearl«, flüsterte ich, eher ehrfurchtsvoll als fluchend.

Als ich mich über ihr abstützte, zog sie mich zu einem langen und tiefen Kuss an sich. Ihr Körper wurde unruhig, als meine Hand von ihrem Hals zu ihrer Brust glitt, diese perfekten Titten umfasste und durch das kaum vorhandene Tanktop, das ich ihr beim ersten Mal aus Zeitmangel gar nicht erst ausgezogen hatte, sanft an ihren Nippeln zupfte. »Das hier wirst du heute Nacht nicht brauchen«, sagte ich, während ich es ihr über den Kopf zog und auf den Boden warf. »Und die hier auch nicht.« Ich zog die Shorts über ihre seidig glatten Beine nach unten, die sie schon bald weit spreizen und um mich schlingen würde.

Ich hielt einen Moment inne, um auf diese verlockende kleine Straße zur Hölle zu starren, die dort in meinem Bett lag. Zwei Herzschläge und keine Sekunde später hatte ich meine eigenen Shorts abgestreift. Wenn es mein Tod sein würde, sie zu lieben, sah ich keinen Grund, Zeit zu verlieren.

Als ich am Morgen aufwachte, war alles so wie immer – anfangs. Mit verschlafenen Augen beugte ich mich vor, um meinen Wecker auszuschalten. Die Schlafzimmertür stand offen, und ich war allein. Und splitternackt.

Während ich in das Tanktop und die Shorts schlüpfte, die ich ungefähr zehn Minuten getragen hatte, bevor Boyce sie mir auszog, fluteten die Erinnerungen an die Nacht zurück – nicht dass sie sehr weit zurückkehren mussten, da die Nacht erst am frühen Morgen geendet hatte. Ein Schauder durchlief mich bei dem Gedanken, und meine Körpertemperatur musste um ein paar Grad hochgeschnellt sein, denn *ach du Scheiße,* auf einmal war das Zimmer der reinste Backofen.

Ich ging in die Küche und schenkte mir einen Becher Kaffee ein, dann ging ich zurück in Boyce' Schlafzimmer und zerrte meine Koffer aus seinem Kleiderschrank hervor. Während ich alles zusammenpackte, was ich vor Wochen mitgebracht hatte, ließ ich mir mein gestriges Gespräch mit Mama noch einmal durch den Kopf gehen. Ich war von ihrem Geständnis zu schockiert gewesen, um wütend zu sein, aber jetzt war ich besorgt, diese aufgestaute Emotion könnte jeden Augenblick aufsteigen und mir um die Ohren fliegen. Mama hatte mir so vieles verheimlicht – ein Beweis dafür, wie kindlich ich in ihren Augen noch immer gewesen war, trotz College-Abschluss und allem.

Ich hatte auf meiner Stuhlkante gekauert, mit Blick aufs Wasser, und eine ernste Diagnose erwartet, voller Zuversicht, dass es irgendetwas war, was sich, früh erkannt, leicht behandeln ließ. Nichts Tödliches. *Bitte,*

Gott, nichts Tödliches. Ihre Miene machte mir schreckliche Angst – Augen wie Essteller, bebendes Kinn, die Hände im Schoß verknotet, als würden sie von Superkleber zusammengehalten werden.

»Was hat er damit gemeint – *es ist Zeit, es ihr zu sagen?*«, wollte ich wissen. »Mama, was ist los?«

Sie schluckte und zuckte zusammen, als Thomas die Glasschiebetür öffnete, um sich zu uns zu setzen. Ich wartete in angespanntem Schweigen, während er uns unsere Gläser reichte und sich dann neben Mama setzte, mir gegenüber.

»Dein Vater«, begann sie, bevor sie abbrach und wieder schluckte. Thomas legte eine Hand auf ihre, und sie holte zitternd Luft. »Die Geschichte über deinen Vater, die ich dir immer erzählt habe, ist nicht … ganz wahr.«

Ich war so erleichtert, dass niemand *im Sterben lag*, dass ich einen Moment brauchte, um zu verdauen, was sie soeben gesagt hatte. »Was soll das heißen, nicht *ganz* wahr?«

»Es ist wahr, dass wir zusammen aufgewachsen sind. Dass wir uns verliebt haben. Dass er intelligent war und davon träumte, Arzt zu werden. Es ist nicht wahr, dass er auf der Flucht von Mexiko hierher starb.«

»Wie … wie ist er denn dann gestorben?«

»Er wurde von dem Drogenkartell hingerichtet …«

Ich stöhnte auf.

»… dem er angehörte.«

Mir blieb der Mund offen stehen, aber ich konnte nur den Kopf schütteln und denken: *Was?*

»Wir waren sechzehn und siebzehn, als er rekrutiert wurde. Jungen aus armen Familien folgen allzu leicht dem Lockruf des Geldes, und wir stammten beide aus sehr armen Verhältnissen. Das Geld, die Macht, die Gewalt – sie veränderten den Jungen, den ich liebte, und machten ihn zu jemandem, den ich nicht mehr wiedererkannte. Aber diese Verwandlung fand allmählich statt. Ich brauchte zu lange, um sie zu erkennen, und als ich es schließlich tat, dachte ich, ich könnte ihn wieder zurückverwandeln.« Ihre Stimme stockte. »Als er mich zum ersten Mal schlug, gab ich mir selbst die Schuld.«

»*Mama.*« Meine Augen füllten sich mit Tränen.

»Er schien angewidert von dem Abdruck seiner Hand auf meinem Gesicht. Er weinte wie ein Kind und flehte mich um Verzeihung an. Ich beschwor ihn, das Kartell zu verlassen. Er versprach mir hoch und heilig, wenn er nur noch ein bisschen länger bleiben würde, hätten wir genügend Geld, damit er studieren könnte, um seinen Traum zu verwirklichen. Ich wand ein, je tiefer er sich verstrickte, desto unmöglicher wäre ein Ausstieg. Aber er war ein charmanter, überzeugender Junge, und ich liebte ihn. Als er mich das nächste Mal schlug, stürzte ich gegen eine große Vase, und sie kippte um und fiel auf meine Hand. Ich prallte mit dem Gesicht gegen eine Scherbe.« Sie berührte die Narbe an ihrer Schläfe. Sie hatte einen Unfall in ihrer Kindheit als Grund genannt sowie dafür, dass sie den kleinen Finger der rechten Hand nicht beugen konnte. Ihre Tante hatte den gebrochenen Knochen mit einem kleinen Stock geschient, hatte sie kopfschüttelnd gesagt, als wäre der ganze Vorfall traurig, aber witzig.

Heiße Tränen rannen mir übers Gesicht. Diese Geschichte passte nicht zu der Frau, die ich kannte.

»Das letzte Mal brachte er mich bewusstlos nach Hause und erzählte *mi abuela*, ich sei in Ohnmacht gefallen und mit dem Kopf aufgeschlagen. Als ich aufwachte, tat ich, als könne ich mich nicht erinnern, wie seine Faust in mein Gesicht flog. Ich widersprach ihm nicht. Als er ging, brach ich zu ihren Füßen weinend zusammen, da ich wusste… ich wusste, dass ich mit dir schwanger war, und ich dachte, es gebe keinen Ausweg. ›Hast du ihm von dem Baby erzählt?‹, fragte mich *Abuelita*, und ich schüttelte den Kopf. ›Dann wirst du es ihm auch nie erzählen. Du wirst in die Vereinigten Staaten gehen und ein neues Leben für dich und dein Kind aufbauen. Du wirst in Sicherheit sein, denn du wirst nie wieder zurückkehren.‹ Sie ging mit mir in das Zimmer, das sie sich mit *mi tía* teilte, und kniete sich neben das Bett. Sie zog einen verstaubten Karton darunter hervor, der mit alten Unterlagen gefüllt war. Eine davon war meine Geburtsurkunde. Meine Eltern starben, wie ich dir erzählt habe, bei einem Autounfall. Aber davor hatten sie mit meinem Bruder Jasiel die Grenze nach Texas überquert, Arbeit gefunden und mich bekommen.«

»Wodurch du zu einer amerikanischen Staatsbürgerin wurdest«, flüsterte ich.

»Ja. Sie ließen sich in der Nähe von Brownsville nieder. Meine Mutter arbeitete in einer Hotelküche. Jasiel kam in die Schule. Aber die Baustelle, auf der mein Vater arbeitete, wurde angezeigt, weil sie *Illegale* beschäftigte. Er wurde abgeschoben und Jasiel auch. Sie dachten, aufgrund meiner Staatsbürgerschaft würde meine Mutter bleiben dürfen, aber die *Ankerbaby*-Ausnahme war ein Mythos. Die Einwanderungsbehörden schoben sie ebenfalls ab, und sie war nicht bereit, mich zurückzulassen. Die beiden starben nur wenige Monate später – ich kann mich nicht an sie erinnern.«

»Und mein Onkel?« *Ein Mann, von dessen Existenz ich bis vor zwei Minuten nichts gewusst hatte.*

Ihre geröteten Augen füllten sich wieder mit Tränen, die ihr über die Wangen rollten. Sie hielt Thomas' Hand fest umklammert. »Ich habe meinen Bruder oder irgendwelche anderen Familienangehörigen seit dem Abend, an dem ich Matamoros verließ, nicht mehr gesehen. Jasiel ist mit mir zum US-Konsulat gegangen – mit meiner Geburtsurkunde und dem mexikanischen Ausweis und jedem Peso, den *Abuelita* über die Jahre hinweg zusammengekratzt und -gespart hatte. Ich war gerade achtzehn geworden. Ich bekam einen Pass und durfte zwei Wochen später in die USA einreisen. Allein.«

Ich vermied es, einen Blick in die Werkstatt zu werfen, aus Angst, man könnte mir meinen Kummer allzu deutlich ansehen, während ich zwei Koffer in meinem Wagen verstaute und wieder zurückging, um den dritten und meinen Rucksack zu holen. Drinnen starrte ich auf das Bett, das ich nur zweimal mit Boyce geteilt hatte, überwältigt von dem unheimlichen Gefühl, irgendetwas Entscheidendes übersehen zu haben.

Ich wollte ihn nicht verlassen, so viel war sonnenklar – aber ich erkannte meine egoistische Sehnsucht als das, was sie war. Ich würde nicht hierbleiben und zulassen, dass seine Mutter ihn ausnutzte. *Wenn du etwas liebst, lass es frei.* Der Rest dieser unerträglichen Spruchweisheit spielte gar keine Rolle, denn es gab kein *Wenn.* Die einzige Möglichkeit, ihn von ihrem Zwang zu befreien, bestand darin, zu dieser Tür hinauszugehen und ihn von dem Versprechen zu entbinden, das er mir gegeben hatte.

Ich holte einmal tief Luft, entschlossen, ein Lächeln aufzusetzen und in die Werkstatt zu gehen. Mich zu verabschieden. Ihm zu versichern, dass zwischen uns alles in Ordnung war. So zu tun, als hätte ich nicht eben mitten in seinem Schlafzimmer gestanden, innerlich zerrissen, während mein Herz blutend auf dem Boden lag, und mich schmerzlicher nach ihm gesehnt als je zuvor. Ich hatte zum Teil gewusst, worauf ich mich einließ und wie sehr es letztendlich wehtun würde, aber ich würde es jetzt nicht ungeschehen machen, selbst wenn ich die Macht hätte, die Uhr zurückzudrehen.

Ich wandte mich um, und da stand er, die Hände an beiden Seiten des Türrahmens abgestützt, als würde er mich in diesem Zimmer gefangen halten, wenn er es könnte. *Ah, verdammt*. Mein Herz, dieses arme, ahnungslose Ding, war noch immer zu diesem Wunschdenken imstande.

»Hattest du vor, dich zu verabschieden?«, fragte er.

»Natürlich.« Ich versuchte zu lächeln, aber es gelang mir nur, die Zähne zu fletschen und die Oberlippe hochzuziehen. *Ich muss völlig durchgeknallt aussehen*, dachte ich. Ich neigte das Kinn, damit er meine Scharade nicht durchschauen konnte, und befahl mir, mich verdammt noch mal zusammenzureißen. »Ich wollte eben in die Werkstatt gehen. Du hättest nicht hereinkommen müssen.«

»Aber jetzt habe ich es getan – ich habe nämlich etwas für dich. Heute ist schließlich dein Geburtstag.« Er griff in den Schrank und holte aus dem obersten Fach einen schlichten Pappkarton, etwa dreißig Zentimeter im Quadrat, die Laschen zugeklappt anstatt mit Klebeband verschlossen. »Ich bin eine echte Niete, wenn es ums

Geschenkeverpacken geht, daher habe ich es gar nicht erst versucht. Dachte, das macht dir bestimmt nichts aus.«

Ich lächelte zu ihm hoch und nahm den Karton entgegen. »Es macht mir nichts aus. Geschenkpapier ist überbewertet und nicht sehr umweltfreundlich.«

Er wies mit einem Nicken auf den Karton. »Wartest du bis heute Abend, um ihn zu öffnen?« Er senkte den Blick, sodass seine dichten Wimpern seine Wangen berührten. »Ich meine, nach deiner Feier zu deinem Einundzwanzigsten – was immer du vorhast.«

Der Junge, den ich öfter in Mrs. Ingrams Büro gesehen hatte als jeden, den ich auf der Highschool kannte – im Allgemeinen, weil er im Unterricht herumgealbert hatte oder frech geworden war –, war *schüchtern*, wenn er ein Geschenk überreichen sollte? Ich fragte mich, ob er je jemandem ein Geschenk gegeben und wie lange es her war, seit er selbst eines bekommen hatte. Es tat mir in der Seele weh, denn ich wusste die Antwort darauf, ohne zu fragen.

»Ich esse heute Abend mit Mom und Thomas, aber am Freitag gehe ich mit ein paar Kommilitonen aus, um zu feiern – La Playa und dann eine kleine Kneipentour. Würdest du … willst du vielleicht mitkommen?«

Er sah mich an und schwieg lange. Mir wurde bewusst, dass er am Freitagabend vielleicht Pläne hatte. Pläne, in die er mich nicht einweihen wollte und von denen ich mit Sicherheit nichts wissen wollte.

»Das könnte ich, wenn du sicher bist, dass du mich dabeihaben willst«, sagte er schließlich. »Normalerweise treffe ich mich freitagabends mit Thompson zum Essen, aber ich glaube, er kann ohne mich auskommen.«

Grenzenlose Erleichterung durchströmte mich – es war schließlich nur eine Frage der Zeit, bis sich unsere Wege trennen würden –, aber heute würde ich die Gelegenheit beim Schopf packen. »Ich bin mir sicher. Wenn du dir sicher bist, dass es Randy nichts ausmacht.«

Einer seiner Mundwinkel verzog sich zu einem geheimnistuerischen halben Lächeln. »Das wird es nicht.«

Ich hob den Karton an, der mein Geburtstagsgeschenk enthielt. Er war nicht schwer. »Kann ich ihn schütteln?«

»Ein bisschen vielleicht. Aber lass ihn nicht fallen.«

So ungeschickt, wie ich in letzter Zeit war, entschied ich, ihn lieber nicht zu schütteln. »Wie wär's, wenn – ach, egal.« Ich winkte ab.

»Wie wär's, wenn was, Pearl?«

»Wie wär's, wenn du mich heute Abend anrufst, wenn du dich für deine Abendzigarette auf die Stufen setzt? Und ich mache ihn auf, während wir telefonieren.«

Er lächelte. »Abgemacht.« Er nahm den Karton und legte ihn auf meinen Koffer, nahm mir den Rucksack von der Schulter und stellte ihn auf den Boden. »Eine Sache noch, bevor du gehst.« Seine Stimme rumorte leise, wie das Tuckern eines starken Motors im Leerlauf.

Seine kühlen Hände hielten mein Gesicht, und ich atmete den Zitrusgeruch der ölentfernenden Seife ein, die er neben der Aluminiumspüle in der Werkstatt aufbewahrte. Sein Blick glitt über mein Gesicht, als würde er es vielleicht nie wiedersehen. Als er meine Lippen erreichte, griffen seine Hände in meine Haare und hielten meinen Kopf. Als er sich hinunterbeugte, um mich zu küssen, stellte ich mich auf die Zehenspitzen, um ihm entgegenzukommen. Tränen rannen mir aus den Augenwinkeln, und ich wusste, dass er spürte, wie sie auf seine

Handflächen tropften, seine wundervollen Hände tauften und mich verrieten.

Er legte verwirrt die Stirn in Falten und strich mit beiden Daumen über die Tränen. »Was soll das denn?«

»Wann wirst du die Stadt verlassen?«

Sein Stirnrunzeln wurde tiefer, und ich erkannte meinen Fehler.

»Warum glaubst du, dass ich die Stadt verlassen werde?«

Ich und mein Plappermaul. »Ich… ich dachte nur«, stammelte ich, in dem Wissen, dass meine Augen ihm verrieten, was für eine Lügnerin ich war.

»Ach verdammt, Pearl«, seufzte er mit verkniffenen Lippen. »Hat Sam es dir gesagt?«

Ich schüttelte den Kopf. »Ich habe zufällig gehört, wie du ihr erzählt hast, was du für mich tust. Ich hatte sowieso vor, diese Woche Mama anzurufen, um ihr zu sagen, dass ich sie vermisse. Was du Sam erzählt hast, war für mich nur der Auslöser, es wirklich zu tun. Wir brauchten diese Pause, da es höchste Zeit ist, dass sie anfängt, mich als Erwachsene zu sehen, aber wir brauchten auch die Versöhnung.« *Und ich musste die Wahrheit über meinen Vater erfahren.*

Eine Stunde später, als ich in meinem Kurs saß, wurde mir bewusst, dass er meiner Frage, wann er die Stadt verlassen würde, ausgewichen war. Es stand mir nicht zu, ihn zum Bleiben bewegen zu wollen, wenn ich selbst spätestens Ende August wegging. Ich hatte meine Eltern darum gebeten, wieder nach Hause ziehen zu dürfen, um ihn zu befreien, damit er eine Zukunft für sich finden konnte. Meine Sehnsucht danach, ein Teil dieser Zukunft zu sein, hatte nichts damit zu tun.

Als ich nach dem Unterricht auf mein Handy sah, hatte ich vier eingegangene Nachrichten.

Mama: Alles Gute zum Geburtstag, *mija*. Wir sehen uns heute Abend?

Melody: Hey, *chica* – ENDLICH 21!!! JUHU!! Tut mir leid, dass ich nicht da bin. ☹ Streich das. Tut mir leid, dass du nicht HIER bist. Wenn du in diesem Herbst nach Dallas kommst, werden wir feiern wie die Verrückten. Okay??? Vermisse dich!

Lucas: Gern geschehen – es ist eine tolle Wohnung. Eine Warnung: die Tochter der Hellers, Carlie, könnte dich zu ihrer neuen besten Freundin erwählen, und ein herrischer, rötlich getigerter Kater könnte an der Tür auftauchen. Francis betrachtet die Wohnung als seine, und ich habe ihm diese Vorstellung nicht ausgetrieben. Carlie kümmert sich um ihn und wird es auch weiterhin tun, wenn du es nicht selbst tun willst. Jacqueline und ich haben vor, über Thanksgiving hinzufliegen. Dad trifft uns dort. Wenn du in der Stadt bist, würde J dich gern kennenlernen.

Mitchell: Alles Gute zum Geburtstag, Pearl. Denke in letzter Zeit viel an dich. Hoffe, es geht dir gut. Ich vermisse dich und wünsche mir, wir könnten wenigstens Freunde sein.

Ich schrieb Mama, ich würde nach dem Labor nach Hause kommen. Ich schickte Mel ein zwinkerndes Emoticon und ein *Vermisse dich auch!* Ich bedankte mich bei Lucas für die Hinweise zu Carlie und Francis, versicherte ihm, dass ich mich über eine Freundin und einen

Kater als Aufpasser sehr freuen und dass ich Jacqueline sehr gern kennenlernen würde. Mein erster, zweiter und dritter Instinkt war es, Mitchell zu ignorieren, aber er würde die Botschaft nicht kapieren. Bis ich wieder in meinem alten Zimmer war und meine Sachen auspackte, Kleider in die Kommode legte und Lehrbücher auf den Schreibtisch stapelte, war diese SMS wie eine Laus in meinem Pelz.

Ich stellte die Blitzschnecke, die er zu zerstören versucht hatte, auf meinen Schreibtisch und glitt mit einem Finger über die Windungen, und dann nahm ich mein Handy.

Ich: Danke für die Glückwünsche. Es geht mir gut, und ich wünsche dir alles Gute, aber wir können keine Freunde sein, Mitchell. Wir sind fertig. Bitte schreib mir nicht wieder.

Ich löschte den Wortwechsel, löschte seine Kontaktdaten und sperrte seine Nummer in dem Augenblick, in dem Boyce' vertrautes Grinsen auf meinem Display erschien und sein persönlicher Rufton, den ich – was er nie erfahren würde – schon vor Jahren eingerichtet hatte, leise ertönte.

»Hallo, Mr. Wynn.«

22

BOYCE

Sie klang glücklich. *Gut.* Ich wollte derjenige sein, der sie glücklich machte, aber es war mir lieber, wenn sie für den Rest ihres Lebens ohne mich glücklich war, als wenn sie meinetwegen traurig war. Die Tränen, die sie vergossen hatte, nachdem ich sie heute Morgen geküsst hatte, hingen über meinem Tag wie ein Gewitter, das sich über dem Wasser zusammenbraute, aber nie das Land erreichte. Ich konnte mir beim besten Willen nicht vorstellen, was ich getan haben könnte, um sie zu verletzen, aber ich hatte keine verdammte Ahnung, warum sie geweint hatte.

»Hey, Miss Frank. Wie war der Geburtstag?«

»Gut. Lucas hat mir geantwortet – ich hatte ihm gestern Abend geschrieben, um mich dafür zu bedanken, dass er mir die Wohnung besorgt hat. Er hat gesagt, dass er und Jacqueline über Thanksgiving hinfliegen und seinen Dad bei den Hellers treffen. Sind sie verwandt oder so?«

»Ich glaube, sein Dad ist mit ihnen aufs College gegangen. Maxfield kennt sie schon sein ganzes Leben.« Ich blies eine Rauchwolke vom Telefon weg, als würde sie neben mir sitzen, nicht in ihrem Zimmer zwei Meilen und zweitausend Gründe entfernt von mir.

»Das Erste, was ich dachte, als ich die Nachricht las, war, dass ich über Thanksgiving gar nicht dortbleiben kann, denn ich werde dich nicht sehen, wenn ich nicht nach Hause fahre. Und dann ist mir klar geworden, dass ich ja gar nicht weiß, wo du im November sein wirst.«

»Vielleicht werde ich dich ja dort besuchen. Ich war jahrelang an die Werkstatt gebunden. Jetzt bin ich es nicht mehr.« Ich fragte mich, warum zum Teufel ich das gesagt hatte. Ich nahm mir immer wieder vor, sie loszulassen, aber ich hielt sie immer noch fest.

»Das wäre schön.« Sie schwieg einen Moment. »Wie fühlt sich das an – frei davon zu sein?«

Als hätte ich einen Zweck und einen Platz in der Welt gehabt, die jetzt verpufft sind. Als wäre ich mitten auf dem Meer in einem Ruderboot ausgesetzt worden. »Ich weiß noch nicht«, sagte ich, was irgendwo zwischen Wahrheit und Lüge war.

»Dann mache ich jetzt mein Geschenk auf, okay?«

»Ich komme mir idiotisch vor, so ein Getue darum zu machen. Es ist nur … etwas, von dem ich dachte, es könnte dir gefallen. Ich weiß nicht. Ich hoffe, es ist nicht zu dämlich.«

Durchs Telefon hörte ich das kratzende Geräusch, mit dem sie die Laschen des Kartons aufklappte, und dann das Rascheln der alten Zeitungen, die sie entfernte.

»Oh, Boyce«, sagte sie.

Erleichterung durchströmte mich, und ich zog mir eine Dosis Nikotin tief in die Lunge, um den Rausch zu verlängern. »Sie ist nicht so groß wie die andere, aber an dem Tag, an dem du bei mir eingezogen bist, ist mir aufgefallen, dass das Gehäuse der Schnecke am Gewinde einen Sprung hatte. Seitdem war ich ständig auf der

Jagd nach einer neuen. Ich habe eine gefunden, die perfekt, aber noch bewohnt war. Ich wusste, was du von mir halten würdest, wenn ich sie aus ihrem Zuhause vertrieben hätte, daher habe ich sie wieder ins Wasser gesetzt.« Ihr leises Lachen bestätigte, dass ich die richtige Entscheidung getroffen hatte. »Ich hätte fast aufgegeben und eine bei eBay gekauft, aber das wäre irgendwie geschummelt. Jedenfalls, die hier habe ich letzte Woche gefunden, und Thompson hat sie bei seiner Mom im Laden ein bisschen aufpoliert. Bin ich froh, dass sie dir gefällt.«

»Ich liebe sie. Aber ich werde auch immer die erste lieben, die du mir geschenkt hast, mit oder ohne Sprung.« Sie hielt einen Moment inne. »Mitchell hat sie absichtlich zerbrochen, weißt du?«

»Er hat *was*?« Ich hätte diesem Vollidioten den Arsch aufreißen sollen, als ich die Gelegenheit dazu hatte.

»Bei unserem letzten Streit – an dem Abend, an dem wir uns getrennt haben. Er war stocksauer, als ich ihm sagte, dass ich nicht nach Vanderbilt gehen würde. Er ist zu meinem Bücherregal gegangen, hat sich den wichtigsten Gegenstand darauf geschnappt und ihn gegen die Wand geschleudert. Das war für mich der Tropfen, der das Fass zum Überlaufen gebracht hat.«

»Ich wusste doch, dass der Typ ein Arschloch ist. Was kümmert es ihn denn, ob du Medizin studierst oder nicht?« *Diese Schnecke war der wichtigste Gegenstand auf ihrem Bücherregal?*

»Wir wollten zusammen dorthin gehen, uns eine Wohnung suchen, bla, bla, bla, und ich habe es mir im letzten Moment anders überlegt. Und irgendwie habe ich es ihm auch erst nach einem Monat oder so gesagt.«

Ich lachte, während ich mir vorstellte, wie dieser

kleine Schwachkopf einen Wutanfall bekam, aber bei meinem nächsten Gedanken wurde ich prompt wieder ernst. »Hat er dich je geschlagen?« Sie schwieg eine Sekunde zu lange. »Pearl, gottverdammt …«

»Einmal – aber er hat geschworen, es wäre ein Versehen gewesen, und ich – *Gott*. Ich war so dumm …«

»Red keinen Quatsch. Du bist in deinem ganzen Leben noch nie dumm gewesen. Gutgläubig und süß und zu verdammt nachsichtig vielleicht.« *Na bitte, da haben wir's. Verdammnis.*

»Du glaubst also nicht mehr, dass ich ein *dummes Mädchen* bin?«

Ich rieb mir mit einer Hand übers Gesicht und ließ den Kopf hängen. »Mein Gott, was war ich für ein bescheuerter Junge. Ich hatte irgendwie gehofft, das hättest du längst vergessen.«

»Du hast es wiedergutgemacht.« Ich hörte das leise Lächeln in ihrer Stimme und zog noch einmal tief an meiner Zigarette, nur um ihr nicht zu sagen, was sie alles von mir verlangen könnte, um es wiedergutzumachen, immer wieder, solange sie wollte.

»Wegen Freitag. Was hältst du davon, wenn ich dich abhole und dein offizieller Fahrer bin, damit du über die Stränge schlagen und anständig feiern kannst? Und ich bringe dich sicher wieder nach Hause.« *Scheiß drauf – viel lieber würde ich dich sicher wieder in mein Bett bringen.*

»Okay.«

Thompson und ich verlegten unser Freitagabendessen auf Donnerstag. »Vielleicht können wir danach noch irgendwohin gehen, eine Runde Billard spielen oder so?«, fragte ich.

»Lass uns nicht übertreiben, Mann. Wir sind jetzt vernünftige Erwachsene«, sagte er kichernd, während er die Briefe und Reklamezettel in seiner Hand durchblätterte.

»Hey, Boyce«, rief seine Mom, die in diesem Augenblick zu dem Briefkasten am Ende ihrer Auffahrt ging, wo wir standen und redeten.

Thompson reichte ihr die Post. »Ich gehe mit Wynn heute Abend essen anstatt morgen, Mom. Ist das okay?«

»Na klar, Schatz.« Sie drückte seinen Arm. »Vielleicht gehen dein Dad und ich auch aus, und ich hebe das Brathähnchen für morgen auf.«

Er legte einen Arm um sie und küsste sie auf den Kopf. »Siehst du, Wynn. Das ist der Grund, weshalb ich nie heiraten werde, genau hier. Weil ich das Glück und zugleich das Pech hatte, die perfekte Frau als Mom zu haben.«

Sie schüttelte den Kopf und tätschelte seine Brust, während sie sich ein Lächeln verkniff. »Mein verrückter Junge.« Thompson, einen Kopf größer als sie, war ein hagerer sechsundzwanzigjähriger Exdrogensüchtiger und Exknastbruder, der zu Hause lebte und für sie arbeitete, aber man konnte ihr an der Stimme anhören, dass er noch immer der kleine Junge war, dem sie beigebracht hatte, sich die Schuhe zuzubinden. »Ich habe Ruthanne noch kaum zu Gesicht bekommen, Boyce. Ich habe gehört, ihr teilt euch alle den Wohnwagen – jetzt, wo dein Daddy nicht mehr ist.« Das Zucken ihres Mundes verriet alles, was sie von meinem Vater hielt, und vermutlich auch ein bisschen, was sie von meiner Mutter dachte. »Und wie läuft das so?«

»Ganz okay.« *Absolut nicht okay*. Wenigstens waren unsere Tagesabläufe so unterschiedlich, dass wir uns kaum über den Weg liefen. Ihr war noch nicht einmal aufgefallen, dass Pearl gestern ausgezogen war. »Vermutlich werde ich die Stadt bald verlassen … ich habe mich noch nicht genau entschieden, wohin.«

»Das hat Randy mir erzählt.« Sie sah mir in die Augen.

Bis zu diesem Augenblick hatte ich ihr die Jahre gar nicht angesehen. Der ganze Mist, den ihr Sohn getrieben hatte, hatte ihren Tribut von ihr gefordert, aber sie hatte nie den Glauben und Optimismus verloren, den ich von meiner Kindheit her in Erinnerung hatte, und die tieferen Lachfalten ließen sie nur noch freundlicher aussehen.

»Du wirst deinen Weg machen, Boyce, egal, wofür du dich entscheidest. Ich kann deinen Bruder in dir sehen.« Sie schien zu spüren, dass ihre Worte mir die Luft abschnürten, daher tätschelte sie meinen Arm und wandte sich wieder an ihren Sohn. »Dann bis später, Randy. Macht euch einen schönen Abend, ihr zwei. Ihr habt ein bisschen Spaß verdient.«

»Du meinst, Pearl ist ausgezogen, und *jetzt* lädst du sie zu einem Date ein?« Thompson kreidete seinen Stock ein und versenkte zwei Kugeln.

Ich sah zu, wie er zu seinem nächsten Stoß ansetzte, und leerte ein halbes Shiner. »Nicht ganz. Ihre Clique geht mit ihr auf Kneipentour, um ihren Einundzwanzigsten zu feiern. Ich … hänge mich nur an. Als ihr offizieller Fahrer.«

»Verdammt, Mann – einundzwanzig? Dachte, Pearl wäre in deinem und Ricks Jahrgang? Sie ist ja kaum älter als Amber – und Amber hat noch immer zwei oder drei Jahre auf dem A&M vor sich.« Seine kleine Schwester war das einzige Thompson-Kind, das aufs College ging. Er versenkte eine meiner gestreiften Kugeln und fluchte.

»Pearl hat ein Jahr übersprungen.« Ich setzte zu meinem Stoß an und versenkte eine Kugel in der hinteren Tasche.

»Und diese Typen, an die du dich anhängst – das sind alles Aufbaustudenten? Wissenschaftler? Scheiße, Wynn, ich würde mir vor Angst in die Hose machen, und ich war im *Knast*.«

Er hatte den Nagel auf den Kopf getroffen. Mich brachte nicht viel aus der Ruhe, aber der demnächst arbeitslose Mechaniker unter einem Haufen *Akademiker* – dieses Wort hatte ich von Pearl – zu sein, war schon *verdammt* einschüchternd. Aber sie hatte mich nie zuvor gebeten, mit ihr – in der Öffentlichkeit – auszugehen. Ich würde einen *Teufel* tun und Nein sagen.

»Brit schwört, sie hört bei dir die Hochzeitsglocken läuten.«

Fehlstoß. »Verdammt, Thompson.« Ich funkelte ihn zornig an, und er kicherte. *Mein Gott*. Warum konnte Brit sich nicht auf mich als Gesprächspartner beschränken, wenn sie ihre lächerlichen Spekulationen vom Stapel ließ? »Seit wann seid ihr zwei denn so vertraut miteinander?«, fragte ich, was ihn prompt zum Schweigen brachte. Er und Brit hatten sich überworfen, als sie auf der Highschool zu seinem kleinen Bruder überlief. Damals ging Brit dorthin, wo das Gras war. Meth war nicht ihre Droge, und sie wollte nichts damit zu tun haben, was hieß, dass sie auch nichts mehr mit Randy zu tun haben wollte.

»Sie hat ein paarmal im Laden vorbeigeschaut, seit ich wieder draußen bin.« Er legte die weiße Kugel wieder hin und versenkte seine letzten beiden einfarbigen Kugeln und dann die Acht. »Schön zu wissen, wie ich dich endlich beim Billard schlagen kann, Mann. Ich muss nur das Wort *Hochzeit* erwähnen, und schon gehst du unter, als hätte ich dir einen Knoten in den Schwanz gebunden.«

Ich schnappte mir das Dreieck, um die Kugeln zusammenzurechen. Das Wort verunsicherte mich überhaupt nicht im Zusammenhang mit Pearl – abgesehen von der absoluten Unmöglichkeit, dass ich je gut genug sein würde, um sie zu der Meinen zu machen.

PEARL

»Die meisten Leute sind irgendwo *auf dem College*, wenn sie einundzwanzig werden, Mama. Ich bin eine College-Absolventin.«

Sie rang die Hände. »Das verstehe ich ja, *mija*. Ich bin nur besorgt um deine Sicherheit. Du sagst mir, dass du ausgehen und über die Maßen trinken willst, vorsätzlich … das sieht dir einfach nicht ähnlich.«

Ich seufzte. Mich regelmäßig volllaufen zu lassen war nichts, was ich je getan hatte – so viel stimmte –, aber ich hatte nicht völlig abstinent gelebt. Alkohol hatte bei meinen College-Erfahrungen keine allzu große Rolle gespielt, aber ich hatte genügend Partys gefeiert und zum Beweis dafür entsetzliche Kater davongetragen. Nicht dass ich ihr das beichten würde.

»Boyce passt auf mich auf.« Ich hob die linke Hand und legte die andere auf die *Schöner-Wohnen*-Zeitschrift auf dem Couchtisch. »Keine Alkoholvergiftung. Keine Trunkenheit am Steuer.«

Ihr Kiefer spannte sich an.

»Was denn?«

»Und was ist mit *ihm*? Was nutzt es dir, nicht betrunken zu fahren, wenn *er* es vielleicht tut?«

Mein Gott. »Das wird er nicht. Es war seine Idee, Mama – er hat mir versprochen, an dem Abend mein offizieller Fahrer zu sein, und es gibt niemanden, dem ich mehr vertraue.«

»Verstehe.« Sie sah mich mit einer hochgezogenen Augenbraue an, aber dann blinzelte sie, öffnete die Lippen, und dunkle Augen forschten in meinem Gesicht. »Was ist in den letzten paar Wochen zwischen dir und diesem Jungen passiert, Pearl?«

Ich war es leid zu leugnen, wie viel er mir bedeutete. Es gab keinen Grund, es zu verheimlichen, nicht mehr. Nicht nachdem ich den halben Sommer bei ihm gewohnt hatte. Nicht wenn er – vielleicht für immer – wegging. »Es waren nicht nur die letzten paar Wochen, Mama. Boyce und ich sind schon sehr lange enge Freunde.« Enge Freunde, die Momente in seinem Bett verbracht hatten, bei denen mich ein Kribbeln durchzuckte, wenn ich auch nur an sie dachte. »Ich vertraue ihm hundertprozentig. Und du kannst ihm auch vertrauen. Vermutlich werde ich stockbesoffen sein, wenn ich nach Hause komme, aber ich *werde* nach Hause kommen.« *Sicher und wohlbehalten*, hatte er gesagt.

»Er scheint ein anständiger junger Mann zu sein«, warf Thomas ein. »Führt diese Werkstatt ganz allein, seit sein Vater gestorben ist, stimmt's?«

»Er führt sie allein, seit sein Vater vor ein paar Jahren

krank wurde. Er hat sie schon halb geführt, als wir auf der Highschool waren.«

»Das heißt, Wynns Werkstatt gehört jetzt ihm?«, fragte er. Thomas fuhr Mamas Mercedes und seinen Nissan-Pick-up zu dem Händler in Corpus, wenn sie gewartet werden mussten. Er hatte noch nie einen Mechaniker auf der Insel beauftragt.

»Nein. Seine Eltern haben sich nie scheiden lassen, und es gab ein Testament, in dem alles seiner Mutter vermacht wurde. Die Werkstatt, der Wohnwagen – *alles* gehört jetzt ihr. Sie hat Boyce und seinen Bruder – der im Irak gefallen ist, kurz bevor Boyce auf die Highschool kam – bei einem gewalttätigen, alkoholabhängigen Vater zurückgelassen, und sie mussten sich allein durchschlagen. Ich kann es ihr nicht verdenken, dass sie davongelaufen ist – Boyce tut es nicht –, aber er war *sieben*! Wie konnte sie *ihn* dort zurücklassen?«

Mama schwieg, aber sie hatte die Lippen so fest zusammengepresst, dass alle Farbe aus ihnen gewichen war, und die Hände zu Fäusten geballt. Sie hatte ihr Zuhause und alles, was sie kannte, verlassen, um sich selbst und *mich* zu schützen, bevor ich überhaupt geboren war. Ich hatte zugesehen, wie sie alles ausschlug, was Thomas ihr anbot, bis er seinen Antrag dahingehend erweiterte, mich zu adoptieren – bis er schwor, mich zu lieben und für mich zu sorgen, als wäre ich sein leibliches Kind.

Thomas runzelte die Stirn. »Ich kann mich erinnern, als sein Bruder starb. Brent Wynn. Ein echter Held der Stadt – post mortem für seine Tapferkeit ausgezeichnet, glaube ich. Ich hatte keine Ahnung, was mit ihrem Vater war. Wird Boyce denn jetzt bei der Werkstatt bleiben und für seine Mutter arbeiten?«

Ich schüttelte den Kopf. »Wir glauben, dass sie nur möglichst viel Geld dafür herausschlagen will. Er hat die Werkstatt zu dem gemacht, was sie jetzt ist, da er dachte, sie würde irgendwann ihm gehören. Er ist stolz und stark, und er hat Dinge überlebt, an die ich nicht einmal denken kann. Und jetzt wird er das Einzige verlieren, was ihm je etwas bedeutet hat – diese Werkstatt. Vermutlich wird er einen Job als Mechaniker finden, aber nicht hier. Er kann nicht bleiben und zusehen, wie sie alles auseinandernimmt, was er aufgebaut hat.«

Ich zupfte an einem losen Faden meines Rocks, um die Verzweiflung zu verbergen, die ich bei dem Gedanken an seinen Weggang empfand. Sobald er irgendwo anders Wurzeln geschlagen hatte, würde allmählich eine Kluft zwischen uns entstehen. Das war unvermeidlich. Es würde hier nichts mehr für ihn geben.

Im La Playa herrschte immer Hochbetrieb, aber freitags war die Hölle los. Im Allgemeinen warteten ebenso viele Leute auf einen freien Tisch, wie schon beim Essen saßen, aber der Besitzer war einer von Boyce' vielen zufriedenen Kunden. Es dauerte keine zwanzig Minuten, bis wir einen zusammengeschobenen Tisch für zehn Personen bekamen.

Ich hatte Boyce als meinen besten Freund vorgestellt. »Er hat großzügigerweise angeboten, heute Abend mein offizieller Fahrer zu sein und mich sicher nach Hause zu bringen, sodass der Job an keinem von euch hängen bleibt«, ergänzte ich. Alle kicherten, und ein paar Leute sagten: *Danke, Mann.* »Die erste Runde Margaritas geht auf mich! Und dein Eistee auch, Mr. Wynn«, sagte ich und boxte ihn mit der Schulter in seinen kräftigen Arm.

Sobald die Getränke, Körbchen mit Chips und Schalen mit Salsasauce gekommen waren, stellte jemand die unvermeidliche Frage: »Und, Boyce, was machst du so?« Kyle war kein absolutes Arschloch, aber er konnte ein intellektueller Snob sein. Er war noch immer dabei zu lernen, dass man in meiner Gegenwart besser keine diskriminierenden Bemerkungen über *die Einheimischen* machte.

»Ich bin Mechaniker«, antwortete Boyce. Seine rechte Hand lag, zur Faust geballt, auf seinem Schenkel. Davon abgesehen schien er völlig unbeirrt.

»Ah«, bemerkte Kyle mit einem Blick in meine Richtung. »Cool.« Sein Tonfall sagte nicht so sehr *cool*, sondern verriet eher ein Gefühl von Überlegenheit. Boyce scherte sich einen Dreck darum, das hatte er schon immer getan.

»Wo arbeitest du denn?«, erkundigte sich Shanice. Sie zwinkerte ihm mit ihren großen dunklen Augen zu, während sie sich eine weiche Locke um den Finger wickelte. Ich dachte immer, streberhafte Doktorandinnen wären zu so etwas gar nicht imstande. *Falsch gedacht*. »Ich bin sicher, an meinem gebrauchten Pontiac werden im Laufe der nächsten Jahre ein paar Arbeiten anfallen. Ich würde sehr gern jemanden kennen, der ihn in Schuss halten kann.«

»Oh, ja, ich auch!«, sagte Milla, während ihre blauen Augen über Boyce' Oberkörper und Arme glitten.

Sein dunkelgrünes T-Shirt saß eng genug, um die Muskeln seiner breiten Brust und durchtrainierten Arme zu betonen. Ich betete, das leise Knurren in meiner Kehle möge dort bleiben, wo es war, ungehört. Ich hatte keinen Grund, besitzergreifend zu sein. *Ach nein?*, grollte mein

Gehirn, während es Bilder von Boyce heraufbeschwor, wie er im Dunkeln über mir war, diese Brust und diese Arme nackt unter meinen genießerischen Händen. *Verdammt.*

Gustavo legte mit finsterer, verwirrter Miene einen Arm über Millas Stuhllehne. Die beiden waren seit ungefähr zwei Wochen zusammen, und wir anderen hatten Wetten darüber abgeschlossen, wie *das* wohl enden würde. Prognose: *chaotisch.*

Ich kämpfte gegen den Drang an, auf alle möglichen inakzeptablen Arten Besitzansprüche auf den schönen Mann neben mir zu erheben, während ich Gustavos Gefühle gut nachempfinden konnte. Ich hatte nichts gegen Shanice oder Milla … aber in diesem Augenblick wollte ich am liebsten ihre brillanten Köpfe aneinanderschlagen.

»Ich arbeite in Wynns Werkstatt«, antwortete Boyce.

»Aber dein Nachname ist doch Wynn – oder?«, fragte Kaameh. »Dann bist du der Besitzer?«

Ich sah Kaameh nur selten, da sie an ihrer Doktorarbeit schrieb. Außerdem arbeitete sie als Forschungsassistentin für Dr. Kent – den Professor, der mit Unterstützung von Fördermitteln Ölkatastrophen und ihre Auswirkungen auf die artenreichen Meereslebensräume der Golfküste untersuchte. Ich hoffte, ihren Platz einzunehmen, wenn ich aus Austin zurückkam.

Boyce' Kiefer zuckte, aber er brachte ein dünnes Lächeln zustande. »Genau genommen ist meine Mutter die Besitzerin.«

Sie zog die Augenbrauen hoch und erwiderte sein Lächeln. »Deine Mutter ist auch Mechanikerin?«

Er verlagerte sein Gewicht auf seinem Platz, und ich

wünschte, meine Kollegen würden aufhören, ihn so ins Verhör zu nehmen. »Nein. Mein Vater ist kürzlich gestorben, und das Eigentum ist an sie übergegangen. Ich erledige die ganzen Reparaturen und tagtäglich anfallenden Arbeiten.«

»Oh – mein Beileid zu deinem Verlust. Bitte entschuldige meine Neugier. Deine Mutter kann sich glücklich schätzen, einen so verantwortungsbewussten Sohn zu haben, der sich um ihr Geschäft kümmert.«

Er nickte, sagte aber nichts.

»Und du kennst Pearl schon ihr ganzes Leben?«, fragte Mahlik, der mir gegenübersaß.

Boyce lächelte mir träge zu. »Annähernd.«

»Und, Mann – war sie schon *immer* so ungeschickt?«, fragte er. Alle lachten, und ich verbarg das Gesicht in den Händen – wobei ich prompt meine halb volle Margarita umstieß.

»Pearl, ungeschickt?«, kicherte Boyce und wischte das verschüttete Getränk rasch mit seiner Serviette auf, bevor es über die Tischkante und in meinen Schoß tropfen konnte. »Nein, Mann. Überhaupt nicht.«

Ich spürte das Bett unter meinem Rücken, aber das Zimmer ringsum drehte sich. Boyce zog mir die Stiefel aus und setzte sich dann im Dunkeln neben mich und strich mir die Haare aus dem Gesicht. »Bleib«, winselte ich. Ich streckte die Hände nach ihm aus, ballte sie immer wieder zu Fäusten, wie ein Kleinkind, das darum fleht, gehalten zu werden. »Ich bin noch nicht müde.«

Er kicherte leise. »Ich bin mir ziemlich sicher, du wirst jeden Moment einschlafen, Süße. Du bist ziemlich gut abgefüllt.«

»Nennst du mich etwa eine billige Trinkerin, Boyce Wynn?«

»Nein, Ma'am. Ich würde dich niemals irgendetwas Billiges nennen.«

Ich schürzte die Lippen in einem Versuch, sexy auszusehen, und er biss sich auf die Unterlippe, wie er es jedes Mal tat, wenn er sich das Lachen verbeißen wollte. Ich liebte diese volle Unterlippe und wollte sie am liebsten lecken.

»Das ist nett«, sagte ich. »Du bist nett. Nein, besser als nett. Du bist *süß*.«

Im Mondlicht, das durch mein großes, geöffnetes Fenster ins Zimmer fiel, konnte ich die Konturen seines großzügigen Mundes erkennen – das Weiß seiner Zähne und die leicht nach oben gebogenen Lippen. Das Kichern, das er zu unterdrücken versucht hatte, entfuhr ihm auf einmal. »Süß? Ich? Jetzt weiß ich eindeutig, dass du stockbesoffen bist.« Er beugte sich über mich und stützte die Hände zu beiden Seiten meiner Schultern ab, hielt mich zwischen ihnen gefangen.

»Nein, nein, nein, das bist du! Wirklich. Du bist einfach *so* süß. Das ist der Grund, weshalb ich dich liebe.«

Mein Kopf hämmerte wie ein lauter Nachbar, der auf der anderen Seite meines Kopfbretts wohnte und einen Bass durch die Wand dröhnen ließ. Unwahrscheinlich, da das Zimmer nebenan ein unbenutztes Gästezimmer war. Dieser hämmernde Rhythmus war einzig und allein in mir. *Oh, Gott*.

Ich war froh, dass irgendjemand die Vorhänge zugezogen hatte, denn meine Netzhäute könnten das helle Licht eines Sommertages noch nicht verkraften. Sie würden glatt in Flammen aufgehen. Ich drehte mich zur Wand, rollte mich vorsichtig auf die Seite, aber eine Hälfte von mir folgte etwas langsamer – meine Arme und Beine waren wie aus Gummi, und mein Gehirn schwappte lose in meinem Schädel herum, bevor es eine neue Position fand.

Jetzt erinnerte ich mich. *Boyce* hatte die Vorhänge zugezogen, bevor er ging. Er hatte auf mich aufgepasst, wie versprochen – hatte mich nach Hause gefahren, mich nach oben getragen, ins Bett gesteckt. Er war einfach so süß.

Meine schmerzenden Augen gingen schlagartig auf. Oh, nein. *Oh, nein.* Ich holte langsam Luft, schloss die Augen und versuchte verzweifelt und so angestrengt, dass es wehtat, mich zu erinnern.

Das ist der Grund, weshalb ich dich liebe.

23

BOYCE

Anfang der Woche hatte ich die Öffnungszeiten von Wynns Werkstatt an der Tür und auf der Webseite geändert. Samstags war jetzt offiziell nicht mehr geöffnet, auch wenn ich schon am nächsten Samstag um neun Uhr morgens dort war und einen Motor austauschte. Einer meiner Stammkunden hatte gedacht, seiner Kompaktlimousine würde ein bisschen Wasser auf einer niedrigen Straße nichts ausmachen, auf der es dann aber doch einen halben oder ganzen Meter tiefer hinunterging, als er vermutet hatte.

Als er den Wagen in die Werkstatt schleppen ließ, stellte ich ihn auf die Hebebühne, damit Sam sehen konnte, wie viel Schaden Wasser anrichten konnte, wenn es durch den Lufteinlass eingesaugt wurde.

»Wow«, sagte sie. »Der Schwachkopf ist am Arsch.« Sam hatte keine Geduld mit Dummheit – nicht dass ich es ihr verdenken konnte.

Ich hasste es, solche Anrufe zu tätigen, aber ich hatte gelernt, dass es am besten war, die Fakten auszuspucken und es den Leuten selbst zu überlassen, wie sie damit umgehen wollten. »Na ja, Bobby, dein Motor hat einen anständigen Wasserschaden abbekommen.«

»Ist das schlimm?«, fragte er.

»Äh, ja. Ziemlich schlimm.« Ich sagte ihm, ich würde erst einmal nichts unternehmen, bis ich seine Zustimmung hatte, denn es würde ihn auf jeden Fall ein paar Riesen kosten. Der Ärmste war fast in Tränen aufgelöst, als er später zurückrief, um mir den Auftrag zu erteilen. Vermutlich würde er für den Rest seines Lebens einen Riesenbogen um fünf Zentimeter tiefe Pfützen machen.

Die Diagnose erforderte Konzentration. Die Arbeit selbst nicht so sehr. Ich hatte den Kopf frei, um alles durchzukauen, was gestern Abend passiert war – und es gab jede Menge Stoff zum Nachdenken.

Pearl hatte die Tür geöffnet, in einem atemberaubend kurzen Jeansrock, Stiefeln und einem kleinen weißen Top, das irgendwie ein paarmal um sie gewickelt und auf dem Rücken zusammengebunden war. Ich bemerkte die Schleife in ihrem Kreuz, als sie sich umwandte, um ihrer Mom einen Abschiedsgruß zuzurufen, und ich musste mich den ganzen Abend über jedes Mal, wenn meine Hand diese Schleife streifte, schwer zusammenreißen, um das Bild zu verscheuchen, wie ich an ihr zog und Pearl auswickelte wie ein unwiderstehlich köstliches Bonbon.

Ihre Freunde waren erträglich bis ziemlich cool. Beim Essen führten sie eine kleine wissenschaftliche Diskussion, der ich nicht folgen konnte, aber nach ein paar Drinks verlagerten sie sich auf Geschichten über Missgeschicke im Labor, Forschungsreisen und Klatsch und Tratsch. Wir klapperten mehrere Bars im Umkreis von drei Blocks ab. Die zweite war eine Karaoke-Bar, die ich im Allgemeinen um jeden Preis mied, denn ich konnte nicht singen und hatte auch nicht das Bedürfnis, den anderen armen Idioten zuzuhören, die es ebenso wenig konnten, aber dachten, sie könnten es. Aber es war nicht meine Party, daher lächelte ich nur und sagte: »Ja, Ma'am.« Zu dem Zeitpunkt behandelten mich alle bereits, als wäre ich einer von ihnen, bis auf einen Schwachkopf, der scharf auf Pearl war, auch wenn sie es offenbar gar nicht bemerkte. *Kyle* stellte die Grenzen meiner Geduld den ganzen Abend auf die Probe.

Als er sich ihre Hand schnappte und sie zu einem Duett auf die Bühne zerrte, war das Einzige, was mich davon abhielt, ihm den Kiefer blutig zu schlagen, die Tatsache, dass ich *der beste Freund* war, der versprochen hatte, auf sie aufzupassen, nicht, Kleinholz aus ihren Freunden zu machen. Aber er konnte wirklich nicht singen, und sie sang ihre Zeilen – ein bisschen lallend – genau an mich gewandt statt an ihn, wie es die meisten Leute bei einem Duett taten. Das Verlangen, ihn fertigzumachen, flaute ab, und ich wandte den Blick nie von ihrem Gesicht ab, während sie mir mit Worten ein Ständchen brachte, bei denen ich wünschte, sie würde sie ernst meinen.

Ihre ältere Kollegin Kaameh sah zwischen uns hin und her, aber ich verzog keine Miene und tat, als würde ich gar nicht bemerken, dass sie meine Reaktion beobachtete. Es war fast unerträglich, und ich wollte mich am liebsten auf die Bühne schleichen, Pearl nehmen, sie zur Hintertür hinaustragen und draußen gegen die Wand pressen. Ich wollte die Schleife aufbinden und die Falten des weißen Tops entwirren, bis ich sie daraus befreit hatte, den kleinen Rock nur so weit hochschieben, dass ich mit den Händen daruntergleiten konnte, und ihr sagen, sie solle ihre hübsch geformten Beine um mich schlingen, mit Stiefeln und allem. Ich wollte sie küssen, bis sie nicht mehr klar denken konnte. Bis *ich* nicht mehr klar denken konnte. Was nicht länger als zwei Sekunden dauern würde, wenn ich ihren hübschen kleinen Mund erst einmal unter meinem hatte.

Bis wir in die dritte Bar kamen, war Pearl betrunkener, als ich sie je erlebt hatte. Das hätte mir nicht gefallen sollen, aber verdammt, es gefiel mir. Sie kicherte und lehnte sich an mich und sagte: »Hiiiiii, Boyce.«

Sie zog mich in die Mitte der Bar, um zu tanzen, was ich bis zu diesem Augenblick, mit ihr, nicht gern getan hatte. Unter dem Licht der Discokugel tanzten wir Two-Step zu Lonestar und Slow-Dance zu Green River Ordinance, und sie wirbelte zu irgendeiner verdammten Boygroup um mich herum, deren Namen ich lieber nicht wissen wollte, während ich aufpasste, dass sie nicht umkippte.

Als der Abend zu Ende war, fuhr ich sie nach Hause. Sie rollte sich auf dem Beifahrersitz zusammen, ein albernes Lächeln im Gesicht, und schlief ein. Ich trug sie zu ihrer Haustür, und ihr Stiefdad ließ mich herein. Er kicherte über ihr leises Schnarchen und führte mich zu ihrem Schlafzimmer. Ich ließ mir nicht anmerken, dass ich wusste und mich genau erinnerte, wo es sich befand.

»Ich nehme an, sie hatte einen schönen Abend«, sagte er.

»Auf jeden Fall. Morgen früh wird sie es vielleicht bereuen, aber sie hatte richtig viel Spaß.«

Sie kam zu sich, als ich sie aufs Bett legte. Ich zog ihr die Stiefel aus, stellte sie beiseite und schob den Abfalleimer etwas näher heran. Ich wollte ihr gern aus Shirt und Rock helfen – was beides zum Schlafen nicht sehr bequem sein würde –, aber ich nahm an, das war nicht ratsam angesichts der Tatsache, dass ihre Eltern am anderen Ende des Flurs lauerten und nur darauf warteten, dass ich ging.

Dann sagte sie mir, ich sei süß, was einfach nur lächerlich, absurd und unbestreitbar etwas war, was man nur im Vollrausch sagte. »Das ist der Grund, weshalb ich dich liebe«, ergänzte sie, bevor sie einschlief, und alles geriet durcheinander und ins Stocken – das Herz in meiner Brust, der Atem in meine Lunge, die Gedanken in meinem Kopf.

Ich stolperte in den Flur und die Treppe hinunter, als wäre ich derjenige, der Margaritas und Schnäpse gekippt hatte, als würden sie demnächst aus der Mode kommen.

Bevor ich die Haustür erreichte, kam Dr. Frank aus der Küche und drückte mir eine Flasche Wasser in die Hand. »Dachte, du könntest für unterwegs ein bisschen Rehydrierung gebrauchen. Hör zu, ich weiß, es ist schon spät, aber wenn du einen Augenblick Zeit hast, würde ich dich gern ein, zwei Dinge bezüglich der Werkstatt fragen.«

Noch immer benommen, murmelte ich: »Äh, na klar«, und folgte ihm in die Küche. Wir gingen am Tisch vorbei und setzten uns an dem Granittresen auf zwei Barhocker, als wären wir nur zwei Kumpel, die dummes Zeug quatschen, nicht ich und Pearls Stiefvater um fast drei Uhr morgens. Ich schraubte den Deckel von der Wasserflasche und leerte sie bis zur Hälfte.

Das ist der Grund, weshalb ich dich liebe.

Dr. Frank faltete die Hände auf dem Tresen, die Zeigefinger auf mich gerichtet, während er sprach. »Pearl sagt, deine Mama hat das Eigentum an der Werkstatt übernommen und beabsichtigt sie zu verkaufen. Trifft das zu?«

Ich nickte einmal kurz, noch immer völlig perplex von Pearls betrunkenem Geständnis. Würde sie das nüchtern auch noch meinen? »Ja, Sir. Sie wartet nur noch, bis die offizielle Umschreibung durch ist.«

»Hast du – oder hat sie – den Geschäftswert der Werkstatt schätzen lassen? Um zu wissen, wie hoch der Wert als laufendes Unternehmen im Vergleich zu einer Liquidationsversteigerung des Grundstücks, der Werkzeuge und Betriebsmittel wäre?«

Liquidationsversteigerung. Das Wort holte mich mit einem Ruck auf den Boden der Tatsachen zurück. Ich hatte mit Sicherheit nicht vor herumzuhängen, um *dabei* zuzusehen, und ich wollte vor allem nicht die Wahrscheinlichkeit dieses Szenarios diskutieren. »Ich habe die Kalkulationstabellen Mr. Amos übergeben, ihrem Anwalt, aber ich habe eine ziemlich gute Vorstellung davon, da ich die Buchhaltung jetzt schon seit ein paar Jahren führe.«

Er rieb sich das Kinn und sagte dann: »Die Wahrscheinlichkeit, dass deine Mutter einen Abnehmer für die Werkstatt – ohne dich am Ruder – finden wird, ist nicht sehr groß. Eher anzunehmen ist, dass sie alles ausschlachten und in Einzelteilen abstoßen wird.«

Mit anderen Worten, *Liquidation*. Ja. Schon verstanden. »Ich nehm's an«, sagte ich. Ich mochte den Mann durchaus – nach dem zu urteilen, was Pearl für ihn empfand –, aber ich konnte nur eine begrenzte Menge an Salz verkraften, das mir in die Wunde gestreut wurde.

»Das heißt, sie könnte interessiert daran sein, den ganzen Laden, mit allem Drum und Dran, an eine Einzelperson zu verkaufen.« Er traf diese Feststellung, als würde er seine Karten offen auf den Tisch legen, und sah dann zu, wie mir der Sinn seiner Fragen mit einem Mal klar wurde.

»An *Sie*?«

»Möglicherweise. Ich bin immer auf der Suche nach Investitionen, vor allem hier auf der Insel, und insbesondere nach kleinen Unternehmen in einheimischem Besitz. Das ist gut für meinen eigenen Grundstückswert und meine Einstellung, dass dieser Ort sein entspanntes Kleinstadt-Image bewahren sollte. Das heißt, du, als der derzeit leitende Angestellte, müsstest ein Teil des Deals sein – das wäre ein Bestandteil der Vereinbarung. Wenn du nicht mit an Bord bist, bin ich es auch nicht.«

»Wollen Sie damit … sagen, Sie würden Wynns Werkstatt kaufen, und ich würde für Sie arbeiten?«

»Ich mache dich mit der Idee vertraut. Vermutlich bleibt uns nicht mehr allzu viel Zeit, aber ein paar Tage haben wir. Lass es dir durch den Kopf gehen. Wenn du interessiert bist, sage ich meinem Buchhalter, er soll sich mit dem Anwalt deiner Mutter in Verbindung setzen und sich die Zahlen ansehen. Vor jedem Geschäft, ob per Handschlag oder Unterschrift, muss man die gebührende Sorgfalt walten lassen, wie du sicher verstehst.«

Ich fuhr benommen nach Hause, so unvorbereitet auf den nächsten Schock des Abends, wie ich auf die ersten beiden gewesen war.

Ich war eben eingeschlafen, als ich eine wütende Stimme – eine *männliche* Stimme – hörte, die aus dem Inneren des Wohnwagens zu kommen schien. Während ich meinen hölzernen Baseballschläger unter dem Bett hervorholte und die Schlafzimmertür aufriss, hörte ich die ebenso erregte Stimme meiner Mutter und dann ein klatschendes Geräusch.

Ohne zu überlegen, stürmte ich durch den Wohnwagen und brach durch die abgeschlossene Tür in ihr Zimmer. Ein Mann, den ich noch nie gesehen hatte, hatte sie bei den Schultern gepackt. »Hände weg!«, brüllte ich, den Schläger hoch erhoben, und er ließ sie los und machte einen Satz nach hinten, die Hände in die Luft gereckt, als wäre ich ein Ein-Mann-SWAT-Team.

»Was zum Teufel, Ruthanne?«, brüllte er mit weit aufgerissenen Augen. »Was zum *Teufel*?«

Die Lichter in Moms Zimmer brannten alle, sodass der Abdruck ihrer Hand auf seinem Gesicht deutlich zu sehen war.

»Wer zur Hölle sind Sie?«, spie ich, den Schläger noch immer über der Schulter erhoben, bereit, einen Homerun mit seinem Kopf zu erzielen, sollte er auf mich losgehen. Ich war mindestens siebzig Pfund schwerer als dieser Typ. Wenn er nicht bewaffnet und schnell war, würde ich seinen Arsch einmal in die Hölle und zurück befördern, bevor er bis zehn zählen konnte.

»Ich habe dir doch gesagt, dass ich mit meinem Sohn zusammenlebe«, erwiderte Mom, während sich ihre Brust hob und senkte. Sie schlang den Hausmantel, den sie jeden Tag fast die ganze Zeit trug, um sich und band den Gürtel zu.

»Du hast es so hingestellt, als ob er ein Kind wäre.« Er zeigte auf mich. »Das da ist kein Kind!«

»Was du nicht sagst«, entgegnete sie, eine Hand in die Hüfte gestemmt. »Fass mich besser nicht noch einmal an.«

Den Blick fest auf mich geheftet, fuhr er sich mit einer Hand durch seine schütteren, schmierigen Haare. Ich schätzte, dass er vielleicht zehn Jahre jünger war als sie, aber das machte ihn auch nicht zu einem Hauptgewinn. Er hatte dasselbe schmächtige Aussehen wie Thompson, als er nach Jester geschickt wurde – hager und dürr, ohne Muskeltonus. »Was tut er denn hier, Ruthanne?«, winselte er. »Dachte, du hättest gesagt, dieser Wohnwagen gehört dir.«

»Er führt die Werkstatt, Riley.«

»Na und? Du wirst sie doch sowieso verkaufen. Er muss verschwinden.« Er starrte zornig in meine Richtung, und ich starrte ebenso zornig zu ihm zurück.

Ihr Blick huschte zu mir. »Er und ich haben eine Abmachung. Er gibt mir das Geld, das die Werkstatt jede Woche einbringt, und ich lasse seine kleine *Latino*-Freundin noch einen Monat länger hier wohnen.«

Zähneknirschend umklammerte ich den Baseballschläger in meiner Hand. Ich versuchte angestrengt, normal zu atmen, während mein Verstand und mein Körper mich anflehten, den Schläger in jede nur mögliche Richtung zu schwingen und auf die Konsequenzen zu scheißen. »Pearl ist weg von hier«, stieß ich zähneknirschend hervor. *Gott sei Dank, verdammt, Gott sei Dank.* »Und ich kann morgen auch weg von hier sein. Zum Teufel, ich kann in zehn Minuten weg von hier sein. Was heißen würde, dass *du* dafür zuständig bist, die Autos zu reparieren, mit denen ich nicht fertig geworden bin, die Schulden am Monatsende zu begleichen, die Buchhaltung zu führen und dir zu überlegen, was *zur Hölle* das alles wert ist, denn ich bin nur ein verdammter *Angestellter*, der verdammt noch mal *keine Verantwortung* für *irgendetwas* davon hat.«

»Scheiße«, murmelte Riley. Er ließ die Hände sinken, aber nur so weit, dass ich sie noch immer sehen konnte. Ich hielt den Schläger weiter erhoben. »Wann bekommen wir das verdammte Geld, Ruthanne?«

»Sobald ich diese Drecksbude verkauft habe – wie ich es dir gesagt habe.« Sie breitete die Hände aus. »Du hättest deinen verdammten Job behalten und in Amarillo bleiben sollen …«

»Ich muss mir von dir nicht sagen lassen, was ich zu tun habe, Frau!« Er zeigte mit einem Finger auf sie und begann auf sie zuzugehen, aber er blieb stehen, als ich ebenfalls vortrat, den Schläger bereit, um ihm damit die Seele aus dem Leib zu prügeln. Er zuckte zusammen, die Augen weit aufgerissen, und deutete mit dem Finger auf mich. »*Gottverdammt*, Kleiner, halt du dich da raus.«

Ach du heilige Scheiße, da hatte meine Mutter ja wieder mal das ganz große Los gezogen.

Ich zog eine Augenbraue hoch. »Oder sonst was? Ich bin derjenige, der den Schläger in der Hand hält, Arschloch.«

Diesen Scheiß konnte ich jetzt *echt* nicht gebrauchen. Nichts hielt mich davon ab, rückwärts durch den Wohnwagen zu gehen, alles, was ich besaß, in meinen TA zu werfen und die Stadt in einer Staubwolke zu verlassen. Es hatte etwas, wenn die Zukunft absolut leer und unbeschrieben vor einem lag, befreit von der Vergangenheit. Aber was, wenn ich gar nicht von meiner Vergangenheit befreit sein *wollte*? Wenn ich von hier verduftete, dann würde die Gelegenheit, die Dr. Frank mir in Aussicht gestellt hatte, verpufft sein, und ich würde nie erfahren, ob Pearl ihre Worte ernst meinte.

»Ich lege mich wieder schlafen. Ich muss morgen

arbeiten – ich fange in ungefähr fünf Stunden an. Das heißt, falls ihr zwei vorhabt, euch gegenseitig umzubringen, dann tut es *verdammt noch mal* leise.«

Bis zum Mittag hatte ich Bobbys wassergetränkten Motor ausgebaut. Ich hatte nichts von Pearl gehört, aber ich war mir ziemlich sicher, dass sie den Großteil des Tages damit verbracht hatte, die Existenz von Alkohol zu verfluchen. Vermutlich würde sie sich nicht an das erinnern, was sie zu mir gesagt hatte, aber ich würde es nie vergessen.

PEARL

Mein Gehirn schwappte noch immer in meinem Schädel herum, und mein Magen rumorte bei jeder plötzlichen Bewegung. Ich lag bis zum Mittag im Bett und rechnete meine Chancen aus, dass Boyce mein betrunkenes Geständnis als dem Alkohol geschuldeten Unsinn interpretieren würde. Ich fragte mich, ob ich wollte, dass er das tat.

Nachdem ich mich aus meinem Outfit gekämpft hatte – nicht mehr ganz so niedlich jetzt, wo es nach schalem Zigarettenrauch, Bier und Schweiß roch –, schlüpfte ich in ein großes T-Shirt, putzte mir die Zähne, um den ekelhaften Geschmack im Mund loszuwerden, und band meine widerspenstigen Haare zu einem Knoten zusammen. Dann stieg ich langsam, Stufe für Stufe, die Treppe hinunter. Ich hielt mich am Treppengeländer fest, bis meine Füße den kühlen Marmorboden im Erdgeschoss berührten. Mama hatte mir eine Nachricht neben einem Körbchen mit noch warmen Blaubeermuffins hinterlassen – sie und Thomas waren nach Corpus gefahren, um dort zu Mittag zu essen und Einkäufe zu erledigen.

Tux strich mir schnurrend um die Beine, bis ich ihm eine dicke Blaubeere gab, die er prompt verschlang. Mama sagte immer, er sei so verhätschelt, dass er in der freien Wildbahn keine Überlebenschance hätte. Ich selbst war mir da nicht so sicher, denn dieser Kater fraß einfach alles. Andererseits wuchsen Käsemakkaroni nicht an tief hängenden Zweigen.

Ich knabberte an meinem Muffin, während ich darauf wartete, dass der Kaffee durchlief, und scrollte die Instagram-Postings meiner Kollegen von gestern Abend durch. Boyce war auf mehreren davon zu sehen, und *großer Gott*, er sah gut aus. Ich fand ihn schon immer heiß, aber in letzter Zeit liebten meine Augen einfach alles an ihm – jedes kleine Detail –, als würde ich ihn nicht mehr durch dieselben Linsen sehen.

Kaameh hatte ein Bild von uns gepostet, auf dem wir zusammen tanzten: Boyce sah lachend zu mir hinunter, eine Hand an meine Taille gelegt, während seine Finger die Schleife berührten, die mein Top zusammenhielt, und ich stand auf den Zehenspitzen und lächelte zu ihm auf, während mir die Haare in Wellen über den Rücken fielen.

Irgendwann im Laufe des Abends hatte er sich zu mir gebeugt und mich gefragt: »Was passiert eigentlich, wenn ich an der kleinen Schleife auf deinem Rücken ziehe und dich herumwirbele?«

Berauscht von seinem köstlichen heißen Atem in meinem Ohr und dem Kratzen seiner Bartstoppeln an meiner Wange, biss ich mir auf die Lippe, um ein drohendes Kichern zu unterdrücken. Ich stand unter dem Einfluss sowohl von Alkohol als auch von Boyce Wynn – eine gefährliche Mischung. »Du wirst schon noch herausfinden, was ich unter diesem Top *nicht* trage.«

Seine Augen loderten wie ein grünes Feuer, und ich wusste, wenn wir allein wären, würde ich wie ein Kreisel herumwirbeln. »Mmm-hmm«, sagte er.

Ich starrte auf das Bild, und ein plötzlicher Stromstoß durchzuckte mich bis in mein Innerstes, als würde Boyce in meiner Küche stehen, die Hände auf mich gelegt, und mich drängen, mich unter dem Einfluss seiner festen Berührung zu ergeben.

Ich: Danke, dass du gestern Abend auf mich aufgepasst hast. Ich bin am Leben. Größtenteils.

Boyce: Gern geschehen. Aber du spürst heute die Folgen davon, oder?

Ich: GOTT. Mein Gehirn schluchzt noch immer und fragt mich, ob wir sterben müssen. Bin ich froh, dass ich mir heute von der Arbeit freigenommen habe. Ich würde den ganzen Tag mit dem Gesicht nach unten auf der Tastatur liegen.
Ich habe die 21 gut und hart eingeläutet.

Ich: Na ja, das klang jetzt völlig falsch. :-/

Boyce: Ich verbeiße mir im Moment so viele geistreiche Bemerkungen, nur aus Mitleid mit dir, weil du nicht imstande bist zurückzufeuern …

Ich: Gott, danke.

Boyce: Bereust du irgendetwas?

Ich: Nein. Ich bereue nichts.

Boyce: Gut.

Ich bereue nichts.

Das war keine Lüge im Hinblick auf gestern Abend. Nicht die ganze Wahrheit im Hinblick auf die Länge und Tiefe der Beziehung, die Boyce und ich hatten. Harriet Beecher Stowe schrieb einmal: *Die bittersten an Gräbern vergossenen Tränen sind die über ungesagte Worte und versäumte Taten.* An jenem Abend am Strand vor Jahren – als ich dieses Mädchen ausgestreckt auf Boyce' Schoß sitzen sah –, da war alles, was ich empfand, ein Gefühl von schnellem, bitterem Verrat. Und unmittelbar nach diesem Schlag kam ich mir einfach nur idiotisch vor. Ich hatte mich nie gefragt, ob ich mich hätte behaupten sollen. Ob ich hätte verlangen sollen, mehr für ihn zu sein als nur ein weiteres Abenteuer. Ob ich mehr *war*.

Pearl Torres Frank tat immer das, was sie für klug hielt, und klug schien es zu sein, die Dinge so hinzunehmen, wie sie waren, anstatt gegen diese allzu vorhersehbare Schlussfolgerung aufzubegehren und mein naives Herz als das bloßzustellen, was es war. Aber diese Worte – *Ich will deine Einzige sein* – ungesagt zu lassen, war auch feige gewesen. Mein einziger Moment der Reue in meinen einundzwanzig Jahren.

24

BOYCE

Zum ersten Mal seit langer Zeit versuchte ich mir über eine Sache klar zu werden, über die ich mit Pearl nicht reden konnte. Nach dem Sonntagsessen bei Mateo und Yvette schloss sich Yvette in ihrem Badezimmer ein, um ein Bad zu nehmen und ein Buch zu lesen, auf dem ein fast nackter Typ abgebildet war, dessen durchtrainierte Brust und Bauchmuskeln zu sagen schienen: *Das alles habe ich nur, weil ich den Großteil meiner Zeit im Fitnessstudio verbringe. Ich habe eigentlich keine Zeit, um ein Milliardenunternehmen zu führen oder irgendjemanden länger als vielleicht eine Viertelstunde zu vögeln.*

Mir war aufgefallen, dass Pearl vor der Nacht des Gewitters genau das gleiche Buch am Ende des Sofas unter ihrem aufgeschichteten Bettzeug versteckte.

»Deine Frau liest dieses Zeug?«, fragte ich, während ich es vom Tresen hochhob.

Yvette riss es mir aus der Hand und verdrehte die Augen. »Später, Loser«, sagte sie, und ihre beiden Söhne kicherten um die Wette.

»Glaub mir, Kumpel. Dass sie dieses Zeug liest, ist *nur gut für mich*«, sagte Vega.

»Hmm.« Ich merkte mir das für später.

Vega und ich machten es uns mit einem Sixpack Coors und einem Päckchen Camels auf seiner Veranda gemütlich, während die Jungen auf dem zweistöckigen Fort spielten, das wir im letzten Sommer in ihrem Garten gebaut hatten, und ich erzählte ihm die Details von Thomas Franks Vorschlag.

»Ich habe noch nie ein schlechtes Wort über den Typen gehört«, sagte Vega. »Aber die Werkstatt sollte *dir* gehören, Wynn. Du würdest vom *Boss* zum *Angestellten* absteigen.«

Ich zog einmal an meiner Zigarette, während ich zusah, wie die Jungen abwechselnd kopfüber die Rutsche hinunterrutschten. »Ich kann einen Scheißdreck dagegen machen, Mann. Ja, es nervt, aber Amos sagt, bei einer Scheidung hätte sie vor fünfzehn Jahren die Hälfte von allem bekommen – per Gerichtsbeschluss –, und vielleicht hätte er dann die Werkstatt verkaufen müssen, um ihr ihren Anteil zu geben. Keine Ahnung, Mann. Was geschehen ist, ist geschehen. Ich will mir nur nicht ins eigene Fleisch schneiden, weißt du?«

»Schon klar.« Er hielt einen Moment inne, um einen Schluck zu trinken und Arturo zuzurufen, dass er keine Steine über den Zaun in den Nachbargarten werfen solle. »Und was ist mit dem Wohnwagen – würdest du ihn irgendwie … *mieten* müssen?«

»Gute Frage. Keine Ahnung.«

Einer der Jungen flitzte an uns vorbei, dicht gefolgt von dem anderen mit einer Wasserpistole, die so groß wie mein Arm war. »Oh, *Scheiße*«, sagte Vega ungefähr eine Sekunde, bevor sein Sohn herumschnellte und ihm genau ins Gesicht spritzte und die Dose aus der Hand schoss. Er sprang auf, schnappte sich den Gartenschlauch und stellte ihn an, dann rannte er hinter den beiden her, während sie kreischten, als würden sie von diesem Typen aus *Saw* verfolgt werden.

Während ich ihnen zusah, musste ich an den Tag zurückdenken, an dem wir erfuhren, dass Yvette schwanger war. Damals stritten sich die beiden ständig darüber, dass seine Hauptbeschäftigungen nach dem Schulabschluss darin bestanden, Schlagzeug in einer Band zu spielen, die wenig Ehrgeiz und noch weniger Talent besaß, Gras zu rauchen und bekifft *Gears of War* zu spielen. Dann, eines Tages, verkündete sie, sie sei schwanger und würde sich von ihm trennen und nach San Antonio ziehen, um bei ihrer älteren Schwester zu wohnen, da ihre superreligiösen Eltern ausflippten und sie nicht damit klarkam. Wir starrten vom Sofa seiner Eltern zu ihr hoch, mit offenen Mündern, die Controller in unseren Händen vergessen.

»Sie zwingen mich, es dir zu sagen, und das habe ich hiermit getan«, hatte sie erklärt, die Hände an den Hüften zu Fäusten geballt. »Aber du bist selbst noch ein Kind, und ein Kind kann kein Kind großziehen. Ich bin fertig, Mateo.« Ihre Stimme bebte. »Ich bin einfach fertig.« Sie ging weinend zur Tür hinaus. Zwei Minuten später sprang er auf und rannte ihr nach – sie hatten ihr Leben lang zwei Häuser voneinander entfernt gewohnt.

Am nächsten Wochenende verließ er die Band und suchte sich einen Job – er stand seinen Mann, wie es niemand, den ich kannte, je getan hatte. Als sie erfuhren, dass sie Zwillinge erwartete, fragte ich ihn, warum er diesen Freibrief nicht angenommen hatte. »Die Babys und die Vaterschaft haben mir höllisch Angst gemacht«, antwortete er, »aber ich musste ständig denken, wie viel Angst sie vermutlich auch hatte, weil sie *drinsteckt*, weißt du? Und ich wollte einfach mit ihr zusammen drinstecken.«

Jetzt fragte ich mich, ob mit Pearl irgendetwas passieren könnte, was mir Angst machen würde – noch einmal fünfzehn Jahre warten oder ihr Name mit einem *Doktor* davor und einem *PhD* danach oder ein Baby oder das Versprechen, sie zu lieben und zu ehren, oder dass sie mich je für *irgendeine verdammte Sache* brauchte.

Nichts. *Nichts* machte mir so viel Angst wie der Gedanke, sie zu verlieren. Was einfach hieß, dass ich alles tun musste, was in meiner Macht stand, um sicherzustellen, dass es nicht passierte.

PEARL

Kaum hatte ich mich am Montag in meinen Kurs gesetzt, wurde ich von Shanice, Milla und Chase umringt.

»Also. *Boyce*«, sagte Shanice.

Ich war schon immer verdammt schlecht darin, meine Gefühle zu verbergen, wenn ich mit irgendetwas konfrontiert wurde, was ich nicht geklärt hatte, und was Boyce betraf, war für mich absolut nichts geklärt. Ich spürte die Sehnsucht über mein Gesicht huschen, bevor ich es unterdrücken konnte. Ich war es gewohnt, ihn täglich zu sehen, und jetzt war ich seit einer Woche wieder zu Hause und hatte ihn erst ein einziges Mal gesehen – und das in Gesellschaft von acht Kollegen … von denen drei in diesem Augenblick meine hochgezogenen Augenbrauen (ich senkte sie), meine zappeligen Hände (ich steckte sie unter den Tisch) und meine schrille, nur scheinbar unschuldige Stimme (ich schwor mir, nichts mehr zu sagen, nachdem ich »Was soll mit ihm sein?« gepiepst hatte) musterten.

Die drei tauschten vielsagende Blicke. »Ich hab's euch ja gesagt«, erklärte Chase. Wenn ich mich recht erinnerte, hatte er in der Karaoke-Bar einen Typen aufgegabelt, der uns danach in die nächste Bar folgte. Und Shanice ebenfalls. Meine Kollegen kosteten es weidlich aus, ihr Aufbaustudium an einem Ort zu absolvieren, an dem viele Leute ihren Urlaub verbrachten. »Sie steht *eindeutig* auf ihn. Ich schwöre euch, sobald du seinen Namen ausgesprochen hattest, haben sich ihre Pupillen erweitert.«

Pupillen! *Verdammt*. Ich presste die Lippen zusammen und setzte meine Pokermiene hastig wieder auf. »Er wird die Stadt bald verlassen.«

»Aber er hat doch gesagt, dass er für seine Mom die Werkstatt führt«, warf Shanice ein. »Ich habe das ernst gemeint mit meinem POS Pontiac. Diese Kiste ist *absolut* nicht glücklich mit der Luftfeuchtigkeit hier. Er stottert jedes Mal, wenn ich ihn anlasse. Außerdem bist *du* hier, und er sah nicht so aus, als ob er irgendwohin gehen wollte.«

»Seine Mutter wird die Werkstatt verkaufen. Und er … wird weggehen.« Während mir die Worte über die Lippen kamen, wurden sie auf einmal echt. Sie zerrten an mir, bis sie die Maske herunterrissen, die behauptete: *Alles in Ordnung, es geht mir gut, da ist gar nichts dabei*. Ich konnte meinen Sturz nicht aufhalten, und zum ersten Mal wollte ich es auch gar nicht.

»Das nervt«, sagte Chase. »Er sah aus, als ob er *wirklich* auf dich steht.«

»Wirst du klarkommen?«, fragte Milla, eine winzige Falte zwischen den Brauen.

»Ich weiß nicht«, sagte ich.

Nein, dachte ich. *Nein, das werde ich nicht.*

25

BOYCE

Am Mittwoch erklärte Sam, sie müsse heute früher gehen, wegen eines Termins bei ihrem Therapeuten, der, wie sie felsenfest schwor, eine völlige Verschwendung von Zeit und Energie sei. »Aber verdammt, Dad *hört* nicht einmal auf das, was ich will«, sagte sie. Sie verschränkte die Arme vor der Brust und blickte so finster wie die Vega-Jungen, wenn sie auf ihren Tellern irgendetwas Grünes vorgesetzt bekamen.

»Springen bei dem Deal wenigstens irgendwelche guten Pillen für dich heraus?«

Sie war behüteter aufgewachsen, als ihr ruppiges Auftreten vermuten ließ, und ihr blieb der Mund offen stehen, während sie mich mit weit aufgerissenen Augen anstarrte. Als ich über die völlige Fassungslosigkeit in ihrem Gesicht lachte, setzte sie prompt wieder ihre übliche mürrische Miene auf. »Ich nehme nur dann Pillen, wenn ich sie *brauche*«, sagte sie. Die Hinweise in diesem Satz flogen mir wie Granatsplitter um die Ohren.

Ich hatte Spina bifida im Internet recherchiert – sie hatte Pearl bei einem ihrer »Und-so-wechsle-ich-eine-Zündkerze«-Gespräche von ihrer Diagnose erzählt. Ich war von Sams Unbeugsamkeit angesichts ihres Schicksals stärker beeindruckt, als ich je durchblicken lassen würde – vor allem, weil Sam mir vermutlich eines meiner eigenen Werkzeuge an den Kopf schleudern und sagen würde, sie bräuchte *kein verdammtes Mitleid*.

»Nimmst *du* etwa Drogen?«, fauchte sie mich an.

Ich hob die Batterie, die sie eben ausgebaut hatte, aus dem Kombi. »In deinem Alter habe ich es getan.« Ich entschied, ihr lieber nicht zu sagen, dass ich sie in ihrem Alter nicht nur *genommen* hatte oder dass ich *heutzutage* noch immer ab und zu einen Joint rauchte.

»Und du meinst, ich bin ein Weichei, nur weil ich glaube, dass Pillen Medizin und nicht für irgendeinen Party-Unsinn gedacht sind?«

Hey, bleib entspannt. »Nein.« Ich zuckte mit einer Schulter, während ich die neue Batterie auspackte. »Mit sechzehn hatte ich nur Unsinn im Kopf. Ich habe nur gelacht, weil du wie eine Art Zeichentrick-Hamster aussiehst, wenn du schockiert bist. Außerdem, volle Unterstützung für den *Party-Unsinn*.«

Sie grinste, daher nahm ich an, dass sie mir die Analogie mit dem Zeichentrick-Hamster durchgehen ließ. *Mein Gott*.

Ich setzte die neue Batterie ein. »Du hast noch ein paar Minuten Zeit, bevor dein Dad kommt. Klemm sie fest.«

Nachdem Mr. Adams Sam abgeholt hatte, drehte ich das GESCHLOSSEN-Schild an der Tür um, sperrte ab und ging in den Wohnwagen, um zu duschen. Ich ignorierte Mom und *Riley* – der entschieden hatte, dass mein Rauchverbot im Wohnwagen für ihn nicht galt, da mir »die Bude nicht gehörte«. Solchen Schwachsinn von sich zu geben machte ihm offenbar verdammt viel Spaß, daher hörte ich komplett auf, mit ihm zu reden oder ihm zuzuhören. Seit fünf Tagen rollten sie sich jetzt jeden Tag gegen Mittag aus dem Bett, das ich für Pearl gekauft hatte, stolperten aus dem Zimmer, das ich für Pearl gestrichen hatte, und hingen auf dem Sofa herum, wo sie Fernsehen schauten, mein Bier tranken und ihre primitiven Streitereien austrugen.

Ich hatte Pearl seit Freitagabend – oder vielmehr Samstagmorgen – nicht mehr gesehen. Wir hatten uns ein paar SMS geschickt und ein paarmal telefoniert. Sie hatte mir Anfang der Woche Bescheid gegeben, dass bei unserer chaotischen Ohne-Kondom-Nummer alles glattgegangen war.

»Oh, gut. *Puh*«, sagte ich. Was mein idiotisches Ich dachte, war: *Verdammt* – was ich mit Sicherheit für mich behalten würde, denn *sie* hätte diese Meinung nicht geteilt.

Ich wusste, dass sie verwirrt war, als ich es ablehnte, sie zu sehen, aber ich schob es auf Rileys Auftauchen und die Notwendigkeit, ein paar Dinge in der Werkstatt zu erledigen. Beides stimmte – auf keinen Fall würde ich zulassen, dass sie diesem Arschloch über den Weg lief, und ich hatte ein paar ernste Angelegenheiten zu regeln, bevor ich sie wiedersah.

»Du wirst aber nicht gehen, ohne mich vorher zu sehen, oder?«, hatte sie gestern Abend gefragt.

»Ausgeschlossen.«

Ich hörte, wie sie zur Antwort seufzte, und knickte fast ein. Ich wollte mit ihr über das Angebot ihres Stiefvaters reden, aber das konnte ich nicht. Ich würde es ihr nicht erzählen, bis ich verdammt noch mal etwas zu *sagen* hatte. Bis ich das Hindernis aus dem Weg geräumt hatte, das zwischen uns stand. Bis dahin trat ich Wasser und versuchte festen Boden unter die Füße zu bekommen, um mich aus dem Sumpf zu ziehen, denn ich würde einen Teufel tun und sie mit mir in den Abgrund reißen.

»Wohin gehst du?«, fragte Mom, als ich das Wohnzimmer durchquerte. »Ist die Werkstatt nicht mehr offen?«

»Heute nicht.«

Sie sagte noch irgendetwas, das ich ignorierte, dann kam sie an die Tür und schrie mich an, während ich den TA hochjagte und die Stereoanlage aufdrehte, als hätte ich sie nicht gesehen oder gehört. Sie war in meinen Teenagerjahren nicht da gewesen. Da hatte sie es wohl nicht besser verdient.

Dr. Frank schloss seine Bürotür hinter sich und gab mir die Hand. »Boyce, schön, dich zu sehen. Hast du Fragen an mich, oder bist du zu einer Entscheidung gekommen?« Er nahm hinter seinem Schreibtisch Platz, und ich setzte mich auf einen der Stühle ihm gegenüber. Diese Sitzordnung kam mir so bekannt vor, dass mir prompt alle möglichen oberschlauen Bemerkungen durch den Kopf schossen. Aber wir waren nicht in der Schule, und ich hatte nichts ausgefressen. Ich war ein Geschäftsmann, der mit einem potenziellen Investor redete.

Ich saß stocksteif da, eine Faust auf meinen Schenkel gepresst, um mein Bein fest nach unten zu drücken, das wild auf- und abwippen wollte. »Sie haben mir ein sehr faires Angebot gemacht, Dr. Frank, und ich habe keinen Grund, es abzulehnen. Aber – und ich gehe das hier sicherlich völlig falsch an – ich habe meinerseits einen Vorschlag für Sie.«

Er nickte und beugte sich vor. »Okay.«

»Ich habe vor zehn Jahren angefangen, für meinen Vater zu arbeiten. Er war – Entschuldigung – ein Arschloch, aber mit Autos kannte er sich aus, und er hat dieses Know-how an mich weitergegeben. Ich würde lügen, wenn ich Ihnen sage, dass ich seitdem gedacht hätte, die Werkstatt würde eines Tages mir gehören. Die Wahrheit ist, als Jugendlicher hatte ich überhaupt keine Ziele oder Pläne. Ich tat einfach … was am leichtesten war.«

Am leichtesten war es, den Verlust von Mom und Brent wegzustecken und mich vor der Faust meines Dads zu ducken, aber spätestens mit siebzehn hätte ich mich am Riemen reißen können. Ich hätte Maxfields Beispiel folgen und zusehen können, dass ich von hier verschwand. Ich entschied mich dagegen, denn zu bleiben erforderte nichts. Es war so verdammt leicht.

Ich hatte mir mein eigenes Loch geschaufelt, und jetzt war es an der Zeit, mich da wieder herauszugraben.

»Vor ein paar Jahren wurde bei meinem Dad eine Lebererkrankung diagnostiziert. Er hat nicht mit dem Trinken aufgehört, daher kam er für eine Transplantation nicht infrage. Er würde einen schnellen und scheußlichen Tod sterben, und wir wussten es beide. Sobald ich wusste – oder zu wissen *glaubte* –, dass Wynns Werkstatt mir gehören würde, änderte sich meine Einstellung komplett. Wie ich das Geschäft, die Kunden und meine Arbeit sah, meine Verbindung zu dieser Stadt – alles änderte sich. Das heißt, die Sache ist die – ich weiß, dass ich das kann. Ich kann die Werkstatt für jemand anderen führen.« Ich schluckte. »Aber was ich will, ist, sie zu besitzen.«

»Oh?« Er zog die Augenbrauen hoch und legte die Fingerspitzen auf dem Schreibtisch aneinander. Dr. Frank schien ein gutmütiger Typ zu sein, der kein Blatt vor den Mund nahm. Er hatte seinen Doktor in Medizin 1986 in Baylor erworben – das Diplom hing hinter ihm an der Wand –, was hieß, dass er und mein Dad gleich alt gewesen waren. Aber während mein Dad ein hartgesottener Scheißkerl war, der glaubte, selbst auf sich aufzupassen sei etwas für Weicheier, war Thomas Frank eher vom Schlag eines George Clooney. Ich konnte sehen, wie seine sexuellen Eroberungen ein Teil der einheimischen Folklore wurden, bevor ich überhaupt geboren war.

Und dann lernte er Pearls Mom kennen.

»Es gibt zwei Wege, um Wynns Werkstatt zu besitzen: Sie kaufen – bar auf den Tisch – oder sie finanzieren«, sagte er. »Ich nehme an, du hast die Mittel nicht zur Hand, um deine Mutter auszubezahlen.« Ich schüttelte den Kopf, was er erwartet hatte. »Damit bleibt die Möglichkeit, einen Geschäftskredit zu finanzieren. Wie würdest du dich dabei fühlen, Ratenzahlungen für etwas zu leisten, von dem du dachtest, dass es dir gehört?«

»Na ja, ich nehme an, das würde von den Kreditbedingungen abhängen.« Ein Glück, dass ich mich gestern Abend mit diesem Scheiß befasst hatte.

Er lächelte. »Meine ursprüngliche Annahme war, dass deine Mama mir Wynns Werkstatt zu einem fairen Preis verkaufen und ich dich dafür bezahlen würde, dass du sie führst. Wenn du einen Kredit für das Grundstück aufnimmst, müsstest du jeden Monat die Ratenzahlungen leisten und darüber hinaus die laufenden Geschäftskosten und deinen Lebensunterhalt bestreiten. Das ist viel verlangt von einem jungen Mann mit vermarktbaren Fähigkeiten, der stattdessen ein festes Gehalt verlangen könnte, ohne ein Risiko einzugehen.«

Für ihn zu arbeiten war der leichtere Weg, und es hätte verlockend sein sollen, aber das war es nicht. »Vermutlich schieße ich mir ja in den Fuß, wenn ich das zu dem Typen sage, der mir einen Job anbietet, aber ich bin mir nicht sicher, dass ich dasselbe Engagement für etwas aufbringen würde, was nicht *mir* gehört.«

Er musterte mich genauer. »Na schön. Augenblick.« Er rief irgendeine Software auf seinem Computer auf, tippte ein paar Zahlen ein und drehte den Bildschirm zu mir herum. »Mein Buchhalter hat mir gestern Grundstücks- und Unternehmensbewertungen geschickt – aufgrund sowohl der Vermögenswerte als auch der Höhe der Einkünfte. Hier ist die mögliche Spanne der Kreditratenhöhe – von hoch bis niedrig –, je nachdem, zu welchem Preis sie sie verkaufen wird, bei einem typischen Zinssatz.«

Ich machte mich auf irgendetwas zwischen kaum machbar und hoffnungslos gefasst.

»Das heißt – weniger als einen Riesen im Monat? Für – äh, Tilgung *und* Zinsen? Das ist alles? Das könnte ich beides hinkriegen.«

Er nickte. »Du müsstest Steuern und Versicherungen getrennt bezahlen, aber ich bin sicher, davon hast du eine ziemlich gute Vorstellung, da du das sowieso schon erledigst. Ich bin froh, dass die Obergrenze machbar aussieht, aber sehen wir uns doch mal an, wie weit wir sie im Preis drücken könnten.«

»Wollen Sie … wollen Sie damit sagen, Sie wären bereit, mir das Geld zu leihen?«

»Ich muss etwas gestehen – ich habe mir auch deine Kreditgeschichte angesehen.«

»Da gibt es nicht viel«, sagte ich. »Keine Autokredite

oder Mietzahlungen. Eine Kreditkarte, die ich kaum benutze.«

»Was ich sehe, ist, dass du im Rahmen deiner Verhältnisse lebst, was viele Leute in deinem Alter nicht tun. Du hast die Verantwortung für ein Geschäft übernommen und es aufgebaut, anstatt so viel wie möglich aus ihm herauszuquetschen oder es aufzugeben. Ich wäre stolz, in dich zu investieren, Mr. Wynn.«

Meine Kehle schnürte sich zu. Ich konnte nicht schlucken, und ich konnte mit Sicherheit meinem verdammten Selbst nicht zutrauen, etwas zu erwidern. Ich nickte, und wir gaben uns die Hand.

PEARL

Am Donnerstagabend in der Arbeit hielt ich es nicht mehr aus. Fast eine Woche war vergangen, seit ich Boyce zuletzt gesehen hatte. Er hatte mir gesagt, ich solle nicht vorbeikommen, und ich wusste, dass er alle Hände voll damit zu tun hatte, die Werkstatt zu führen, Sam zu beaufsichtigen und sich mit seiner Mutter und ihrem Freund herumzuschlagen. Aber mein Herz wusste nur, dass ich ihn vermisste.

Ich hatte meine Ausrede, als ich mich erinnerte, dass er in sechs Tagen Geburtstag hatte – genau zwei Wochen nach mir oder genau ein Jahr und fünfzig Wochen vor mir. Er hatte die dritte Klasse wiederholt und ich die neunte übersprungen, sodass wir schließlich in derselben Highschool-Abschlussklasse landeten, die aus dreiundvierzig Schülern bestand.

Manche Leute hätten es Vorsehung genannt, aber ich gehörte nicht zu ihnen. Ich hatte noch nie an die Vorstellung von Schicksal geglaubt – ein »Sehr gut« in einer Prüfung einem Glückshut zu verdanken oder einen Touchdown auf ein Wunder zurückzuführen. Zufriedenstellende Ergebnisse waren das Resultat harter Arbeit oder glücklicher Umstände. Es gab keinen Zusammenhang zwischen dem Tragen eines Glückshuts und einem »Sehr gut« in einer Prüfung. Es war Zufall.

Genau wie die Tatsache, dass Boyce mich Sekunden, bevor ich ertrunken wäre, im Wasser entdeckte. Oder dass wir beide in der zehnten Klasse im selben Biologiekurs landeten, weil Mel und ich es in die Tanztruppe schafften und von unserem Biologiekurs in der letzten Stunde in Boyce' und Landons Gruppe wechseln mussten. Im Leben passieren gute und schlechte Dinge, und wir tun, was wir können, um die einen herbeizuführen und die anderen zu vermeiden. Boyce war eines der guten Dinge in meinem Leben. Eines der besten. Ich wollte eines seiner besten Dinge sein, selbst wenn ich eines Tages nur noch eine Erinnerung sein würde.

Ich entschied, Boyce ein Geburtstagsgeschenk zu machen, das ihn für all die Geschenke entschädigen würde, die er nie bekommen hatte. Irgendetwas, was er als Junge geliebt hätte, aber als erwachsener Mann noch immer lieben würde. Ich musste nicht lange überlegen, um zu wissen, was das war. Zeit seines Lebens ein Anhänger von Houstons hoffnungslos schlechtem Baseballteam, hatte er mir einmal erzählt, er sei noch nie bei einem größeren Ligaspiel gewesen.

Ich rief den Spielplan der Astros auf dem vorsintflutlichen Computer des Gasthofs auf.

Ich: Irgendjemand hat demnächst Geburtstag … aber ich habe ein kleines Problem mit deinem Geschenk.

Boyce: Ach ja?

Ich: Es würde in einen deiner Sonntage eingreifen.

Boyce: Aber mein Geburtstag ist am Mittwoch.

Ich: Ja, aber dein *Geschenk* ist nicht am Mittwoch.

Boyce: Okay …???

Ich: Du hast gesagt, niemand hat Einfluss auf deine Sonntage.

Boyce: Das hat nichts mit dir zu tun.

Ich: Bist du sicher?

Boyce: Ja. Ganz sicher. Also, was ist das für ein Geschenk??

Ich: Ich erzähle dir an deinem Geburtstag mehr darüber. Falls du dann noch hier bist und mich sehen willst?

Boyce: Lass uns etwas klarstellen, was ich schon längst hätte sagen sollen. Ich werde nicht weggehen. Ich habe im Moment verdammt viel zu tun, und du auch, wie ich weiß, mit deinen Kursen und dem Gasthof, aber ich bin hier. Ich will nur deshalb nicht, dass du vorbeikommst, weil der bescheuerte Freund meiner Mom hier herumhängt. Das ist der EINZIGE Grund.

Ich: Ich vermisse dich. ☹

Boyce: Ich dich auch. Ja, ich will dich am Mittwoch sehen. Das ist alles, was ich mir zum Geburtstag wünsche. Lass dich von mir ausführen.

Ich: Dass du mich ausführst, wäre aber kein sehr großes Geburtstagsgeschenk – außerdem habe ich gefragt. Ich bezahle.

Boyce: Den Teufel wirst du tun. Ich hole dich um 7 ab.
Ich: Sturkopf.
Boyce: Oh, ja. ;-)

Das glasierte Törtchen, das die Bedienung vor Boyce hinstellte, war fast so groß wie eine Salatplatte. Eine einzelne Kerze, von der auf allen Seiten Wachs heruntertropfte, prangte in der Mitte.

»Wirst du ›Happy Birthday‹ für mich singen – so sexy, wie du diesen Lady-Antebellum-Song gesungen hast?« Er beugte sich über den Tisch und die Kerze vor, eine Augenbraue und einen Mundwinkel hochgezogen. Gott steh mir bei, er war der Schalk in Person.

»Ich glaube, du hast bei *meiner* Geburtstagsfeier genug von meinen Gesangskünsten ertragen.« Ich schlug die Beine unter dem Tisch übereinander, stellte die Füße wieder nebeneinander, halb verlegen und halb von dem Wunsch erfüllt, die Kerze auszupusten und auf seinen Schoß zu klettern. Oder zu dem rasch dunkler werdenden Strand hinunterzulaufen und mich ins Wasser zu stürzen, da es in der Burgerbude, für die wir uns entschieden hatten, auf einmal viel zu warm war.

»Nein, Süße – du kannst eine Melodie halten.«

Die Art, wie ich diesen Song an jenem Abend gesungen hatte – genau zu *ihm* gewandt, mit schwingenden Hüften und geschürzten Lippen – Oh. Mein. Gott. Kein Wunder, dass meine Kollegen dachten, wir hätten etwas miteinander. »Psst! Falls du mit ›halten‹ ›gnadenlos verstümmeln‹ meinst.«

Er lachte, und die winzige Flamme der Kerze tänzelte in seinen grünen Augen. »Klang für mich einfach perfekt.«

»Dann bist du eindeutig unmusikalisch, Gott sei Dank. Und jetzt blas die Kerze aus und wünsch dir was.«

»Ja, Ma'am«, sagte er gedehnt und löschte die Flamme mit einem einzigen kurzen Atemstoß. Noch ein ungezogenes Lächeln umspielte seine Mundwinkel. »Werde ich meinen Wunsch erfüllt bekommen?«

Er war in einer frechen Stimmung, und Gott steh mir bei, ich liebte alles daran. Ich stützte einen Ellenbogen auf den Tisch, legte das Kinn in die Hand und blinzelte zweimal. »Ich nehme an, das hängt von deinem Wunsch ab.«

Die Bedienung kam mit der Rechnung, und Boyce drückte ihr drei Zwanziger in die Hand, ohne den Betrag zu überprüfen. »Behalten Sie den Rest«, sagte er, nahm meine Hand und marschierte in Richtung Tür.

»Boyce – unsere Rechnung war nur ungefähr vierunddreißig Dollar …«

»Das war es wert«, sagte er, ohne seine Schritte zu verlangsamen. Er drückte die Tür auf und zog mich in das violette Licht der Abenddämmerung. Mit dem Verschwinden der Sonne war die Temperatur von kochend auf sengend zurückgegangen.

Ich stolperte über einen Stein auf dem Kiesparkplatz – Flipflops und ich hatten in letzter Zeit eine etwas unsichere Beziehung –, und Boyce schnellte prompt herum und zog mich an sich. Ich schlang ihm die Arme um den Hals und starrte hoch in sein angespanntes Profil. »Bist du verrückt? Habe ich irgendetwas gesagt …«

»Nicht verrückt. *Überhaupt* nicht verrückt.« Er starrte zu mir hinunter, und dann wandte er sich um, um sich zwischen den wild parkenden Autos hindurchzuschlängeln, ohne sein Tempo zu verlangsamen. »Ich muss dich küssen. Ich muss dich auf jede in der Öffentlichkeit unschickliche Art berühren. *Genau jetzt.*« Er beugte sich näher zu mir vor, während ich innerlich dahinschmolz. Mein Atem beschleunigte sich, und jeder Teil meines Körpers pulsierte mit einem Mal wie wild. »Ich will dich vögeln, Süße«, murmelte er, während er mich gegen die Beifahrertür seines TA drückte und mein schockiertes Aufstöhnen mit seinem Mund erstickte. Seine Hände umfassten mein Gesicht, während er mich küsste. Als seine Lippen sich schließlich von meinen lösten, keuchten wir beide und starrten uns tief in die Augen. »Ich fürchte, das wäre vor ein paar Dutzend Leuten in der Lodge keine gute Idee gewesen.«

Ich schüttelte den Kopf. »N-nein. Bleiben wäre ... nicht ratsam gewesen.«

Er kicherte, öffnete die Wagentür und küsste mich noch einmal. »Steig ein. Nicht anschnallen.«

Ich nickte und gehorchte, und er ging auf seine Seite, wobei er sich rasch umsah. Niemand war in unserer Nähe, aber der Parkplatz war alles andere als verlassen. Der Himmel verdunkelte sich allmählich, und die Straßenlaternen gingen an, aber sie warfen nur einen schwachen Schein. *Oh, mein Gott, überlegte ich mir etwa, ES in seinem WAGEN zu tun?* Das war verwirrend und untypisch und verboten und – und – *so heiß.*

Er knallte die Fahrertür zu und öffnete die Fenster halb. Dann schob er seinen Sitz so weit wie möglich nach hinten, streckte die Arme nach mir aus und zog mich rittlings auf seinen Schoß. Er küsste mich, während seine Hände auf meinem Rücken unter mein Shirt glitten und meinen BH öffneten. Er hob den Saum bis knapp über meine Brust, schob ein loses Körbchen beiseite, nahm den Nippel tief in seinen warmen Mund und begann genießerisch an ihm zu saugen.

Mein Kopf sackte nach hinten, und das Einzige, was ich hören konnte, war mein eigenes, leise gestöhntes *Oh, Gott* und das immer schneller werdende Hämmern meines Herzens. Ich presste mich instinktiv gegen seine Erektion, drückte meine Schenkel auf seine Hüften und rieb mich an ihm, während er mich noch näher an sich zog. Seine Hand auf der nackten Haut meines Rückens war so heiß, dass sie leicht einen rötlichen Abdruck zwischen meinen Schulterblättern hätte hinterlassen können.

Er ließ meinen Nippel los, umfasste meine Brust mit einer Hand und zog mit der anderen meinen Mund wieder zurück zu seinem. Unsere Küsse waren begierig, und die Temperatur in der Enge des Wagens, verstärkt durch die allgemeine Luftfeuchtigkeit, schnellte in die Höhe. Seine Lippen glitten an meinem Hals hinunter, und er murmelte leise: »*Gottverdammt*, schönes Mädchen. Kann ich dich dazu bringen, so für mich zu kommen?« Er drückte sanfte, saugende Küsse an meinen Hals, während er die Hüften bewegte und nach oben stieß, als wäre er bereits in mir.

Zum. Teufel. Mit. Diesen. Shorts!

Ich stöhnte auf und presste die Schenkel fester zusammen. »Ich … ich kann nicht …«

»Die Beine zu weit spreizen, ohne dass ich in dir bin?«

Ich nickte, während ich mir keuchend auf die Lippe biss.

»Dreh dich um«, sagte er, und dann hob er mich hoch und setzte mich so hin, dass ich mit dem Rücken zu ihm auf seinem Schoß saß.

Ich legte den Kopf nach hinten an seine Schulter – ich vermisste seinen Mund an meinem Hals, meinen Lippen, meiner Brust –, und am liebsten hätte ich gewimmert: *Wie kann das denn besser sein?* Aber dann öffnete er den Knopf und Reißverschluss meiner Shorts und glitt mit der rechten Hand hinein.

»Ah, da haben wir's«, murmelte er. »Genau. *Da.* Einer? Oder zwei?«

Ich wand mich stöhnend, und er kicherte. »Also zwei.«

»Oh … *Gott*«, keuchte ich.

Er leckte und küsste meinen Hals an dem Pulspunkt genau unter meinem Ohr, während er mit der linken Hand meine rechte Brust umfasste und den Nippel sanft kniff, als würde er ein durch Punkte angedeutetes erogenes Dreieck zeichnen.

»Das ist mein Mädchen.« Das Beben seiner Stimme rumorte durch mich, ein erdender Bass zu den orchestrierten Bewegungen seiner Hände und seines Mundes. Sein Daumen bewegte sich kreisend und drückend, während seine Finger leicht gekrümmt und liebkosend tief in mich eindrangen. »Ich will zusehen, wie du kommst, Süße. Das ist alles, wovon ich geträumt habe, seit ich das letzte Mal in dir war – dich wieder zu küssen, diesen süßen kleinen Körper, so warm und fest, ihn wieder zu berühren, während er von mir flachgelegt und tief und hart gevögelt werden will.«

Ich bäumte mich auf und kam mit voller Wucht, eine Hand auf den Mund gepresst, damit die Leute in dem Restaurant auf der anderen Seite des Parkplatzes mich nicht hören konnten. Und vielleicht auch Leute am Strand. Gott steh mir bei.

26

BOYCE

Eine Hand über ihren Mund gepresst, während die andere meinen Unterarm wie eine Zange umklammerte, war sie ein atemberaubender Anblick. Ich jagte ihr einen Mordsschock ein, aber sie liebte es, denn sie vertraute mir, und jedes Mal, wenn ich sie berührte, spürte ich diese Unterwerfung. Das Mädchen war nach außen hin eine ernste Intellektuelle, aber unter der Oberfläche eine feurige Draufgängerin. Das wusste ich schon lange. Ich war nur zu verdammt dumm, um zu begreifen, was es bedeutete – dass sie einen Mann wie mich brauchte.

Ich konnte nicht genug von ihr bekommen, und tief in mir wusste ich, dass ich das nie tun würde. Ich wollte sie mit nach Hause nehmen und sie die ganze Nacht lieben, aber zuerst musste ich meine Mutter und ihr ignorantes Arschloch von einem Freund aus meinem gottverdammten Wohnwagen schaffen.

Ich hörte Stimmen in der Nähe – ein paar Leute, die eben zu Abend gegessen hatten und jetzt langsam über den Parkplatz zu ihren Autos schlenderten. Ich schloss Pearls Shorts, strich ihr Shirt glatt und drehte sie auf meinem Schoß so herum, als würden wir einfach nur dasitzen und uns küssen. Ein bisschen ungezogen, aber nicht annähernd das, was wir vor zwei Minuten im Schilde geführt hatten. Sie bebte noch immer von ihrem Höhepunkt, den Kopf an meine Schulter gelegt, ihren kurvenreichen kleinen Arsch an meinen erregten, ungeduldigen Schwanz gepresst – *tut mir leid, Kumpel, nicht heute Abend* –, die Füße auf dem Beifahrersitz ausgestreckt, deren Zehennägel so blau lackiert waren wie der tiefste Teil des Golfs.

Als die näher kommenden Stimmen in ihr Bewusstsein drangen, versteifte sie sich und sah über die Schulter durch das offene Fenster.

Ich spannte die Arme um sie an und küsste sie auf die Stirn. »Keine Sorge. Wir sind nur zwei Leute, die in einem Wagen sitzen und ein *richtig freundschaftliches* Gespräch führen. Sie werden überhaupt nicht auf uns achten.«

Sie entspannte sich, lachte leise und steckte den Kopf unter mein Kinn, als würde sie auf meinen Herzschlag lauschen – der unter ihrem Ohr vermutlich nur so raste. »Und jetzt zu *deinem* Geschenk…«

»Mmm-hmm?«

»Ich werde dich von Samstagvormittag bis Sonntagnachmittag brauchen.« Sie hielt einen Moment inne.

»Okay.« *Was zum Teufel?*

»Okay. Gut.« Ihre Finger strichen sanft über den Oberarm, an dem sie sich vor nicht einmal fünf Minuten verzweifelt festgeklammert hatte, als wollte sie mich beruhigen. Als könnte ich mich jeden Moment aufbäumen und Nein sagen. »Ich hole dich gegen elf ab. Zieh dich so an wie jetzt und pack dir etwas Wechselwäsche für Sonntag ein und alles, was du für einen Übernachtungsausflug mitnehmen willst. Ansonsten musst du nichts tun.«

Ich hatte nicht unbedingt Erfahrung mit Übernachtungsausflügen. Zufällige Übernachtungen in irgendwelchen Betten – das schon. Dazu gehörten Kondome, in die alten Sachen zu schlüpfen, die ich gegen zwei Uhr morgens ausgezogen hatte, und die Hoffnung, dass das Mädchen eine Mundspülung in ihrem Medizinschränkchen oder wenigstens einen Kaugummi in ihrer Handtasche hatte. Wenn ich einen Übernachtungsausflug mit Pearl plante, würde ich frische Kleidung, eine Zahnbürste und Kondome mitnehmen. Verdammt richtig, Kondome. *Bitte, Gott, sag mir, dass ich Kondome brauchen werde.*

»Wohin fahren wir denn?« Ich war in meinem ganzen Leben noch nie so neugierig gewesen – und das wollte viel heißen, denn ich war von Natur aus neugierig.

Sie legte den Kopf nach hinten auf meinen Arm. Ihre schwarzen Augen funkelten im Dunkeln, und ihre vollen Lippen verzogen sich zu einem schelmischen Grinsen. »Das ist eine *Überraschung*, Boyce Wynn.« Eine willkommene Windböe vom Golf wehte durch den Wagen und blies eine lange Locke über ihr Gesicht. Sie blieb an ihrer Lippe kleben. Pearl streckte eine Hand aus, um sie zu entfernen, und ich war überwältigt davon, wie sehr ich sie liebte. Sie musste gesehen haben, wie die Erkenntnis über mein Gesicht huschte, denn ihre Hand verlangsamte ihre Bewegung, und ihr Lächeln schwand. »Was denn?«

Ich schüttelte den Kopf und drückte einen Finger auf die Stelle zwischen ihren Brauen. »Ich habe selbst eine Überraschung für dich. Ich erzähle es dir dieses Wochenende.«

»Nicht fair.«

Ich küsste sie mit jedem besitzergreifenden, draufgängerischen Verlangen, das mich durchflutete. Meine Zunge glitt durch ihren Mund, liebkoste ihre schüchterne kleine Zunge und forderte sie auf, zum Spielen herauszukommen. Als sie hervorschnellte, um meine Oberlippe zu necken, nahm ich ihre Zungenspitze in den Mund und saugte sanft und zärtlich an ihr, bevor ich sie in ihren Mund zurückkehren ließ. Als ich mich von ihr löste, sah sie blinzelnd zu mir hoch, atemlos und benommen.

»Ich habe dir nie ein Fairplay versprochen, Süße«, murmelte ich.

Dr. Frank rief mich am Freitag an, um mir zu sagen, dass er, sein Buchhalter, Barney Amos und meine Mutter sich getroffen und sich auf einen Barkauf des Grundstücks mit allem, was sich darauf befand, geeinigt hatten. »Wir werden uns am Montagnachmittag treffen, um die Unterlagen zu unterzeichnen und ihr einen Bankscheck zu übergeben. Sie hat eingewilligt, dass sie und *Riley* das Grundstück räumen werden, sobald sie den Scheck in der Hand halten.« Es war offensichtlich, was er von Moms Freund hielt – allein schon von der Art, wie er den Namen dieses Vollidioten ausspie. Als hätte er einen fauligen Geschmack in seinem Mund hinterlassen.

Ich konnte es gut nachvollziehen. »Ich würde mich besser fühlen, wenn sie das Geld ohne ihn bekommen würde, aber ich nehme an, das ist ihre Angelegenheit.«

»Das ist es. Ich gebe dir recht, er ist ein harter Brocken, aber es ist ihre eigene Entscheidung, was sie sich gefallen lässt – es sei denn, du hast gesehen, dass seine schlechte Behandlung deiner Mom in körperliche Gewalt umschlägt.«

Riley musste sich sehr klein gefühlt haben, wie er mit einem Arzt, einem Rechtsanwalt und einem Buchhalter dort saß – als würden sie alle einen Witz auf seine Kosten reißen. Das Einzige, was noch fehlte, war eine Bar und eine Pointe. Wenn Männer wie er sich klein fühlten, wurden sie noch gemeiner. Vermutlich hatte er sich vor ihnen groß aufgeplustert – und meine Mom von oben herab behandelt.

»Wenn ich irgendeinen Hinweis darauf gesehen hätte, hätte er an dieser Besprechung nicht teilgenommen, denn dann wäre er jetzt im Krankenhaus. Falls er sie schlägt, haben sie es beide verdammt gut vor mir verborgen.«

»Ein Jammer, wenn eine Frau sich so behandeln lässt. Ich habe es in meinem Beruf immer wieder gesehen, aber ich werde es nie verstehen.« Er seufzte einmal tief auf und wechselte dann das Thema. »Also. Bist du dir sicher, dass du Wynns Werkstatt kaufen willst? Ich bin gern bereit, dich stattdessen für mich arbeiten zu lassen, falls du doch Bedenken hast, den Kredit aufzunehmen. Jetzt ist der richtige Zeitpunkt, es zu sagen.«

»Nein, Sir. Ehrlich gesagt glaube ich, diese Härte zu ertragen, um die Werkstatt zu bekommen, war gar nicht so schlecht. Anstatt das Gefühl zu haben, dass mir die Werkstatt wie ein Mühlstein um den Hals hängt, habe ich mich nicht nur dafür entschieden, sondern ich werde sie mir verdienen. Danke, dass Sie mir die Möglichkeit dazu geben. Ich will, dass Wynns Werkstatt mir gehört. Ganz sicher.«

»Na schön. Gib mir ein paar Wochen Zeit, um alles unter Dach und Fach zu bringen, und dann werden wir sehen, wie es mit deinem Kredit weitergeht.«

Ich hatte darauf bestanden, dass Pearl mir eine SMS schickte, sobald sie zu Hause losfuhr, damit ich gleich zur Tür hinausgehen konnte und sie nicht erst hochkommen und klopfen musste. Vor einer halben Stunde – als ich anfing zu packen – war mir klar geworden, dass ich gar keine Reisetasche hatte. In der hintersten Ecke meines Schranks, noch hinter dem Karton mit Fotos, die ich in Dads Zimmer eingesammelt hatte, förderte ich meinen alten Highschool-Rucksack zutage. Zum Glück hatte ich ihn auf der Highschool kaum benutzt, daher war sein Zustand nicht so schlimm, wie zu erwarten gewesen wäre. Ich war ein erwachsener Mann – der auf einen Übernachtungsausflug weiß Gott wohin fuhr – und *stopfte mein Zeug in einen Rucksack*. Mein Gott.

Ich warf ihn mir über die Schulter und sagte »Bin morgen wieder da« zu Mom und Riley, die auf dem Sofa saßen und rauchten. Es war noch nicht Mittag, daher waren sie noch nicht wach genug, um zu reagieren, bevor ich die Tür hinter mir zuknallte.

Pearl fuhr vor und ließ den Kofferraum ihres kleinen Wagens aufschnappen. Ich warf meinen Rucksack neben ihre lederne Reisetasche, die überall mit irgendwelchen Designer-Initialen verziert war und vermutlich mehr gekostet hatte als ein neuer Satz Reifen.

»Habe ich dich eigentlich je irgendwohin gefahren?«, fragte sie, während ich mich auf den Beifahrersitz zwängte. Ich schob ihn ganz nach hinten, um die Knie nicht genau unter meinem Kinn zu haben. Pearl sah hinreißend aus mit ihrem Pferdeschwanz, ihrer großen Sonnenbrille und einem kleinen Sommerkleid, das ihre glatten bronzefarbenen Beine und Schultern zur Geltung brachte.

Ich setzte meine Sonnenbrille auf. »Nein.«

»Na ja, mach's dir bequem. Wir haben eine dreieinhalbstündige Fahrt vor uns – *nachdem* wir von der Fähre gekommen sind, bei der die Wartezeit laut Webseite im Moment eine Dreiviertelstunde beträgt.«

Dreieinhalb Stunden … »Houston?«

Sie seufzte. »Wow – ja. Bonuspunkte für Schnelligkeit. Ich wusste, du würdest es dir denken können, sobald ich auf den Highway 59 fahre, aber mein Gott, wir sind noch nicht einmal bei der ersten Ampel.«

»Bonuspunkte, ach ja? Wofür genau sind diese Punkte denn?«, fragte ich. »Vielleicht will ich noch ein paar mehr sammeln, bevor wir unser Ziel erreichen.«

Sie saß stocksteif da, die vollen rosa Lippen fest zusammengepresst, während sie über den Rand ihrer Sonnenbrille einen Blick auf mich warf. Dann sah sie wieder aufmerksam auf die Straße vor sich, als würden wir mitten in der Rushhour stecken. »Vielleicht wirst du heute Abend gar keine Punkte brauchen.«

Falls ich irgendeine oberschlaue Antwort auf Lager hatte, ging sie in diesem Moment in Flammen auf.

Es war Jahre her, seit ich weiter als bis Corpus aus der Stadt herausgekommen war. Die langen Highwayabschnitte mit meilenweit nichts als Gras und Feldern und Kühen in jeder Richtung fühlten sich kosmisch an – als würde es dahinter nichts geben als immer nur dasselbe, immer weiter. Von Zeit zu Zeit fuhren wir durch eine Stadt, die so klein war, dass man sie, wenn man einmal blinzelte, verpasste, und einmal entdeckte ich, etwas zurückgesetzt von der Straße, eine riesige verfallene Scheune. Das Dach war halb eingestürzt, die Farbe blätterte ab, und ich dachte: *Irgendjemand hat dort drinnen früher Vieh gehalten, und jetzt ist das alles verschwunden. Sind sie umgezogen? Gestorben? Hatten sie ein gutes Leben, hier draußen am Arsch der Welt?*

Wir hielten in Wharton, um zu tanken und etwas zu essen.

»Willst du mir noch immer nicht sagen, was wir in Houston vorhaben?«

Sie nahm einen riesigen Bissen von ihrem Truthahnsandwich, und ein paar Tropfen Barbecuesauce liefen über ihre Hand. »Nein.« Sie leckte sich die Sauce von der Hand – ihre rosa Zunge schnellte vor, um sie aufzufangen, bevor sie zu weit fließen konnte –, und ich starrte auf meinen Kartoffelsalat, als versuchte ich das Rezept zu ergründen. *Gott*verdammt.

Ich nahm einen Bissen von meinem Sandwich. Trank einen Schluck Eistee. »Heute Abend findet im Minute Maid Park ein Spiel statt«, sagte ich grinsend. »Die Pirates sind für eine Vier-Spiele-Serie in der Stadt.«

Sie machte ein mürrisches Gesicht. »Verdammt, Boyce!«

Ich ließ mein Sandwich sinken. »Ist das dein Ernst? Wir fahren zu einem *Baseballspiel*?« Ich konnte nicht verhindern, dass meine Stimme am Satzende himmelhoch schnellte.

Ihr mürrisches Gesicht hellte sich auf, und ihr Tonfall wurde sanft. »Ja. Das war die Überraschung.«

Ich schüttelte den Kopf. »Was hat Mrs. Thompson immer gesagt, wenn eines ihrer Kinder unerlaubt irgendwelches Getier ins Haus geschleppt und ihr damit einen Riesenschrecken eingejagt hat? *Na, da brat mir doch einer 'nen Storch!*«

Pearl kicherte. »Ich dachte nicht, dass Leute das wirklich sagen.«

»Na klar, und ob – als Randy einmal ein Beutelratten-Junges in die Küche geschleppt hat, ist sie prompt damit herausgeplatzt. Bei dem Anblick hätte sie fast auf der Stelle einen Herzinfarkt bekommen.«

»Oh … mein … *Gott.*« Sie lachte, bis sie schnaubte.

»Im Ernst! Du hast mich *wirklich* überrascht – also Bonuspunkte dafür. Nicht dass du sie brauchen wirst.« Ich zwinkerte ihr zu. »Ich werde dir meine aufrichtige Dankbarkeit auf jede verdammte Weise zeigen, auf die du es willst.«

Sie schluckte. »Nur um dich zu erinnern …« Sie beugte sich näher zu mir, damit das Paar am Nebentisch uns nicht hören konnte. »Draußen ist helllichter Tag, und der Parkplatz ist *richtig klein und überfüllt.*«

»Ich nehme an, dann wirst du wohl warten müssen.«

»Ich nehme an, du wohl auch«, sagte sie, die Augen unschuldig aufgerissen, während sie den letzten Rest ihres Eistees durch einen Strohhalm saugte, auf den ich auf einmal *sehr* eifersüchtig war.

PEARL

Boyce war wie ein Kind an Weihnachten – auch wenn ich, sobald mir dieser Gedanke durch den Kopf ging, die Vorstellung nicht ertrug, wie Weihnachten für ihn immer gewesen sein musste.

Als ich vor dem Magnolia neben dem Hotelpagen hielt, murmelte Boyce: »Ach du heilige Scheiße«, bevor er ausstieg. Ich reichte dem Pagen die Schlüssel, und Boyce nahm unsere Taschen aus dem Kofferraum. »Kein

Problem. Ich mache das schon«, sagte er zu dem tadellos uniformierten Portier, der versuchte, unser Gepäck zur Rezeption zu bringen. Er stand schweigend da, während ich uns eincheckte, und sprach kein weiteres Wort, bis ich die Tür zu unserem Zimmer öffnete. »Ach. Du. Heilige. Scheiße«, sagte er noch einmal, ohne Anstalten zu machen einzutreten.

Ich ging hinein und schnurstracks auf das Fenster zu, und er folgte mir. »Thomas und Mama wohnen immer im Magnolia, wenn sie in Houston sind. Ich verwende ihre Punkte für das Zimmer. Das Gebäude ist fast einhundert Jahre alt, und der Minute Maid Park ist …« – ich zog die Vorhänge weit auf – »… gleich dort drüben.«

Er stellte sich neben mich, und wir starrten beide auf das Stadion.

»Und das erlauben sie dir? Ihre Punkte zu verwenden, um mit *mir* dieses Wochenende hier zu verbringen?« Er hielt noch immer beide Taschen in der Hand, als würde er damit vielleicht gleich wieder aus dem Zimmer stürzen wollen.

Ich nahm sie ihm ab und stellte sie beiseite. »Sie wollten nicht, dass ich in irgendeinem schmuddeligen Motel mitten in Houston wohne.« Ich nahm seine Hände und legte das Kinn an seine Brust. Er starrte auf mich hinunter. »Und … ist dir das Bett aufgefallen?«, fragte ich. »Genau hinter mir?«

Sein Blick huschte über meine Schulter. »Es ist groß.«

Ich biss mir auf die Lippe bei dieser schlichten Feststellung und der Art, wie er den Blick durch das vornehme Zimmer schweifen ließ. Ich fragte mich, ob er je in einem Kingsize-Bett geschlafen oder eines gesehen hatte. Er erinnerte mich an Mama in New York während der Flitterwochen meiner Eltern – ein bisschen zu ehrfürchtig.

Ablenkung – das war es, was er brauchte. »Wir haben eine Stunde bis zu unserer Dinner-Reservierung in einem fantastischen Steakhaus zwischen hier und dem Stadion. Aber mach mir keine Falten in mein Kleid.«

Er schlang mir die Arme um die Taille, führte meine Hände hinter meinen Rücken und zog eine dunkelrote Augenbraue hoch. »Und wie, bitte schön, stellst du dir das vor? Vor allem, wenn ich vorhabe, dich in ein paar Sekunden auf dieses Bett zu werfen, um deinen Appetit für Runde zwei heute Abend anzuregen.«

Ich wandte mich ab, um mein selbstgefälliges Lächeln zu verbergen, und warf meinen schweren Pferdeschwanz zur Seite. Er begann quälend langsam, den Reißverschluss an meinem Rücken zu öffnen. »Ich habe dir aber schon gesagt, dass wir nur eine Stunde haben, oder?«

Er zog das letzte Stück des Reißverschlusses mit einem Ruck herunter und warf mich dann herum, um mir das Kleid über die Arme auszuziehen. »Ihr Wunsch ist mir Befehl, Ma'am.«

»Das glaube ich dir.« Ich stellte mich auf die Zehen, um sein raues Kinn zu küssen. »Und mir deiner.«

Beim Essen erzählte mir Boyce, was Thomas für ihn tat. Ich war so verblüfft und dankbar und *glücklich*, dass mir die Tränen kamen.

Der Kellner verharrte höflich außer Hörweite, und Boyce beugte sich näher zu mir vor. »Warum weinst du denn?«

»Es ist nur … du hast gesagt, du würdest die Stadt

verlassen, und jetzt tust du das nicht, und ... ich weiß nicht. Weil ich glücklich bin?«

Er schüttelte den Kopf. »Das heißt, du weinst, weil du glücklich bist?«

Ich lachte einmal kurz auf und tupfte mir mit der Serviette die Augen ab. »Ja.«

»Frauen verstehen aber schon, warum Männer von solchen Antworten verwirrt sind, oder?«

»Natürlich nicht«, sagte ich. »Wir geben euch alle nötigen Hinweise. Ihr müsst sie nur lesen.«

Er zog eine Augenbraue hoch. »Genau das ist eine Falle.«

Als ich aus dem Bad kam, hatte Boyce alle Lichter bis auf eines ausgeschaltet. Er saß in Boxershorts und einem grauen T-Shirt auf dem Bett und sah zu, wie ich das Zimmer durchquerte. »Danke für heute Abend«, sagte er. »So etwas hat noch nie jemand für mich getan.«

Ich zog das Gummiband aus meinen von der Feuchtigkeit besiegten Haaren, schüttelte sie und streifte mir das Band übers Handgelenk. Boyce' grüne Augen loderten. Ich beklagte mich oft über die unbezähmbare Natur meiner Haare, aber Boyce mochte sie. Er mochte auch die Brille, die ich trug. Er mochte es, sie mir abzunehmen, als wäre sie ein weiteres Kleidungsstück von mir, das er konfiszierte. Ich zog an einer Locke und wickelte sie mir um den Finger, und sein Mund spannte sich an.

»Ich bin froh, dass es dir gefallen hat«, sagte ich. »Aber es tut mir leid, dass sie verloren haben. Wenigstens war es nur ein Punkt.«

Er grinste immer mit der linken Gesichtshälfte. In seinem linken Augenwinkel bildeten sich Fältchen. Sein linker Mundwinkel verzog sich, als würde er auf irgendetwas zeigen. Ein kaum vorhandenes Grübchen zeigte sich in seiner linken Wange. Er zog das Kinn ein und starrte mich an, und mein ganzer Körper reckte sich vor, sehnte sich nach seiner Berührung.

»Eine One-Run-Niederlage ist ärgerlich, aber sie verlieren oft. Wir hartgesottenen Fans sind es gewohnt. Dieses Spiel live und persönlich zu sehen – mit all den anderen Fans dort draußen zu sein –, das war verdammt toll. Da ist es sogar egal, wer gewonnen hat.«

»Stimmt das wirklich?«

»Okay, der letzte Teil nicht. Ein Sieg wäre schön gewesen. Ein Schock und ein Wunder, aber schön. Aber alles andere stimmt.« Er legte den Kopf auf die Seite, als ich erst beide Hände und dann ein Knie aufs Bett stützte. »Ist das da etwa … mein Shirt?«

Ich kroch aufs Bett. Ich trug das grünärmelige Baseballshirt, in das er vor Jahren die Blitzschnecke eingewickelt hatte. Es fiel bis auf die Mitte meiner Schenkel, und die Ärmel – Dreiviertellänge bei ihm – reichten fast bis zu meinen Handgelenken, wenn ich sie nicht hochkrempelte. »Vielleeeiiicht.«

Er streckte eine Hand nach mir aus, und ich ergriff sie.

»Es gibt da etwas, worüber ich mit dir reden will«, sagte ich. »Es geht um …« *Den Abend danach*. Mein Herz sträubte sich, und die Worte blieben mir in der Kehle stecken. Es war vier Jahre her. Vielleicht wollte ich doch nicht darüber reden.

»Um …?«, fragte er und zog mich so weit vor, dass ich auf den Knien hockte, ihm zugewandt.

»Jenen Abend am Strand …«

»Stopp.« Er strich mit einem Finger über die Erhebungen meiner Knöchel, glitt in Zickzacklinien an jedem Finger hoch bis zu dem kurzen, unlackierten Fingernagel und wieder zurück. »Ich weiß, was du glaubst, an jenem Abend gesehen zu haben. Nein. Was du gesehen *hast*.« Er legte einen gekrümmten Finger unter mein Kinn, um meinen Blick zu seinem zu heben, und hielt mein Gesicht, während er mich eindringlich ansah. »Süße, an jenem Tag gab es niemanden außer dir. An jenem Abend. In jenem Sommer. Und an jedem einzelnen Tag seitdem. Zwischen mir und diesem Mädchen ist nichts passiert, und es wäre auch nichts passiert. Es *ist* nichts passiert, selbst als du weggelaufen bist. Ich war bekifft – wir waren alle bekifft –, aber ich hatte auf dich gewartet und gehofft, du würdest auftauchen. Ich konnte niemanden sonst sehen. Ich wollte dich anrufen, dir sagen, dass ich nicht aufhören konnte, an dich zu denken. Aber ich hielt mich an den dümmsten Ratschlag, der unter Typen je die Runde gemacht hat – *ruf nicht zu früh an. Wirke nicht zu interessiert.* Ich dachte, ein bisschen Gras würde mich beruhigen. Als ich deine Miene sah …« Sein Kiefer spannte sich an, und seine Hand legte sich um mein Kinn. »Du hast nicht gesehen, dass ich dir nachgelaufen bin, oder?«

Ich schüttelte den Kopf, und ein Gefühl von Vergebung erfüllte mich, bereit, überzuquellen und uns beide zu durchtränken.

»Ich weiß nicht, wie lange ich an dem Abend nach dir gesucht habe. Es waren so viele Leute da, und ich war einfach so verdammt *stoned*.« Er fuhr sich mit einer Hand übers Gesicht und seufzte. »Und dann habe ich ein paar Tage gebraucht, um zur Vernunft zu kommen und zu denken: *Scheiß auf die Regeln dieser Typen* – denn sie könnten niemals für das gelten, was du für mich warst. Aber bis dahin hattest du die Stadt wegen des Praktikums bereits verlassen. Und als du wiederkamst, war es, als wäre dieser Morgen nie passiert. Ich habe mir eingeredet, dass ich nicht gut genug für dich war und es niemals sein würde.«

Meine Augen füllten sich mit Tränen. »Boyce…«

»Ich habe dich an jenem Abend verletzt, und das tut mir leid. Ich kann dir nicht versprechen, dass ich nie wieder ein Idiot sein werde, denn vermutlich werde ich noch vor dem Ende dieses Gesprächs einer sein, aber gottverdammt, ich werde es versuchen. Ich werde es wirklich versuchen.«

Er strich mit einem Daumen über meine Lippen und beugte sich vor, um mich zu küssen. Ich öffnete mich ihm, und meine letzte Angst verflog.

»Ich habe mit Maxfield über dich geredet, als er letzten Monat hier war.« Er nahm mir die Brille ab und legte sie auf den Nachttisch.

»Ach ja?«

»Ja. Er hat mir gesagt, wenn ich dich liebe, sollte ich verdammt noch mal nicht aufgeben.«

Oh. »Und, tust du das?«, flüsterte ich.

»Dich lieben? Verdammt, ja. Ich habe dich aus diesem Ozean gezogen, und du bist aufgewacht und hast mich angestarrt, als wäre ich etwas wert. Das war der Moment, in dem ich mich in dich verliebt habe. Du bist die einzige Frau, die ich je geliebt habe, Pearl. Für mich gibt es nur dich oder niemanden.«

»Aber ich gehe in drei Wochen weg. Ich werde neun Monate fort sein.«

Er glitt mit seinen warmen Händen an meinen Unterarmen nach oben, schob die Ärmel bis zu den Ellenbogen hoch. »Es ist eine vierstündige Fahrt, Süße, kein Flug zum Mond. Ich werde zu dir fahren. Du wirst hierherkommen. Und ich werde warten. Neun Monate sind nichts, wenn ich vorhabe, dich für den Rest meines Lebens zu behalten.«

27

BOYCE

Dank unserer Aufwärmübung vor dem Abendessen auf diesem verdammt fantastischen Bett nahm ich an, dass wir uns bei Runde zwei alle Zeit der Welt lassen konnten. Ich wollte ganz langsam über jede ihrer sanften Rundungen gleiten, wollte ihren Geschmack genießen, denn mein Gott, jeder Zentimeter von ihr schmeckte einfach so gut. Ich würde sie hinlegen und diesen süßen, willigen Mund plündern, bis sie meinen Namen wie ein Gebet sprach.

»Komm her, du kleine Diebin.« Ich zog sie auf meinen Schoß. Ihr entblößtes Gesäß glitt auf meinen nackten Schenkel und beantwortete meine Frage danach, was sie unter diesem seit sieben Jahren vermissten Shirt von mir trug. »Ich habe genug geredet.« Ich beugte mich vor, um mit der Zunge über die Konturen ihres Ohrs zu gleiten. »Das heißt, abgesehen von einem kleinen, dreckigen Wortgeplänkel, bei dem ich dir im Detail all die Arten aufzählen werde, auf die ich dich zu vögeln gedenke«, flüsterte ich, und ihr Mund öffnete sich mit einem sanften Stöhnen.

»Warte«, hauchte sie. »Ich habe noch etwas zu sagen.«

Ich war völlig perplex, als ich mich zurücklehnte

und Tränen in ihren Augen sah. Ich verharrte stocksteif. Wenn ich hätte aufhören können zu atmen, hätte ich es getan.

Sie holte einmal tief Luft. »Ich liebe dich auch.«

Ich versuchte aus ihren Tränen im Zusammenhang mit diesen Worten schlau zu werden. Ich hatte seit zwei Wochen darauf gewartet, diese Worte im nüchternen Zustand von ihr zu hören. »Dann sind das hier *Tränen des Glücks*, richtig?«

Sie lachte erstickt auf. »Ja.«

Erleichterung durchflutete mich, und ich grinste. »Siehst du? Ich *lerne*.«

»Ist das etwa eine Wynn-win-Situation?«

Sie kicherte, als ich eine Augenbraue hochzog und den Kopf schüttelte. Ich hatte diesen albernen Wortwitz über meinen Namen, den ich mir auf der Highschool ausgedacht hatte, fast vergessen. »Das hast du eben *nicht* gesagt. Erstens einmal – dieses gestohlene Shirt, das du da trägst. Das war mein Lieblingsshirt, weißt du. *Schäm dich*, junge Dame. Dafür sollte ich dich übers Knie legen.«

Ihre Augen weiteten sich. Ich war mir nicht sicher, ob ich sie mehr schockiert oder scharf gemacht hatte. Hoffentlich etwas von beidem.

»Wenn ich mich recht erinnere, Boyce Wynn, hast du mir dieses Shirt *geschenkt*.«

Ich musterte sie – zurückgelehnt in meinen Armen, den Kopf auf meinen Bizeps gestützt. *Grinsend*.

»Ich nehme an, ich habe es tatsächlich vor deiner Haustür abgelegt.« Ich kaute auf meiner Lippe, als würde ich über ihre Argumentation nachdenken. »Und dir steht es besser, als es mir je gestanden hat – auch wenn ich ziemlich verdammt heiß darin aussah, nach den heimlichen Blicken zu urteilen, die du mir über den Labortisch hinweg zugeworfen hast.«

Ich streckte eine Hand aus, um mit einem Finger über ihr Gesicht und hinunter zu ihrem Hals zu gleiten. Ich folgte der Linie ihres Schlüsselbeins zu ihrem Arm und an ihm hinunter zu dem Ringfinger ihrer linken Hand. *Für immer* dehnte sich auf eine Weise vor uns aus, wie es das noch nie getan hatte. Mein Verlangen nach ihr, mein Bedürfnis nach ihr, erstreckte sich über diesen Augenblick hinaus in die Ferne, so weit ich sehen konnte.

Ich hatte gesehen, wie Arianna zusammenbrach und dichtmachte, als wir Brent verloren, und sie hatte eine Weile gebraucht, um von diesem düsteren Ort zurückzukommen. Sie stürzte sich in die Arbeit, und vor ein paar Jahren überschrieb ihr Buddy, der auf die siebzig zuging, das Tattoostudio. Sie schien zufrieden mit ihrem Leben, auch wenn sie einmal zu mir sagte: »Ich werde vermutlich nie eine Mommy sein, daher zähle ich auf dich, dass du mir eines Tages einen Neffen oder eine Nichte schenken wirst, die ich verwöhnen kann.« Ich hatte keine verdammte Ahnung, was ich auf diesen Satz erwidern sollte. Als mein Bruder starb, war sie erst fünfundzwanzig, aber sie hatte nie irgendjemand anderen an sich herangelassen, und ich konnte irgendwie verstehen, warum.

Auch wenn Dover auf der Highschool ein echter Albtraum für ihn war, war Maxfield über dieses verdammte Biest hinweggekommen, als er weg aufs College ging. Aber drei Jahre lang verlor er kaum ein Wort über irgendjemanden, wenn er nach Hause kam. Ich wusste, dass er dort Freunde hatte, aber er war von Natur aus ein Einzelgänger. Ich nahm an, dieser verdammte Kater stand ihm näher, als irgendjemand je an ihn herankommen würde – bis Jacqueline kam. Allein schon bei dem Gedanken an dieses Mädchen lächelte er wie ein Hund mit einem T-Bone-Steak.

Mateo und Yvette Vega waren das einzig Wahre – Highschool-Liebende, die ihr Glück gemacht hatten. Sie waren zusammen, seit sie beim Flaschendrehen in der vierten Klasse verkuppelt wurden. Aber ich hatte damals hautnah miterlebt, wie sie um ein Haar alles verloren hätten. Vega hatte ein großspuriges Auftreten, seit er laufen konnte, aber er war eine absolut treue Seele. Wenn er das mit Yvette vermasselt hätte, hätte er sich selbst nie verziehen.

An ihren Schlüsselbeinen hatte Arianna zwei schmale tätowierte Schriftzüge. Auf der rechten Seite stand: *Das Leben ist zerbrechlich.* Und auf der linken Seite: *Liebe ist ein Risiko.* Ich wusste, dass beides stimmte, aber der Gedanke, das Mädchen in meinen Armen durch meine eigene Dummheit zu verlieren, wog schwerer als jede Bedrohung, wie das Leben sie mir nehmen oder wie sie mich verlassen könnte.

»Hey.« Sie bewegte ihre Hand langsam kreisend über meinem Herzen. »Wohin bist du denn verschwunden?«

Ihre Haare waren wie ein wilder Wasserfall, der über meinen Arm fiel, um sich auf der weißen Bettdecke zu sammeln. Sie hatte sich der schwülen Hitze der Küste ergeben und der Art, nahm ich an, wie ich mir diese seidigen Locken jedes Mal um die Finger wickelte, wenn ich die Gelegenheit dazu bekam. Ihre Augen funkelten, fest auf mich geheftet, dunkel wie die Nacht. Ihre Lippen waren voll und feucht. Ich starrte sie an, und sie erwiderte den Blick, während ihre zierlichen Hände noch immer mein brennendes Herz massierten, als würde sie mich zum Leben erwecken. Vielleicht tat sie das ja wirklich.

»Nirgends, Süße.« Ich schob den Saum des Shirts langsam höher, bis der Stoff an einem straffen Nippel hängen blieb. »Ich bin genau hier.« Ich glitt mit einer Fingerspitze in langsamen Kreisen um die harte kleine Knospe. »Ich glaube, unter einer Bedingung könnte ich überredet werden, den Verlust meines Shirts zu verzeihen.«

»W-w-was denn?«, keuchte sie.

Ich legte sie flach aufs Bett und küsste sie, hielt ihre Handgelenke über dem Kopf fest, während ich das Hemd mit einer Faust zusammenraffte und zur Seite schob. Als ich einen rosigen Nippel in den Mund nahm und mit einer Hand langsam nach unten glitt, begann sie leise, verführerisch zu flehen. Ich zog eine Spur von Küssen in der Mitte ihrer Brust hinunter, tauchte auf dem Weg nach unten mit der Zunge in die kleine Vertiefung ihres Bauchnabels, spreizte ihre Schenkel und kniete mich dazwischen. Ihr Atem beschleunigte sich, als ich weiter hinunterglitt, um ihren Bauch zu küssen. »Also, wo waren wir gleich wieder …?«

»Deine B-Bedingung?«

Ich zog mein T-Shirt und meine Shorts aus, riss die Kondompackung auf und streifte das Kondom über. Ich verlangsamte meine Bewegungen, als ich die pure Faszination in ihren Augen sah, mit der sie mich beobachtete. »Das war vorschnell gesprochen«, murmelte ich. Ich legte mich auf sie und küsste sie. »Keine Bedingungen.«

Ihre Hände glitten über meine Hüftknochen, ihre Finger krallten sich in meine angespannten Muskeln, und ihre Daumen liebkosten die empfindlichen Stellen, die sie zu beiden Seiten meiner Schamhaarlinie entdeckt hatte und von deren Existenz ich gar nichts gewusst hatte.

»Ich will dich«, flüsterte sie zwischen Küssen.

»Dann nimm dir von mir, was du willst. Es hat die ganze Zeit dir gehört.«

Sie nahm mich beim Wort, glitt mit den Händen an meine Hüften und zog mich hart in sich hinein. Als ich in sie eindrang, war ich überzeugt, mit der Spannung, die wir erzeugten, ganz Houston mit Strom versorgen zu können.

Am Montagnachmittag kamen Mom und Riley von der Rechtstitelversicherung nach Hause und verfrachteten ihren ganzen Krempel auf die Ladefläche seines Trucks. Sie hatten nicht viel mitgebracht. Ihr Coupé hatten sie für ein paar hundert Dollar an einen Großhändler verkauft, da sie soeben einen Bankscheck in sechsstelliger Höhe erhalten hatten. Sie hielten sich für steinreich und waren auf dem Weg zurück nach Amarillo, um damit zu protzen.

Die Wahrscheinlichkeit, dass sie das Geld binnen eines Jahres verprasst haben würden? Verdammt hoch.

Riley lehnte sich gegen den Truck und rauchte eine Zigarette, während Mom in die Werkstatt kam, um mit mir zu reden. Sam war schon gegangen, bevor die beiden zurückkamen, daher waren wir nur zu zweit.

»Du kannst gern bleiben, Mom. Er nicht«, sagte ich. »Aber du schon«, stellte ich klar. Ich zwang mich, meine verschränkten Arme zu lösen und die Daumen in meinen Jeanstaschen zu verhaken. Mein Angebot war aufrichtig gemeint, und ich wollte nicht, dass es aufgrund meiner Abneigung gegen ihren Männergeschmack anders aussah.

»Das weiß ich zu schätzen, Boyce. Aber eine Frau braucht in dieser Welt einen Mann – oder zumindest ich brauche einen. Es ist ein Jammer, dass du Riley unter diesen Umständen kennenlernen musstest. Ich glaube, andernfalls hättet ihr zwei euch gut verstanden. Er kann nett sein. Er ist nur ein bisschen zu misstrauisch und beschützerisch, das ist alles.«

Oh-oh. Ich erwiderte nichts darauf. Nichts in der Welt würde mich je dazu bringen, diesen arroganten, hinterlistigen Scheißkerl zu mögen. Wenn er gegenüber irgendetwas beschützerisch war, dann zuallererst gegenüber seinem eigenen Wohlergehen.

»Ich hatte wirklich Glück, einen Käufer zu finden, der sich für die Werkstatt interessiert, weißt du«, sagte sie dann. »Damit du deinen Job behalten kannst.« *Als hätte sie selbst einen Investor gesucht und sichergestellt, dass er sich um* meine *Interessen kümmern würde.* Irgendwo in ihrem Kopf glaubte sie ihren eigenen Schwachsinn vielleicht sogar selbst.

Ich hatte nicht vor, irgendetwas von dem Weiterverkauf zu erwähnen, der in zwei oder drei Wochen über die Bühne gehen würde. Dr. Franks Angebot an mich ging sie nun wirklich nichts an.

Riley hatte seine Zigarette offenbar zu Ende geraucht, denn er drückte auf die Hupe. »Komm schon, Ruthanne!«, brüllte er aus dem Fenster. »Wir müssen los.«

Sie streckte die Arme aus, um mich zu umarmen, und es war einfach nur seltsam. Als würde ich eine Fremde umarmen, aber trauriger. Ich nahm an, ich sollte ihr sagen, dass ich sie liebte, aber die Worte wollten mir nicht über die Lippen kommen. Ich konnte sie nicht sagen, wenn ich sie nicht aufrichtig meinte. Ich war mir nicht sicher, was ich überhaupt für sie empfand.

»Komm gut nach Hause – oder wohin auch immer.«

»Wir haben uns überlegt, für ein paar Tage hoch zum Eagle's Pass zu fahren, bevor es weiter in Richtung Norden geht.«

Ich runzelte die Stirn. »Zum Casino?«

»Sieh mich nicht so an – mein Gott, du bist ja genauso voreingenommen wie dein Bruder. Riley spielt hin und wieder gern ein bisschen. Was ist denn schon dabei? Wir haben ein bisschen Spaß verdient.«

Weil ihr beide so schwer schuftet? Ich verbiss mir die Bemerkung.

Sie hob eine Hand, um mein Gesicht zu berühren. »Pass auf dich auf. Arbeite nicht zu hart. Ich werde dich wissen lassen, wo wir landen – vielleicht kannst du uns ja mal besuchen kommen.«

»Okay, Mom.« Ich musterte ihr Gesicht, versuchte es mir einzuprägen, aber fünf Minuten, nachdem sie abgefahren war, konnte ich mich nur noch erinnern, wie sie aussah, als ich ein Kind war – wie sie lachte, schrie, sich vor der Hand meines Vaters duckte. Wie sie meinem fünfzehnjährigen Bruder versprach, sie würde ihn wissen lassen, wo sie war, kurz bevor sie zur Tür hinaus verschwand.

Ich würde nicht mit angehaltenem Atem auf einen Anruf warten. Diesmal nicht.

Ich hatte meine privaten Verabredungen schon immer um meine akademischen Verpflichtungen herum gelegt. Auf der Highschool dachten meine Freunde, das sei ein Zeichen meiner fanatischen Bildungswut, aber auf dem College fiel dieser seltsame Lebensstil gar nicht mehr so auf. Die meisten meiner Freunde waren entweder ebenso fleißig wie ich – oder sie erkannten den Grund, weshalb ich es war, wenn ich wieder einmal ein Semester mit der Bestnote abgeschlossen hatte.

Mel fragte immer: »Aber was ist mit *Partys*? Auf dem College dreht sich doch alles um Partys.«

Das war eines der Dinge, die ich an einer Studentinnenverbindung liebte – die Veranstaltungen wurden fürs ganze Semester im Voraus geplant. Ich speicherte alle vorgesehenen Veranstaltungen, zusammen mit den Abgabeterminen für Kursprojekte und Prüfungsdaten, als Kalender-Erinnerung in meinem Handy. Wenn sich spontan irgendetwas ergab und ich es dazwischenschieben konnte, wunderbar. Wenn es sich mit meinem Terminplan überschnitt, winkte ich ab. Niemanden kümmerte es.

»Aber was ist mit *Jungs*?«

Bitte? In der Geschichte der Menschheit gab es doch noch nie einen Mangel an Jungen, die bereit waren, auf eine *Was-geht?*-SMS hin mit dir anzubandeln.

»Okay, aber was ist mit richtigen Beziehungen?«

Ich hatte mich nie nach der Gesellschaft meiner festen Freunde gesehnt, wenn sie nicht da waren – weder nach Mitchell noch nach Geoffrey oder den zwei oder drei anderen, mit denen die Beziehung nicht lange genug hielt, um offiziell zu werden. Ich wartete nicht ungeduldig auf die nächste SMS, sehnte mich nicht nach der nächsten Berührung. Ich verstand nicht, warum irgendjemand je so fühlte. Von außen betrachtet, erschien mir eine solche Bindung wie eine Besessenheit. Wie eine ungesunde Fixierung. Wie *Such dir eine Therapie, und zwar schnell.*

Und jetzt war ich hier, bis über beide Ohren verliebt – in einen Typen, den ich praktisch *mein Leben lang* kannte. Ich wollte jede Minute mit ihm verbringen. Wenn ich nicht mit ihm zusammen war, dachte ich darüber nach, wann ich es das nächste Mal sein würde. Ich träumte *mit offenen Augen* von ihm, und ich hatte *in meinem ganzen Leben* noch nie mit offenen Augen von irgendjemandem geträumt. Ich sagte mir, dass diese ständige Beschäftigung damit zusammenhing, wie neu das alles war. Dass es irgendwann nachlassen und ich dann wieder ein paar Stunden am Stück durchhalten können würde, ohne an ihn zu denken.

Und dann fragte ich mich, ob ich das überhaupt wollte.

In den zwölf Tagen, die Boyce und ich offiziell zusammen waren, hatte ich sechsmal Abendschicht gehabt. Unsere ersten beiden Abende sahen so aus, dass wir etwas aßen oder in Corpus ins Kino gingen und ich danach nach Hause fuhr, um zu lernen. Ich wusste, dass er bei Mama und Thomas einen guten Eindruck machen wollte – und mich deshalb nicht bat, für die Nacht – oder auch nur für ein paar Stunden – mit zu ihm zu kommen. Aber wenn er mich nach Hause brachte, lehnte er sich jedes Mal gegen seinen Trans Am, schlang die Arme um mich, zog mich auf die Zehenspitzen hoch und küsste mich zum Abschied, bis ich ihn in der Auffahrt meiner

Eltern am liebsten auf seine eigene Rückbank schubsen wollte.

Und dann kam der vergangene Freitag. Sechs Tage nach unserem Wochenende in Houston. Ich hielt es nicht länger aus. Als ich in seinen Wagen stieg, sagte ich: »Ich dachte für heute Abend an Burger und Bier.«

Er nickte, während er auf die Straße einbog. »Klingt gut. Schwebt dir ein bestimmter Laden vor?«

Ich nestelte an dem Gurt und wühlte in meiner Tasche, bemüht, beiläufig zu klingen. »Vielleicht Whataburger … und ein Bier aus deinem Kühlschrank?« Ich spürte seinen Blick auf mir, aber ich tat, als würde ich es gar nicht bemerken, vor Angst, mit irgendetwas herauszuplatzen, was allzu freimütig klang. Etwas wie *Vergiss das Essen – fahr mich sofort zu dir und nimm mich mit in dein Bett.*

Seine Hand umklammerte das Lenkrad fester, als könnte er die unterschwellige Bedeutung meiner Worte lesen. »Okay.«

Als wir bei ihm ankamen, schaltete er die Lampe im Wohnzimmer ein und warf seine Schlüssel und seine Sonnenbrille auf den Couchtisch, während ich in die Küche ging, das Licht in der Essecke einschaltete und Teller aus dem Schrank nahm. Boyce holte Ketchup und Bier aus dem Kühlschrank und streckte wortlos einen Arm um mich herum aus, um die Flaschen auf den Tisch zu stellen. Nur wenige Zentimeter trennten uns. Ich spürte seine Hitze wie einen Hochofen hinter mir und schauderte. Am liebsten hätte ich mich ihm in die Arme geworfen, aber ich war wie erstarrt vor Verwirrung über diese sechs Tage, in denen er sich so galant verhalten hatte.

Ich wollte keine Galanterie von Boyce. Ich wollte seine

rauen, gebieterischen Hände auf mir. Ich wollte den Jungen, der auf den Fluren unserer Highschool nicht an mir vorbeigehen konnte, ohne anzüglich zu grinsen. Der jedes sichtbare Stück Haut bemerkt hatte, das sonst verborgen war. Der mich so gern dazu brachte, dass ich mir auf die Innenseite meiner Wange biss, um über seine lauten, flapsigen Ausbrüche nicht laut zu lachen, während Lehrer vor Wut kochten und wohlerzogene Klassenkameraden die Augen verdrehten.

Als seine großen Hände meine Schultern sanft umfassten, stockte mir der Atem.

»Pearl?« Sein warmer Atem strich über mein Ohr. Er hakte die Daumen unter die Träger meines Tanktops und streichelte träge über meine Haut.

Ein heftiger Schauder durchzuckte mich, und er trat noch einen Schritt näher und glitt mit den Händen an meinen Armen hinunter, um meine Hände auf die Tischplatte zu pressen. Er nahm mich mit seinem Körper gefangen, seine Stiefel zu beiden Seiten meiner flachen Leinenschuhe aufgestellt, während seine langen Arme und Beine mich gegen den Tisch drückten.

So von ihm umfangen, lehnte ich den Kopf nach hinten an seine Brust und schloss die Augen, beschwor ihn in Gedanken, nicht aufzuhören. Seine Hände lösten sich von meinen und stahlen sich unter mein Top – warme Hände auf kalter Haut. Sie glitten über meinen Brustkorb und meine spitzenbedeckten Brüste nach oben. Er atmete langsam ein, folgte mit der Nasenspitze der Linie meines Pulses und zog eine Spur von Küssen an meinem Hals hinunter. Beim Ausatmen stieß er einen brummenden Laut aus, leise und tief, und seine Lippen wanderten wieder dorthin zurück, woher sie gekommen waren, während seine Hände meine Brüste fester umklammerten.

»Perfekt«, murmelte er, während er mein Ohrläppchen zwischen seine Lippen nahm, an ihm saugte und es mit der Zunge liebkoste.

Ich war froh, dass ich die Hände auf dem Tisch abstützte, denn meine Knie gaben unter mir nach.

Seine Hände wanderten zu meiner Taille und öffneten meine Shorts. Zwei Sekunden später glitten seine Finger in mich hinein. »Gott*verdammt*. So *nass*.« Seine Worte waren heiser, trieben mich an den Rand des Wahnsinns.

Ich presste mein Gesäß gegen die harte Länge in seiner Jeans, in Verbindung mit einem stummen Flehen und einer Einladung – ich wollte ihn in mir. *Genau so, genau jetzt*.

Er schob meine Shorts und meinen Slip langsam weiter hinunter, während er das Fleisch drückte und bewunderte, das ich noch nie so gepriesen hatte wie in diesem Augenblick. »Du bist so verdammt schön. Ich will mir Zeit dabei lassen, dich zu lieben, aber …«

Meine Shorts fielen um meine Knöchel, und mein Slip folgte gleich darauf und kitzelte meine Waden.

»*Gott*, Pearl.«

Ich jubelte fast, als ich hörte, wie er seinen Reißverschluss öffnete, und seine Haut an meiner Hüfte spürte.

Und dann: »Scheiße – ich muss …«

»Ich habe mein Rezept erneuern lassen«, sagte ich. »Du kannst – du musst nicht …« *Gott. Warum war es so schwierig, einfach zu sagen: »Ich nehme die Pille! Mach weiter!«*

Aber ich hatte vergessen – das hier war Boyce. Er brauchte keine Anleitung.

Er zog mich auf die Zehen hoch und presste meine Ellenbogen auf den Tisch, einen Arm über meine Brust gelegt, sodass ich genau über der flachen Tischplatte schwebte, und drang in mich ein. Sein zufriedenes Knurren, die Art, wie er mich hielt und ausfüllte, und die Tatsache, dass er mich *über einen Küchentisch* beugte – all das ließ mich beinahe den Verstand verlieren. Bei seinem zweiten Stoß zog ich mich krampfhaft um ihn zusammen.

»Das ist mein Mädchen«, keuchte er und folgte mir gleich darauf.

Danach benahmen wir uns jedes Mal wie zwei unbeaufsichtigte Sechzehnjährige, die eben den Sex entdeckt hatten. Nach dem Ausgehen eilten wir immer rasch zu ihm zurück, um mehr Zeit miteinander zu haben. Keine Oberfläche war tabu, keine Position zu verrenkt, um sie auszuprobieren, selbst wenn wir dabei wie zwei Idioten lachten und zwei oder drei Versuche als gescheiterte Experimente aufgaben und lieber in vertrauteren Stellungen zum Schluss kamen.

Letzte Nacht schafften wir es nicht einmal bis in den Wohnwagen. Wir bogen in die Kiesauffahrt ein und küssten uns, noch bevor wir uns losgeschnallt hatten.

Boyce' Augen loderten, als ich erst auf die Mittelkonsole und dann nach hinten auf die Rückbank rutschte. Er folgte mir, und mit ein bisschen Manövrieren saß ich wenig später rittlings auf seinem Schoß. Mein Rüschenrock bedeckte kaum meine Schenkel, mein Shirt war aufgeknöpft, mein Vorderverschluss-BH geöffnet. Die Hände unter meinem Rock vergraben, öffnete er seinen Hosenschlitz und führte meine Hüften, während sein Mund mich abwechselnd küsste und an mir saugte, bis ich so heftig kam, dass meine Zehen taub wurden.

Als er wieder zu Atem kam, den Kopf gegen die Sitzfläche gelehnt, kicherte er. »Was in aller Welt hat dich denn dazu verleitet? Und nur fürs Protokoll, das ist *keine* Beschwerde.«

Ich kuschelte mich an seine Brust. »Ich habe es bis jetzt noch nie im Auto getan«, gestand ich.

Er hob mein Gesicht an und streichelte meine Wange. »Na ja, Süße, du hast dir eben den Preis für die beste Rückbanknummer verdient, die ich je hatte.« Er küsste mich. »Ehrlich gesagt kann ich mich nicht erinnern, dass ich je eine hatte.«

»Gut«, sagte ich so steif und entrüstet, dass er lachte und ich das Gesicht verzog.

»Lass uns hineingehen, und dann mache ich es wieder gut, dass ich so ein taktloser Idiot war. Heute Abend mache ich dir ein Dessert.« Er schloss meinen BH, knöpfte mein Shirt fast ganz zu und stopfte meinen Slip in seine vordere Jeanstasche. »Ich habe Eiscreme gekauft. Und Schokoladensirup. Und Schlagsahne. Und Kirschen. Warte nur ab, was ich mit den Kirschen vorhabe.«

Ich blinzelte, und mein Gehirn füllte die Leerstellen aus.

Er grinste, während er mit den Fingern über meine Schenkel strich, die zu beiden Seiten seiner Beine lagen. »Äh-hmm … genau. Als ich sagte, ich mache dir ein Dessert? Ich meinte, ich mache *aus* dir ein Dessert. Und ich werde es genießen, jeden einzelnen köstlichen Happen von dir zu verschlingen.«

Ich kam spät nach Hause und lernte bis in den frühen Morgen. Es war mir egal, wie viel Schlaf ich in jeder zusätzlichen Minute versäumte, die ich mit ihm verbrachte. Wieder zu lernen, wie ich mich im Kurs konzentrierte, war schwierig, aber machbar. Mir das Lächeln zu verbeißen, wenn ich an ihn dachte, unmöglich. In wenigen Tagen würde ich für neun Monate weggehen. Dann würde ich genügend Zeit haben, um zu lernen, lange Wochen ohne ihn zu überstehen.

Am Donnerstagnachmittag klingelte es an der Tür. Ich erwartete ein Paket mit Lehrbüchern, die ich mir für den Herbst bestellt hatte, und unser Postbote kam immer nachmittags, daher sah ich nicht nach, bevor ich die Tür öffnete – und bereute es prompt.

»Mitchell? Was tust du denn hier?«

»Ich habe dir eine SMS geschickt, aber du hast nicht geantwortet. Ich habe dich angerufen und deine Mailbox nicht erreicht. Was heißt, dass du mich gesperrt hast. Du hast *mich gesperrt*.«

Ich hatte Mitchell schon früher wütend gesehen, aber das hier war mehr als Wut. Seine Augen waren blutunterlaufen und traten hervor wie zu stark aufgeblasene Ballons. Er füllte den Türrahmen aus, die Hände zu beiden Seiten abgestützt.

Mitchell war im Allgemeinen eine gepflegte Erscheinung – gebügelte Hemden, gestylte Haare. Aber heute prangte ein deutlich sichtbarer Fleck auf seinem Hemd, das so verknittert war, als hätte er darin geschlafen. Seine Haare waren strähnig und hingen ihm in die Stirn.

Er hätte mitten in seinem Medizinstudium stecken, hätte lernen und Teamarbeit aufbauen sollen, nicht fünfzehn Stunden – einfache Fahrt – fahren, um eine Exfreundin zu konfrontieren, die sich vor sieben Monaten von ihm getrennt hatte. Es gab keinen Grund – *keinen Grund* – für ihn, *hier* zu sein. Ein Anflug von Angst durchzuckte mich, und ich kämpfte trotz der Hitze gegen den Drang an, die Arme um meine Brust zu schlingen. Ich versuchte, mich nicht sichtlich zu ducken.

»Ich habe nicht versucht, dich zu verletzen.« Ich schluckte und holte einmal tief Luft, bemühte mich um Ruhe. »Ich habe dich gebeten, mich nicht wieder zu kontaktieren. Wenn du diese Bitte befolgt hättest, wüsstest du gar nicht, dass du gesperrt wurdest.«

»Und was, wenn ich dich brauchen sollte? Was, wenn ich einen Notfall hätte?«

Ich schüttelte den Kopf. »Du *brauchst* mich nicht«, sagte ich, bemüht, seine Erregung zu dämpfen. »Du hast deine Familie. Du hast Freunde …«

»Ich habe *gar* nichts – dank dir.«

»Was … was soll das denn heißen? Wir haben uns *getrennt*. Ich habe gesagt, ich wünsche dir alles Gute, und das habe ich ernst gemeint, aber ich schulde dir nicht meine Zeit, ich schulde dir nicht meine emotionale Unterstützung, und ich schulde dir *erst recht* keine weiteren Erklärungen.« Mein Ärger dämpfte meinen Wunsch, seine unbegründete Wut zu besänftigen. »Es ist *aus*. Bitte geh.«

Ich begann die Tür zu schließen, aber er schob eine Schulter dazwischen und drückte sie auf. Ich zuckte zusammen und wich einen Schritt zurück, bevor sie gegen die Wand knallte. Tux schoss hinter mir die Treppe hoch, und ich wünschte unwillkürlich, er wüsste, wie man den Notruf wählte. Niemand sonst war zu Hause.

Ich wich in die Diele zurück, während ich meine Optionen abwägte. Ich hatte drei. Mein erster Instinkt war es zu versuchen, um ihn herumzukommen, durch die weit geöffnete Haustür hinauszulaufen und Nachbarn zu Hilfe zu rufen, anstatt mich tiefer ins Haus zurückzuziehen, aber dabei würde ich praktisch *durch* ihn hindurchgehen müssen. Er war nicht sehr groß, aber er war ein Mann. *Ausgeschlossen*.

Ich könnte durch die Küche in den Windfang und weiter in die Garage rennen, aber ich würde auf den Knopf drücken müssen, um das Garagentor hochzufahren. Mitchell war ein Läufer. Wenn er genau hinter mir war – und das würde er sein –, dann konnte er das Tor leicht wieder herunterfahren, und ich säße in der Falle.

Option drei: Zu dem Tastenfeld in der Küche gelangen und auf den Alarm drücken, der die Sicherheitsfirma verständigen würde.

Ohne weiter zu überlegen, stürzte ich in Richtung Küche. Ich stieß einen Barhocker um und hörte, wie er darüberstolperte und fluchte, während ich auf den Alarm drückte. Er holte mich ein und packte mich am Arm, als Sekunden später das Telefon klingelte – vermutlich die Sicherheitsfirma, die wissen wollte, um was für einen Notfall es sich handelte, oder den Code, falls irgendjemand versehentlich auf den Knopf gedrückt hatte.

Ich schaffte es nur, das Mobilteil aus der Basisstation zu stoßen, bevor Mitchell beide Arme um mich schlang und mich festhielt. Das Telefon schlitterte über den Tresen, während es noch immer weiterklingelte. Wenn niemand abnahm, würden sie die Polizei, die freiwillige Feuerwehr und vermutlich einen Krankenwagen vorbeischicken. Ich trat auf Mitchells Spann, und er stöhnte auf und lockerte seinen Griff um mich so weit, dass ich ihm einen Ellenbogen in die Magengrube rammen konnte. Ich riss mich aus seiner Umklammerung und schnellte herum, um zur Haustür hinauszurennen.

Das war der Augenblick, als wir das Krachen einer Schrotflinte und Mamas Stimme an der Tür zum Windfang hörten. »Hau ab, *pendejo*.« Sie richtete den Lauf genau auf seine Brust.

Ich machte kehrt, rannte zu ihr und stellte mich hinter sie. Mitchell funkelte mich zornig an, die Hände halb gesenkt, aber er rührte sich nicht.

Ich war acht oder neun, als Mama die Remington 870 kaufte. Wir machten eines Abends das Essen, als wir ein Klopfen an der Haustür hörten. Sie sah aus dem Fenster, erkannte den Typen nicht, der Süßigkeiten an der Haustür verkaufte, und rief: »Nein, danke.« Wütend darüber, dass sie die Tür nicht öffnen wollte, hämmerte er fünf Minuten lang mit der Faust dagegen, während er lautstark rassistische Beleidigungen lallte. Wir zuckten beide noch Wochen danach beim leisesten Geräusch zusammen, und ich schlief in ihrem Bett, zu verängstigt, um allein in meinem Zimmer zu sein.

Daher tat sie etwas, von dem sie sich geschworen hatte, es niemals zu tun – sie kaufte eine Schrotflinte, und wir nahmen beide Unterricht. Seitdem war die Waffe zu nichts außer Übungszwecken verwendet worden.

»Verschwinde aus meinem Haus«, sagte Mama. Ihre Stimme ließ keinen Zweifel an ihrer Bereitschaft, eine Ladung Schrot in seine Richtung abzufeuern.

Mitchells Miene verriet pure, kaum gezügelte Wut. Er ging rückwärts aus der Küche, aber er spie seine letzten Worte verächtlich hin, als würde meine Mutter ihn nicht mit vorgehaltener Waffe zur Tür hinausscheuchen. »Ich dachte, du hättest Vanderbilt und mich *weggeworfen*, weil du Meeresbiologie studieren wolltest. Nicht, weil du diesen Wohnwagen-Proleten vögeln wolltest.«

Eine Sirene heulte in der Ferne, als er zur Tür hinausstürzte. Wir hörten, wie sein Wagen mit quietschenden Reifen aus der Sackgasse schoss, während Mama die Haustür verriegelte und ich ans Fenster rannte. Er war verschwunden. *Ein Glück, dass ich die Waffe nicht in der Hand gehalten habe,* dachte ich. *Ich hätte ihn erschossen.*

28

BOYCE

Als ich auf der Highschool für Rick Thompson ausstehende Drogenschulden eintrieb, entwickelte ich ein gutes Gespür dafür, wer Probleme machen und wer nach einem einzigen Blick auf meine Körpergröße oder Maxfields unbarmherzige Miene einknicken würde. Als Pearls Ex in der Werkstatt auftauchte, verschwendete ich keine Zeit damit, Wahrscheinlichkeiten abzuwägen. Mitchell Upstone würde Probleme machen. So viel war offensichtlich.

Sam und ich waren mitten in ihrem ersten beaufsichtigten Solo-Motoraustausch – etwas, worauf sie sich den ganzen Sommer gefreut hatte. Ich betete zu Gott, sie möge bei der plötzlichen Planänderung keinen Wutanfall bekommen.

»Samantha, für dich gibt es heute eigentlich nichts mehr zu tun. Ruf deinen Daddy an und fahr nach Hause. Wir sehen uns morgen.«

»Was?« Ihr stacheliger blonder Kopf schnellte hoch, und ein Gewitter braute sich in ihren grauen Augen zusammen. Aber sie musste in den letzten paar Wochen gelernt haben, meinen Ton zu deuten, denn sie nahm ihr Handy aus der Tasche ihres Overalls und wählte, wobei sie heimlich einen mürrischen Blick auf unseren ungebetenen Besucher warf.

Als Sams Dad vorfuhr, hörte Upstone auf, so zu tun, als würde er sich meine Werkzeuge ansehen und meine Zertifikate lesen, und widmete mir seine volle Aufmerksamkeit. Der Blick, den er mir zuwarf, war kaltblütig, sein Gesicht ausdruckslos. Seine Augen sahen tot aus, nüchtern, und das war ein Grund zur Besorgnis, denn sein wahres Interesse galt nicht mir, und wir wussten es beide.

Ich winkte Mr. Adams und Sam zu, als sie losfuhren. Während ich mir das Motorfett von den Fingern wischte, kam ich sofort zur Sache. »Habe ich irgendwas mit dir zu schaffen, Arschloch?«, sagte ich in einem täuschend ruhigen Ton.

Er legte den Kopf auf die Seite. »Du erinnerst dich, wer ich bin?«

»Ja, ich erinnere mich, wer du bist. Du bist Pearls Ex. Und daher frage ich mich, was zum Teufel du hier tust.« *Hier in der Stadt und hier in meinem Geschäft.*

»Ich bin natürlich gekommen, um Pearl zu sehen. Bis ich hierherkam, war mir nicht bewusst, dass ich ein Idiot war. Mir war nicht bewusst, dass du und Pearl die ganze Zeit rumgevögelt habt. Jetzt verstehe ich es. Ich verstehe es, und ich bin hier, um … dich zu *ermuntern*, sie in Ruhe zu lassen und einen Rückzieher zu machen.«

Ich war einen Schritt auf ihn zugegangen. Vielleicht fünf Meter trennten uns, bevor er hinten in seinen Hosenbund griff und eine Pistole zückte, die er unter seinem Hemd, in dem er offensichtlich geschlafen hatte, verborgen hatte. Er hielt sie niedrig, aber sie war auf meine Brust gerichtet, und er hatte sie entsichert und geladen, ohne hinzusehen, was hieß, dass er wusste, was er tat. *Scheiße.*

»Wofür ist denn die Waffe, Upstone?« Ich ballte die Hände zu Fäusten.

Er zuckte zusammen, als ich seinen Namen sagte. »Sie soll dich nur dazu anregen, mir zuzuhören, anstatt auf deine, wie ich vermute, übliche Neandertaler-Art zu reagieren. Ich möchte mit dir gern über Pearl plaudern. Was künftig akzeptabel sein wird und was nicht.«

Ich hasste es, ihren Namen aus seinem Mund zu hören. »Und das hast du mit ihr abgesprochen?«

Er kicherte, und ich wollte ihm am liebsten das Gesicht einschlagen. »Sie denkt im Moment darüber nach.«

Alles wurde still. »Das heißt, du hast sie heute gesehen.«

»Habe sie heute gesehen, habe sie gestern Abend hier wegfahren sehen … nachdem ihr beide zwei Stunden in diesem beschissenen Wohnwagen, den du Zuhause nennst, *gevögelt* habt – nehme ich an. Höchst unwahrscheinlich, dass ihr eine philosophische Diskussion geführt habt.«

Ich rechnete zurück, wann ich das letzte Mal von ihr gehört hatte – vor ein paar Stunden, als sie von ihrem Kurs kam. Sie sollte in drei Stunden in der Arbeit sein.

»Wo ist sie jetzt?«

Sein gedehntes Lächeln sorgte dafür, dass das Monster in mir an den Stäben des Käfigs rüttelte, in den ich es gesteckt hatte. »Oh, ich nehme an, sie ist noch zu Hause.«

»Eines sollte dir klar sein, Upstone. Wenn du Pearl etwas antust, bringe ich dich um.«

Er kicherte, als wäre ich zu einfältig, um zu verstehen, was los war. »Ich liebe sie. Ich würde ihr niemals etwas antun. Oh – hat sie dir vielleicht etwas anderes erzählt?« Er lachte wieder. »Dieses Mädchen ist schon eine kleine Dramaqueen.«

Stimmt.

Ein Wagen fuhr vorbei, und Mitchell schwankte leicht. »Gehen wir in den Wohnwagen, Wynn. Du kannst mir deinen *weitläufigen* Besitz zeigen.«

»Das werden wir nicht tun. Was immer wir zu besprechen haben, werden wir hier erledigen.« Ich wollte noch nie so sehr jemandem das Grinsen aus dem Gesicht schlagen.

»Oh, das glaube ich nicht. Rein jetzt, sonst werde ich auf meinen Plan B zurückgreifen müssen, und das würde ich wirklich nur sehr ungern tun. Und falls du es dich fragst – ich bin ein hervorragender Schütze.«

»Du willst mich erschießen?«

Sein Kiefer spannte sich an. Er wurde mit jeder Sekunde wütender. »Die Pistole ist nur dazu da, für Chancengleichheit zwischen uns zu sorgen – Notwehr, verstehst du. Obwohl, nur ein bescheuertes Weichei bringt eine Waffe, die er nicht einzusetzen gedenkt, mit zu einer Unterhaltung mit einem angriffslustigen Proleten.« Er wies mit dem Lauf auf den Wohnwagen. »Aber lass uns reden. Vielleicht können wir ja eine Einigung erzielen, die es uns allen recht macht.«

Dieser verlogene Dreckskerl hatte nicht die Absicht, irgendetwas zu erreichen, außer mich zu eliminieren, aber es würde kein Happy End mit Pearl für ihn geben, wenn er wegen *Mordes* gesucht wurde. So verblödet er auch war, so viel wusste er. Die Wahnvorstellungen dieses Soziopathen stellten eine echte Gefahr für Pearl dar, und ich war das Einzige, das zwischen den beiden stand.

Ich ging in den Wohnwagen, und er folgte ein paar Schritte hinter mir. Trotzdem konnte ich den Lauf der Waffe spüren, als würde er mir genau in den Rücken gedrückt werden.

PEARL

Sheriff Walker war nicht allzu beeindruckt davon, dass mein Ex aufgetaucht war und sich mit der Schulter Einlass ins Haus verschafft hatte, außerdem verhindern wollte, dass ich den Notruf wählte, und mit vorgehaltener Waffe überredet werden musste, das Haus zu verlassen. Ebenso unbeeindruckt war er davon, dass wir weder ein Autokennzeichen noch die Marke oder das Modell seines Wagens wussten. Mama hatte eine blaue Limousine in der Auffahrt gesehen, als sie nach Hause kam, daher wusste ich, dass er nicht den weißen Corolla fuhr, den er hatte, als wir auf dem College waren.

Walker stieß einen überarbeiteten, unterbezahlten Seufzer aus. »Hören Sie, solche Streitereien gibt es unter jungen Leuten ständig – Jungen mit zu viel Testosteron und hübsche Mädchen, die gern im Mittelpunkt eines kleinen Dramas stehen – bis es außer Kontrolle gerät.«

Ich ballte die Fäuste im Schoß. »Wir haben uns vor Monaten getrennt, und *ich will kein Drama.*«

Er zog seine ungekämmten Augenbrauen hoch und verzog wissend den Mund, als wollte er sagen: *Na klar wollen Sie das nicht – und trotzdem sind wir jetzt hier.*

»*Idiota*«, murmelte Mama, deren Körperhaltung meine eigene widerspiegelte.

Mein Handy piepste – eine SMS von Sam. Ich musste meinen Sperrcode dreimal eintippen, meine Finger fühlten sich an wie Prothesen.

Sam: Irgendein seltsamer Typ ist bei Wynns Werkstatt aufgetaucht, und Boyce hat mich früher weggeschickt. Er hat mich Samantha genannt, und das tut er sonst nie. Sie schienen nicht befreundet zu sein, und ich habe den Typen nicht erkannt. Er sah aus, als müsste er DRINGEND duschen. Ich konnte kein Foto von ihm machen, ohne dass es aufgefallen wäre. Aber ich habe dieses Bild von seinem Wagen und dem Nummernschild gemacht.

Meine Hände bebten. »Ich habe den Wagen und das Kennzeichen. Es ist aus Tennessee – vielleicht ein Mietwagen. Er ist bei dem Geschäft meines Freundes.«

Sheriff Walker verdrehte die Augen. »Na schön, geben Sie her.« Er notierte sich die Information und gab sie durch, und ich schrieb Sam eine SMS, um mich zu bedanken, und dann eine an Boyce: Alles okay mit dir?

Sam tippte zurück: Gern geschehen.

Keine Antwort von Boyce.

»*Ach du großer Gott.*« Sheriff Walker sprang aus dem samtbezogenen Sessel hoch, das Telefon noch immer ans Ohr gepresst, und Mama und ich erhoben uns mit ihm. »Ruf Bobby drüben in San Patricio an – wir brauchen vielleicht Verstärkung. Wir treffen uns bei Wynns Werkstatt.« Er zuckte reumütig mit dem Mund und wandte sich dann wieder an uns. »Nun, junge Dame, Ihr Ex wird in Nashville gesucht – mindestens gefährliche Körperverletzung, möglicherweise versuchter Mord. Er ist bewaffnet und gefährlich. Klingt, als ob heute Ihr Glückstag ist.«

Ich glaubte nicht an Glück, aber in diesem Augenblick wünschte ich, ich würde es tun. Mama bekreuzigte sich – was ich sie außerhalb der Kirche noch nie hatte tun sehen – und setzte sich wieder.

»Entschuldigung, ich brauche einen Schluck Wasser«, sagte ich. Ich ging in die Küche, schnappte mir meine Schlüssel und verschwand durch den Windfang in die Garage. Das Garagentor stand noch immer offen, und der Wagen des Sheriffs parkte in der Auffahrt hinter Mamas Auto, nicht meinem.

Niemand rannte nach draußen, als ich rückwärts aus der Auffahrt fuhr und auf die Straße einbog. *Entschuldige, Mama,* dachte ich, während ich die Stereoanlage ausschaltete, damit ich mir meine Vorgehensweise zurechtlegen konnte. Wenn irgendjemand Mitchell zur Vernunft bringen konnte, dann ich. Wenn ich lügen und sagen musste, ich würde ihn zurücknehmen oder mit ihm mitkommen, dann würde ich es tun.

Mein Handy klingelte – *Mama.* Ich schaltete es auf stumm, aber auf der ganzen letzten Meile blinkte es immer wieder machtlos auf. Ich parkte vor Boyce' Zuhause auf der Straße, hinter der blauen Limousine – einem Mietwagen mit einem Nummernschild aus Tennessee. Die Türen zur Werkstatt waren offen, und ein Wagen stand mit hochgeklappter Motorhaube in einer der Buchten. Ich holte einmal tief Luft und lauschte auf irgendwelche Geräusche aus dem Inneren des Wohnwagens – Schreie, Schüsse.

Nichts.

Ich war auf halbem Weg über den Hof, als die Vordertür des kleinen Holzhauses nebenan aufflog. »Gehen Sie da nicht rein, junge Dame!«, rief die alte Lady, die im Türrahmen kauerte. Mrs. Echols, Boyce' griesgrämige Nachbarin. »Kommen Sie schon her!« Sie winkte gebieterisch mit einem dünnen Arm.

Ich zögerte, und sie wiederholte ihre Aufforderung, wobei sich ihr Arm wie eine Windmühle auf Speed im Kreis drehte. Ihre nächsten Worte ließen mich erstarren.

»Ich habe einen Schuss gehört! Der Sheriff ist auf dem Weg hierher – ich habe ihn angerufen. Dieser Freund von Ihnen würde doch nicht wollen, dass Sie angeschossen werden, weil Sie irgendetwas *Dummes* tun. Sollen die Polizisten sich doch anschießen lassen. Das ist ihr *Job*, und sie haben ihre eigenen Schusswaffen, mit denen sie darauf reagieren können.«

Wie aufs Stichwort trafen der Sheriff und ein Deputy gleichzeitig aus entgegengesetzten Richtungen ein und parkten Stoßstange an Stoßstange. Ich erwartete, dass sie über den Hof rennen und durch die Tür stürmen würden, aber stattdessen kauerten sie sich hinter einen der Wagen auf der Straße und besprachen ihre Vorgehensweise.

Bevor ich ihre Tatenlosigkeit verarbeiten konnte, bog Randy in seine Auffahrt ein und sah die beiden Polizisten auf der Straße, Mrs. Echols in ihrem Türrahmen und mich auf halbem Weg zwischen ihrem Haus und Boyce' Wohnwagen. Er überquerte die Straße, die Stirn in Falten gelegt. »Was ist los, Pearl?«

Mir war nicht bewusst gewesen, dass ich weinte. »Mein Ex ist mit Boyce dort drinnen, und Mrs. Echols hat einen Schuss gehört, und Mitchell ist bewaffnet und wird in Nashville wegen versuchten Mordes gesucht …«

Mrs. Echols stöhnte auf, und Randy stieß ein hartes »Gottverdammt« aus. Er schüttelte den Kopf über die beiden Männer auf der anderen Seite der Streifenwagen, die nicht so aussahen, als hätten sie in absehbarer Zeit vor, den Wohnwagen zu stürmen. »Na schön. Scheiß drauf.« Er zeigte auf mich. »*Bleib. Hier*. Das ist mein verdammter Ernst.«

In der Ferne hörten wir die Sirene eines Krankenwagens. Randy holte einmal tief Luft, schüttelte die Arme aus, als würde er überschüssige Nervosität abstreifen, und rannte auf die Tür des Wohnwagens zu. Der Deputy bemerkte ihn, kurz bevor er hineinging. »Hey!«, rief er, den Kopf über das Dach des Streifenwagens gereckt.

Fünf Sekunden später riss Randy die Eingangstür weit auf. »Officers! Sie liegen beide am Boden!«

Ich rannte auf die Tür zu, dicht gefolgt von dem Sheriff und dem Deputy, beide mit gezückten Waffen.

»Pearl, Süße, du sollst doch nicht …«, sagte Randy.

Ich rannte um ihn herum.

Keiner der beiden Männer schien bei Bewusstsein zu sein. Während sich meine Augen an das düstere Innere gewöhnten, sah ich, dass Mitchell – eine Waffe neben sich auf dem Boden – aussah, als wäre er von einem Lastwagen überrollt worden. Und dann bemerkte ich die Blutlache rings um Boyce. Randy und ich ließen uns neben ihm auf die Knie fallen.

»Shirt«, sagte ich, und er zog sein T-Shirt aus. Ich knüllte es zusammen und drückte es auf die Wunde in Boyce' Seite, aus der noch immer Blut quoll. »Halt das fest – drück es fest darauf.«

Randy gehorchte, und ich suchte nach einem Puls. Er war schwach, aber vorhanden.

»Oh, *Gott sei Dank*. Boyce? Kannst du mich hören?«

»Krankenwagen ist unterwegs«, sagte der Deputy und machte ein paar Fotos, bevor er die Waffe und die Patronenhülse in Plastikbeutel steckte.

»Ich nehme an, das hier ist Ihr Ex«, sagte der Sheriff mit einer Geste auf Mitchell. Ich nickte. »Rufen Sie einen zweiten Krankenwagen für diesen Scheißkerl«, wies er den Deputy an. »Der Besitzer des Wohnwagens soll zuerst versorgt werden.«

Sekunden später stürzten die Rettungssanitäter zur Tür herein, lobten Randy dafür, dass er den Blutfluss aufgehalten hatte, und ersetzten das blutdurchtränkte T-Shirt durch einen richtigen Verband, während sie die Vitalfunktionen überprüften und aufzeichneten. Boyce kam nicht zu Bewusstsein, selbst dann nicht, als sie ihn auf eine Krankenbahre hoben, aber draußen wurde er mit einem Ruck wach, in der Minute oder so, die sie brauchten, um den Krankenwagen für ihn vorzubereiten.

»Pearl?«, sagte er mit heiserer, gequälter Stimme.

Ich beugte mich über ihn, um sein Gesicht vor der Sonne zu schützen, und nahm seine kalte Hand in meine beiden. »Ich bin hier. Mitchell ist in Gewahrsam. Es tut mir so leid …«

Er drückte matt meine Hand, und seine Stimme war so leise, dass ich mich dicht über ihn beugen musste, um ihn zu hören. »Es ist alles gut, Süße.« Er schlug blinzelnd ein Auge auf, schön und leuchtend grün. »Schutzengel. Erinnerst du dich?«

Ein leiser Schluchzer entfuhr mir, und ich schluckte ihn rasch hinunter. »Ja. Mein Schutzengel. Der Mann, den ich liebe. Bitte verlass mich nicht, Boyce.«

»Süße, falls und wenn ich dich verlasse, wird es nicht meine Entscheidung sein. Ich werde dich in der Ewigkeit einfach weiterlieben.« Er blinzelte benommen, redete aber weiter, wie es seine Art war. »Wäre jetzt ein guter Zeitpunkt, um dir zu sagen, dass ich dich eines Tages heiraten will? Ich will dir Babys und ein Zuhause schenken und dich jede Nacht flachlegen und lieben. Das heißt, falls ich überlebe und diese Kugel nichts Wichtiges durchbohrt hat, was mich davon abhält.«

Ich lachte erstickt auf. »Boyce, du Idiot. Deine *männlichen Teile* sind intakt.«

Er schloss die Augen und seufzte erschöpft auf, und sein Griff um meine Hand wurde schwächer. »Gott sei Dank.«

Im Krankenhaus stellte Randy mich als Boyce' Verlobte vor, und er zog einen Mundwinkel hoch, als meine Augenbrauen hochschossen. »Nächste Angehörige«, murmelte er. *Ah.*

Ich räusperte mich und lächelte. »Ja. Ich bin Mr. Wynns Verlobte.«

Das Klinikpersonal gab mir Boyce' Brieftasche und Stiefel – seine Kleider waren Beweismittel für die bevorstehende Anklage gegen Mitchell. Ich füllte Papiere aus, während ich auf Nachrichten des Arztes aus der Notaufnahme wartete. Er tauchte in dem Augenblick auf, in dem Thomas und Mama in den Warteraum stürzten und sich zu beiden Seiten von mir setzten.

»Er war bei seiner Einlieferung hämodynamisch stabil«, sagte der einweisende Arzt zu uns, und ich spürte, wie sich Thomas neben mir entspannte. »Die Wunden waren tangential – die Kugel ging glatt durch –, daher haben wir uns gegen eine Öffnung der Bauchhöhle entschieden. Wir werden ihn mindestens vierundzwanzig Stunden zur Beobachtung hierbehalten, aber vorausgesetzt, sein Zustand bleibt stabil und eine Operation weiterhin unnötig, könnte er morgen entlassen werden. Er wird natürlich zu Hause ein bisschen Unterstützung benötigen, aber seine Prognose ist ausgezeichnet.« Er drückte lächelnd meine Schulter. »Es kann nie schaden, wenn die Leute von vornherein jung und gesund sind.«

»Wann kann ich ihn sehen?«, fragte ich.

»In ein paar Minuten. Die Schwester wird Sie zu ihm bringen.«

»Danke, Doktor«, sagte Thomas. Sein Lächeln schwand, als er sich an mich wandte. »Du hast uns zu Tode erschreckt, Pearl! Was hast du dir eigentlich dabei gedacht, noch vor dem Sheriff dorthin zu fahren – was, wenn er auf dich geschossen hätte?« Seine Stimme brach, und er zog mich in seine Arme. »Verdammt, Kleines …«

Er zog auch Mama an sich, und wir standen mitten im Warteraum aneinandergedrückt da, ein emotionales kleines Häuflein.

»Es tut mir leid«, murmelte ich an seine Brust.

Er seufzte. »Nein, das tut es nicht.«

Wir lachten, und er umarmte mich noch fester. Er kannte mich zu gut.

Texas und Tennessee rangelten darum, wer Mitchell zuerst wegen versuchten Mordes anklagen würde – mit Vorsatz in Texas und mit bedingtem Vorsatz in Tennessee, wo er an dem Abend, bevor er vor meiner Tür auftauchte, eine Kommilitonin in einem Wutanfall fast erwürgt hätte. Die Details kamen erst allmählich ans Licht, aber in den Nachrichten hieß es, sie wären ein- oder zweimal zusammen ausgegangen, und er sei wütend geworden, als sie ihm erklärte, sie wolle ihn nicht mehr sehen. Er war, mit einer Pistole bewaffnet, zu ihrer Wohnung gefahren. Sie stritten sich, und er würgte sie, bis sie das Bewusstsein verlor. Ihre Mitbewohnerin – ebenfalls eine Medizinstudentin – versteckte sich in einem Kleiderschrank, bis er zur Tür hinausrannte. Sie wählte den Notruf und führte eine Wiederbelebung durch, bis Hilfe eintraf, und rettete ihrer Freundin so das Leben.

Er war sofort nach Texas gefahren. Sofort zu mir. Ich wusste gar nicht, dass er eine Pistole besaß. Ich wusste nicht, ob er sie bei sich hatte, als er ins Haus kam – als Mama ihn konfrontierte. Mir wurde schlecht bei der Vorstellung, wie viel schlimmer diese ganze Geschichte hätte ausgehen können.

Ich saß neben Boyce' Krankenhausbett, das auf halber Höhe zwischen Liege- und Sitzposition eingestellt war, während er dem Sheriff alles erzählte – von dem Moment, in dem Mitchell das Grundstück betreten hatte, bis hin zu der letzten Sache, an die er sich erinnerte. Er zupfte an dem dünnen Krankenhauskittel, und danach zu urteilen, wie er sich über seiner Brust spannte und nichts von seinen muskulösen Armen verbarg, nahm ich an, dass er einem langen Shirt ähnelte, das auf dem Rücken geschlossen wurde.

»Ich wusste, meine einzige Chance war unmittelbar nachdem wir den Wohnwagen betreten hatten. Wenn es draußen sonnig ist, ist man ein, zwei Minuten halb geblendet, wenn man hineingeht. Sobald er die Tür hinter sich geschlossen hatte, bin ich herumgeschnellt und auf ihn losgegangen. Ich habe den Schuss gehört, aber ganz ehrlich, ich habe überhaupt nichts gespürt. Ich habe ihn am Handgelenk und am Ellenbogen gepackt und seinen Unterarm hart über mein Knie gedrückt …«

»Aber hallo, Junge, und ob Sie das haben – Sie haben ihm seine verdammte Elle gebrochen.« Sheriff Walker schnaubte vor Lachen.

»Hm. Na ja, und dann habe ich einfach auf ihn eingeprügelt, bis mir schwindelig wurde, und das war in dem Moment, in dem ich die Einschusslöcher gespürt und das Blut gesehen habe. Ich habe ihn ein letztes Mal geschlagen, und danach bin ich wahrscheinlich ohnmächtig geworden.«

»Sie haben eine ganze Menge Blut verloren, mein Junge, aber er wäre *nirgends* mehr hingegangen, nachdem Sie so auf ihn eingehämmert haben. Er sah aus, als wäre er eine lange Betontreppe hinuntergefallen und auf dem Gesicht gelandet.«

Nach dem breiten Grinsen und dem buchstäblichen hämischen Schenkelklopfen zu urteilen, hätte Sheriff Walker wahrscheinlich viel Geld dafür hingeblättert, diesen Kampf zu sehen.

Mir selbst drehte sich bei der ganzen Berichterstattung der Magen um. Wie Boyce auf diesem Boden ausgesehen hatte – blass und reglos in einer Blutlache – ich konnte nicht daran denken, ohne dass mir Tränen in den Augen brannten, und ich konnte nicht *aufhören*, daran zu denken. Wenn Sam mir nicht die SMS geschickt hätte, wenn Randy nicht bereit gewesen wäre, den Wohnwagen zu stürmen, dann wäre Boyce womöglich verblutet. Er würde jetzt nicht in diesem Bett liegen und meine kalte Hand halten.

Als wüsste er, in welche Richtung meine Gedanken abschweiften, drückte Boyce meine Hand und holte mich in die Gegenwart zurück. »Ich habe noch zu viel Leben vor mir, um mich von einer kleinen Kugel aufhalten zu lassen.« Er lächelte den Sheriff matt, mit schweren Lidern, an. »Ich fühle mich hundemüde, Sheriff Walker. Brauchen Sie mich im Moment noch?«

»Nein, das wär's dann erst einmal.« Er sprang auf und packte seine Sachen zusammen. »Der Staatsanwalt wird auch noch ein paar Fragen abfeuern wollen – Entschuldigung, falsche Wortwahl, *haha*. Er wird Aussagen von Ihnen beiden wollen. Wir werden uns bei Ihnen melden.«

Nachdem er das Zimmer verlassen hatte, fragte ich: »Soll ich gehen, damit du ein bisschen schlafen kannst?«

»Verdammt, nein.« Boyce' Mund verzog sich zu einem schelmischen Grinsen. »Ich will dich auf diesem Bett haben, damit ich meine Belohnung einfordern kann.«

»Ich will dir nicht wehtun …«

»Dann bring deinen hübschen Mund hierher. Dieser Körper hat eine *Kugel* abgewehrt, Süße.« Er zeigte auf den betreffenden Körper, beide Arme weit ausgebreitet. »Das Einzige, was mich im Moment umbringt, ist, dich nicht zu berühren. Der verdammte Boyce Wynn muss seinem Ruf als Frauenheld gerecht werden, und das kann ich nicht ohne dich.«

»Du konntest es eine ganze Weile ohne mich.«

Er zog an meiner Hand und zwinkerte mir zu. »Nein, Süße, ich bin nur über die Runden gekommen. Ich habe mir das gute Zeug für dich aufgehoben.«

Ich lachte und setzte mich vorsichtig an seine linke Seite, ungeachtet seiner Behauptung, kugelsicher zu sein. »Ach wirklich, hast du das?«

Er zog mich nah an sich, drückte mich an seine Schulter und hob mein Kinn an. Er spreizte die Finger, um meinen Kopf zu halten, während er mit dem Daumen mein Gesicht streichelte. »Es gab keine Frau vor dir, und jede dazwischen war nur mein erbärmlicher Versuch zu ignorieren, was ich glaubte, nicht haben zu können. Du hast mir jedes Mal das Herz gebrochen, wenn ich dich gesehen habe, Süße.«

»Es tut mir leid«, flüsterte ich. Ich glitt mit den Fingern über die Ebenen seines Gesichts, sah zu, wie er diese schönen Augen schloss, die mich nicht ein einziges Mal belogen hatten, und sich in meine Hand lehnte. »Ich werde es nie wieder brechen.«

Er zog mich höher, und sein Atem flüsterte über meinem Mund: »Gehören diese Lippen mir?«

»Ja.« Ich lächelte, und er drückte seinen Mund sanft auf meinen – ein Murmeln von einem Kuss.

»Und diese dunklen Augen – Augen, in denen ich versinken und ertrinken könnte –, gehören die auch mir?«

Ich nickte, und meine Augenlider schlossen sich, als er federleichte Küsse darauf drückte. Meine Finger rollten sich ein und glitten hoch zu seinem Nacken.

Er küsste mich wieder – strich mit der Zunge durch meinen Mund, während seine schwielige Hand an meinem Arm nach unten glitt, um unsere Handflächen aneinanderzudrücken. »Und diese Hand, die mich überallhin führen könnte, und ich würde ihr folgen?« Er verhakte seine Finger in meinen und führte meinen Handrücken zu einem Kuss an seinen Mund.

»Ja.«

Seine linke Hand strich über meine Hüfte und meine Seite. »Und dieser Körper«, flüsterte er, während er mit unseren vereinten Händen in der Mitte meiner

Brust nach unten glitt, »wird er sich unter meinen Händen ergeben? Wenn ich schwöre, dich vom Kopf bis zu den Zehen und *jedes verdammte bisschen* dazwischen zu verehren?« Als ich nickte, ließ er meine Hand tief auf meinem Bauch liegen und glitt mit seiner eigenen Hand wieder hoch, um sie auf mein Herz zu legen. »Und dieses Herz, vor allem anderen. Gehört dieses Herz mir?«

»Ganz dir«, sagte ich. »Schon immer dir.«

Die Erkenntnis, die darauf folgte, war wie die Sonne, die seinen Kopf an jenem Tag umgab, an dem ich starb und doch nicht starb. Jener kleine Junge, der an meiner Seite kniete und meine Hand hielt und mir sagte, ich solle aufwachen – er hatte kein perfektes Leben, aber er hatte noch keinen Schaden genommen. Er war noch nicht enttäuscht und missverstanden, vernachlässigt und misshandelt worden. Er hatte den Verlust noch nicht erlitten, der ihm bevorstand.

Er musste an jenem Tag nicht gerettet werden – aber ich. Er hatte mich gerettet, und seine Liebe zu mir hatte irgendwie ihn gerettet. Ich empfand keinen Stolz darauf. Nur Dankbarkeit und Erleichterung, dass ich endlich den Finger an den Puls unseres gemeinsamen Herzens gelegt hatte. Nicht nur Boyce' und meines, sondern jedes Einzelnen, den wir kannten und je gekannt hatten. Wir waren alle Teile dieses miteinander verbundenen Lebens. Wir existierten dafür und deswegen und manchmal trotzdem.

Das Leben war zum Teil Überleben und zum Teil Zufriedenheit, und wir hatten diese beiden Dinge im jeweils anderen gefunden. Ganz gleich, ob es ein Wunder oder Glück oder Zufall war, ich würde es mit beiden Händen annehmen.

EPILOG

Neun Monate später

BOYCE

»Ich weiß, dass das der Augenblick ist, in dem ich sagen sollte: ›Wenn du das hier nicht durchziehen willst, können wir einfach in meinen Wagen springen und von hier verschwinden.‹ Tut mir leid, Wynn. Sie ist das Beste, was du je tun wirst, und wir wissen es beide.« Maxfield kicherte, während er von dem Fenster im ersten Stock aus zusah, wie die Gäste eintrafen, und ich auf der anderen Seite des Zimmers auf und ab ging. »Wenn sie zu gut für dich ist, Mann, dann lauf nicht weg. Danke deinen Glückssternen und halt sie fest.«

»Danke für den Selbstvertrauensschub, Arschloch«, knurrte ich und stellte mich neben ihn, um aus dem Fenster auf den wolkenlosen blauen Himmel zu sehen. Pearl hätte keinen Tag bestellen können, der mehr nach Postkartenidylle aussah. Dr. und Mrs. Frank hatten den ganzen Gasthof gemietet, um all die auswärtigen Gäste unterzubringen, dazu den Hof für die Trauzeremonie und den Speisesaal für den Empfang.

Maxfield grinste und drückte meine Schulter. »Du brauchst nicht noch mehr Selbstvertrauen, Wynn. Du hast *dieses Mädchen*. Ich kann mir nur denken, dass du auf irgendwelche Arten verdammt toll sein musst, von denen ich *lieber nichts* wissen will.«

Ray Maxfield klopfte und steckte den Kopf durch die Tür. »Seid ihr zwei so weit?«

Maxfield hob einen Finger. Sein Dad nickte und schloss die Tür.

»Aber im Ernst, Mann. Ich sollte nicht derjenige sein, der heute neben dir steht.«

Ich runzelte verwirrt die Stirn, aber dann begriff ich es – *Brent*.

»Da ich ihn nie kennengelernt habe, habe ich mit ein paar Leuten über Brent geredet – mit Thompson und seiner Mom, dem alten Hendrickson und natürlich mit Arianna. Er war ein Kriegsheld, als er starb, aber in erster Linie war er ein fürsorglicher großer Bruder. Er war ein guter Mann. Und er hat einen guten Mann großgezogen.« Er klopfte mir auf die Schulter. »Er wäre so verdammt stolz auf dich.«

Scheiße. »Maxfield, bring mich jetzt nicht dazu, die Nerven zu verlieren, Herrgott noch mal.« Meine Stimme bebte.

»Bin fast fertig – nur eine Sache noch.« Er sah mir in die Augen. »Ich hatte keinen Bruder, mit dem ich aufgewachsen bin. Du stehst mir so nah, wie ich je jemandem gekommen bin, und verdammt, du warst einfach genau das, was ich brauchte. Ich fühle mich geehrt, heute an deiner Seite zu stehen.« Er zog mich mit einem Ruck zu einer Umarmung an sich, und ich ließ es zu, denn ich brauchte einen Moment. »Vergiss nicht, was ich gesagt habe, Mann«, sagte er. »Halt sie einfach gut fest.«

Er klopfte mir auf den Rücken, und ich erwiderte die

Geste. Wir lösten uns voneinander und zuckten mit den Schultern. Hin und her gerissen zwischen dem Bedürfnis, ihn noch einmal zu umarmen oder ihm die Faust ins Gesicht zu rammen, stieß ich einen tiefen Seufzer aus. »Tut mir übrigens leid, dass Dover bei der Trauzeremonie dir gegenüberstehen wird.«

»Es ist Pearls Tag, und diesen Scheiß habe ich *längst* hinter mir gelassen. Meine einzige Sorge ist, ob sie sich mit Jacqueline anlegen wird, denn dann wird sie mit dem Gesicht nach unten auf dem Boden landen und Dreck fressen.«

»Oh, Mann, was würde ich dafür geben, das zu sehen. Nur … nicht heute.« Melody Dover war seit Pearls und meiner Verlobung fast umgänglich geworden. Wahrscheinlich dachte sie, das mit uns würde nicht halten, aber hier waren wir. Sie wollte mir noch immer am liebsten den Kopf abreißen, sobald sich die Gelegenheit ergab, und sie hatte mich vorgestern Abend mit einer überzeugenden »Wenn du meinem Mädchen wehtust, schneide ich dir die Eier ab«-Rede in die Enge getrieben, aber irgendwie respektierte ich sie dafür.

»Ich werde Jacqueline bitten, mit jeglichen Arschtritten bis *nach* dem Empfang zu warten.«

»Abgemacht. Hast du den Ring?«

Er zog einen kleinen Beutel aus seiner Tasche. »Habe ich. Randy hat sich selbst übertroffen.«

Ich war im letzten Herbst zu Thompson gegangen und hatte ihm gesagt, was ich wollte. Einen Rubin für ihren Geburtstag im Juli. Ein paar kleine Diamanten. Ein Design, bei dem alle Steine vollständig eingelassen waren, damit sie Laborhandschuhe darüberstreifen konnte, oder was sie sonst noch alles bei ihrer Arbeit oder Forschung tat, ohne an dem Ring hängen zu bleiben oder so. Die Ideen, die er entwarf, waren cool, aber sie konnten dem Endergebnis längst nicht das Wasser reichen.

Als sie über die Winterferien nach Hause kam, nahm ich sie an Heiligabend mit zu mir. »Ich habe noch ein Geschenk für dich«, sagte ich. Ich ließ sie mitten im Wohnzimmer stehen, ohne Beleuchtung bis auf die Lichterketten an dem Baum in der Ecke. »Bleib genau hier.«

Der Weihnachtsbaum war der erste, den dieser Wohnwagen sah, seit ich sieben Jahre alt war. Ich hatte ihn mit weißen Lichterketten behängt und für fertig erklärt, was Sam zufolge einfach absolut falsch war. »Mein Gott – bist du wirklich so faul? Wo ist denn der ganze Baumschmuck?«, hatte sie gesagt. »Es sieht bescheuert aus nur mit den Lichtern.«

»Ich habe keinen Schmuck«, gestand ich. »Ich hatte keinen Baum mehr, seit ich ein Kind war.«

Am nächsten Tag tauchte sie mit vier Kartons mit glänzendem Weihnachtsschmuck von Walmart auf. »Frohe Weihnachten von mir und Dad. Es ist ja irgendwie bescheuert, dir Weihnachtsschmuck *zu Weihnachten* zu schenken, aber ich hatte keine andere Wahl.«

Als ich einen Küchenstuhl ins Wohnzimmer trug und Pearl darauf setzte, dem Baum zugewandt, war ihre Miene eine Mischung aus Besorgnis, Gelächter und völliger Verwirrung. »Boyce …? Wir haben uns doch Obergrenzen für Geschenke gesetzt … und du hast mir versprochen, sie nicht zu überschreiten! Was …«

Ich kniete mich vor sie hin, und sie holte einmal tief Luft und schwieg.

Ich nahm ihre linke Hand, ziemlich sicher, dass wir

beide zitterten. Ich hoffte nur, dass ich nicht der Einzige war. »Es war einmal ein nichtsnutziger Junge, der eine kleine, halb ertrunkene Möchtegern-Meerjungfrau aus dem Ozean zog. Er legte sie auf den Sand, und er dachte, es würde ihm das Herz brechen, wenn sie nicht aufwachte – und dann tat sie es. In dem Moment, in dem sie ihre großen dunklen Augen aufschlug und zu ihm hochsah, gehörte sein Herz nicht mehr ihm. Nach diesem Moment galt die Suche seines Lebens nicht mehr seiner anderen Hälfte, denn er wusste genau, wo sie war. Seine Mission war es, darauf zu warten, dass sie erkannte, dass er an jenem Tag am Strand sein Herz in ihrer Hand zurückgelassen hatte, und zu hoffen, dass es sie eines Tages zu ihm zurückführen würde.«

Sie hob zitternd die rechte Hand und hielt sie sich vor den Mund. In ihren Augen, glasig von Tränen, spiegelten sich die Lichter des Baums wie ein paar Handvoll Sterne an einem klaren Mitternachtshimmel.

Ich zückte die kleine, aus Treibholz geschnitzte Dose, die Thompson zu einer Ringschatulle umgearbeitet hatte, aus meiner vorderen Tasche und öffnete den Deckel. »Pearl Torres Frank, ich will dich lieben und ehren, solange wir beide leben. Wirst du mich das tun lassen, Süße?«

Sie nickte und brach in Tränen aus.

Ich hatte fünf Monate darauf gewartet, dass sie nach Hause kam. Fünf Monate, um diesen Wohnwagen abschleppen zu lassen und an seiner Stelle ein kleines Haus zu errichten, mithilfe von Vega und Thompson und ein paar Kunden, die gern bereit waren, mir im Tausch gegen Wartungsarbeiten und Reparaturen an ihren Autos beim Hausbau zu helfen. Fünf Monate, um die kalten

Füße zu bekommen, die ich nie bekam. Maxfield hatte in dem Punkt keinen Grund zur Besorgnis. Ich wusste, was ich wollte, und ich war im Begriff, unter einem blumengeschmückten Bogen vor der halben Stadt zu stehen, um es zu bekommen.

Ob Pearl an Glück glaubte oder nicht, spielte keine Rolle. Ich glaubte genug für uns beide.

PEARL

Heute Morgen wachte ich zum letzten Mal in meinem Schlafzimmer auf. Ich zog nur zehn Minuten weit fort – wieder einmal –, aber aus einem glücklicheren Grund. Mama brachte mir Kaffee, um mich zu wecken, aber ich lag schon seit mindestens einer Stunde wach und dachte nach. Als sie die Tür öffnete, richtete ich mich auf und setzte meine Brille auf. »Morgen, Mama.«

Sie hockte sich auf die Bettkante. Sie und Thomas standen gern jeden Tag im Morgengrauen auf und sahen sich auf ihrer kleinen Terrasse vor ihrem Zimmer den Sonnenaufgang an, Tux auf dem einen oder anderen Schoß. Sie waren verliebt, aber sie waren beste Freunde geworden. Boyce und ich waren beste Freunde, die sich verliebt hatten. Unser Weg zueinander war verschlungener gewesen als ihrer, aber wir hatten beide dasselbe gute Ziel erreicht, unabhängig vom Weg.

»Keine Bedenken, *mija*?«

Ich nahm ihr den Becher ab und lächelte. »Nein.«

Sie umfasste mein Gesicht mit beiden Händen und küsste mich auf die Nase. »Gut.«

Mel und ich äugten aus dem Fenster. Der Hof war randvoll gefüllt mit Blumen und Leuten. Ich entdeckte Mr. und Mrs. Thompson neben Mrs. Echols, die angefangen hatte, Boyce Kekse und Kasserollen zu bringen, nachdem er angeschossen wurde, und nie wieder damit aufgehört hatte. Lucas' Freundin Jacqueline saß neben den Hellers – Carlie, Cindy und Charles. Sie hatten mir während meines Aufbaustudiums in den letzten neun Monaten ein perfektes Zuhause geboten. Neben ihnen saßen Ray und Arianna Maxfield, die im vergangenen Oktober die ganze Stadt schockiert hatten, als sie zu einer überstürzten Heirat vor einem Friedensrichter nach Houston durchbrannten, bevor irgendjemand überhaupt wusste, dass sie zusammen waren. Ihr spontaner Entschluss wurde gegen Weihnachten verständlicher, als man Arianna die Schwangerschaft allmählich ansah. Lucas' kleine Schwester würde im nächsten Monat das Licht der Welt erblicken.

Sam rollte genau vor ihrem Dad den Mittelgang hinunter. Zum Dank für ihre Hilfe während seiner Genesung hatte Boyce Mr. Adams geholfen, zu ihrem siebzehnten Geburtstag letzte Woche einen gebrauchten, umgebauten Truck für sie zu finden. Das Mädchen, das Autos liebte, hatte endlich sein eigenes. Sie hatte sich und ihren Dad selbst hierhergefahren – Brit und ich sahen zu, wie sie sich fünf Minuten Zeit nahm, um ihn *genau* zwischen den Linien auf dem Parkplatz zu parken.

»Fahranfänger«, meinte Brit lachend. »Gib ihr zwei Wochen, dann wird sie mit dieser Kiste in fünf Sekunden in eine Parklücke schlingern und auf die Linien scheißen.«

Sam hatte mich auch angewiesen, mit dem Brautstrauß genau auf sie zu zielen. »Ich kann schließlich keinen Luftsprung machen, um ihn zu fangen«, sagte sie. »Ich könnte jemandem über die Zehen fahren.«

Ich sagte ihr, ich würde mein Bestes tun.

Mel sagte mir, ich solle möglichst weit weg von ihr zielen. »Ich will es *nicht* von meiner Mutter hören«, sagte sie. »Ich schwöre, wenn dieses Ding in meine Richtung fliegt, werde ich es zurückschleudern wie einen Volleyball.«

Mr. und Mrs. Dover saßen hinter den Plätzen, die für meine Eltern reserviert waren, die sie genauso tolerierten wie Boyce ihre Tochter – mit häufigen Nebenbemerkungen.

Jeden Augenblick würden Lucas und Boyce ihre Plätze einnehmen. Randy oder Mateo würde meine Mutter nach vorn führen, und der Hochzeitsmarsch würde beginnen. Die kleinen Vega-Jungen waren mit der Aufgabe betraut worden, vor der Hochzeitsgesellschaft Blütenblätter zu streuen. Yvette konnte ich nirgends sehen, aber sie hatte versprochen, die beiden persönlich den Mittelgang hinunterzuschicken – an dessen anderem Ende ihr Vater warten würde.

Shanice und Brit waren hinuntergegangen, um sich zu vergewissern, dass alles bereit war.

»Dir ist aber schon klar, wie bizarr es ist, dass *Brittney Loper* an eurer Hochzeitsfeier teilnimmt, oder?«, fragte Mel. »Auch wenn sie es war, die euch beiden diese Hochzeitsidee in den Kopf gesetzt hat, dieses verrückte Huhn.«

Ich lächelte. »Ja. Das ist schon seltsam – aber sie ist einer der freundlichsten Menschen, die ich je kennengelernt habe. Und sie hat geheult und gekreischt wie eine Schönheitskönigin, als ich ihr den Ring gezeigt habe, den Randy entworfen hat.« Ich hatte den Verlobungsring fast fünf Monate lang getragen. Meine Hand fühlte sich nackt an ohne ihn.

»Dein Typ hat wirklich einen anständigen Geschmack, was Schmuck angeht. *Das* ist ein Schock.«

»Komm schon, gib zu, dass er dir ans Herz gewachsen ist.«

Sie seufzte tief. »Ein bisschen vielleicht. Aber vor allem, seit er aufgehört hat, mich Dover zu nennen.« Sie verdrehte die Augen, als ich die Lippen zusammenpresste. »Zumindest mir ins Gesicht.«

In diesem Augenblick kamen Shanice und Brit ins Zimmer. »Sie sind fast so weit!«, sagte Brit, während sie sich zu uns ans Fenster stellte. »Seht mal, da sind Boyce und Landon – Lucas –, oder wie immer er sich jetzt nennt. *Wow*. Sie sehen so heiß aus wie zwei Jalapeños.«

Mel verdrehte die Augen, und Shanice versuchte erfolglos, ein Kichern zu unterdrücken, und gesellte sich zu uns.

»Warte! Du sollst ihn noch nicht sehen!« Brit umfasste meine Schultern und führte mich im Rückwärtsgang weg vom Fenster.

»Ich bin mir ja ziemlich sicher, dass diese Regel für den *Bräutigam* gilt«, bemerkte Mel.

»Hm – vielleicht hast du recht, aber ich würde lieber kein Risiko eingehen. Außerdem könnte er einen Blick nach oben werfen und sie sehen! Solange *ich* aufpasse, wird bei dieser Hochzeit kein Unglück passieren.« Sie hob eine Hand, um ein paar geringelte Strähnen aus meiner Hochsteckfrisur zu ziehen, für die Mel eine Stunde gebraucht hatte.

»W… w… was *tust* du denn da?«, stammelte Mel.

Brit drehte mich zu dem Ganzkörperspiegel in der Ecke um. Eine Locke fiel über die linke Seite meines Gesichts und ein paar kleinere Strähnen über meinen Rücken. »Ein Mann hat es gern, wenn ein Mädchen ein bisschen zerzaust aussieht. Ein bisschen wie ein loser Faden an einem Pullover. Er *kann* einfach nicht anders, als an ihm ziehen zu wollen.«

»Es ist ihr *Hochzeits*tag, kein Aufriss!«

Brit ließ sich nicht beirren. »Wenn eine Braut zum Traualtar schreitet, auf ihren Typen zu, dann will sie nicht, dass er denkt, dass er bis ans Ende seiner Tage an Perfektion gekettet ist. Wenn sie schlau ist…« – sie zwinkerte mir zu –, »… dann will sie, dass er über diesen kleinen Faden nachgrübelt – und darüber, wie sehr er es genießen wird, ihn später ganz aufzutrennen.«

»Sie sieht hinreißend aus, Melody«, sagte Shanice, während sie heimlich meine Hand drückte. »Du hast bei ihren Haaren und ihrem Make-up fantastische Arbeit geleistet. Brittneys Strähnen geben der ganzen Eleganz einfach diesen Hauch von *sexy*.«

Es klopfte an der Tür.

»Herein!«, rief Brit.

Thomas steckte lächelnd den Kopf durch die Tür. Ich strich mit den Händen das bestickte Mieder glatt, während Mel meinen Schleier zurechtrückte.

»Oh, Pearl, du siehst wunderschön aus«, sagte Thomas, während er das Zimmer durchquerte und meine Hände in seine nahm. »Bist du bereit, mein kleines Mädchen?«

»Oooh«, gurrten meine Brautjungfern einstimmig – vermutlich die erste und letzte einhellige Meinung aller drei über diesen Tag.

Ich nickte, auf einmal nervös. Ich stand noch nie gern im Rampenlicht.

»Es wird bald vorbei sein«, versprach Thomas. »Ertrage es mit einem Grinsen.«

Ich schnitt eine Grimasse, und er lächelte. Genau denselben Rat hatte er mir vor meiner Abschiedsrede vor fünf Jahren erteilt.

Die Trauzeremonie erlebte ich nur verschwommen. Boyce und ich sprachen unsere Ehegelübde nach, tauschten die Ringe, küssten uns vor allen Leuten – und das Einzige, was mir am Ende von alledem in Erinnerung blieb, war das Dunkelgrün seiner Augen, die bei jedem Schritt, den ich tat, und jedem Wort, das ich sprach, fest auf mich geheftet waren. Sobald Thomas meine Hand in seine gelegt hatte, ließ er sie nie wieder los. Seine Stimme war ruhig und sicher. Sie besänftigte die ganze nervöse Anspannung, wie weiche Schritte auf einem Waldboden. Bevor ich michs versah, wurden wir als Boyce und Pearl Wynn vorgestellt, und er beugte sich nah zu mir vor.

»*Das* nenne ich eine Wynn-win-Situation«, flüsterte er, und wir lachten beide.

BOYCE

Ich trug meine frisch gebackene Ehefrau die Stufen hoch in unser Haus. Das oberste Stockwerk hatte sie noch nicht betreten dürfen. Es nahm etwa ein Viertel der Grundfläche des restlichen Hauses ein, mit einer Glastür, die auf eine rundum verlaufende Veranda führte, breit genug für ein paar Stühle. In der Ferne war der Golf eben noch zu sehen – ein schmaler Streifen Wasser unter einem Himmel, dessen Farbe zwischen hellgrau und strahlend blau schwankte, je nach der Laune des Wetters. Es war nicht der Buchtblick, den ihre Eltern hatten, aber sie schwor, dass sie das nicht brauchte.

Das Erdgeschoss war eine Doppelgarage – keine Schlafzimmerfenster mehr, die zur Werkstattwand hinausgingen. Die Wohnräume im ersten Stock waren selbst an bewölkten Tagen heller, als es der Wohnwagen im Hochsommer je war, und in unserem Schlafzimmer stand ein Bett so wie das in dem Hotel in Houston. Ich konnte es kaum erwarten, darin meinen ehelichen Pflichten nachzukommen, aber zuerst wollte ich ihr die oberste Etage zeigen.

Anstatt meine Braut abzusetzen, sobald wir das Haus betraten, ging ich schnurstracks auf die Wendeltreppe zu und legte mir Pearl über die Schulter, denn die Treppe war viel zu schmal, um sie auf irgendeine andere Weise hochzutragen. Vermutlich hätte ich ihr gar nicht die Hand auf den Arsch legen müssen, um sie festzuhalten, aber verdammt – es gab keinen Grund, es *nicht* zu tun.

»Boyce!« Sie lachte und klammerte sich an meinem Hemd fest.

Es gab keine Tür – die Treppe führte mitten in ein blaues Zimmer, mit Fenstern auf allen vier Seiten. In eine Ecke hatte ich einen großen, L-förmigen Schreibtisch gestellt – mit Blick auf den Golf – und in die gegenüberliegende Ecke ein Anbausofa. Über den Fenstern und der Tür zur Veranda verlief ein durchgehendes Regal. Darauf standen Blitzschnecken, die ich im Lauf der letzten Monate gesammelt hatte – insgesamt ein paar hundert in so ziemlich jeder Größe. Keine war so groß wie jene erste, die jetzt auf ihrem neuen Schreibtisch stand.

Ich setzte Pearl ab und sah zu, wie sie durch das Zimmer schlenderte, aus den Fenstern äugte, mit den Fingern über den Schreibtisch aus recyceltem Holz, den gepolsterten Schreibtischstuhl und ihr Diplom an der Wand glitt – mit Platz für das nächste genau darüber. Sie berührte die zusammengeklebte Schnecke, die ich ihr geschenkt hatte, als sie eine niedliche kleine Vierzehnjährige war, die meine Welt mit einem einzigen Kuss auf den Kopf gestellt hatte.

Nachdem sie zweimal durch das Zimmer gegangen war, kam sie zu mir zurück, schmiegte die Hände an meine Brust und starrte zu mir hoch. »Dieses Zimmer ist …?«

»Deines. Du hast noch drei oder vier Jahre Studium vor dir, und auch wenn ich dich jederzeit gern mit deiner sexy kleinen Brille am Küchentisch willkommen heiße, dachte ich, du brauchst ein Zimmer für dich allein.«

Eine Träne, und dann noch eine, rollten ihr über die Wangen, und ihre Unterlippe bebte.

»Tränen des Glücks?«, fragte ich, während ich mir eine herausgefallene Locke um den Finger wickelte und sie ihr hinters Ohr steckte.

Ihr hicksendes Lachen ließ die Tränen erst recht fließen, und ihr nickendes Lächeln beendete sie. »So glücklich. Und du?«

Ich schlang die Arme um sie und zog sie nah an mich. »Ich bin der glücklichste Scheißkerl in diesem ganzen verdammten Bundesstaat.« Ein schmaler Träger rutschte von ihrer Schulter, und die Locke fiel wieder hinter ihrem Ohr hervor, und so, wie wir dastanden, ließ sich nicht verbergen, was mich noch glücklicher machen würde.

Sie zog eine Augenbraue hoch und sah mich scharf an. »Ich glaube, dieses Sofa hinter dir muss unbedingt eingeweiht werden.« Sie stellte sich auf die Zehen und küsste mich aufs Kinn.

Ich hob sie knapp über den Boden hoch und ging mit ihr rückwärts. Ich küsste sie, bis ich mit den Waden gegen das Sofa stieß, und blieb stehen. »In deinem Brautkleid?«

Sie drückte mich nach unten, hob den Rock nur so weit, dass er nicht im Weg war, und setzte sich rittlings auf mich. Ihre Augen glänzten, und sie biss sich mit diesem ungezogenen Grinsen auf die Lippe, das sie manchmal aufsetzte. »Ich habe schließlich nicht vor, es noch einmal zu tragen, oder?«

Ich schüttelte den Kopf. Ich war mir nicht sicher, wo ich anfangen sollte – bei der einen Million Knöpfe am Rücken des Kleids oder den Hunderten von Haarnadeln in ihrer Frisur. Sie hob eine Hand und begann Nadeln herauszuziehen und auf den Boden zu werfen. *Also bei den Knöpfen.*

»Süße.« Ich küsste sie, während ich die Knöpfe, die ungefähr so groß wie Babyzähne waren, durch ebenso kleine Löcher schob. »Ich weiß, du glaubst nicht an Glück, aber du wirst mich nie davon überzeugen, dass es nicht existiert. Denn ich weiß ganz sicher, dass ich ein absolut *glücklicher* Mann bin.«